Les fruits défendus
Socialismes et sensualité du XIXe siècle à nos jours

DU MÊME AUTEUR

Le Roi et les barricades. Une histoire des 5 et 6 juin 1832, Seli Arslan, 2000

Dictionnaire des utopies, en codirection avec Michèle Riot-Sarcey et Antoine Picon, Larousse, 2002

Meetings et alcôves. Gauches et sexualités en Europe et aux États-Unis depuis 1850, en codirection avec Jesse Battan et Tania Régin, Éditions universitaires de Dijon, 2004

L'Insulte (en) politique. Europe et Amérique latine du XIXe siècle à nos jours, en codirection avec Matthew Leggett, Geneviève Verdo et Jean Vigreux, Éditions universitaires de Dijon, 2005

Un jeudi à l'Assemblée. Politiques du discours et droit au travail dans la France de 1848, Nota Bene, 2007

Noms d'oiseaux. L'insulte en politique de la Restauration à nos jours, Stock, 2010

Édition et commentaire de : Charles Jeanne, *À cinq heures, nous serons tous morts ! Sur la barricade Saint-Merry, 5-6 juin 1832*, Vendémiaire, 2011

Thomas Bouchet

Les fruits défendus

Socialismes et sensualité du XIXe siècle à nos jours

Stock

Les essais

Collection dirigée par
François Azouvi

Couverture Corinne App

ISBN 978-2-234-07106-3

© Éditions Stock, 2014

Introduction

> « Il connaissait Mably, Morelly, Fourier, Saint-Simon, Comte, Cabet, Louis Blanc, la lourde charretée des écrivains socialistes, ceux qui réclament pour l'humanité le niveau des casernes, ceux qui voudraient la divertir dans un lupanar ou la plier sur un comptoir. »
>
> (Gustave Flaubert, *L'Éducation sentimentale*, 1869)

« Gauche rabat-joie » et « socialisme gourmand »

La gauche actuelle n'a plus le goût de la fête, se lamente en 2010 l'écrivain François Bégaudeau : les plaisirs de la vie la tétanisent, elle est devenue une « gauche rabat-joie[1] ». Deux ans plus tard le politologue Paul Ariès tire des conclusions assez comparables dans *Le Socialisme gourmand*, où il oppose des pensées et des expériences socialistes sensuelles dans la France des deux derniers siècles à un socialisme contemporain qu'il qualifie de sacrificiel, de blafard et d'anesthésié, en bref de « socialisme de la grisaille[2] ». L'un comme l'autre décrivent un phénomène aisément observable : la question du plaisir en général, et celle des plaisirs sensuels en particulier, ne sont pas de celles que l'on se pose aujourd'hui au sein de la gauche socialiste française.

Est-ce une marque de prudence politique face à une droite qui aime attaquer sur ce terrain et dont les dirigeants prennent volontiers pour cible un Parti socialiste présenté comme amoral et jouisseur ? Dans un discours prononcé à Paris entre les deux tours de l'élection présidentielle de 2007 (Bercy, 29 avril), le candidat Nicolas Sarkozy fustige les héritages de Mai 68 et se pose en défenseur des vraies valeurs contre son adversaire socialiste Ségolène Royal et ses partisans, selon lui animés comme leurs devanciers soixante-huitards par le désir de « vivre sans contrainte et jouir sans entrave ». Quelques années plus tard, le Premier ministre François Fillon ironise lors des journées parlementaires de l'UMP (Saint-Cyr-sur-Loire, 14 octobre 2011) : « Dans le programme socialiste, tout est luxe, calme et volupté. » Quant aux divers rebondissements du « feuilleton DSK », ils nourrissent depuis le printemps 2011 des critiques virulentes venues de la gauche comme de la droite : les accusations qui pèsent sur la conduite sexuelle de Dominique Strauss-Kahn vis-à-vis des femmes à New York, à Lille ou à Paris, ont éclairé d'une lumière crue ses mœurs privées. Mais les scandales qui ternissent la réputation de celui qui a été quelque temps le dirigeant socialiste le mieux placé pour les élections présidentielles de 2012 ont-elles en vérité quoi que ce soit à voir avec le socialisme ou avec la sensualité ?

À vrai dire les mots « socialisme » et « sensualité » font rarement bon ménage en ce début de XXIe siècle, sauf à titre anecdotique. Voici Visit Cuba, un site Internet pour touristes avides de plaisirs exotiques : l'un des articles de la rubrique « Soirées branchées » est consacré aux cabarets où, dans les nuits de La Havane et d'ailleurs, « socialisme et sensualité » se conjuguent en un pétillant cocktail de stéréotypes – Cubaines et Cubains excellent à ériger la sensualité en art de vivre ; aux charmes incandescents des danseuses s'ajoutent là-bas les plaisirs du cigare et du rhum. Pour ce qui est du socialisme, en revanche, l'internaute doit se contenter de l'évocation factice d'une révolution castriste déjà très lointaine et d'une référence passe-partout à l'esprit libre de la nation cubaine[3]. Le rapprochement est tout aussi improbable lorsqu'il s'incarne dans Rémy, le personnage principal d'un film du Québécois Denys Arcand intitulé *Les Invasions barbares*. Rémy affirme qu'il a toujours conduit sa vie en « socialiste voluptueux » par contraste avec son fils qu'il qualifie de « capitaliste ambitieux et puritain ». Il a la cinquantaine, aime les bons plats, les bons vins et les belles femmes. Réunies autour de son lit d'hôpital – il est rongé par un cancer –, son ex-femme et ses ex-maîtresses reformulent « voluptueux » en « libidineux », « débauché », « bestial », « lascif », « pervers », « concupiscent ». Elles brossent le portrait d'un bon vivant avant tout porté sur le sexe. Ici aussi on serait bien en peine de définir, soit dans la scène évoquée soit dans l'ensemble du film, en quoi consiste le socialisme du moribond[4].

Retour aux socialismes

Mettre en relation socialisme et sensualité, c'est se heurter très vite à un premier obstacle : il est extrêmement malaisé de définir le socialisme, tant ses formes varient[5]. Une de ses caractéristiques majeures peut cependant servir de point d'appui : une volonté d'émancipation qui se décline selon trois axes – dénonciation virulente d'un ordre dominant qui opprime ; promesse d'un avenir meilleur ; détermination des chemins de la libération. En outre, si le socialisme se fixe comme horizon ultime la disparition de toute forme d'oppression et s'applique donc à toutes les sphères dans lesquelles s'inscrit l'existence humaine, c'est la sphère sociale qui prime. L'étymologie du mot l'indique clairement. C'est autour de cet axe que se déploient des questions d'ordre non seulement économique, mais aussi politique, moral ou culturel. Sociable par essence, le socialisme ne s'en tient pas à l'émancipation de l'individu et ne se satisfait pas de l'éparpillement, de la pulvérisation des expériences singulières, si libératrices ou réjouissantes soient-elles ; il suppose l'action collective, il s'arrime sur elle.

Il n'est pas pour autant monocorde, et à ce titre l'équivalence souvent formulée de nos jours entre socialisme et Parti socialiste est à la fois un contresens et un signe d'appauvrissement. Il est justifié d'employer le mot au pluriel car les chemins et les horizons de l'émancipation ne se ressemblent guère. Un grand nombre d'ingrédients peuvent entrer en composition dans une société socialiste à venir : l'égalité, la liberté, la justice, la fraternité, la solidarité entre autres. Certains socialistes prônent la révolution, d'autres parient sur le réformisme, d'autres encore choisissent la vertu de l'exemple hors de toute structure établie. Les uns préfèrent le cadre du parti, les autres le syndicat, la coopérative, l'association. Au plus près de la vie quotidienne et dans des temps pas si éloignés, une foule de troupes de théâtre, d'harmonies et de fanfares, de cercles culturels ou de clubs sportifs se disaient socialistes. Et l'histoire des socialismes s'est écrite à plusieurs échelles, du groupe local le plus restreint jusqu'aux Internationales à forte capacité intégratrice.

Au cours des deux siècles passés – le mot et l'idée ont véritablement émergé dans la première partie du XIXe siècle[6] –, les socialismes ont affirmé leur originalité par rapport à des pensées et à des courants tantôt en partie confondus avec eux, tantôt contigus ou périphériques, tantôt beaucoup plus éloignés. Leurs frontières ne sont pas exactement celles de la gauche[7]. À l'orée du XIXe siècle, l'émancipation sociale la plus radicale est revendiquée par des socialistes qui ne sont pas localisables sur un échiquier politique, tels Charles Fourier et la plupart des saint-simoniens ; le Parti radical, né en 1901 sous le nom de Parti républicain, radical et radical-socialiste, est ancré à gauche mais se distingue nettement des socialismes. Par ailleurs, les anarchismes et les communismes ne cessent de se positionner par rapport aux socialismes et de chercher à en redessiner les contours : bien des combats sont menés en commun sous le drapeau fédérateur de l'émancipation sociale, mais les lignes de clivage se révèlent profondes lorsque sont soulevées par exemple les questions des libertés, de l'autorité, de la démocratie. L'histoire des socialismes, en outre, ne cesse de rencontrer l'histoire des féminismes ou celle des extrêmes gauches.

Les différences sont beaucoup plus tranchées vis-à-vis de l'ennemi traditionnel : le capitalisme. Les socialismes d'hier et une partie des socialismes actuels (ceux qui restent encore mobilisés contre la mainmise capitaliste sur les sociétés) rejettent les idées d'accumulation du capital et de propriété privée des moyens de production, le primat de la concurrence et du profit, les systèmes de domination sociale qui en résultent. La question du capitalisme explique en partie la distance qui sépare les pensées socialistes des pensées libérales, même s'il arrive aux socialistes et aux libéraux de combattre les mêmes ennemis ; toutefois les libéraux prônent avant tout l'émancipation de l'individu et les socialistes l'émancipation en société ; les uns et les autres ne délimitent pas de la même manière la sphère publique et la sphère privée. Quant aux relations entre les socialistes et l'univers du christianisme, elles peuvent être déterminantes, notamment au XIXe siècle : certains courants socialistes imprégnés de catholicisme ou de protestantisme dénoncent le pêché et promettent le salut. Ces socialismes chrétiens sont favorables à une émancipation qui peut aller jusqu'à un affranchissement vis-à-vis des Églises comme institutions, mais dans le cadre intangible de la foi.

Toutes les caractéristiques des socialismes et toutes les tensions qui les parcourent contribuent à l'élaboration de divers systèmes de représentation de l'homme en société. Ces systèmes ne sont pas fixés une fois pour toutes : ils circulent, ils se modifient au fil du temps, ils comportent une part d'indistinction. Mais c'est en fonction d'eux que peut être abordée la question plus précise de l'articulation entre socialismes et sensualité.

Socialismes et sensualité

Le projet d'émancipation commune peut porter sur tous les aspects de l'existence. Il peut donc rencontrer la question du corps, et par ricochet celle des sens. Les effets du capitalisme ne sont pas seulement sensibles sur les fiches de paie ou par la comparaison des parcours scolaires. L'assujettissement des corps fait aussi l'objet de dénonciations socialistes vigoureuses. S'émanciper, c'est prendre ou reprendre le contrôle de son corps malmené – corps malade, corps abîmé, corps accidenté, corps en prison, corps réduit à l'humiliation de la prostitution –, s'appuyer sur ses capacités pour s'affirmer dans la vie sociale, pour gagner en dignité.

Mais la libération des corps fait-elle plutôt émerger la figure du travailleur, celle du sage, celle de l'être sensuel, ou plusieurs d'entre elles à la fois ? Dans quels cas la maîtrise de son destin corporel s'accompagne-t-elle de l'épanouissement des sens ? S'il est sensible aux promesses de la sensualité, le socialisme affirme que la libération rime aussi, voire dans certains cas surtout, avec le développement des capacités et des aptitudes sensorielles. Il invite à rechercher et à cultiver ce qui peut satisfaire les sens et procurer du plaisir, c'est-à-dire à exercer sa sensualité.

Il en va pourtant de la sensualité comme des socialismes : plurielle, elle ouvre sur des univers très contrastés. Il existe diverses manières d'être présent au monde, aux autres et à soi-même par la sensualité, ne serait-ce que parce qu'il n'y a pas équivalence entre les cinq sens. Anthropologues et historiens ont montré qu'ils sont hiérarchisés en fonction de leur dignité supposée et que cet ordonnancement change au cours du temps[8]. En règle générale et aujourd'hui comme hier, la vision et l'ouïe sont considérées comme des sens nobles qui donnent accès aux beautés du monde, au savoir, à la culture. Voir et entendre, c'est satisfaire sa curiosité et sa volonté de comprendre sans contact direct avec la matière. Il n'en va pas de même avec l'odorat, le goût, le toucher, trois sens qui font l'objet d'une attention souvent plus soupçonneuse, et dont la place dans les hiérarchies sensorielles change, notamment au cours du XIXe siècle. Le toucher, sens réputé actif qui passe par le mouvement et le geste, est perçu tantôt comme un prolongement de la noble vision, tantôt (et de plus en plus) comme une voie d'accès aux séductions troubles de la matière, par exemple via l'attouchement ou la caresse. L'usage du sens du goût peut correspondre à la dégustation raffinée ou à l'ingestion vulgaire ; goûter, c'est établir un contact immédiat entre son corps et une matière qui peut procurer du plaisir mais aussi de la surprise ou du dégoût, ou laisser dans l'indifférence. Quant à l'odorat, dont le rôle a tendance à décroître au fil des siècles, il est souvent relégué aujourd'hui au statut de sens primaire – le nez humain qui sent, hume, renifle, expulse ou suinte est alors comparé au museau ou au groin. C'est ainsi que derrière la question des sens se profile celle des relations des hommes avec le monde, la société, la matière, celle des relations corps-esprit ou corps-âme. Beaucoup de socialistes, beaucoup plus en tous cas qu'on ne pourrait le croire de prime abord, prennent position sur ces questions. Étant donné que l'intérêt dont ils témoignent pour les enjeux liés à la sensualité rejoint leurs choix doctrinaux, il existe bel et bien des points de vue socialistes sur la sensualité[9].

Se défier des sens

L'éventail des discours socialistes sur la sensualité est peu ouvert. La plupart d'entre eux traduisent une défiance vis-à-vis des sens. Les critiques qui s'y déploient souvent contre des rejetons considérés comme sensuels et débauchés (saint-simoniens au début du XIXe siècle, soixante-huitards à la fin du XXe siècle) laissent deviner que les socialistes mobilisent peu l'argument du plaisir des sens dans leurs appels à l'émancipation. De Louis-Gabriel Gauny à Jules Guesde ou à Guy Mollet, chez l'anarchiste Proudhon ou chez les dirigeants communistes vers 1925 ou vers 1950, c'est le modèle ascétique qui est mis en valeur.

Il vaut la peine de comprendre pourquoi. Plusieurs raisons peuvent venir d'emblée à l'esprit, sans qu'il soit possible de savoir *a priori* lesquelles dominent. La sensualité serait aux yeux des socialistes un trait distinctif de la dégradation morale d'exploiteurs (profiteurs, jouisseurs, ventrus) qu'il faudrait bien se garder d'imiter. Elle ferait insulte à la misère et à la souffrance du peuple : n'est-il pas scandaleux de rechercher le plaisir alors que tant d'êtres vivent dans la souffrance et le dénuement ? Futile, dispensatrice de jouissances passagères et superficielles, tournée vers le présent plutôt que vers l'avenir, elle détournerait des combats qui comptent, ceux qui assureront la victoire finale. Elle pourrait jeter le discrédit sur les socialistes eux-mêmes, notamment s'ils se retrouvent en position d'exercer un pouvoir qu'un grand nombre d'entre eux jugent par définition corrupteur. Elle dissoudrait le goût du travail et de l'effort. D'essence individualiste, elle dévoierait les cœurs et les esprits, conduirait au repli sur l'expérience singulière et briserait l'élan commun. Elle porterait en elle les ferments du désordre et de l'excès et minerait par conséquent de l'intérieur le combat pour l'émancipation. Elle mettrait les individus à la merci de sens par définition trompeurs aux dépens de la raison et du sens moral. En exerçant son empire sur l'être humain et en lui retirant son libre arbitre, elle risquerait d'approfondir son aliénation et de faire peser sur lui la menace de la luxure, de la gloutonnerie, de l'ivrognerie, d'un avilissement sans fin. Elle n'aurait pas lieu d'être dans une perspective dualiste où le corps est second, marqué du sceau de la vulgarité, voire de l'animalité. Elle masquerait les vrais problèmes et les vrais enjeux : quelle vertu pourrait avoir la libération sexuelle si elle reproduisait sous une autre forme la domination masculine ou les hiérarchies sociales existantes ?

Certains des adversaires les plus déterminés des socialistes poussent leurs attaques dans ces mêmes directions au point d'alimenter, de l'extérieur, la défiance. À l'extrême fin du Second Empire, Gustave Flaubert évoque dans *L'Éducation sentimentale* un socialisme tantôt autoritaire (le « niveau des casernes »), tantôt petit-bourgeois (le « comptoir »), tantôt tourné vers le déchaînement sensuel le plus ignoble (le « lupanar »)[10]. Or, il est significatif que cette charge très datée reste aujourd'hui d'actualité : au plus fort de la campagne électorale présidentielle de 2012, Nathalie Kosciusko-Morizet, porte-parole du candidat Nicolas Sarkozy, qualifie de « gauche lupanar » l'équipe de campagne du candidat François Hollande[11].

Le fil ténu des socialismes sensuels

Cette histoire n'est pourtant pas seulement celle d'une défiance systématique, scandée par des charges acerbes contre les séductions de la sensualité. De nombreux textes – pour la plupart méconnus – font rimer contestation de l'ordre établi, projet d'émancipation et promotion de la sensualité. Le premier de ces socialistes atypiques qui accordent aux questions sensuelles une attention très soutenue est Charles Fourier, penseur de l'agencement harmonieux des passions en société, auteur en particulier d'un étonnant, subversif et joyeux *Nouveau monde amoureux*. Viennent ensuite par exemple des saint-simoniennes comme Claire Démar et des saint-simoniens comme Prosper Enfantin autour de 1830, puis Jules Gay ou Joseph Déjacque, Henri Zisly, Paul Robin ou Léon Blum, E. Armand ou Madeleine Pelletier, Daniel Guérin ou Roger Vailland, puis dans les années 1970 les militants de Vive la révolution, les femmes du MLF ou l'employée de Lip Monique Piton. Le plus souvent, ces individus et ces groupes s'inscrivent dans des logiques minoritaires et mènent des combats amphibies, moins à la lumière du jour que dans de discrètes profondeurs. C'est le cas de Daniel Guérin qui, dans des écrits autobiographiques publiés à partir des années 1960, revient sur son entre-deux-guerres et se souvient : « Mais si elle s'appuyait sur de vastes lectures, ma mue en direction du socialisme n'était pas objective, d'ordre intellectuel. Elle était bien plutôt subjective, physique, issue des sens et du cœur. Ce n'était pas dans les livres, c'était en moi, d'abord, à travers les années de frustration sexuelle, et c'était au contact des jeunes gens opprimés que j'avais appris à haïr l'ordre établi. La quête charnelle m'avait délivré de la ségrégation sociale[12]. » Socialiste et sensuel, il est en décalage par rapport aux normes en vigueur, y compris dans son propre camp. D'autres, tel Eugène Fournière, tentent de concilier en eux des orientations discordantes et cultivent avec plus ou moins de sérénité un engagement militant classique et une extrême attention à certains plaisirs des sens. D'autres encore évoluent au cours de leur existence, rompent avec le socialisme sensuel de leurs jeunes années pour défendre des idées tout aussi radicales mais beaucoup moins audacieuses sous l'angle de la sensualité – c'est le cas de Pauline Roland, par exemple.

Faire bonne chère, faire l'amour, faire la fête

La recherche de points de contact ou de discordance entre socialismes et sensualité invite à fixer son attention sur des thématiques diverses, de la danse à la dégustation de bons plats et de bons vins, de la fête au naturisme, des plaisirs de la sexualité à ceux du tabac. Cette liste n'est pas limitative : Marcel Sembat, dirigeant socialiste de premier plan sous la Troisième République, traduit son attachement profond pour des plaisirs sensuels lorsqu'il écrit dans son carnet, à une période d'intense activité militante : « Je me suis levé à 7 heures, j'ai rôdé dans le jardin, humant les lilas, le nez dedans, serrant les grappes à poignées, à pleines mains[13]. »

Dans ce foisonnant labyrinthe, trois pistes seront suivies en priorité : faire bonne chère, faire l'amour, faire la fête. Faire bonne chère, c'est jouir de bien boire et de bien manger en mobilisant ses sens, c'est considérer que les plaisirs de la table ne doivent pas être le privilège de certains, c'est leur accorder une place importante dans les plans de la société future – d'autant plus que la commensalité favorise les pratiques de la sociabilité. Faire l'amour, c'est se livrer à la forme sans doute la plus attendue de l'activité sensuelle – la confusion qui souvent règne entre sensuel et sexuel dans les esprits en témoigne –, même si la diversité des plaisirs que procurent les pratiques sexuelles alimente hier comme aujourd'hui quantité de débats sur ce qui est acceptable et ce qui ne l'est pas. Faire la fête, c'est laisser s'exprimer diverses formes de sensualité (goût pour la danse, gourmandise, voire appétit sexuel), rendre possible une libération plus ou moins radicale des corps au sein d'un groupe.

Quels que soient ses domaines d'expression, cette question de la sensualité féconde toute une série de débats d'importance. L'étudier, c'est aborder par exemple sous un angle peu habituel un problème qui traverse toute l'histoire des socialismes : celui de la domination. Faut-il combattre le sentiment de propriété qu'éprouve la plupart du temps chacun des époux à l'égard du corps de l'autre ? Quel rôle accorder dans la société socialiste à la famille, institution souvent dénoncée comme oppressive parce qu'elle entérine la souveraineté masculine ? Faut-il revendiquer le droit à l'amour libre – c'est-à-dire un amour fondé sur une attirance partagée et libéré de tout principe d'autorité –, et jusqu'à quel point ? L'instauration d'un socialisme ouvert à la sensualité ne risque-t-il pas de conduire à la domination féminine, dès lors que les femmes passent souvent pour plus passionnées que les hommes, qu'elles sont censées exercer et subir davantage qu'eux les séductions des sens ? Dans le même ordre d'idées, les questions de sensualité avivent les interrogations sur la propriété, la natalité, la santé et la maladie des corps, les mœurs et la morale (ici rôde par exemple le spectre de la pornographie), la religion, les techniques, le travail et la production des richesses. Globalement, beaucoup considèrent dans l'univers socialiste que la promotion de la sensualité risque fort de mettre à mal les règles de la vie en société, y compris dans une version socialiste. C'est en tous cas par ce biais que les réflexions sur les relations entre socialisme et sensualité d'une part, et les évolutions de la société française d'autre part, se rejoignent.

Les contours de l'enquête

Cette étude est centrée sur les deux derniers siècles de l'histoire française, mais la plupart des prises de position sur la sensualité qui s'expriment depuis les années 1800 s'inscrivent dans un ensemble de traditions. Les socialistes ne cessent de se référer, pour s'en inspirer ou pour s'en démarquer, à la Bible (de la Genèse au Cantique des Cantiques), au dualisme de Platon (« L'âme raisonne plus parfaitement quand ne viennent la perturber ni audition, ni vision, ni douleur, ni plaisir aucun ; quand au contraire elle se concentre le plus possible en elle-même et envoie poliment promener le corps[14] »), aux leçons des stoïciens ou des épicuriens, à un Moyen Âge que des stéréotypes tenaces décrivent comme anti-sensuel, à Rabelais, à l'antidualisme de Spinoza (« L'Âme et le Corps sont un seul et même individu qui est conçu tantôt sous l'attribut de la Pensée, tantôt sous l'attribut de l'Étendue[15] »), au libertinage des XVIIe et XVIIIe siècles, au matérialisme de La Mettrie, au sensualisme de Condillac, à certaines grandes figures de la Révolution française – un Danton réputé sensuel, un Robespierre réputé puritain. Dans le même ordre d'idées, l'histoire des relations entre socialisme et sensualité ne peut être cantonnée à l'Hexagone. Les socialistes, qui s'inscrivent souvent dans une logique internationaliste, ne sont pas indifférents aux doctrines et aux expérimentations étrangères. Nombre d'entre eux s'intéressent à la Grande-Bretagne de Robert Owen, des grands combats féministes ou de Havelock Ellis ; à la Russie et à l'URSS d'un Lénine toujours prudent sur les questions de mœurs ou d'une Alexandra Kollontaï un temps émancipateur ; aux États-Unis de la colonie d'Oneida, du rapport Kinsey ou des expériences alternatives californiennes.

INTRODUCTION

C'est ainsi que de A comme Aragon à Z comme Zisly, des dizaines d'auteurs très divers mais liés d'une manière ou d'une autre à l'histoire des socialismes donnent corps à l'ensemble. Ils posent la question de la sensualité dans des écrits à la première personne du singulier ou du pluriel – ouvrages de doctrine ou de circonstance, comptes rendus de congrès, articles de presse, carnets, etc. Ce riche matériau textuel et parfois iconographique donne accès à un ensemble de représentations de la question de la sensualité dans l'univers socialiste, aussi bien que dans les mondes populaires et prolétariens ou dans les mondes bourgeois. La question des pratiques sensuelles effectives apparaîtra en revanche beaucoup moins au fil des pages. D'une part, il est très difficile de les connaître avec précision même si une profusion d'études et de rapports permet d'y voir un peu plus clair pour les années 1960 et suivantes. D'autre part, les usages de la sensualité renvoient en général à des choix individuels, d'ordre intime, sans coloration politique et sociale particulière. À l'histoire des pratiques est donc préférée celle de certaines mises en pratique assumées, affirmées, rapportées par écrit, voire théorisées dans une perspective socialiste.

Ces contours fixés, il s'agit maintenant de montrer pièces et preuves à l'appui que la question de la sensualité permet d'écrire une histoire insolite des socialismes. Un nombre impressionnant de prises de position tranchées et pourtant méconnues, émanant des multiples composantes de l'univers socialiste, met en lumière les profondes lignes de clivage qui jouent dans ce domaine au fil des années et des siècles. De sorte que – telle est du moins l'hypothèse qui sous-tend tout ce qui suit – les points de vue socialistes sur la sensualité disent l'une des vérités des socialismes.

I

Le nouveau monde sensuel de Fourier à l'orée du XIXe siècle

1808 est une année faste pour l'Empire napoléonien : mainmise sur les États pontificaux, installation de Joseph Bonaparte sur le trône d'Espagne, création officielle de la noblesse d'Empire. La vie politique est sous contrôle, les oppositions réduites au silence (le Tribunat, assemblée jugée trop frondeuse, est supprimé en 1807). Depuis 1804 le Code civil garantit les intérêts du propriétaire et du père de famille. L'ordre règne.

En cette même année 1808 paraît, très loin des feux de l'actualité, la *Théorie des quatre mouvements et des destinées générales*[1]. L'ouvrage passe pour ainsi dire inaperçu. Son auteur, âgé de trente-six ans, se nomme Charles Fourier[2]. Soi-disant publiée à Leipzig et sous couvert d'anonymat – seule y figure la mention « Charles, à Lyon » –, la *Théorie* n'est rien de moins que la promesse d'un affranchissement intégral, du passage du « chaos social » à l'« harmonie universelle ». Ce livre est l'un des actes de naissance du socialisme, même si le mot n'a alors pas droit de cité dans la langue française.

Une dizaine d'années après la *Théorie des quatre mouvements* Charles Fourier s'attelle à un autre écrit qui, dans une large mesure, prolonge le premier. Mais son nouveau manuscrit ne paraît pas de son vivant. Il faut attendre un siècle et demi pour que les cinq cahiers surchargés de ratures, rongés ici et là par les souris, inachevés, soient édités sous un titre quelque peu énigmatique : *Le Nouveau Monde amoureux*[3]. Si Fourier ne cherche même pas à achever son texte, c'est sans doute parce qu'il devine à quel point il heurterait ses contemporains. La France des débuts de la Restauration, placée sous la surveillance conjointe des hommes du roi et des hommes de Dieu, n'est pas prête à goûter aux délices d'un nouveau monde amoureux. Car, dans *Le Nouveau Monde amoureux* comme dans la *Théorie des quatre mouvements*, Fourier harmonise socialisme et sensualité avec une audace extrême.

Jusqu'à sa mort (1837), il continue d'écrire inlassablement en faveur de l'émancipation des hommes et des femmes en société, mais il se montre plus prudent sur les questions de sensualité. Dans ses autres livres[4] et dans ses articles, il place en général les questions économiques au premier plan ; les appels à l'émancipation sensuelle se font discrets. L'échec commercial de la *Théorie des quatre mouvements* et l'existence très longtemps souterraine du *Nouveau monde amoureux* témoignent sans doute du caractère inassimilable de ce pan essentiel de sa pensée.

« Citadelle sucrée », « canapés circulaires » : la sensualité sous toutes les coutures

L'une des scènes les plus déroutantes du *Nouveau Monde amoureux* se déroule en Mésopotamie à une époque « où l'harmonie sera pleinement établie après plusieurs générations ». Une « croisade faquirique des pieux savetiers d'Occident » fait étape à proximité de Babylone. À son arrivée se tient une séance de concile agrémentée de conversations et de dégustations gastronomiques, puis interrompue par l'allègre attaque menée contre une « citadelle sucrée » qui vole en éclats et dont les succulents débris sont répartis entre des milliers de convives. « On se remet à table avec une nouvelle ardeur ; on passe en revue les chefs-d'œuvre des confiseurs et jardiniers de la région et bientôt, les esprits étant électrisés par l'excellence des vins, la conversation tombe sur les charmes de la vertu ou charme des amours de haut degré. [...] Après dîner, les odaliscs et odalisques vont s'offrir à ceux à qui ils sont, les autres votent une bacchanale générale [...]. »

Fourier développe dans la scène de la croisade ce qui était resté plus implicite dans la *Théorie des quatre mouvements*. Il livre cette fois bien davantage qu'un simple aperçu sur l'intensité des plaisirs en harmonie. Les aventures des pieux savetiers et de leurs hôtes se déploient au grand jour. Les cinq sens, portés à incandescence par la bonne chère, par l'amour et la fête, sont mobilisés en vue de l'épanouissement général. Le toucher – ou tact – et le goût, sens actifs, font l'objet d'un traitement de faveur : ils ouvrent sur le monde, favorisent les discussions et les rencontres. En composition avec les trois autres sens, ils permettent d'accéder au luxe matériel et à la richesse, dans une logique d'abondance.

Le socialisme de Fourier est gastronomique[5]. Les harmoniens développent leur goût, leur odorat ; ils dégustent ensemble petits pâtés, volailles, fromages, fruits, confiseries, entremets et gâteaux (gaufres, crèmes fouettées, etc.) ; ils se régalent de sirops ou de « vin mousseux de la côte du Tigre ». Dans les riantes contrées d'harmonie l'élevage, le maraîchage ou l'horticulture sont à l'honneur. À terme, assure Fourier, les harmoniens auront des estomacs d'autruche et ils s'attableront neuf fois par jour. Le socialisme de Fourier invite par ailleurs à une vie sexuelle épanouie et multiforme. Urgèle, la « grande pontife de la croisade », favorise les amours entre « trente pères de la secte des flagellés et trente odalisques de la secte des flagellantes » et elle trouve des partenaires pour quelques dizaines de « gratte talon » dont la manie sensuelle peu répandue s'assouvit sur des « canapés circulaires ». Urgèle stimule plus généralement l'enthousiasme de toutes les armées réunies en Mésopotamie, qui scellent « en séance amoureuse des liens déjà serrés par l'amitié et l'admiration ». Car chacun a droit à un « minimum amoureux », un « nécessaire sensuel dont la privation entraîne tous les vices d'opinion qui dégradent le sentiment ». Le socialisme de Fourier, enfin, est festif. *Le Nouveau Monde amoureux* peut être lu comme une fête ininterrompue où une infinité de plaisirs s'agencent. Les groupes d'harmoniens ne cessent de s'associer dans un mouvement commun, à la fois improvisé selon les circonstances et rendu possible par une sympathie sociale généralisée.

« Assemblées de travail, de repas, de galanterie » :
sens, passions et association

Fourier perd de vue ses pieux savetiers d'Occident tandis que la nuit commence à envelopper la Mésopotamie. « Avec qui coucheront-ils ? Cela ne nous importe. Notre objet n'est point de passer en revue les anecdotes galantes, mais de décrire seulement dans chaque branche de ces nouvelles coutumes ce qui est rigoureusement nécessaire à l'intelligence du mécanisme d'harmonie. » Car la sensualité n'est pas une fin en soi, mais l'une des nombreuses facettes d'un mode de vie sociétaire – ou combiné – qui prend beaucoup d'autres formes. Le principe d'association, qui s'applique à l'ensemble des relations entre les êtres, se fonde sur les multiples foyers de l'attraction passionnée. « Le bonheur, avance Fourier dans la *Théorie des quatre mouvements,* consiste à avoir beaucoup de passions et beaucoup de moyens de les satisfaire. » L'agencement social résulte de combinaisons entre une douzaine de passions : les cinq « sensitives », mais aussi quatre « affectueuses » (amitié, ambition, amour, familisme) et trois « distributives » aux noms mystérieux et évocateurs (cabaliste, papillonne, composite) ; une treizième passion dite « pivotale » (l'unitéisme), coiffe les douze autres. Dans les écrits de Fourier, le mode composé au sein de groupes et de séries l'emporte toujours sur le mode simple : une « amitié composée », par exemple, trouve toute sa saveur lorsqu'elle est « étayée du plaisir sensuel nommé gastronomie » (*Théorie de l'unité universelle*). C'est pourquoi les voluptés qui colorent le nouveau monde de Fourier ne peuvent se satisfaire d'un plaisir physique élémentaire, d'un appétit exclusivement matériel. *Le Nouveau Monde amoureux* est émaillé de critiques contre la « sensualité grossière », contre l'amour « simple et purement sensuel », contre « l'amour ignoble ou animal qui est le matériel pur (lié au cynisme) ». Ailleurs, Fourier s'en prend à la « sensualité simple et ignoble » (*Théorie de l'unité universelle*), au « goujat sensuel » (*La Fausse Industrie*). Dans *Le Nouveau Monde amoureux* c'est « l'amour composé, ou sensuel et spirituel » qui domine, tandis qu'un amour « céladonique », ou « penchant dégagé du désir sensuel », et un « vestalisme », c'est-à-dire un « ambigu pudique et une absence de lien sensuel », font l'objet de l'admiration générale.

Placée chez Fourier sous le signe des passions, la vie en société prend des couleurs originales. Les pieux savetiers du *Nouveau Monde amoureux* sont d'ardents travailleurs : ils s'emploient lors de leur séjour en Mésopotamie à raccommoder des centaines de milliers de paires de souliers éculés pendant une « séance industrielle en savaterie ». L'industrie attrayante n'est jamais placée sous le signe de la contrainte ou de la souffrance. Le mécanisme sociétaire consiste d'après la *Théorie des quatre mouvements* à définir en commun le contenu des « réunions de travail et de plaisir pour les jours suivants […]. Dans chaque canton il se négocie tous les jours à la bourse au moins huit cents assemblées de travail, de repas, de galanterie, de voyages et autres ». Dans le même ordre d'idées, la vie sentimentale et amoureuse repose sur le libre essor des passions, qui suppose lui-même la liberté et la variété des rencontres : « Toute femme peut avoir à la fois : 1° un époux dont elle a deux enfants; 2° un géniteur dont elle n'a qu'un enfant; 3° un favori qui a vécu avec elle et conservé ce titre; plus, de simples possesseurs qui ne sont rien devant la loi » (*Théorie des quatre mouvements*). Une telle conception des relations amoureuses remet radicalement en cause l'institution du mariage et le principe de la monogamie, et elle découple sexualité et procréation.

Le nouveau monde dont Fourier se fait le héraut a donc pour pôles les passions des humains et la vie qu'ils mènent ensemble. Les agencements sociaux ne sont pas déterminés par des décrets politiques ou des assignations morales. Ils sont conformes aux lois de la nature. Puisqu'il existe des correspondances et des analogies entre les mouvements sociaux, animaux, organiques et matériels, la sensualité circule en tous sens. D'où ces considérations cosmogoniques qui peuvent donner le vertige : « Une planète est un corps androgyne pourvu des deux sexes, et fonctionnant en masculin par des copulations aromales de pôle Nord; en féminin, par des copulations de pôle Sud. C'est par les jets d'arômes que s'exercent toutes leurs relations sexuelles. [...] Par la Terre copulant en simple avec elle-même de nord et sud [naît] la violette[6]. »

La sensualité qui irrigue le socialisme de Fourier se niche dans les mots eux-mêmes, qui deviennent à ce titre des outils de contestation sociale et des leviers vers un autre monde. Une écriture déchaînée, savoureuse, humoristique et débordante d'inventivité fait écho à celle de Rabelais – parmi les personnages du *Nouveau monde amoureux* se distingue par exemple Pantagruel, le « plus fort mangeur du globe ». Elle invite au plaisir en détournant le sens et l'usage habituels des mots. « La parole même de Fourier, remarque Roland Barthes, est sensuelle, elle progresse dans l'effusion, l'enthousiasme, le comblement verbal, la gourmandise du mot[7]. »

« *Goinfres* » et « *hiboux* » : *le fade monde civilisé*

Dès 1808, avec sa *Théorie des quatre mouvements*, c'est contre l'ordre dominant que Fourier propose de pratiquer l'« écart absolu ». Il dénonce dans tous ses écrits l'impossibilité d'un libre essor des passions et d'une émancipation sociale dans le monde civilisé – le terme « civilisation » est employé par lui avec une très forte charge dépréciative. L'indigence, la misère, l'esclavage des enfants règnent dans les « bagnes mercantiles » (*Le Nouveau Monde industriel et sociétaire*). L'activité industrielle et commerciale est empoisonnée par la « fourberie », la « fraude », l'« oppression ». Les sens sont blessés et atrophiés par l'insalubrité ambiante, par la laideur des villes, par le bruit qui règne dans les ateliers, par le goût infâme d'une nourriture trafiquée et frelatée. Ainsi Fourier fait-il écho dans son œuvre à la profonde souffrance sociale qu'engendrent les crises et les mutations de l'économie française depuis la fin du XVIIIe siècle.

Cette critique qui n'épargne aucun aspect de la vie en société porte naturellement aussi sur les mœurs, et par exemple sur l'indigence des amours civilisées. L'homme qui donne satisfaction à des appétits strictement matériels en exerçant son pouvoir sexuel sur sa femme ou en se livrant à une pseudo-sensualité tarifée avec des prostituées, et celui qui se prononce pour la souveraineté de l'âme et de l'esprit sur les instincts du corps, peuvent ne faire qu'un. « Cette duplicité d'action, cette dissidence de l'homme avec lui-même, a fait naître une science nommée morale. [...] Elle enseigne qu'il doit résister à ses passions, être en guerre avec elles et avec lui-même ; principe qui constitue l'homme en état de guerre avec Dieu, car les passions et les instincts viennent de Dieu, qui les a donnés pour guides à l'homme et à toutes les créatures[8]. » C'est pourquoi Fourier s'en prend à tous les moralistes de son temps : ils masquent sous des discours teintés de philosophie, de religion ou d'économisme leur mépris vis-à-vis des sens. Il stigmatise dans la *Théorie des quatre mouvements* les « dogmes ennemis de la volupté » des catholiques ou les « systèmes économiques trop décharnés » des tenants de l'économie politique ; il s'en prend dans *Le Nouveau Monde industriel et sociétaire* aux philosophes qui, « sous prétexte de liberté individuelle, frustre[nt] de bien-être sensuel tout le corps social ».

Pour illustrer sa pensée Fourier décrit à plusieurs reprises les sordides repas des civilisés. La majorité des Français sont comme les misérables ouvriers qui, « exposés au soleil de la canicule, souffrent la faim et la soif, [...] à midi mangent tristement une croûte de pain noir avec un verre d'eau [...] en s'isolant chacun de son côté, parce que celui qui a un morceau de lard rance ne veut pas le partager avec ses voisins » (*Traité de l'association domestique-agricole*). Celui qui dispose d'assez d'argent pour vivre ne s'alimente guère mieux : il est « goinfre, glouton, goujat » (*Le Nouveau Monde amoureux*) ; les rois eux-mêmes sont « réduits à manger en famille, isolés comme des ermites et sérieux comme des hiboux pendant tous leurs repas » (*Théorie des quatre mouvements*) ; aux républicains, « la morale civilisée recommande [...] d'être tous amis du brouet noir, de n'avoir à table qu'un seul et même goût »[9].

Ainsi le nouveau monde est-il l'envers – ou plutôt l'endroit – du monde civilisé. Les croisades de savetiers du *Nouveau Monde amoureux* tournent en ridicule les modèles religieux, militaires et politiques en vigueur. Fourier se prononce malicieusement pour une indispensable métamorphose de la prêtrise : il importe selon lui que les prêtres en finissent avec toutes leurs « prédications d'abstinence » et qu'ils s'évertuent « à bien officier à d'excellentes tables qui leur seront fournies à leur cinq repas ». Beaucoup plus sérieusement, l'« avilissement des femmes en civilisation » doit également cesser puisque « les progrès sociaux et changements de période s'opèrent en raison du progrès des femmes vers la liberté ; et les décadences d'ordre social s'opèrent en raison du décroissement de la liberté des femmes » (*Théorie des quatre mouvements*). Partisan de la liberté authentique, de l'affranchissement vis-à-vis d'une morale déshumanisante, de l'émancipation sociale pour tous, Fourier est le premier des socialistes sensuels ou encore, selon René Schérer, « non le premier des socialistes moroses, mais le dernier des libertins[10] ».

S'il aime à prétendre qu'il n'a subi aucune influence déterminante, Fourier butine un peu partout. Il se nourrit aussi bien de la presse de son temps que de livrets d'opéras-ballets. Il lit Rousseau, Diderot – par exemple son *Supplément au voyage de Bougainville* ou son article « voluptueux » de *L'Encyclopédie* ; il s'intéresse à la pensée des libertins ; il lui arrive de citer Condillac, qui place les sensations à la source de la connaissance ; il est attentif au potentiel émancipateur des doctrines d'inspiration libérale ; il apprécie l'utilitarisme de Jeremy Bentham, qui cherche à agencer le plus grand bien pour le plus grand nombre en fonction de la boussole du plaisir : « Je n'ai vu qu'un écrivain civilisé qui ait un peu approché de la définition du vrai bonheur : c'est M. Bentham, qui exige des réalités et non des illusions : tous les autres sont si loin du but qu'ils ne sont pas dignes de critique » (*Le Nouveau Monde industriel et sociétaire*). Comme la plupart des socialistes qui lui sont contemporains ou lui succèdent dans la première partie du XIXe siècle, Fourier est imprégné de la pensée de son temps[11].

« Rien d'hostile aux bonnes mœurs » :
les prudents replis phalanstériens

Celles et ceux qui reprennent à leur compte la pensée de Fourier à la fin de la Restauration et sous la monarchie de Juillet se disent phalanstériens, ou membres de l'École sociétaire. Ils représentent l'une des facettes d'un socialisme français composé à partir de la fin des années 1820 de groupes aux effectifs réduits, très minoritaires dans le paysage des idées politiques et sociales[12]. Propagateurs enthousiastes des théories de Charles Fourier ou sympathisants plus discrets, ils sont au maximum quelques milliers au total, le plus souvent issus des classes moyennes (notaires ou rentiers, officiers ou médecins, enseignants ou ingénieurs, etc.) Tous affirment le bien-fondé des critiques formulées par Fourier contre la civilisation mais leurs positions sont plus nuancées lorsqu'il s'agit de tracer les contours de la société à venir. La plupart d'entre eux ne se prononcent pas sur la question de l'émancipation sensuelle. Écrire sur la sensualité ne va pas de soi dans des milieux où la retenue et le contrôle des passions s'imposent. Lorsque Victor Considerant, leur chef de file après la mort de Fourier, décide qu'il est temps d'entrer dans l'arène politique et de présenter des candidats fouriéristes aux élections, il veille à donner aux électeurs et au monde politique en général l'image rassurante d'un groupe fidèle aux règles morales dominantes[13].

Les membres de l'École sociétaire, soucieux pour la plupart de respectabilité, ont pourtant la réputation de cultiver les plaisirs les plus bas. Charles Weiss, directeur de la bibliothèque de Besançon – ville natale de Fourier – écrit dans son journal le 18 décembre 1833 : « Les disciples de Fourier partent de ce point que l'homme a été mis sur la terre pour donner à ses passions le plus grand essor, c'est-à-dire pour jouir, et moi je crois que l'homme est né pour souffrir, et alors même que la religion ne me l'apprendrait pas, mon expérience ne m'en aurait que trop convaincu[14]. » C'est sur cette question sensible que le phalanstérien Victor Hennequin prend la plume à la fin de la monarchie de Juillet. Propagateur zélé et talentueux des théories de Fourier à Paris et dans plusieurs villes de province, il publie en 1847 *Les Amours au phalanstère*. Il commence par rappeler les positions de ses contradicteurs : selon eux, « aux rapports honorables et réguliers qui unissent aujourd'hui les sexes, Fourier propose de substituer une licence absolue, une promiscuité infâme, et le mot qu'on lisait autrefois sur un palais de Ferrare, *Orgia*, devrait être écrit sur le fronton de son phalanstère ». Mais, rétorque Hennequin, n'est-ce pas en réalité en civilisation que prospèrent, par exemple, les pensionnats où règnent les sodomites, les « lupanars » où les prostituées sont réduites à une « vie bestiale » ? Quant aux « coutumes amoureuses décrites par Fourier », poursuit Hennequin pour désamorcer les accusations d'immoralité qui pèsent sur sa pensée, elles « ne seraient pas admises dans un phalanstère d'essai : elles ne pourraient s'établir que si la décence et le respect de la femme étaient généralisés dans les masses, que si une préalable organisation du travail assurait le sort de la femme et de l'enfant dont l'existence est aujourd'hui si précaire ». Pour mettre en adéquation la pensée de Fourier et la morale, Hennequin écrit qu'en harmonie les « relations matérielles » sont « subordonnées aux jouissances du cœur », ou encore que Fourier n'a aucune indulgence pour le « vice de Sodome » et le « vice de Sapho ». Il livre ainsi à ses lecteurs une image très édulcorée des audacieux horizons sensuels tracés par Fourier.

D'autres que Victor Hennequin présentent également Fourier sous les traits d'un moraliste somme toute orthodoxe. Le fouriériste d'origine polonaise Jean Czynski écrit en 1841 qu'il n'y a chez Fourier « rien d'hostile aux bonnes mœurs, à la chasteté et à la religion[15] ». L'officier Hippolyte Renaud ne dit pas autre chose l'année suivante : il présente les bacchantes de la *Théorie des quatre mouvements*, « dont le nom a effarouché tous les moralistes », sous les traits de cantinières vertueuses et consolatrices ; c'est le monde civilisé qui concentre toutes les turpitudes – et Renaud insiste à son tour sur les ravages de la prostitution[16]. En 1844, le publiciste Henri Dameth a plus de mal à dissimuler son malaise : « Fourier a jeté sur les mœurs de l'avenir quelques conjectures que je n'entreprendrai pas ni de défendre ni de combattre ici. Je les regarde, ainsi que ses idées cosmogoniques, comme de pures hypothèses, dont il est impossible d'accepter aujourd'hui la complète solidarité. Il était bien loin d'y attacher lui-même autant d'importance qu'à sa théorie sociale, et il le déclara souvent dans ses livres. » Selon Dameth, la femme doit conserver sa mission traditionnelle de « génie tutélaire du foyer » et de « Providence de l'enfance et de la vieillesse, consolatrice des affligés »[17]. En

1845, enfin, les phalanstériens qui rééditent sous l'autorité de Victor Considerant *Le Nouveau Monde industriel et sociétaire* décident d'en censurer quelques passages « dont la crudité n'est point admissible dans un livre de grande circulation[18] » – il est question dans ces passages de liberté des mœurs et de pluralité des amants.

Les phalanstériens prônent volontiers une retenue souriante dans le domaine des mœurs. Les rédacteurs du journal *Le Nouveau Monde*, publié à partir de 1839 sous la direction de Jean Czynski, insistent souvent sur ce point. Dans les banquets et les bals, « nos plaisirs sont purs ; nos repas, partagés par les travailleurs, sont trop frugaux pour justifier même le plus léger reproche ». Cet idéal de félicité gaie distingue les phalanstériens à la fois des adeptes de voluptés faciles et des tenants d'un militantisme austère. C'est ainsi qu'ils apostrophent le communiste Étienne Cabet, auteur en 1840 du *Voyage en Icarie* : « Vraiment, votre communauté en action n'est pas attrayante. » Ou bien : « M. Cabet maintient que les enfants élevés par les communistes riront, nous affirmons qu'ils pleureront[19]. » Dans le même esprit, il existe au sein de *La Démocratie pacifique*, organe officiel de l'École sociétaire des années 1840, une rubrique « Fêtes phalanstériennes » qui retentit d'hymnes à la bienséance, à la respectabilité morale. Quant aux phalanstériens qui fondent en 1841 autour de Zoé Gatti de Gamond et d'Arthur Young une colonie sociétaire dans l'abbaye de Cîteaux, ils ne sont pas les jouisseurs que leurs adversaires dépeignent : s'il leur arrive d'organiser des bals dans la grande salle de l'abbaye et s'ils apprécient la bonne chère, ils obéissent à des règles morales fort strictes[20]. Quant à Gilliot, dont la Librairie phalanstérienne publie *De l'unité religieuse* à la toute fin de la monarchie de Juillet, il spiritualise les passions et les plaisirs des sens : défenseur d'un « socialisme chrétien », il appelle de ses vœux le « baiser d'amour de la science sociale et des dogmes sociaux du christianisme » car de ce baiser « doit naître l'enfant beau et vigoureux de l'harmonie »[21]. Ici le contraste est particulièrement saisissant avec Charles Fourier qui non seulement dessine les contours du nouveau monde sensuel, mais se prend aussi comme exemple pour illustrer sa théorie des manies amoureuses : « J'avais trente-cinq ans lorsqu'un hasard, une scène où je me trouvai acteur, me fit reconnaître que j'avais le goût ou la manie du saphiénisme, amour des saphiennes et empressement pour tout ce qui peut les favoriser[22]. »

Les échos directs du socialisme sensuel de Fourier ne sont perceptibles que chez de très rares phalanstériens. Le peintre Dominique Papety propose dans une toile intitulée *Un rêve de bonheur*, exécutée en 1841 et exposée au Salon de 1843, la figuration d'un avenir d'harmonie. Les quelques dizaines de personnages qu'il représente forment deux groupes. Dans le premier se distinguent plusieurs hommes au torse nu et un couple enlacé tandis que s'échangent ici ou là des gestes tendres et sensuels, et chacun peut jouir des plaisirs procurés par des fruits succulents et des coupes emplies de nectar. Dans le second, où la retenue est davantage de mise, une jeune fille se délecte du parfum des fleurs et un homme plongé dans sa lecture laisse reposer son bras sur l'épaule d'une femme. Une harpiste fait le lien entre les deux groupes et le mot « harmonie » est gravé sur le socle de la statue d'un dieu flûtiste, sans doute Pan. Sagesse et sensualité vont de pair dans *Un rêve de bonheur*. En cette même année, Jean Journet signe un poème ardent intitulé *À la femme forte*. « L'amour est l'ovaire céleste / Où s'élabore le bonheur. [...] Souviens-toi qu'aimer, c'est connaître ; / Aimer c'est embraser son être / D'une ineffable volupté ; / C'est sentir la sève divine, / C'est déjà planter sa racine / Dans le sein de l'éternité[23]. » Mais Jean Journet est un phalanstérien atypique et s'il se trouve en marge de l'École sociétaire, c'est en particulier en raison de ses ardeurs parfois torrides. Le désir de respectabilité ne fait pas bon ménage avec l'abandon aux effusions charnelles.

II

Les saint-simoniens et la tentation de la chair vers 1830

Saint-Simon et les saint-simoniens font partie des cibles favorites de Fourier. Il les attaque avec d'autant plus de virulence qu'ils représentent pour lui une concurrence sérieuse : au tournant des années 1820 et 1830 les idées saint-simoniennes font beaucoup plus parler d'elles que les siennes. Il accuse en particulier le saint-simonisme d'étouffer le libre essor des passions au nom d'un sentimentalisme creux. Il a des mots très durs contre ces « charlatans ascétiques dignes du Xe siècle » qui ne jurent que par la communauté. Leurs « austérités monastiques » les trahissent : c'est une « théocratie » qu'ils veulent établir. Il dénonce par ailleurs leur « pensée-caméléon » et leur goût pour le plagiat ; ce qu'ils ont écrit de meilleur, assure-t-il, vient de lui[1].

La pensée et les actions des saint-simoniens valent beaucoup mieux que cette caricature, et enrichissent l'histoire des socialismes français. Certes, Saint-Simon (1760-1825) n'est pas socialiste, même si un certain nombre de socialistes se sont réclamés de lui par la suite[2]. Chez lui, l'homme accompli est celui qui travaille. Sa pensée industrialiste ne prend guère en charge la question de la propriété ou celle de la gestion commune des moyens de production.

À la fin de sa vie, il élabore une philosophie morale et religieuse : industrie et société se rejoignent en une religion industrielle qui doit rendre possible « l'amélioration du sort moral, physique et intellectuel de la classe la plus nombreuse et la plus pauvre » mais sans que cette classe ne soit pour autant encouragée à prendre son destin en mains[3].

Celles et ceux qui se nourrissent de la pensée de Saint-Simon et se proclament saint-simoniens à partir de la seconde partie des années 1820 contestent vigoureusement l'ordre établi[4]. Ils rejettent les doctrines qui dominent leur temps, et notamment le libéralisme. Nombre d'entre eux placent la question de l'émancipation sociale au cœur de leur engagement. Au tournant des années 1820 et 1830, à Paris ou à Lyon, dans un contexte de crise économique et d'ébullition politique et sociale, des convergences s'opèrent entre un saint-simonisme de classes moyennes et un saint-simonisme d'ouvriers-artisans. Les uns et les autres s'inscrivent pleinement dans l'histoire des socialismes. Certaines et certains plaident même pour une émancipation non seulement sociale mais aussi sensuelle ; à ce titre ils vont beaucoup plus loin que Saint-Simon et, dans une certaine mesure, ils font écho à Fourier.

« Jets suaves et mélodieux » :
le pari saint-simonien de la tendresse

À la fin des années 1820, la doctrine saint-simonienne prend une dimension religieuse affirmée : en décembre 1829 Saint-Amand Bazard et Prosper Enfantin sont désignés « Pères suprêmes » d'une communauté structurée comme une Église. Le premier occupe le terrain de l'action politique et sociale, le second agit plutôt dans le domaine des relations affectives et se consacre à l'invention doctrinale. Autour d'eux les saint-simoniens s'exposent : ils multiplient conférences et prédications, ils diffusent leurs idées dans leurs propres organes de presse (*L'Organisateur*, puis *Le Globe*). La propagation de la pensée de Saint-Simon s'accompagne d'une pratique de la vie de groupe.

Les sociabilités saint-simoniennes sont souvent placées sous le signe de l'effusion sentimentale. De nombreux membres de l'Église emploient pour eux-mêmes et vis-à-vis d'autrui une « prose sensuelle et mystique[5] ». Ils ont tendance à abolir les frontières entre la sphère privée et la sphère publique : ils confessent haut et fort leurs émois et leurs désirs. Édouard Charton, né en 1807, découvre l'univers saint-simonien à la fin de l'année 1828 et s'engage à corps perdu dans le mouvement. Il évoque quelques années après cette expérience les effets des « regards caressants » que Saint-Amand Bazard « promenait […] sur l'auditoire » pendant la prédication du 31 décembre 1828[6]. En 1831, devenu à son tour prédicateur, c'est lui-même qui s'enflamme : « La révélation de Saint-Simon n'est pas une harmonie mystique qu'on puisse enfermer en soi et emporter furtivement au désert ; elle s'évanouirait dans la solitude comme un vague retentissement ; elle se vivifie, elle éclate en jets suaves et mélodieux au sein de la multitude[7]. » L'artiste Machereau livre lui aussi au public l'enthousiasme qui l'habite : « Ah ! Je ne regrette plus ce paradis promis à la seule spiritualité de mon être. Désormais, je toucherai, je sentirai, je verrai des êtres aimants et vivants de ma vie[8]. » Quant au menuisier Gabriel Gauny, il assiste avec bonheur à une série de prédications saint-simoniennes puis adresse au teneur de livres Thierry un brûlant « Offertoire » au cours de l'hiver 1831-1832 : « Sur mon front quand tu versas ton aurore, quand la rosée de ta vie tomba sur mon sol où tournent des tempêtes, non, je n'étais plus d'ici ; échappé aux révoltes de mon être […] je me fais fleur ; fleur aimante, solitaire, que froisse ton haleine en effeuillant mes pétales embaumés pour toi seul[9]. » Même s'il est difficile de savoir si elle s'accompagne d'une tendresse d'ordre physique, l'ivresse des mots est contagieuse.

Elle s'ajoute aux plaisirs des repas, des chants et des danses là où les saint-simoniens s'assemblent[10].

« C'est la chair que nous réhabilitons, que nous sanctifions » : l'apothéose du monde sensuel selon Enfantin

Prosper Enfantin contribue activement à la redéfinition sensuelle du saint-simonisme et il la théorise. Ardent partisan de l'émancipation de la femme, il considère que l'exploitation dont elle est victime est au moins aussi intolérable que celle qui pèse sur le travailleur soumis au bon vouloir de l'oisif détenteur des richesses. L'émancipation doit donc être globale et permettre, entre autres, l'épanouissement sensuel de chacune. Mais la thèse de l'affranchissement tant spirituel que charnel soulève assez vite d'âpres objections. C'est sans doute sur cette question que Philippe Buchez, l'une des principales figures du saint-simonisme depuis 1825, rompt à la fin de l'année 1829 ; quelques années plus tard il continue de fustiger chez ses anciens amis l'attrait pour la « chair banale des carrefours » et un panthéisme païen consistant à « replonger les hommes dans le privilège des castes, la promiscuité des bêtes et les orgies du culte de Pan ». Selon Buchez, qui se considère comme le seul héritier authentique de Saint-Simon, « la matière est chaotique et passive, et l'esprit doit l'organiser »[11].

En obtenant au cours de l'été 1831 que la question des relations entre les sexes soit placée à l'ordre du jour des discussions saint-simoniennes, Enfantin déclenche une crise durable. Il dévoile déjà l'essentiel de ses arguments dans une lettre qu'il adresse à sa mère en août 1831 : il faut, écrit-il, que les hommes et les femmes composant les couples-prêtres de l'Église saint-simonienne, desservants de la religion de l'avenir, se fassent « aimer selon la chair par les individus amants de la chair comme ils se font aimer selon l'esprit par les individus amants de l'esprit[12] ». Il fixe au clergé des missions précises : modérer les appétits des sens s'ils sont déréglés, les réchauffer s'ils sont engourdis. Dans le domaine amoureux, l'intimité recule tandis que la mobilité devient légitime. Enfantin considère en effet que deux modèles coexistent et que chacun mérite le respect : certains sont constants ou immobiles comme Othello, d'autres inconstants ou mobiles tel Don Juan. Enfantin encourage de fait la réhabilitation de la matière et rompt avec les dualismes dominants qui opposent le corps et l'âme, le corps et l'esprit. Selon lui c'est aussi par la matière que se manifeste l'être social, qui n'est pas l'individu mais le couple. À la tentation de la mortification, il oppose la sanctification dans le travail ainsi que dans le plaisir : ainsi la sensualité a-t-elle pour vocation de pénétrer la vie individuelle et collective.

Saint-Amand Bazard, qui prône une morale plus ascétique et place les vertus du labeur au cœur de son système de pensée, ne cache pas son hostilité vis-à-vis d'Enfantin. Entre les deux hommes s'engage une querelle très âpre. Bazard, vaincu à l'issue d'un débat où Enfantin a mêlé arguments doctrinaux et attaques personnelles (il a évoqué publiquement une relation extraconjugale de Claire Bazard), annonce le 11 novembre 1831 qu'il se retire de la direction du mouvement. Dans une brochure qu'il publie en janvier 1832, il s'explique : « En résumé, toute cette interprétation donnée au principe de la réhabilitation de la matière est fausse, et constitue une véritable rétrogradation, puisque, par la confusion qu'elle établit, elle tend à détruire la famille, à effacer toute individualité, et à substituer les impulsions instinctives de la sensualité du barbare aux déterminations morales, libres, intelligentes de l'homme civilisé, de l'homme sorti des mains du christianisme[13]. »

Les 19 et 21 novembre 1831, Enfantin s'avance davantage encore lors d'une assemblée générale houleuse de la famille saint-simonienne. « Oui, l'œuvre que nous accomplissons aujourd'hui est une œuvre de *matière*, une œuvre d'*industrie*; c'est la *chair* que nous réhabilitons, que nous sanctifions. » Il poursuit en affirmant l'importance des moments de réjouissance collective dans la vie en société : « L'ouvrier veut des fêtes. » Il lance enfin un « Appel à la Femme » et invite les saint-simoniens à partir en quête de la « Femme-Messie », celle qui complètera le couple sacerdotal.

Enfantin est conscient du trouble qu'il déclenche chez de nombreux saint-simoniens, d'autant que le traumatisme dû au retrait de Bazard ne s'efface pas. Attentif à ne pas donner à l'Église saint-simonienne une réputation trop sulfureuse, il tâche de se montrer rassurant dans ses propos du 19 novembre. « Tout acte, aujourd'hui, dans le sein de la doctrine, qui serait de nature à être réprouvé par les mœurs et les idées morales du monde qui nous entoure serait un acte d'immoralité. » Mais ses prises de position entraînent de nouveaux départs : Jean Reynaud rompt fin novembre 1831, Pierre Leroux en décembre 1831, Olinde Rodrigues en février 1832. Édouard Charton, Abel Transon et d'autres encore font aussi défection.

La plupart des saint-simoniens suivent pourtant Enfantin, qui garde sous son contrôle les principaux leviers d'action de l'Église saint-simonienne. De nombreux articles du *Globe* continuent à relayer très directement ses idées. Il s'y trouve par exemple une description de la femme saint-simonienne de l'avenir : « Ce ne sera plus la femme païenne, voluptueuse courtisane, vivifiant tout de son amoureuse haleine ; ce ne sera plus la vierge chrétienne aux yeux mouillés de larmes, implorant Dieu en macérant son corps et en faisant fi et mépris de sa beauté terrestre ; car si dans l'une il y a la débauche des sens, dans l'autre il y a la débauche de l'esprit, mais ce sera la jeune fille radieuse, contente de sa beauté et de ses charmes ; ce sera la jeune fille parée, joignant l'abandon de l'Orientale à la pudeur de la chrétienne[14]. »

Charles Duveyrier, l'un des principaux promoteurs du tournant religieux du saint-simonisme, laisse lui aussi le champ libre à son enthousiasme quelques jours plus tard, avec des accents qui font directement écho aux écrits de Fourier. « On verrait des hommes et des femmes unis par un amour sans exemple et sans nom, puisqu'il ne connaîtrait ni le refroidissement, ni la jalousie ; des hommes et des femmes qui se donneraient à plusieurs sans jamais cesser d'être l'un à l'autre, dont l'amour, au contraire, serait comme un divin banquet, augmentant de magnificence en raison du nombre et du choix des convives. [...] La vie ne sera que joie, danse, rire, amour[15]. »

« *Caressons la terre* » : *ascétisme et sensualité de Ménilmontant à l'Égypte*

Enfantin et ses fidèles se retrouvent dans une situation périlleuse au printemps 1832. Aux crises et aux défections des mois précédents s'ajoute la pression exercée par les autorités politiques. Le président du Conseil Casimir Perier orchestre une série de mesures répressives : interdiction de se réunir, poursuites judiciaires (les principaux dirigeants sont accusés, entre autres, d'outrage à la morale publique et aux bonnes mœurs). *Le Globe*, étouffé par de sérieux problèmes financiers, cesse de paraître. C'est alors qu'Enfantin décide d'organiser dans une grande maison qu'il possède à Ménilmontant une spectaculaire retraite. Une quarantaine de saint-simoniens, dans l'attente de la Femme, y observent scrupuleusement des règles morales strictes dont une exemplaire frugalité et un « célibat temporaire » qui suppose la chasteté : aucune femme n'est admise. Chacun contribue à la vie de la petite communauté par son travail. Certains sont chargés de l'épluchage des légumes ou du service de la table, d'autres de l'enlèvement des ordures, d'autres encore du jardinage. Ils rythment leurs activités en entonnant des hymnes saint-simoniens composés par Félicien David. Les « apôtres » – tel est le nom qu'ils s'attribuent – portent tous la barbe, et sont vêtus d'une redingote bleue qui se boutonne par-derrière (cela impose l'entraide) et d'un pantalon blanc. Des cérémonies, que les journaux sont invités à décrire et à commenter[16], sont ouvertes au public.

Cette retraite monacale n'interrompt pas les poursuites judiciaires. À leur procès d'août 1832, Enfantin, Duveyrier et Chevalier exposent crânement leurs idées. Lors des audiences, Enfantin adresse des œillades appuyées à la cour et au jury. Il plaide sa cause en parlant de lui à la troisième personne du singulier : « Pour sauver la chair de sa réprobation et de ses flétrissures, il fallait que cet homme eût l'audace de dire, devant des hommes qui regardent la beauté de la chair comme l'instrument du péché, qu'il la considérait, lui, et qu'il l'employait comme une puissance venue de Dieu pour améliorer, pour moraliser le monde. » Il est condamné comme Duveyrier et Chevalier à un an de prison, tandis que la cour prononce la dissolution de la « société dite saint-simonienne ».

L'aventure ne s'arrête pas là. Dans la prison de Sainte-Pélagie, les trois hommes poursuivent leur œuvre de prosélytes. Ils renouent en outre avec une sensualité bridée à Ménilmontant et avec les plaisirs de la vie. Enfantin écrit le 22 décembre 1832 à Pauline Chevalier que son mari, Michel, « engraisse » et « sera dodu comme une caille d'automne sous peu si cela continue » ; il demande quant à lui aux saint-simoniennes Cécile Fournel et Marie Talon de lui faire parvenir des huîtres ainsi que des cailles ou des alouettes, de l'huile parfumée, de l'eau de Cologne. Au même moment (mi-décembre 1832) des militants saint-simoniens de Paris gagnent Lyon, ville de la soie et des artisans canuts, afin de se joindre aux prolétaires de l'industrie. Puis, dans les premiers mois de 1833, nombre d'entre eux quittent Lyon pour Marseille et l'Orient, à la recherche de la Femme-Messie ; ils se conforment de la sorte aux exhortations d'Enfantin, qui a affirmé plusieurs mois plus tôt que l'alliance entre l'Orient et l'Occident permettrait de réduire le dualisme entre la chair et l'esprit. Selon un journal marseillais, ce groupe de saint-simoniens partage avec plusieurs centaines de convives, avant d'embarquer pour Constantinople, un « festin religieux » composé de « quelques aliments frugaux » avec « du pain et du vin [...] en portions égales », en une sorte de Cène qui s'inscrit dans la tradition ascétique de Ménilmontant. Gracié en août 1833, Enfantin décide de gagner à son tour l'Égypte. « *Le Globe*, écrit-il à Barrault le 8 août 1833, voilà notre fiancée, notre mère pour le moment, le peuple est notre famille ; engendrons par le travail, embrassons, caressons la terre. » Il embarque avec quelques autres à Marseille en septembre et rejoint l'avant-garde saint-simonienne en Égypte.

Enfantin entend convaincre les autorités égyptiennes de l'intérêt d'un grand projet industriel : le creusement d'un canal à Suez. Ancien élève de l'École polytechnique, il considère les progrès des techniques et l'essor des communications comme des facteurs privilégiés du rapprochement entre les hommes. Il tente par ailleurs de reprendre le contrôle sur les saint-simoniens « compagnons de la Femme » emportés dans leurs élans mystiques, en leur demandant d'observer un célibat sévère et de se contenter de saluer les femmes d'Orient avant la rencontre décisive avec la Femme-Messie. Dans les faits les choses se passent autrement puisque les idées d'Enfantin sur la mobilité amoureuse font des émules sur les rives du Nil. Au-delà, la dimension sensuelle du saint-simonisme ne s'efface pas après les années éclatantes des débuts de la monarchie de Juillet. Moïse Retouret, dans une lettre qu'il adresse le 30 janvier 1834 à son ami Gabriel Gauny, évoque « la femme libre d'Europe déchirant les voiles qui enveloppent comme un nuage la beauté de sa sœur d'Asie, convertissant le despote antique aux douceurs d'un baiser inconnu ! ». Et il poursuit, à l'intention de Gauny : « Cherche, cherche encore : la volupté ruisselante des sueurs du travail : la terre bien-aimée jalouse et battant d'amour, les cieux ravis et rayonnants ! » Le 4 février 1838, Déchevaux-Dumesnil adresse une lettre passionnée à Enfantin : « À vous Père qui aimez tant la grande famille, mon plus doux cri du cœur ; je voudrais être femme pour qu'il fût plus tendre et dire à vous toute ma vie et tout mon Amour. »

« L'essai de la chair par la chair!!! » : la sensualité socialiste en actes (Claire Démar et quelques autres)

Lorsque Claire Démar entre en contact avec le saint-simonisme, elle a un peu plus de trente ans – mais sa date de naissance, comme l'orthographe de son nom, sont nimbés de brouillard. C'est à partir de l'épisode de la retraite à Ménilmontant qu'elle commence à s'engager. Se proclamant saint-simonienne, elle organise des bals pour recueillir des fonds. Elle alimente une correspondance suivie avec d'autres saint-simoniens et publie en mars 1833 l'*Appel d'une femme au peuple sur l'affranchissement de la femme*, rédigé dès l'automne 1832. Elle écrit dans la première partie de l'année 1833 *Ma loi d'avenir*[17]. Son second livre ne paraît qu'à titre posthume car dans la nuit du 3 au 4 août 1833 elle se suicide en compagnie du jeune saint-simonien Desessarts[18].

Ses écrits et les derniers mois de son existence sont placés sous le signe de la soif d'émancipation. Dans *Ma loi d'avenir*, livre où elle s'expose le plus nettement, elle n'a de cesse de réclamer l'« affranchissement » de tous les exploités, l'« émancipation pour tous, pour les esclaves, les prolétaires, les mineurs, grands et petits ! »[19]. Elle reprend à son compte une partie de la pensée de Saint-Simon, mais en lui donnant une portée supplémentaire puisqu'elle met en évidence, comme Enfantin, le sort lamentable des prolétaires, mais aussi et surtout la condition des femmes : « Oui, *l'affranchissement du prolétaire, de la classe la plus pauvre et la plus nombreuse*, n'est possible, j'en ai la conviction, que par *l'affranchissement de notre sexe.* »

L'avenir des femmes dépend selon elle d'une révolution radicale et conjointe dans les sphères domestique et sociale. Car c'est à l'échelle du quotidien que la vie doit changer. Elle préconise par exemple que les femmes soient déchargées du fardeau que représente pour elles leurs nourrissons : « Vous voulez affranchir la femme ? Eh bien ! du sein de la mère du sang, portez le nouveau-né aux bras de la mère sociale, de la nourrice-fonctionnaire, et l'enfant sera mieux élevé. » Elle dénonce la domination masculine entérinée par le Code civil ; les hommes doivent notamment comprendre que leur conjointe ne leur appartient pas et que la jalousie n'est rien d'autre que « le sentiment antisocial de propriété ». La cérémonie du mariage lui inspire le plus profond dégoût. « L'union qui, contractée en face de la foule, se traîne *lentement* à travers une orgie de vins et de danses, jusqu'au lit nuptial, devenu le lit de la débauche et de la prostitution, et permet à l'imagination délirante des convives de suivre, de pénétrer tous les détails, *tous les accidents* du drame lubrique joué sous le nom de jour de noces ! » Elle rejette l'exposition spectaculaire de la dépravation et le « grossier et dégoûtant pêle-mêle » que les couples prospères pratiquent sous couvert de l'institution du mariage « au jour sombre voluptueusement mystérieux des rideaux de soie d'un boudoir ».

En plaçant la question des rapports de domination et celle de la propriété au cœur de ses textes, Claire Démar intervient directement dans l'histoire des socialismes. Selon elle, il est essentiel de ne pas se tromper de révolution : la destruction de l'édifice social, tributaire de la libération des femmes, passe avant l'action politique. C'est pourquoi elle démythifie les Trois Glorieuses, ces journées de révolution parisienne qui, en juillet 1830, ont conduit à la chute de Charles X et à l'arrivée de Louis-Philippe Ier sur le trône :

> « La révolution des mœurs conjugales ne se fait pas à l'encoignure des rues ou sur la place publique pendant trois jours d'un beau soleil mais elle se fait à toute heure, en tout lieu [...], cette révolution-là mine sans relâche le grand édifice élevé au profit du plus fort, et le fait crouler à petit bruit et grain à grain comme une montagne de sable, afin qu'un jour, le terrain mieux nivelé, le faible comme le fort puissent marcher de plain-pied et réclamer avec la même facilité la somme de bonheur que tout être social a le droit de demander à la société. »
> (*Appel d'une femme au peuple*).

Son combat n'est donc pas celui des républicains, qu'il importe au contraire de convertir comme tous les autres au saint-simonisme.

La clé de l'émancipation sociale, c'est l'attraction (on remarquera au passage que cette idée majeure vient de Fourier) ; son cadre, c'est la relation entre les femmes et les hommes. L'avenir appartient à « l'homme et [à] la femme obéissant aux lois d'une divine attraction, confondus sur le sein l'un de l'autre, couple sublime, [...] individu social ». Dans ces conditions, l'engagement dans le couple suppose un « long et mûr examen », une « sérieuse réflexion » ; il faut s'accorder une « période d'essai » avant le mariage. Là encore, Claire Démar se montre très audacieuse puisque ce qu'elle appelle de ses vœux, c'est « l'épreuve de la matière par la matière ; l'essai de la chair par la chair !!! » Si la jalousie est une plaie sociale et si l'attraction prime, rien n'interdit le dépassement du couple. « Quoi donc ! Une femme serait exploitée et malheureuse, parce que, sans crainte de les voir se déchirer, se haïr, elle pourrait donner simultanément satisfaction à plusieurs hommes dans leur amour. » Ainsi Claire Démar se fait-elle l'avocate de l'inconstance émancipatrice et en l'occurrence de la polyandrie, contre la constance forcée qui rend esclave. Si les esprits et les corps ne s'épanouissent pas ensemble, les règles du jeu social ne changeront pas. Dans une lettre qu'elle adresse à Enfantin fin février ou début mars 1833, elle donne une illustration frappante de cette conviction : si elle a renoncé, explique-t-elle, à convertir le républicain Adolphe Rion, c'est parce qu'elle n'a ressenti pour lui aucune « attraction » : « Il fallait un sacrifice complet... Je n'ai pu le faire ; sa laideur m'inspire du dégoût. »

Dénonciatrice inlassable de l'hypocrisie morale dominante, isolée dans un « monde réel, tout froid, tout positif, tout calculateur », Claire Démar s'efforce d'harmoniser l'éloge de la matière et l'appel aux forces spirituelles. Tout comme Enfantin, elle rejette l'idéalisme et le dualisme moraux. « Aujourd'hui nous sentons, nous réclamons la réhabilitation de la chair flétrie, torturée depuis tant de siècles sous la loi chrétienne qui consacrait la prédominance injuste d'un principe sur l'autre. » Cette réhabilitation est pourtant une « sanctification » d'essence elle aussi chrétienne. Une fois encore, l'amour fait ici le lien entre l'ordre matériel et l'ordre spirituel. « Père, je ne vaux quelque chose que par le cœur », confesse-t-elle à Enfantin le 31 décembre 1832. Le 8 février 1833 elle lui fait parvenir un bouquet de fleurs artificielles, inversant pour l'occasion la relation habituelle entre les hommes et les femmes. Un dimanche du mois de juin 1833, elle lui annonce qu'elle lui enverra sous peu *Ma loi d'avenir*. « J'ai été plus loin que vous », ajoute-t-elle à propos de son texte. Gêné par l'activisme, le jusqu'au-boutisme et l'engagement amoureux de Claire Démar – dans sa lettre de juin elle lui dit à quel point elle l'aime –, Enfantin fait savoir à ses proches qu'il ne veut plus recevoir de telles lettres de sa part[20].

Claire Démar se sent à juste titre différente de la plupart des femmes et des hommes qui suivent la voie ouverte par Saint-Simon. Dans un texte qu'elle lui consacre peu après son suicide, Cécile Fournel, fidèle d'Enfantin malgré ses réticences sur les questions de mœurs, affirme que Démar n'était pas saint-simonienne. Quant à Suzanne Voilquin, qui assure la publication posthume de *Ma loi d'avenir* en 1834, elle ne parvient pas à s'expliquer le geste de l'été 1833 et la « volupté horrible dans cette fraternité de la tombe » ; elle salue dans sa préface la hardiesse de cette « femme remarquable » mais précise qu'elle ne partage pas ses idées[21].

Pourtant, d'autres saint-simoniennes, issues de la bourgeoisie ou d'extraction plus modeste, mettent en œuvre le projet d'une émancipation à la fois charnelle et spirituelle. Tenues à l'écart de la vie publique, elles trouvent là un terrain d'action spécifique. Née en 1805, Pauline Roland vit au début de la monarchie de Juillet avec Adolphe Guéroult une histoire d'amour dont témoigne leur correspondance[22]. Entre elle et lui, la sensualité charnelle succède à la sensualité verbale. En septembre 1833 il lui écrit : « Hier, pendant un moment, la tête cachée dans votre sein, sentant sur mon visage la douce chaleur du vôtre, écoutant les battements de votre cœur, j'ai délicieusement ressenti la puissance de votre beauté. [...] Je n'ai pas pu vous rendre vos caresses. Je puis recevoir de vous, mais je n'ai rien à vous donner. » C'est qu'il se considère dégradé, souillé par les relations qu'il a eues avec des prostituées. Pauline Roland parvient à lever cet obstacle et leur désir mutuel trouve satisfaction quelque temps plus tard, si l'on en croit par exemple les termes d'une lettre de Pauline Roland à Aglaé Saint-Hilaire, le 21 mars 1834 : « Je suis une femme d'amour, mais non d'amour mystique, d'amour de chair autant que de cœur, d'amour complet enfin. » Comme en écho, Adolphe Guéroult se confie à Lambert le 8 juin 1834 en reprenant les idées les plus radicales des saint-simoniens sur la nécessaire adéquation entre paroles et actes : « Pour beaucoup, ce ne sont encore que des idées. Pour Pauline et pour moi, c'est de la pratique. » La relation entre Pauline Roland et Adolphe Guéroult est connue de leurs coreligionnaires, qui la perçoivent souvent assez mal. Et leurs réticences s'approfondissent lorsque Pauline Roland s'engage en 1834 dans une nouvelle relation amoureuse, cette fois avec Jean Aicard, et qu'elle obtient des deux hommes de pouvoir élever sans eux les enfants nés de ces deux unions libres.

La liberté des amours non exclusives est également sensible dans la correspondance de la Lyonnaise Clorinde Rogé, femme de l'apôtre de Ménilmontant Dominique Tajan-Rogé[23]. Elle a une courte liaison avec Enfantin tandis qu'il fait halte à Lyon sur la route de Marseille (été 1833). Elle séjourne ensuite en Égypte, y fonde un établissement d'enseignement pour les jeunes filles du pays, entretient une nouvelle liaison avec l'ex-sous-officier Sèves, puis regagne la France avec Tajan-Rogé en 1836. Lyonnaise elle aussi, Agarithe Caussidière rejoint les saint-simoniens sur le chantier du barrage du Nil où elle est cantinière et blanchisseuse ; on lui connaît des aventures avec Enfantin, sans doute Lambert, puis Prax, puis Cognat. Mais, d'après

Lambert, « la mobilité absolue la gêne » et elle fait elle aussi l'expérience de la « douloureuse recherche d'une préférence ». Lambert entend souligner par là que la pluralité des amours n'est pas un choix facile.

D'une façon plus générale, mises à l'écart de la hiérarchie saint-simonienne à partir du moment où est lancé « l'appel à la Femme », plusieurs femmes forgent elles-mêmes l'outil de leur émancipation : Désirée Véret, Marie-Reine Guindorf et Suzanne Voilquin fondent en août 1832 *La Femme libre, l'Apostolat des femmes,* journal « exclusivement rédigé par des femmes pour les femmes ». Le premier numéro est l'occasion d'un « Appel aux femmes » où figurent par exemple ces phrases subversives : « Comprenons donc nos droits; comprenons notre puissance; nous avons la puissance attractive, pouvoir des charmes, arme irrésistible, sachons l'employer. » Ainsi, dès le premier tiers du XIXe siècle, une partie de l'histoire du socialisme sensuel s'écrit au féminin.

III

Une géographie socialiste anti-sensuelle 1830-1848

À partir du milieu des années 1830, tandis qu'aux troubles du début du règne de Louis-Philippe Ier succède une période d'ordre et de calme sur les plans politique et social, l'univers socialiste s'étoffe. Les traités théoriques, les brochures à visée polémique, les journaux et les correspondances témoignent d'une vitalité qu'aiguillonne la question sociale – et notamment les conditions terribles dans lesquelles vivent les plus pauvres des Français. D'innombrables débats agitent les socialistes tandis que prolifèrent des pensées anti-socialistes dynamiques – ces deux mouvements sont intimement liés. Sous la monarchie de Juillet, l'histoire de ces socialismes se construit en général à distance de la question de l'émancipation des sens, ou en opposition avec elle. Les idées de Fourier et des saint-simoniens sont contestées par l'anarchisme proudhonien, par un socialisme d'artisans et par des pensées communistes aux multiples facettes. Ce qui domine, c'est une dénonciation parfois radicale de l'ordre des sens et de ses promesses au nom d'un engagement militant fondé en morale ou en raison. Le modèle puritain de l'ascèse s'appuie par exemple sur le stoïcisme, le renoncement chrétien à la chair, les figures tutélaires de Robespierre ou de Babeuf. Il fait l'objet de constantes surenchères.

« *Mangez poulardes et gros potage* » : le saint-simonisme sensuel en ligne de mire

Contre les saint-simoniens se mobilisent de très nombreux adversaires, parfois fort virulents, à l'intérieur autant qu'à l'extérieur de la sphère socialiste. « Une dévote et sa société », explique à Claire Démar l'une de ses correspondantes, ont proféré « toutes les horreurs possibles et imaginables voulant me jeter par la croisée et me chasser du pays à coups de pierres[1]. » Les arguments hostiles sont nombreux ; pourtant, les accusations de sectarisme, de jésuitisme, d'usurpation d'héritage restent minoritaires par rapport aux charges contre les mœurs d'Enfantin et de ses proches. La plupart du temps l'ironie ou la moquerie dominent, comme par exemple dans les caricatures qui fleurissent au début des années 1830. Plusieurs auteurs s'intéressent au ventre des saint-simoniens. Dans le *Cantique d'exhortation des saint-simoniens* (1832) on peut lire : « Mangez, habitants du village,/ Le Père Enfantin vous le dit,/ Mangez poulardes et gros potage,/ Les vendredis, les samedis. [...] C'est contre les mauvais sermons/ Que Dieu nous fit, on peut m'en croire,/ Un ventre, afin de bien manger,/ Un large gosier pour bien boire,/ Et deux jambes pour bien danser[2]. »

Mais le thème qui revient le plus souvent dans les caricatures est celui des amours. L'épisode de Ménilmontant, pourtant très teinté d'esprit monacal, est souvent présenté sous l'angle de la sensualité débridée. Sur un dessin à charge intitulé « Réunion saint-simonienne », on voit un apôtre assis qu'enlace une jeune femme debout ; elle tend son verre à un angelot qui l'emplit d'un doux nectar. La caricature « Capacités saint-simoniennes » représente des saint-simoniens costumés, cirant des chaussures ou pelant des légumes, tandis qu'au second plan, sur un banc discret à demi masqué par des fourrés, une jeune femme à la poitrine partiellement découverte tend ses lèvres au Père, dont la main est posée sur l'épaule nue de sa compagne. L'épisode de Sainte-Pélagie inspire aussi les dessinateurs.

Une caricature contre « le père Fanfantin » met en scène le détenu couronné avec en main une marotte sur laquelle figurent une inscription (« morale ») et une figurine (une femme nue). Une silhouette datant probablement de l'année 1833 – « Père Fanfantin donnant sa griffe à baiser » – montre un trio sensuel composé d'Enfantin debout sur un socle et de deux femmes agenouillées de part et d'autre, pieds nus, baisant les pointes de ses pieds, l'une bouche fermée, l'autre bouche ouverte[3].

« Le plus puissant de tous les antiaphrodisiaques » :
les débuts de la croisade de Proudhon

Pierre-Joseph Proudhon publie ses premiers travaux à la fin des années 1830. Disséminées dans la plupart des écrits qu'il signe depuis lors, ses remarques liées à la question de la sensualité occupent une place à part. Il s'y montre extrêmement vindicatif et il exclut avec une impressionnante constance tout appétit sensuel des horizons qu'il dessine. Ce parti pris est sensible dans la plupart de ses écrits : *De l'utilité de la célébration du dimanche, considérée sous les rapports de l'hygiène publique, de la morale, des relations de famille et de cité, Système des contradictions économiques ou Philosophie de la misère* et surtout dans ses *Carnets*[4].

Dénonçant tous les socialismes qui lui sont contemporains, Proudhon semble attentif à se placer en dehors de cette nébuleuse. Il écrit dans *Système des contradictions économiques* que « le socialisme, à le bien prendre, est la communauté du mal, l'imputation faite à la société des fautes individuelles, la solidarité entre tous les délits de chacun » et qu'« en fait et en droit le socialisme, protestant éternellement contre la raison et la pratique sociale, ne peut être rien, n'est rien. [...] Il n'y a point d'heure marquée pour lui, il est un perpétuel ajournement ». Il se montre plus incisif encore dans ses *Carnets* : soit le socialisme est un « charlatanisme », une « piperie », une « escroquerie » (début novembre 1845), soit il « n'a jusqu'à ce jour rien compris à la Société » (mai 1846) ; en bref, il est « dupe ou escroc » (novembre 1846)[5]. Il faut faire ici la part du positionnement polémique : Proudhon tient à affirmer son originalité vis-à-vis de toutes les autres pensées sociales de son époque, même si certaines d'entre elles l'inspirent. Pourtant, l'idée socialiste lui est chère. « Il est évident que le Socialisme, comme parti ou secte dans la société, approche de sa fin ; mais comme tendance de l'esprit il vivra toujours, ainsi que la philosophie. » (novembre 1843). Ses théories de l'égalité, de la liberté, de la justice, de l'organisation de l'économie et des échanges vont de pair avec d'autres pensées socialistes de l'émancipation.

Or, la proscription de la sensualité est selon Proudhon une condition de l'émancipation sociale. La chasteté est la marque de fabrique du seul et vrai amour ; elle garantit la pureté de la vie familiale et donne une solution à l'hostilité majoritaire dans les rangs socialistes à l'égard de l'idée d'un contrôle des naissances[6]. « La vraie limite de la population, c'est le Travail et l'Amour, c'est-à-dire la chasteté » (sans doute octobre 1845). Le parallèle entre l'amour et le travail – termes que Proudhon écrit avec la majuscule – est ici significatif : dans les deux cas l'esprit doit l'emporter sur les tentations de la chair. « C'est un besoin irrésistible pour l'homme d'aimer sa femme comme il aime son travail, d'un amour spirituel » (*Système des contradictions économiques*). Ou, sous une forme plus percutante : « Peuple travaille ! Saigne-toi ! Abstiens-toi ! » (novembre 1846). Dans ce schéma, la vertu du travail est cruciale : il « est pour l'amour une cause active de refroidissement : c'est le plus puissant de tous les antiaphrodisiaques » (*Système des contradictions économiques*).

Selon Proudhon il revient aux hommes – aux mâles – de brider leurs appétits en luttant à la fois contre eux-mêmes et contre les femmes, tentatrices par excellence. Le contrôle viril sur soi préserve de tout débordement sentimental – Proudhon voue une haine farouche, par exemple, au courant romantique. Ce contrôle s'incarne en Hercule qui a préféré la vertu à la volupté (« Trois fois malheur à celui qui n'a pas choisi comme le fils de Jupiter ! », *De l'utilité de la célébration du dimanche*), le contre-modèle étant Don Juan, le débauché, le libertin, l'« abominable caractère » stigmatisé dans les *Carnets* en octobre 1847. La lutte contre les femmes tentatrices consiste à les arracher aux délices de la volupté. L'homme doit non seulement se défier de la « Vénus physique » (sans doute début novembre 1845) mais la remodeler pour la dégager de l'emprise charnelle et pour « faire d'elle un chef-d'œuvre, une déesse » (*Système des contradictions économiques*). Le personnage biblique de la fidèle et pure Judith, mis en scène par le dramaturge Ponsard dans *Lucrèce* (1843), est considéré par Proudhon comme un modèle : « Elle ne se souvient plus avoir eu des sens, l'amour puissant et divin de Manassé l'avait spiritualisée » (août 1843). Il hait à l'inverse George Sand dont la liberté à la fois sexuelle et intellectuelle est pour lui intolérable. Elle a « forniqué publiquement avec J.S., A.M., L., G.P., D., et je ne sais combien d'autres, à la face de l'opinion » (sans doute mars 1846) et elle « pisse des phrases autant que Dumas des dialogues » (début février 1848).

L'hostilité de Proudhon à l'égard de la sensualité se fixe souvent sur ses adversaires socialistes. Dans *Système des contradictions économiques* il n'a pas de mots assez durs contre le « système érotico-bachique et polygame » et la « prostitution intégrale » de Fourier, des saint-simoniens et des communistes; il évoque aussi la « triste illusion d'un socialisme abject, dernier rêve de la crapule en délire » et il confesse que les communistes lui inspirent une répulsion physique (« votre présence m'est une puanteur et votre vue me dégoûte ! »). En l'occurrence, c'est à Fourier qu'il s'en prend le plus vivement. Le penseur de l'attraction passionnée est selon lui un escroc doublé d'un bouffon et d'un fanatique : un « farceur renouvelé de Panurge, de Triboulet, de Campanella » (mars 1847). Les idées sensualistes de Fourier sur les « mœurs phanérogames » (le terme est employé habituellement pour des végétaux pourvus d'organes de reproduction sexuelle apparents) ou sur le « régime gastrosophique » (qu'il formule en « philosophie de la gueule » dans *Qu'est-ce que la propriété* ?[7]) sont à proprement parler ignobles pour Proudhon. Il n'épargne pas davantage les fouriéristes. « Les phalanstériens transportent le sensualisme jusqu'au ciel. Jouir, pour eux, c'est tout l'homme. *Vous êtes dégoûtants !* C'est mon dernier mot » (sans doute octobre 1845). Sans surprise, la dégradation morale suprême est le fait du sexe féminin : « Ainsi toute femme phalanstérienne est-elle en train de devenir catin » (mai 1846).

« Ces chapelets d'œufs de crapauds [...] dans les marais fangeux » : front commun contre les socialistes sensuels

Proudhon n'est pas isolé dans sa croisade. Pierre Leroux, qui a rompu avec le saint-simonisme en 1831 pour protester notamment contre la théorie enfantinienne de la réhabilitation de la chair, s'inscrit dans une logique comparable. Au début de la monarchie de Juillet, il s'interroge sur la nature du socialisme, dénonçant ses dérives lorsqu'il repose exclusivement sur l'idée d'égalité, tout comme il dénonce le libéralisme si la liberté y règne sans partage[8]. Il est partisan d'un socialisme qui concilierait la liberté et l'égalité, qui harmoniserait les ordres de la connaissance, du sentiment et de la sensation. Opposé à la fois à l'individualisme libéral et à un socialisme autoritaire, il justifie dans ses « Lettres sur le fouriérisme » sa défiance vis-à-vis de la pensée de Fourier. Sa huitième lettre, en particulier, porte sur « l'aurore du bonheur, ou la huitième période de Fourier ». Il y présente une généalogie intellectuelle touffue : Fourier est selon lui un adepte tardif du « mysticisme matérialiste », un héritier de Diderot et de d'Holbach, un sensualiste redoutable qui « pousse à la dernière limite la psychologie dégénérée de Locke par Condillac et Helvétius », un continuateur pervers de Sade. Il subit aussi l'influence délétère des traditions orientales et florentines : son imagination, « fleurie comme celle d'un poète oriental », produit des « épithètes suaves ». Quant au phalanstère, il singe la Florence « souillée de tous les vices » que Dante a dépeinte en son temps : ce lieu « n'a pas de nom qui lui convienne mieux que ce mot cynique que l'Italien admet et dont notre langue pudique ne souffre pas la traduction » – ce mot est « bordello ». Leroux dénonce tout comme Proudhon les « mœurs phanérogames » et la « politique de la gastronomie combinée » de Fourier, dont le sensualisme exacerbé conduit à un très dangereux pêle-mêle : « L'amour est une variante de la gastronomie, la gastronomie est une variante de l'amour. » Bacchanales et orgies incessantes ressuscitent les « coutumes de Sodome et Gomorrhe » – et au premier chef la sodomie, tabou absolu pour Leroux, définie selon lui par Fourier comme « le lien fondamental de tout son système d'organisation ». D'où un dégoût physique de Leroux qui rappelle celui de Proudhon. Le système de Fourier est à l'en croire un « amas de matière croupissante » et il ressemble à « ces chapelets d'œufs de crapauds qu'on trouve en été dans les marais fangeux »[9].

Il est facile de repérer des attaques du même genre dans d'autres familles socialistes. Voici par exemple Louis Blanc, le penseur de l'organisation du travail, qui érige l'austérité de Robespierre en modèle moral, qui ne fait pas mystère de ses profondes réticences à l'égard du saint-simonisme enfantinien, et qui exclut l'odorat, le goût et le toucher de ses analyses sur les plaisirs sensuels : « La destination de l'œil est de voir : son plaisir est de regarder. La destination de l'oreille est d'entendre : son plaisir est d'écouter. Si, au lieu d'être une jouissance, l'exercice de nos facultés était une douleur, il n'y aurait dans les lois de la nature qu'oppression et folie[10]. » Voici aussi l'ex-saint-simonien Gustave Biard qui s'élève en 1840 contre les projets d'association domestique sans assise morale de l'École sociétaire : « Ne vous apercevez-vous pas que vous tendez à faire de la société une autruche, c'est-à-dire un animal plus gros du ventre que du cœur, tout égoïsme et sans dévouement[11]. » Biard laisse entendre que l'engagement en faveur des plaisirs sensuels déclenche un processus d'animalisation à la fois physique et morale, donc rabaisse l'homme. Voici encore les communistes néobabouvistes, tournés vers la révolution sociale dans l'esprit de Babeuf et de Buonarroti, souvent matérialistes, qui dénoncent l'esprit de lucre et le goût pour le superflu, les plaisirs de la chair, les perversions que les désirs font naître. Or, ils font eux-mêmes l'objet d'une grande défiance : partisans d'un idéal communautaire situé aux antipodes de l'individualisme dominant, ils sont suspectés d'encourager la promiscuité et la communauté des femmes.

Dans les années 1840, cette hostilité vis-à-vis d'un socialisme sensuel s'exprime dans des termes très proches hors des rangs socialistes. *Études sur les réformateurs contemporains, ou socialistes modernes*, publié en 1842 par Louis Reybaud, en est une illustration probante[12]. Reybaud soutient que Saint-Simon, « pour rétablir le christianisme dans ses voies », lui a restitué un « côté sensuel », puis qu'Enfantin a radicalisé ce qui était en germe chez Saint-Simon en proclamant l'alliance des sens et de la sensibilité contre la saine raison : « M. Enfantin était la personnification d'un monde nouveau, pressé d'arriver, pressé de jouir », qui « comptait sur le cœur plus que sur l'esprit ». Avec Enfantin et Rodrigues « la chair fut réhabilitée ; on sanctifia le travail, on sanctifia la table, on sanctifia les passions sensuelles, le tout en se servant de termes assez lestes ». Dans le chapitre suivant, Reybaud qualifie Fourier de « panthéiste à la façon des saint-simoniens, ou [...] sensualiste de l'école de Locke et de Condillac ». L'application de la pensée de Fourier, affirme-t-il, risquerait de « déchaîner [...] les passions sur le monde ». Dans la conclusion générale de son ouvrage, Reybaud met une fois de plus l'accent sur les périls que représente l'exaltation des appétits sensuels, en contradiction complète avec les saines traditions chrétiennes : « Jusqu'ici la compression des instincts et la lutte contre les passions sensuelles avaient constitué l'un des plus beaux titres de l'homme, et l'un des plus nobles emplois de sa volonté. » Les réformateurs, à l'inverse, proposent de « céder à la nature, [de] s'abandonner aux appels des sens, [de] jouir de tout sans mesure et sans réserve ». Certes, Reybaud cherche à se prémunir de toute accusation de manichéisme : il souligne que Fourier a su parfois affirmer une salutaire supériorité des passions de l'âme sur celles du corps et il se démarque parallèlement d'un christianisme ascétique orienté vers le martyre du corps et « sans profit pour l'âme ». Il n'en reste pas moins que son ouvrage, qui connaît un grand succès, nourrit le double argumentaire anti-socialiste et anti-sensuel.

Les « orgies du carnaval » : les socialistes et le peuple esclave

La plupart des socialistes puisent également leur hostilité vis-à-vis de la sensualité à une autre source. Si le socialisme chrétien du journal ouvrier *L'Atelier*, le socialisme de type étatiste et associationniste de Louis Blanc, le communisme icarien d'Étienne Cabet ou le communisme néobabouviste ne sont aucunement interchangeables, ils se rejoignent non seulement dans leur volonté partagée d'émancipation sociale mais aussi sur la question de l'ascèse militante.

Selon eux, la soif malsaine de volupté qui caractérise l'immorale et prospère bourgeoisie louis-philipparde menace aussi le peuple laborieux. D'une part, le spectacle des jouissances des nantis peut contaminer des hommes et des femmes que leur pauvreté ou leur misère risquent de jeter, faute d'argent, sur l'alcool frelaté, la fête canaille ou la sexualité bestiale. D'autre part, l'immoralisme guetterait en permanence un peuple incapable de se raisonner et de troquer le plaisir de l'instant contre les promesses du vrai bonheur à venir au terme du processus d'émancipation. Nombre d'observateurs, socialistes ou non – tel par exemple le docteur Villermé dans son *Tableau de l'état physique et moral des ouvriers employés dans les manufactures de coton, de laine et de soie* (1840) –, insistent sur les turpitudes et l'intempérance du peuple miséreux, l'entassement d'hommes et de femmes de tous âges dans un même lit au fond d'ignobles galetas. Hostile au discours libéral, philanthropique ou sagement réformiste, le discours socialiste emprunte néanmoins fréquemment les mêmes voies. Constantin Pecqueur, partisan de la propriété collective des moyens de production, se prononce en 1839 contre l'esprit de concurrence fondé sur l'intérêt individuel; il ajoute que « l'appétit des jouissances animales [...] règne presque seul dans le cœur et la pensée de la multitude[13] ». Les rédacteurs du journal *La Fraternité de 1841* publient en 1842 une profession de foi qui va à peu près dans le même sens : « Nous sommes communistes parce que nous voulons relever nos frères de cette déchéance morale, de ce matérialisme grossier qui flétrit leur âme[14]. »Toujours en 1842, le journal *L'Atelier*, qui se présente comme l'« organe des intérêts moraux et matériels des ouvriers », met en évidence l'alternative entre la satisfaction égoïste des appétits et l'accomplissement du devoir : c'est l'esprit de sacrifice qui rend possible un dévouement défini comme le « combat de l'homme contre son instinct de conservation et ses désirs de jouissance[15] ». Charles-François Chevé, un socialiste chrétien qui collabore à *L'Atelier*, affirme que le travailleur doit s'élever à la dignité de « l'Hercule chrétien » armé de deux glaives, « l'un pour dompter la terre et l'autre ses propres passions »; l'oisiveté, à l'inverse, est la « Vénus adultère »[16]. Quant à Étienne Cabet, communiste à tendance spiritualiste, défenseur de l'ordre familial, hostile aux pratiques insurrectionnelles, promoteur d'une société égalitaire et très quadrillée qu'il décrit en 1840 dans *Voyage et aventures de Lord William Carisdall en Icarie*, il est aussi à l'origine d'une « Enquête ou revue industrielle » où l'accent est mis, par exemple, sur les « mœurs, habitudes, vices »[17]; dans l'« Enquête sur le travail et les travailleurs par les travailleurs eux-mêmes », il met en avant des considérations morales : les enquêteurs doivent s'enquérir de la proportion d'ouvriers mariés et se demander ensuite : « Pourquoi si peu » ? Les « vices des ouvriers », notamment ceux qui vivent en dehors des liens du mariage, doivent être étudiés de près. Dans cette perspective, les enquêteurs citent de nombreux cas d'ivrognerie, dénoncent l'immoralité qui règne aux barrières, dans les cafés, dans les bals, dans les guinguettes ou pendant le carnaval[18].

De fait, la dénonciation des excès populaires se cristallise fréquemment sur le moment du carnaval. Le spectacle de la débauche sensuelle du peuple est particulièrement sensible au cours de ces quelques jours d'hiver. Pendant la fête libératoire, les hiérarchies sociales et les interdits moraux s'évaporent : on chante, on danse, on mange et on boit, on laisse aller le désir sexuel. L'usage des masques lève les inhibitions. Des pratiques de l'excès – jets de nourriture, scatologie, etc. – scandalisent les moralistes résolument hostiles à des usages qui peuvent pourtant être aussi considérés comme des modes de régulation de la vie sociale[19].

Lorsque reviennent février et mars, les rédacteurs de *L'Atelier* accordent à cette question une attention soutenue. Dans un article de février 1841, la jouissance effrénée du Mardi gras est opposée à la tradition des « fêtes patriotiques » – les seules qui vaillent puisque, comme l'a montré l'expérience de 1789, elles élèvent l'âme et favorisent l'épanouissement du « sentiment social ». Tandis que le peuple en révolution a su s'imposer un « carême civique » pour nourrir les soldats, les « orgies du carnaval » abrutissent une plèbe qui se vautre dans des plaisirs « ignobles » et « crapuleux » sous les yeux d'un pouvoir heureux d'étouffer ses justes revendications en œuvrant à sa dégradation. La conclusion de l'article est sans appel : « Dans ce temps de honte et de misère, il faut se garder pur et digne pour veiller sans cesse au salut de la nation : nous ferons des fêtes lorsque la France sera glorieuse[20]. »

En mars 1844, le journal revient à la charge dans l'article « Le carnaval ». Il proteste « au nom de la morale, contre ce qui se passe à Paris dans ces jours de dévergondage et de profonde immoralité qu'on appelle le Carnaval ». L'opprobre est jeté sur les jeunes des « classes dites supérieures » qui, indignes même des animaux, aiment « l'immonde bacchanale ». Les hommes de *L'Atelier* s'assignent pour mission de fixer ou de rappeler le cap à un peuple ouvrier influençable. Ils acceptent de passer pour des hommes « bien rigides » adeptes du « puritanisme » : leur mission s'apparente à un sacerdoce.

Même son de cloche en février 1845 avec « Le mercredi des Cendres », sous une autre forme : une très longue diatribe morale en alexandrins. Le lecteur se retrouve à la Courtille, un lieu de plaisirs du nord de Paris, hors des barrières d'octroi, où l'on mange, boit et danse. Au matin du mercredi des Cendres, après un Mardi gras déchaîné à la barrière, c'est la « descente de la Courtille » : un immense cortège se déploie entre la barrière de Belleville et l'Hôtel de Ville. L'auteur du texte, qui parle à la première personne ou fait parler en son nom un personnage prénommé Jérémie (comme le prophète de la Bible), ne cache pas son dégoût. Il condamne « les torrents d'un vin impur et frelaté » que le peuple du carnaval engloutit avec la bénédiction de Bacchus, et, plus généralement, une « débauche nue » à caractère clairement sexuel. Les jeunes filles du peuple se doivent de lui préférer les « chastes » mystères de l'union bénie par le prêtre ; le peuple, ce « grand corps travailleur », perd toute dignité s'il cesse de célébrer les vertus de la vie modeste. Non, nul n'est besoin pour lui de plaisirs faciles pour contrebalancer sa vie de labeur. Non, le carnaval ne stimule pas la marche du commerce. « Non, l'honnête ouvrier n'aide pas à ces fêtes / De catins et d'escrocs, de hideux proxénètes ! »

Le carnaval est la partie visible d'un inquiétant continent. Aux barrières de Paris, le peuple aime danser toute l'année le quadrille. Il apprécie particulièrement le chahut, ou cancan, ou chahut-cancan, ensemble de figures très sensuelles – certaines peuvent être exécutées à plat ventre – que l'on réalise en couple, à un rythme endiablé, en fin de quadrille. La saint-simonienne, une figure qui s'apparente au galop et qui se situe elle aussi en fin de quadrille, est également très en vogue. Quant aux goguettes, elles sont décrites dans *L'Atelier* de mai 1844 par un « repenti » comme des lieux de « glorification du sensualisme et du bien-être matériel ». Les chansonniers y vouent un « culte exclusif à la *bonne chère* ». Amis de l'alcool et de la licence sexuelle, ils sapent l'idée même de famille. Ils négligent la « chanson sociale » au profit de la « gaudriole ». Or, « la gaudriole n'a jamais eu de cœur ; elle a des sens, c'est tout ». En d'autres termes, elle dégrade le bon peuple en plèbe vulgaire.

« Un lait chaste et pur » : *les socialistes entre Dieu et la matière*

Dans un violent pamphlet de 1841 intitulé *Réfutation de trois ouvrages de l'abbé Constant*, Étienne Cabet dénonce chez celui-ci une pensée pseudo-socialiste non seulement médiocre – il se cantonnerait à des abstractions filandreuses et ne réfléchirait aucunement aux questions d'organisation sociale – mais ignoble. *L'Assomption de la femme*, par exemple, est selon Cabet « un livre obscène, immoral, dangereux » qui encourage « l'amour matériel plus que l'amour spirituel ». Or, cette dernière critique est sans doute infondée : Constant est l'un des partisans socialistes les plus déterminés de la spiritualisation de la chair[21].

Après avoir rompu pour des raisons d'ordre sentimental avec la carrière ecclésiastique à laquelle il se destinait, Alphonse Constant vit quelque temps à Paris, devient moine à Solesmes en 1839-1840, puis se heurte à l'hostilité de l'Église catholique et des pouvoirs publics lorsqu'il fait paraître *La Bible de la liberté* – il est condamné à la prison. Dans *L'Assomption de la femme* il se fait le héraut de la « grande révolution humanitaire qui se prépare[22] ». Il revient aussi sur ses jeunes années : le spectacle des « orgies » dans les garnis d'étudiants et de grisettes l'a incité à s'arracher à la matière mais il n'a pas trouvé la paix au contact des « os desséchés du grand corps catholique ». Il a donc choisi, au sein de l'Église – il ne cesse de réaffirmer sa fidélité et sa soumission à Rome –, une voie qui consiste notamment en une spiritualisation de la sensualité. Il est un inconditionnel du Cantique des Cantiques, le chant d'amour de la Bible qu'il publie, commente et cite (« Est-il pour la tête de l'homme un plus doux oreiller que le sein de la femme ? »). Il prend des accents saint-simoniens lorsqu'il prédit que « des embrassements de l'homme-Dieu et de la femme régénérée naîtra le bonheur éternel », mais il ne prône pas pour autant la réhabilitation de la chair. Il en appelle à l'amour bien davantage qu'à la volupté. Ainsi, les seins des femmes doivent inspirer aux hommes la chasteté plutôt que l'ivresse : « Nous en approchons nos lèvres pour y puiser l'ivresse des sens, sans nous souvenir qu'ils doivent, pour nos enfants, se gonfler d'un lait chaste et pur. » En 1844, il publie dans la même veine *La Mère de Dieu*[23]. Il s'y livre à une étonnante réinterprétation onirique de la scène biblique du fruit défendu, ode à un amour victorieux du péché et à une nature florissante : « Lorsque j'eus sommeillé une nuit dans l'Église universelle, à mon réveil il me sembla que j'étais assis avec ma bien-aimée sous l'antique pommier d'Éden ; mais le serpent était mort aux pieds de la femme, et de l'arbre tranché par le glaive des anges avaient germé des branches de vigne et des palmes verdoyantes. »

Les socialismes du tournant des années 1830 et 1840 sont traversés par cent autres tentatives de reformulation de la foi chrétienne, sous des formes parfois tout à fait inattendues. Alphonse Esquiros, un proche de Constant, est l'auteur en 1840 d'un *Évangile du peuple* aux accents révolutionnaires, écho indirect des *Paroles d'un croyant* de Lamennais (1834), et qui lui vaut plusieurs mois de prison. Dès le milieu des années 1830, Esquiros s'est engagé dans des réflexions audacieuses dont témoigne par exemple en 1835 sa vision de Jésus dans « La philosophie du christianisme » : « Besoin était entre Dieu et l'homme d'un sujet hybride qui accouplât en lui les deux natures. Le Verbe n'était accessible qu'à l'esprit ; il fallait qu'il descendît à la portée des sens. L'union, brisée par notre faute, n'eût jamais été renouée sans la copulation substantielle et inhérente des éléments antipathiques [...]. Le Christ vint au monde, l'humanité accoucha de son salut[24]. »

Cette représentation de Jésus à la connotation sensuelle évidente va de pair chez Esquiros avec une austérité de mœurs hautement revendiquée : il la souligne dans sa préface à un livre de 1840, publié sous couvert d'anonymat, où il décrit le calvaire des prostituées : *Les Vierges folles*[25].

L'abbé Châtel s'essaie de son côté à concilier – entre autres – la foi chrétienne, la pensée des Lumières, la franc-maçonnerie et un socialisme d'inspiration fouriériste. Fondateur de l'Église catholique française, il est partisan d'une liturgie simplifiée à destination du peuple. On peut lire dans son *Code de l'humanité* (1838) que « les appétits du corps ne seront plus maudits : car Dieu qui les a donnés a donné le corps; et il ne maudit ni le corps ni ses appétits[26] ». L'horizon à atteindre, selon Châtel, c'est un socialisme du suffrage universel et de la libération de la femme.

Il n'est pas possible ici de parcourir en long et en large ce foisonnement si exubérant de pensées où s'articulent l'âme, l'esprit et la matière[27]. Les hommes du journal *L'Humanitaire*, « organe de la révolution sociale » qui rassemble des communistes matérialistes hostiles à Cabet, s'en prennent par exemple dans un prospectus, puis dans le numéro de juillet 1841, à la famille qui détruit la fraternité sociale au nom de l'intérêt individuel, au mariage qui permet à l'homme de s'approprier la chair de la femme, mais aussi au luxe qui n'existe ni dans la nature ni dans les besoins des hommes, et qui doit donc disparaître. Poursuivis, ils doivent faire cesser la parution de leur journal à l'issue du procès de novembre 1841. Quelques mois plus tard Théodore Dézamy, ex-secrétaire de Cabet, rallié à une partie des idées communistes et matérialistes de *L'Humanitaire*, développe dans son *Code de la communauté* une physique des passions où l'attraction tient une place éminente[28]. Quant à Jules Gay, après avoir fréquenté un moment les saint-simoniens puis s'être rapproché de la pensée de Fourier, il fixe ses préférences sur les idées du Britannique Robert Owen, dont il traduit en 1837 les *Propositions fondamentales du système social de la communauté des biens, fondé sur les lois de la nature humaine.* Il prénomme en 1842 son second fils Owen. Il élabore un communisme qui ouvre sur l'égalité sexuelle aussi bien que sur l'égalité sociale ; il demande la communauté des biens dans le mariage et soutient par principe le droit à la liberté sexuelle des femmes. Il écrit à la fin de l'année 1841, dans un texte qu'il propose à *L'Humanitaire* mais qui n'est jamais publié pour cause de procès, que les communistes rejettent les quatre dogmes de l'autel, du trône, de la propriété et de la famille[29].

Ainsi, quelque part entre Fourier et Enfantin d'une part, Proudhon d'autre part, nombre de socialistes revisitent les héritages dualistes du christianisme et de la tradition morale occidentale[30]. La diversité de leurs prises de position tient à la porosité des frontières d'alors entre socialisme, science et religion, à la multiplicité des sources dont ils s'inspirent. À une époque où le socialisme austère l'emporte sans conteste sur le socialisme sensuel, ils parcourent tout l'éventail des possibles. La question de la sensualité est par conséquent un bon marqueur de l'hétérogénéité des socialismes, de leur éclatement, de leur constant repositionnement.

IV

Malaises en République
1848-1851

« Vive la République ! [...] La réforme sociale est le but : la République est le moyen. Tous les socialistes sont républicains ; tous les républicains sont socialistes. » Le fouriériste Victor Considerant salue en ces termes l'avènement de la république[1]. Avec la chute de Louis-Philippe Ier, qui clôt une période de conservatisme inégalitaire incarnée par le libéral François Guizot, les socialistes peuvent espérer que leurs idées circuleront librement dans l'espace public. La crise économique et le profond malaise social qui sévissent au début de l'année 1848 peuvent inciter à l'expérimentation de théories nouvelles tandis que le « printemps des peuples » qui touche l'Europe ouvre des perspectives inattendues.

D'autres que Considerant soulignent au lendemain de la révolution de février 1848 une convergence naturelle entre socialismes et république. « J'ai souvent dit, explique Cabet le 10 avril 1848 à la Société fraternelle centrale, que communisme et république, c'était exactement la même chose[2]. » Dans *Le Tocsin des travailleurs,* journal parisien où écrivent par exemple Émile Barrault, Désirée Gay et Gabriel Gauny, on lit le 12 juin 1848 : « Qui n'est pas socialiste n'est pas républicain. » Les socialistes ne parlent pas d'une seule voix mais l'air résonne d'appels à l'émancipation et à l'établissement durable d'une république démocratique et sociale.

Mais comment rapprocher les logiques de la prise de décision politique et celles de la revendication sociale ? Sur ce point crucial les espérances initiales des socialistes sont rapidement déçues. Aux divergences internes s'ajoutent les effets d'un anti-socialisme dont la violence doctrinale croît – le risque d'une application des idées socialistes en république inquiète beaucoup dans les rangs conservateurs et républicains modérés. L'échec se traduit en particulier par l'impuissance de la Commission du Luxembourg pour les travailleurs que préside Louis Blanc, par le traumatisme de l'insurrection parisienne des 22-26 juin 1848 qui scelle dans le sang la victoire de la république modérée sur la république sociale, par l'adoption en novembre 1848 d'une constitution où les droits politiques l'emportent sur les droits sociaux, par le sort de nombreux chefs socialistes en 1848-1849 (prison, exil), par le reflux révolutionnaire sur tout le continent européen. Les courants socialistes s'engagent donc rapidement dans l'opposition au régime en place, par exemple au sein d'un mouvement démocrate-socialiste (ou « démoc-soc ») qui ne parvient pas à inverser le rapport de force. Il n'est pas facile de défendre sous la Deuxième République des discours radicalement émancipateurs. La volonté d'affranchissement des corps ou d'épanouissement des sens n'est exprimée qu'avec prudence et discrétion, à l'échelle d'individus ou de petits groupes. Les attaques menées aussi bien par Proudhon que par Thiers, la profusion des discours contre les menaces de la sensualité, le matérialisme ou l'esprit de jouissance, laissent peu de place aux analyses de Jules Gay, de George Sand et de quelques autres.

« *Socialisme grossier* » et « *hommes-horloges* » : *l'épouvantail du socialisme sensuel*

Le discours anti-socialiste sature l'espace public sous la Deuxième République. Les attaques s'exercent tous azimuts mais la question de la sensualité est de celles qui reviennent souvent. Socialisme et communisme sont souvent considérés comme deux facettes d'une même perversion égalitariste conduisant à l'immoralisme, à la confusion des esprits et des corps, à la destruction des valeurs (propriété, famille, etc.). Républicain modéré et figure de proue du gouvernement provisoire du printemps 1848, Alphonse de Lamartine écrit en octobre 1849 : « Prenez garde au matérialisme abject, au sensualisme abrutissant, au socialisme grossier, au communisme crapuleux, à toutes ces doctrines de chair et de sang, de viande et de vin, de soif et de faim, de salaire et de trafic[3]. »

Dans une actualité éditoriale anti-socialiste fournie s'individualise à la fin de l'année 1848 la production du chef de file libéral Adolphe Thiers : son ouvrage *De la propriété* est une arme fourbie contre l'hydre socialiste. Thiers y stigmatise l'homme livré à ses passions, qui « se crée des besoins exagérés et coupables, tels que ceux du vin, des femmes, de la dépense, de la paresse, du sommeil, de l'activité désordonnée, des révolutions, des combats, de la guerre », qui désire « la femme de tout le monde » ou qui rêve « des torrents de boisson qui l'abrutiront ». Or, ce sont les socialistes et les communistes qui alimentent ces désirs funestes en attaquant la propriété et la famille, piliers de l'ordre social. Ils sont à ce titre beaucoup plus dangereux que les rejetons débauchés de la bourgeoisie dénoncés par les socialistes, qui se perdent certes « dans l'oisiveté et la débauche » mais qui « seront bientôt punis »[4].

Même type de discours dans la *Revue des deux mondes*, publication conservatrice très lue dans la bourgeoisie libérale et hostile au socialisme sous toutes ses formes. Dans un article de 1848 qu'il consacre à des ouvrages de Charles

Grün et de Proudhon, l'homme de lettres Saint-René Taillandier soulève de nouveau la question d'un « socialisme sensuel » funeste pour l'ordre social : « Quand la morale publique se perd, le socialisme sensuel divinise nos passions et veut nous livrer aux bêtes. » L'année suivante, l'essayiste et journaliste Émile Montégut décrit pour sa part un saint-simonisme où règnent « l'irritation sensuelle de la jeunesse », les « extases voluptueuses », les « parfums d'Orient », les « ceintures dénouées ». Il s'en prend ensuite au matérialisme des « hommes-horloges » adeptes de Fourier. « Tous les plaisirs du phalanstère, ajoute-t-il, consistent à dîner sur l'herbe et à faire l'amour en plein air. C'est triste, et c'est vulgaire. » Plus globalement Montégut ironise pêle-mêle sur les rêves idylliques de « cailles toutes rôties » et de « nougats poussant comme des champignons » dans la tradition de Rabelais, sur le communisme égalitaire qui tue les plaisirs, sur la haine et l'amertume qui habitent selon lui tant de socialistes. Il brosse les portraits parallèles du jeune socialiste « méchant, criard et sensuel » et du vieux socialiste aigri, déçu de n'avoir pas consacré davantage sa vie aux plaisirs de la chair. Les doctrines socialistes sont selon lui le plus souvent des doctrines « de l'intestin ». Ceux-là même qui proclament les vertus de l'abstinence se livrent aux plus honteuses jouissances – ou en rêvent. Puis, un an plus tard, le philosophe Émile Saisset met en évidence un courant sensualiste héritier de Condillac, actif à la fin de la Restauration et au début de la monarchie de Juillet : « Il ne s'appelait pas encore le socialisme ; mais c'était bien le socialisme au berceau ; il invoquait les noms de Charles Fourier et de Saint-Simon[5]. »

En 1850, Louis Blanc se remémore les calomnies dont lui-même et Albert (secrétaire, comme lui, du gouvernement provisoire de 1848) ont été victimes : « On disait les recherches de notre luxe, le raffinement de nos goûts, nos mets de prédilection, nos soupers fins. » Or – Louis Blanc insiste sur ce point –, il régnait au palais du Luxembourg un tel esprit d'austérité « qu'on aurait presque pu y voir de l'affectation s'il y en avait eu à nous souvenir que la plupart des ouvriers qui nous entouraient n'avaient pas de pain »[6].

Les attaques anti-sensuelles ne sont certes pas uniquement dirigées contre les socialistes. Certains républicains de 1848 en font également les frais. Armand Marrast, maire de Paris puis représentant du peuple, est, d'après *Le Tocsin des travailleurs* du 5 juin 1848, l'une des meilleures incarnations de ces « viveurs de la République » qui « s'amusent à se coucher dans des alcôves tendues de soie, à se dorloter sur le velours, et à siroter le meilleur de la cave », et, aux dires du républicain radical Jules Gouache, il « passe ses heures de loisir à chanter ou à danser, en faisant payer à son pays, les violons du bal ou les glaces de la restauration »[7]. Alexandre Ledru-Rollin, ministre de l'Intérieur, puis membre de la Commission exécutive, avant de devenir chef de file « montagnard », est considéré comme l'amant de George Sand et, selon une rumeur persistante dans les campagnes auvergnates, il n'est qu'un dictateur lubrique (« Le dru Rollin ») flanqué de deux maîtresses : « la Marie » et « la Martine » – Alexandre Marie et Alphonse de Lamartine étant au printemps 1848 deux hommes forts de l'exécutif républicain[8]. La confusion entre socialisme et républicanisme est sensible dans *Les Socialistes modernes*, livre du juriste Jules Breynat publié en 1849 : Breynat y regroupe dans une seule et même catégorie Ledru-Rollin et Proudhon, Cabet et Raspail, Pierre Dupont et George Sand, Pierre Leroux et Émile de Girardin. Selon lui le socialisme a contaminé le républicanisme. Ses mises en garde sont directes : il faut se défier des « fruits amers et terribles » d'une pensée qui favorise les « appétits grossiers du sensualisme ». Breynat décrit par exemple le succulent quotidien d'Icarie, né de l'« imagination orientale » de Cabet. « À 2 heures dîner splendide dans un restaurant républicain. Primeurs, gibier, poissons, vins fins, rien n'y manque[9]. »

« *Que l'homme [...] dompte sa chair* » :
les obsessions persistantes de Proudhon

Proudhon, qui met en pratique ses idées sur le mariage en épousant fin 1849 l'ouvrière passementière Euphrasie Piégard, poursuit sous la Deuxième République l'offensive anti-sensuelle qu'il avait engagée sous la monarchie de Juillet. Certes, l'essentiel de son action porte sur d'autres questions que celle-là : il défend avec énergie l'idée de l'organisation du crédit et d'une Banque du peuple, soit à la tribune de l'Assemblée constituante, soit dans la presse. Pourtant, lorsqu'il insiste sur les différences qui le séparent des socialistes de son temps, la question de la sensualité reste l'un de ses angles d'attaque favoris. À la fin de ses *Confessions d'un révolutionnaire*, écrites derrière les barreaux en 1849, il s'en prend aux sensualistes, aux malthusiens avides de plaisirs, à ceux qui sacrifient leur libre arbitre à leurs passions. Le socialiste est à ses yeux celui qui « parle du corps de Dieu, des générations planétaires, des amours unisexuelles, de la phanérogamie, de l'omnigamie, de la communauté des enfants, du régime gastrosophique, des harmonies industrielles, des analogies des animaux et des plantes[10] ».

C'est une fois encore dans ses *Carnets* que les charges contre la sensualité sont les plus appuyées[11]. À la mi-avril 1851, il réitère ses accusations contre le saint-simonisme enfantinien et contre les « singeries de Ménilmontant », et il ironise sur les partisans de l'« Androgyne », de la « réhabilitation de la chair », de la « communauté des biens et des femmes ». Il est d'avis que les socialistes sont esclaves d'une religiosité qui exerce dans toute la société une influence délétère en actionnant deux leviers majeurs, la peur et la volupté ; il en conclut à une entreprise de « manuspration morale » – le mot exact serait ici « manustupration », qui signifie onanisme – (mi-août 1850). Il s'afflige du rendez-vous manqué entre christianisme et liberté : à l'origine le christianisme avait fait acte d'« athéisme » en bousculant un paganisme ignoble (« boire et manger était un acte divin, représenté par Bacchus ; faire l'amour était un autre acte divin, représenté par Vénus, Vénus Uranie, et Vénus physique »). Mais après avoir élevé « la Liberté au-dessus des sentiments et des sens », le christianisme victorieux a dégénéré : « Cette liberté même, il la méconnut, il la soumit à la volonté d'un Dieu, qui exigeait le sacrifice des sens comme *réparation* » (début juillet 1851).

Persuadé que les menaces conjuguées du christianisme et du socialisme pèsent sur l'intégrité des individus, Proudhon ironise sur les pratiques de ses contemporains et il s'adresse à lui-même des encouragements appuyés qui témoignent d'une hostilité obsessionnelle à l'encontre des plaisirs de la chair et de la bonne chère :

> « Tout homme est susceptible, à un moment donné, d'aimer le fils de son ami, ou de son voisin et de devenir pédéraste. C'est un accès somnambulique et érotique dont nul ne peut se défendre. [...] Que l'homme veille donc sans relâche sur son cœur et sur ses sens : qu'il dompte sa chair par le travail, l'étude, la méditation. » (mi-juillet 1849) « Qu'est-ce en effet, que la volupté ? L'art de la masturbation, soit solitaire, soit à deux, de même ou différent sexe. [...] Dufaure a une maîtresse charmante, dit-on ; son suprême bonheur, à lui, est de se coucher sur le dos, de faire accroupir sa maîtresse toute nue sur son visage, de manière à recevoir ses *nécessités* dans sa bouche. [...] Je compare cette manie au goût dépravé, selon moi, de ces gastronomes qui n'aiment les grives, perdrix et autres venaisons que faisandées » (octobre 1850). « Les pauvres diables, qui ne savent ni boire ni manger, se goinfrent, s'empiffrent, s'engraissent, tombent dans l'ivrognerie, la pléthore, etc., car c'est un fait que l'appétit comme la soif, se développe par la satiété : il en est de même de l'appétit vénérien. Tous les instincts sont tyranniques et inextinguibles » (début juillet 1851)

De son combat avec la volupté, la chasteté doit absolument sortir victorieuse. « La virginité absolue est la loi suprême, la fin dernière de l'être, l'état où l'amour s'exprime, comme dans la cérémonie catholique de la messe, par le simple baiser, presque sans contact » (fin juillet 1849). Selon Proudhon, le bien-fondé du combat contre la volupté doit même s'inscrire dans la loi, comme le montre cette remarque qu'il formule à propos de la peine de mort : « Tout meurtre commis par le mari sur l'amant de sa femme dans le cas de flagrant délit, même avec préméditation et guet-apens, est excusable. [...] Tout meurtre commis par la femme outragée sur le violateur, même hors le cas de flagrant délit, est excusable » (5 septembre 1851).

« Le ventre de la bourgeoisie est un sépulcre ouvert » :
la retenue socialiste sur la sensualité

Face à un feu anti-sensuel si nourri, quelques socialistes considèrent comme à l'orée des années 1840 que certains plaisirs de la vie doivent être accessibles non seulement aux riches, mais aussi à un peuple laborieux et méritant. Dans *Le Tocsin des travailleurs,* Gabriel Gauny décrit au printemps 1848 les atteintes qui affectent le corps de l'ouvrier ; l'air vicié « déflore ses sens » et « les positions du corps, qu'exige le métier, l'importunent ». À l'inverse, « si le bruit du plaisir parvient jusqu'à lui, son œil pétille, son cœur danse, les heures du délassement lui seraient si douces ! Il croit au bonheur[12] ». Le surlendemain, Gauny revient sur la question à propos d'un projet de grand banquet de la Fraternité : « Fête sublime ! Le peuple en frémit, en parle, en rêve. C'est le plus chétif des festins, quand bien même il monterait à 50 centimes ; mais jamais orgie de Sardanapale n'a aiguisé à ce point l'appétit des sensuels habitants des Babylones antiques. L'eau lui en vient à la bouche[13] ! » Dans *Le Travail affranchi,* journal d'inspiration fouriériste, Vinçard évoque le 28 janvier 1849 le quotidien des peintres en bâtiment et s'arrête un instant sur la pratique du « petit raccord », qui « consiste à sortir furtivement dans la journée pour aller boire un verre de vin qui, pris en cachette du maître, n'en paraît que meilleur ». Ces propos ne sont nullement des hymnes à la volupté. Leurs auteurs défendent ou revendiquent un droit à des satisfactions mesurées, compatibles avec les bons désirs des travailleurs.

Ce qui l'emporte en effet chez ceux qui parlent du corps dans des termes favorables, c'est la dimension spirituelle de l'affranchissement. Libérer les corps, c'est en quelque sorte les dématérialiser et leur retirer une partie de leurs caractéristiques charnelles. Ex-disciple de l'abbé Châtel et admirateur de Pierre Leroux, le socialiste Robert du Var publie en 1850 *Éducation nationale de l'homme et du citoyen*, où il insiste pour que chacun se dégage « de ses passions, de ses instincts personnels » et se refuse aux orgies de l'individualisme et à la « fureur sensuelle » des riches. Les plaisirs des sens l'inquiètent et il dénonce à ce titre les errements de Fourier, dont il reconnaît le génie, mais qui « s'est carrément posé en docteur de la gastronomie [...]. Or le luxe, sachons-le bien, a été toujours pratiqué par les aristocraties[14] ».

Alphonse Esquiros, dans les rangs socialistes, réfléchit en profondeur à la question de la salutaire spiritualisation des sens, notamment au fil des pages d'un ouvrage de 1850 intitulé *De la vie future au point de vue socialiste*[15]. Actif dans la presse parisienne de 1848, représentant du peuple à l'Assemblée législative en 1850, Esquiros met en regard dans son livre hybride – récit, puis traité – la raison et la passion, la retenue et l'élan mystique. Le personnage principal du récit, inspirateur du traité, est un curé. Alors qu'il était encore jeune diacre, il dit avoir éprouvé une attirance chaste et tourmentée pour une jeune fille de 15 ou 16 ans. « Élisa n'était alors qu'une adolescente, pourtant il était impossible de ne pas se dire que ces membres délicats prendraient bientôt plus de consistance – et que ces fruits acerbes devaient mûrir, et alors !... Mais j'éloignais avec horreur de telles idées. » Le désordre de ses sentiments s'accentue à la lecture d'Helvétius, de Condillac et surtout de Lamennais (*Paroles d'un croyant* « acheva de [l]e troubler ») mais il s'en tient à une sensualité éthérée. « Il y a dans le commerce de deux âmes saintes quelque chose de si délicatement voluptueux qu'on s'enivre à longs traits du charme d'être ensemble. » Lorsqu'il revoit Élisa après deux années de séparation, l'attirance réciproque s'avère cette fois irrépressible. Il s'en souvient dans un soupir : « Oh ! Combien pour un novice comme moi le fruit défendu avait d'attraits ! » Mais la volupté dévorante qui s'empare d'eux conduit au drame. Il la poignarde puis, pour oublier ce meurtre, il se jette « dans le jeu, dans la bonne chère, dans la débauche ». C'est alors que le fantôme d'Élisa, dans une robe blanche, lui rend de fréquentes visites : « À chaque fois que j'étais sur le point de cueillir un plaisir défendu, je voyais se dresser, entre moi et mes convoitises, la pâle figure de ma maîtresse, toute crucifiée par mes désordres. » Il décide donc de se faire moine trappiste mais l'austérité et la rudesse de la vie monacale l'en détournent ; il se fixe sur la prêtrise et il devient l'abbé Symphorien.

Le récit débouche sur un ensemble de propositions qui témoignent de sources d'inspiration extrêmement diverses : le christianisme, le magnétisme, le système de Pierre Leroux, les pensées des Celtes et des Orientaux. Il convient d'en finir à la fois avec le système de « mortification outrée » prôné par l'Église, et avec la sensualité vulgaire et matérialiste des riches : « Le ventre de la bourgeoisie est un sépulcre ouvert dans lequel vient s'ensevelir tout le travail de la nature, et qui ne dit jamais : "C'est assez !" » À l'inverse le salut de l'homme passe par la métamorphose des appétits de la chair. Les jouissances les plus belles quitteront « les organes les plus vils » pour se transporter « dans le siège de l'âme et dans les membres spirituels qui lui serviront de satellites ». Alors, écrit Esquiros, « l'âme emporte avec elle, à l'état de germe, la partie la plus subtile de la substance corporelle, celle qui a été spiritualisée, vivifiée par le contact immédiat de l'intelligence ». L'homme est en mesure d'abandonner « la substance grossière, palpable, inférieure : la chair et le sang » et, à terme, le corps s'ouvre à de nouvelles expériences. « Non seulement nos sens actuels seront perfectionnés ; mais il est possible que nous acquérions encore de nouveaux sens. » Esquiros promet de la sorte une régénération conjointe du corps, de l'esprit et de l'âme.

Seul le communiste Jules Gay semble ne pas s'inscrire dans cette tendance représentée par Robert du Var, Esquiros et quelques autres. Il fonde en 1849 le journal *Le Communiste*, dont un seul et unique numéro paraît au mois de mars, et où l'on repère de nouveau, en particulier, l'influence de Robert Owen, de Charles Fourier, des néobabouvistes. « Les communistes, écrit Gay, revendiquent *exclusivement* pour eux le titre de socialistes » et eux seuls savent tracer les contours d'un horizon communautaire dégagé de toute emprise chrétienne. « La communauté, ajoute-t-il, c'est le principe de la participation de tous les hommes, sans exception – au gouvernement, – à l'éducation, – au travail et aux fonctions, – aux jouissances. » Par « jouissances » Gay entend des satisfactions très diverses où les plaisirs des sens ont toute leur place. Il s'en prend à l'institution coercitive du mariage et propose que « les individus des deux sexes conservent la liberté de leurs affections particulières » ; il considère que « la liberté en amour » fait partie des lois de la nature humaine. Il n'éprouve que mépris pour l'étalage de luxe inutile ou les excès culinaires des nantis ; il leur préfère le raffinement vrai. Il imagine par exemple un vaste palais par canton avec, entre autres, « de grandes salles où les citoyens de la communauté trouveront, à des tables élégantes et bien servies, une nourriture exquise et abondante » ou « des bains chauds gratuits comme il y en avait chez les Anciens ». Les propositions de Jules Gay ne rencontrent pour ainsi dire aucun écho : sous la Deuxième République il est ultraminoritaire.

« La propriété, c'est le viol » :
actes et paroles de femmes « saucialistes »

Comme sous la monarchie de Juillet, des femmes prennent position sur les questions de socialisme et de sensualité.

Aux premiers temps de la Deuxième République plusieurs d'entre elles interviennent sur la scène politique et sociale. Elles revendiquent des droits civils (divorcer, s'instruire, etc.) ou des droits civiques (voter, etc.). Elles affirment que le temps de l'émancipation doit venir pour elles. Certaines d'entre elles se déclarent socialistes mais cette identification ne qualifie qu'imparfaitement la nature de leurs combats, car le socialisme de ces années-là se décline presque toujours au masculin[16]. Quelques-unes ont déjà fait entendre leur voix dans les années 1830, d'autres sont de nouvelles venues.

Faute de reconnaissance, elles sont nombreuses à chercher à se faire entendre par des pétitions, dans des banquets et des clubs, dans des journaux tels que *La Voix des femmes, journal socialiste et politique, organe des intérêts de toutes* (juin 1848). Il est fréquent qu'elles soient alors moquées ou vilipendées[17]. Le 8 juin 1848, le théâtre du Gymnase met à l'affiche une pièce d'Edmond Rochefort et Armand Dartois intitulée *Les Volcaniennes de Saint-Malo* dans laquelle les femmes des clubs sont tournées en ridicule : elles fument, boivent, pratiquent l'amour libre. Le 21 avril 1849 une pièce de Charles de Varin et Roger de Beauvoir est présentée au théâtre de la Montansier. Elle a pour titre *Les Femmes saucialistes, à propos mêlé de couplets*. Les rôles des femmes sont pour la plupart tenus par des comédiens d'âge mûr, aux allures grotesques. Deux personnages attirent tout particulièrement l'attention : Mme Giboyet – c'est-à-dire Eugénie Niboyet – et Mme Consuelo, dite aussi « la Sapho de la République » – c'est-à-dire George Sand. L'intrigue, pauvre, a pour fonction de déclencher des éclats de rire par des allusions graveleuses et des jeux de mots à l'emporte-pièce. Le socialisme est tourné en dérision de diverses manières : l'un des personnages de la pièce, « commis voyageur en socialisme » est un idiot nommé Drindrin ; un banquet de femmes sans aucun homme est selon l'écuyère Ponette une « cabetise » ; les serins sont des oiseaux socialistes parce que pour eux « la propriété c'est le vol ». Les femmes socialistes, qui contaminent la politique par leur appétit de jouissance

(« Ma sœur, explique Mme Consuelo à Mme Giboyet, nous avons à tripoter des questions plus graves »), oscillent entre une admiration sans bornes pour le dictateur Robespierre et un goût immodéré pour le plaisir (« Ah! que c'est bon! Ah! que c'est doux! glou, glou, glou »; « Fumons, Dansons, Fumons, Jusques au jour noçons »). Elles se prononcent pour le divorce et pour l'adultère. Elles donnent une lamentable image de la femme émancipée.

Si les femmes inquiètent, c'est entre autres raisons parce qu'elles n'hésitent pas à prendre en charge la question de l'émancipation des corps. Comme les hommes, elles se défient pour la plupart des séductions des sens, mais leurs propositions sont souvent audacieuses. Jeanne Deroin, Adèle Esquiros, Désirée Gay, Pauline Roland, George Sand, Suzanne Voilquin, Hortense Wild et beaucoup d'autres font entendre leur voix, mais sans grand succès[18].

En 1848, Pauline Roland a depuis longtemps rompu avec le saint-simonisme de ses jeunes années mais elle continue de combattre pour une idée qui a orienté son existence : l'égalité entre l'homme et la femme[19]. En 1849 elle participe avec Jeanne Deroin à la fondation de l'Association fraternelle des instituteurs, institutrices et professeurs socialistes, qui place parmi ses objectifs non seulement l'instruction morale et intellectuelle, mais aussi l'émancipation corporelle : « L'éducation de l'avenir contiendra le développement du corps en général et de chacun des sens en particulier. » La très nette tonalité morale de ses prises de position permet de comprendre qu'elle puisse signer à partir de novembre 1848 un ensemble de « Lettres à Pierre Leroux » dans le journal de Proudhon *Le Peuple*. Elle y défend l'idée du mariage égalitaire et ne se résout à l'idée du divorce que pour des situations exceptionnelles ; contre les perversions des riches, elle met en relief la capacité des pauvres à lutter contre les appels de la volupté : « Le peuple n'a pas d'oreilles pour ceux qui les propagent et s'il lui fallait choisir absolument entre les disciples de Fourier et les moines chrétiens, sans doute il embrasserait la loi de pauvreté, de célibat et d'obéissance »

(25 décembre 1848). Elle est poursuivie en 1850 pour « opinions communistes-socialistes » car, selon ses accusateurs, « sa religion repose toute entière sur le mot "socialisme" ». *La Gazette des tribunaux* relate le 15 novembre 1850 ses protestations au cours du procès : « On a prétendu que je rêvais de promiscuité. Ô ! Ciel ! Jamais rien n'a été plus loin de ma pensée. Je rêve au contraire, je désire, la réalisation d'un état social dans lequel le mariage sera épuré, moralisé, égalisé par l'inspiration des préceptes posés par Dieu lui-même. » Elle est condamnée à sept mois de prison. Ses orientations féministes nourries de moralisme et de religiosité se retrouvent chez la majorité des féministes de 1848. Eugénie Niboyet, par exemple, dénonce au début de l'année 1848 la femme libre, héritière de Fourier et des saint-simoniens, « cette odalisque insolente, cette femme ignorante et sensuelle qui est tout le contraire d'une émancipée[20] ».

George Sand se situe sur un autre plan. Socialiste depuis la monarchie de Juillet, elle a longtemps partagé les idées de Pierre Leroux et a défendu dès avant 1848 des conceptions sociales et chrétiennes tournées vers le développement de communautés fraternelles. En 1848 elle prend fait et cause pour la république ; proche par exemple de Louis Blanc, elle fonde l'hebdomadaire *La Cause du peuple* au début du printemps et œuvre aux côtés du ministre de l'Intérieur Ledru-Rollin. Mais l'expérience est pour elle de courte durée ; elle ne se reconnaît pas dans les orientations modérées et bourgeoises de la république. « Un peu de patience, écrit-elle à la fin de l'année 1848. Dans peu de temps, le peuple sera socialiste et politique, et il faudra bien que la république soit à son tour l'un et l'autre[21]. » Dans cette perspective, le suffrage des femmes n'est pas une priorité. L'émancipation civile compte bien davantage pour elle que l'émancipation civique et il faut l'obtenir en faisant preuve d'une rectitude morale à toute épreuve.

D'autres que George Sand mettent l'accent sur la condition civile des femmes. Hortense Wild, qui écrit sous le pseudonyme d'« Henriette », montre elle aussi le scandale de l'infériorisation des femmes dans la sphère domestique lorsqu'elle conteste ironiquement les idées rigides de Proudhon sur le mariage : « Sainte Proudhonne démontrera clairement au monde que *la propriété, c'est le viol*[22]. » Pourtant les priorités de George Sand et de quelques autres – refonte du Code civil, réforme du mariage, droit au divorce – restent minoritaires y compris chez les femmes. Sand le regrette dès le printemps 1848, dans une lettre inachevée : « Quant à vous, femmes qui prétendez débuter par l'exercice des droits politiques, permettez-moi de vous dire encore que vous vous amusez à un enfantillage. [...] Quel bizarre caprice vous pousse aux luttes parlementaires, vous qui ne pouvez pas seulement y apporter l'exercice de votre indépendance personnelle ? Quoi, votre mari siégera sur ce banc, votre amant peut-être sur cet autre, et vous prétendrez représenter quelque chose, quand vous n'êtes pas seulement la représentation de vous-mêmes[23] ? »

Il est fort probable que, comme l'écrit Louis Devance, « puritanisme et mystique de la femme » l'emportent dans les esprits et dans les discours, y compris chez les femmes[24]. Dès lors, les quelques voix discordantes audibles ici et là lorsqu'on dresse l'oreille paraissent d'autant plus audacieuses. Décidément, l'émancipation des sens n'est pas d'actualité en 1848.

V

Socialismes couleur muraille
1851-1870

Fomenté par Louis-Napoléon Bonaparte, le coup d'État du 2 décembre 1851 met un terme brutal à un peu moins de quatre années de république marquées déjà par une prise de distance de plus en plus nette entre les gouvernants et les horizons du socialisme. L'expérience républicaine n'est pourtant pas inutile pour les socialistes, loin s'en faut : le mot socialisme commence à désigner un principe global au-delà de l'hétérogénéité des doctrines et à s'imposer dans le vocabulaire politique et social ; la tendance groupusculaire jusque-là dominante est désormais concurrencée par le modèle de la force politique de masse[1]. C'est alors également que les relations entre socialisme et christianisme sont redéfinies en profondeur[2].

Les vainqueurs du 2 décembre ne tardent pas à montrer qu'ils ne s'occupent pas d'émancipation sociale. Le Second Empire, établi par décret à la fin de l'année 1852, est un régime dictatorial contrôlé par l'empereur Napoléon III et ses proches, ainsi que par l'armée, le corps préfectoral, la magistrature, la police et l'Église catholique. L'histoire des oppositions prend dans ce contexte un cours souvent souterrain. Les socialistes qui s'opposent au nouvel ordre politique connaissent la répression ou l'exil, ou bien se murent dans le silence. Leurs idées deviennent à peine audibles, d'autant que l'anti-socialisme domine largement dans les esprits et les écrits de l'époque.

« Ivre, béate, les yeux clos » :
l'anti-socialisme de Gustave Flaubert

Dans *L'Éducation sentimentale* (1869), Gustave Flaubert donne au socialisme des années 1840 le visage de Sénécal[3]. Longtemps englué dans la pauvreté, ennemi irréductible de l'ordre politique et social sous la monarchie de Juillet, Sénécal maudit les riches et se bat pour l'égalité. Son aspect physique (yeux gris, cheveux en brosse, gants noirs et longue redingote noire) le place du côté du socialisme autoritaire. Flaubert en fait un froid théoricien. Lecteur infatigable des penseurs de l'émancipation sociale – « Mably, Morelly, Fourier, Saint-Simon, Comte, Cabet, Louis Blanc, la lourde charretée des écrivains socialistes » –, Sénécal a fait ses choix puisqu'entre « ceux qui réclament pour l'humanité le niveau des casernes, ceux qui voudraient la divertir dans un lupanar ou la plier sur un comptoir », il préfère les premiers. Son idéal du socialisme trouverait à s'incarner dans une « démocratie vertueuse, ayant le double aspect d'une métairie et d'une filature, une sorte de Lacédémone américaine où l'individu n'existerait que pour servir la Société ». Ce fanatisme exacerbé conduit Sénécal à choisir en toutes circonstances l'ordre collectif contre les libertés individuelles et fait par exemple de lui l'avocat du catholicisme le plus intransigeant. Il affirme qu'« on avait calomnié les papes qui, après tout, défendaient le peuple », et que la Ligue est « l'aurore de la Démocratie, un grand mouvement égalitaire contre l'individualisme des protestants » ; quant à la variante du communisme dont il se revendique sous la Deuxième République, elle est par essence autoritaire.

Le socialiste Sénécal est l'adversaire déclaré de toute forme de sensualité. Convié en 1847 à un déjeuner entre amis par Frédéric Moreau – le personnage principal du roman –, il est à peine arrivé qu'il « se rembrunit, comme les cagots amenés dans les réunions de plaisir » car il abhorre la veste de velours de Frédéric, le confort de son logement, le raffinement des mets et des boissons. Frédéric a commandé pour ses amis des huîtres et de bonnes bouteilles de vin ; Sénécal réclame du pain de ménage puis explique qu'il n'apprécie les fêtes que si elles mettent en scène la vertu ; il approuve « les étudiants bavarois qui [ont] outragé Lola Montès », danseuse et courtisane alors en vogue. L'ascétisme et l'austérité morale doivent être érigés en vertus sociales. Il rejette à la fois la prostitution (« une tyrannie ») et le mariage (« une immoralité ») au profit de l'abstinence ; la démocratie ne doit pas être un « dévergondage ». Au printemps 1848 Sénécal fustige à la tribune du Club de l'intelligence, qu'il préside, les riches « se gorgeant de crimes sous leurs plafonds dorés tandis que les pauvres, se tordant de faim dans leur galetas, cultiv[ent] toutes les vertus ». Il n'est pas très surprenant que ce socialiste « de caserne » finisse par troquer ses habits contre l'uniforme d'un sergent de ville, et qu'il assassine sans états d'âme le républicain idéaliste Dussardier au lendemain du coup d'État du 2 décembre 1851, afin de garantir le maintien de l'ordre public.

Diverses bribes d'idées socialistes, représentées par d'autres personnages de *L'Éducation sentimentale*, sont elles aussi soumises à la corrosive ironie de Flaubert : aussi contrastées soient-elles, toutes ont en commun dans le roman une vertigineuse nullité. Deslauriers, l'ami d'enfance de Frédéric, incarne un socialisme du ressentiment, fondé sur un désir ardent de réussite sociale qui, contrarié, nourrit une volonté de vengeance extraordinairement mesquine. Clémence Vatnaz, dite « la Vatnaz », « aigrie sous les bourrasques de l'existence », conjugue pitoyablement socialisme et féminisme, par exemple dans le cours qu'elle professe sur « La

« désubalternisation de la femme » en 1848. Vaguement sensuel et surtout très bête, le « patriote en blouse » qui obtient la parole au Club de l'intelligence commence par couvrir l'assemblée « d'un regard presque voluptueux » puis s'exclame : « L'ouvrier est prêtre, comme l'était le fondateur du socialisme, notre Maître à tous, Jésus-Christ ! »

Pour faire bonne mesure, les charges de Flaubert s'exercent avec la même virulence à l'endroit des adversaires des socialistes. Le banquier Dambreuse, tout juste remis au printemps 1848 de la panique qui lors de la révolution de Février s'était emparée de lui et l'avait conduit à se proclamer républicain pour sauver sa tête, se répand contre Pierre Leroux, Proudhon, Considerant, Lamennais, « tous les cerveaux brûlés, tous les socialistes ». Peu de temps après, Dambreuse et ses amis donnent libre cours à leur lamentable haine : « Il y avait eu, prétend l'un d'eux à propos de l'insurrection de juin 1848, vingt-trois mille forçats du côté des socialistes, – pas moins ! » ; un autre, persuadé que la propriété est le meilleur des remparts contre le socialisme, affirme que « le lion même, s'il pouvait parler, se déclarerait propriétaire ! ». Ils exaltent à l'envi l'anti-socialisme d'Adolphe Thiers. Un peu plus tard, réunis aux obsèques du banquier, tous se répandent « contre le Socialisme, dont M. Dambreuse [est] mort victime ».

Dénoncée aussi bien par les socialistes de *L'Éducation sentimentale* que par leurs ennemis, la sensualité s'exprime dans la sphère privée. C'est Frédéric « humant les molles senteurs des femmes, qui circulaient comme un immense baiser épandu » au cours d'un bal. C'est la jeune Louise Roque qui aimerait être un poisson de rivière (« "Ça doit être si doux de se rouler là-dedans, à son aise, de se sentir caressé partout." Et elle frémissait, avec des mouvements d'une câlinerie sensuelle. »). C'est, au Café anglais, Rosanette, une femme aux mœurs légères, qui après s'être régalée d'huîtres, « mordait dans une grenade » ; « la rougeur du fruit se confondait avec le pourpre de ses lèvres, ses narines minces battaient », ce qui fait naître « des désirs fous » dans le cœur de Frédéric.

Dans le roman, la vie en société est bien davantage guidée par les désirs ou les calculs personnels que par les doctrines sociales et politiques – sauf sans doute chez Sénécal. Si, lors d'une discussion qui implique Rosanette et la Vatnaz survient soudainement « quelque chose de plus capital et de plus intime que le socialisme », c'est parce que la première vient de découvrir au cou de la seconde un pendentif qui lui est très familier.

Des lettres adressées par Flaubert à quelques-unes de ses correspondantes disent crûment ce que le travail de fiction exprime par l'ironie mordante. Pendant toute la durée du Second Empire, il lit beaucoup sur un socialisme qui, selon lui, menace la liberté des individus et dégrade le plaisir en bestialité. Une nuit de l'hiver 1854, il demande à Louise Colet : « Le rêve du socialisme, n'est-ce pas de pouvoir faire asseoir l'humanité, monstrueuse d'obésité, dans une niche toute peinte en jaune, comme dans les gares de chemin de fer, et qu'elle soit là à se dandiner sur ses couilles, ivre, béate, les yeux clos, digérant son déjeuner, attendant le dîner et faisant sous elle ? » À la fin de l'été 1868, plongé depuis quatre ans dans l'écriture de *L'Éducation sentimentale*, il écrit à George Sand que « le néo-catholicisme d'une part et le socialisme de l'autre ont abêti la France. Tout se meurt entre l'Immaculée-Conception et les gamelles ouvrières[4] ».

L'Éducation sentimentale et la correspondance de Flaubert aident à comprendre les principaux ressorts de l'antisocialisme au milieu du XIXe siècle. Sous le Second Empire, le credo libéral et la foi catholique incitent de nombreux auteurs à prendre la plume pour décrire les méfaits du socialisme, notamment dans sa version sensuelle, au passé et au présent. Le catholique monarchiste Charles Marchal publie en 1859 *Histoire et réfutation du socialisme depuis l'Antiquité jusqu'à nos jours*. Il accuse tous les socialistes de sensualisme. Pierre Leroux ? Il « sanctifie la matière, les passions viles, la jouissance ». Louis Blanc ? Il prône la « promiscuité des sexes ». Étienne Cabet ? « À Icara, chaque frère associé trouve le confortable, *surtout en fait de nourriture*. » Charles

Fourier ? « Nul plus que [lui] n'a sanctifié la chair et les plaisirs sensuels – *quels qu'ils soient*. » Quant au fouriérisme en général, c'est « une orgie matérialiste, une orgie sensuelle, monstrueuse, infâme ». Tout comme les communistes matérialistes, les fouriéristes sont selon Marchal les héritiers des Crétois, des anabaptistes partisans de la communauté des femmes, du « cynique Rabelais, matérialiste audacieux, [qui] vint faire l'apologie de la jouissance, sanctifier les sens, la matière », des penseurs matérialistes du XVIIIe siècle. Si la communauté socialiste s'imposait un jour, les hommes deviendraient « des bêtes, des polypes, des crustacés, des mollusques, des végétaux ». En bref, « le socialisme est une sangsue couchée sur le monde ; il se nourrit de sa chair et de sa moelle, il s'engraisse de son sang ; il suce sa vie[5] ! » Une dizaine d'années plus tard le médecin Ébrard lui emboîte le pas dans *Du suicide, considéré aux points de vue médical, philosophique, religieux et social*. Le socialisme n'est « ni une idée, ni un principe, mais une grande convoitise, un amour effréné des plaisirs et de l'or, avec une indifférence profonde sur les devoirs et sur les croyances ». La généalogie qu'il trace se superpose en partie à celle de Marchal : « Renaissance, Réforme, philosophie, socialisme, voilà les quatre grandes étapes que s'est assigné le génie du mal[6]. »

« Ébrancher les jets parasites de l'alimentation » :
offensives socialistes contre les plaisirs du goût

Les socialistes du Second Empire sont pour leur part en général silencieux ou critiques sur la sensualité. Ceux qui s'expriment prônent le plus souvent le rejet des plaisirs des sens ou leur métamorphose au service de l'esprit, dans une perspective qui rappelle celle des années 1840. Ils dénoncent en particulier les effets délétères de la gourmandise, de l'alcool, du tabac. La correspondance que Gabriel Gauny échange en 1855 avec son ami le poète et chansonnier Louis-Marie Ponty est à ce titre très éclairante et elle témoigne d'une continuité frappante[7]. Entre le socialiste – Gauny – et le républicain – Ponty – le débat à la fois doctrinal et pratique se cristallise à l'automne 1855 sur les plaisirs des sens. Dans une lettre non datée, Ponty décrit à Gauny de quelle manière il se le figure : un « vieux corps macéré par les abstinences ». Dans sa réponse du 6 novembre, Gauny contre-attaque : il évoque son dégoût pour les pratiques de type orgiaque dont lui aurait parlé Ponty : « Il me semble voir un hangar immonde où des formes crapuleusement humaines s'attablent autour d'une futaille pour s'avilir plus bas que la bestialité. [...] Chaque bouchée, chaque gorgée de trop est un vol infâme fait aux affamés. » En décembre, Ponty ironise sur la « rigidité de trappiste » de Gauny, puisque l'orgie en question n'était qu'un joyeux repas arrosé d'« un vin généreux » au « doux fumet » ; et Ponty d'ajouter que telle la marmotte il aime, lui, se lever tard et dormir tout son soûl. Ce débat n'est pas dénué d'artifices. Mais il met en évidence le radicalisme anti-sensuel de Gauny. Il montre que son attention se fixe en priorité sur les excès de la bonne chère parce qu'ils sont une insulte à la misère du peuple. Il donne une idée de ses rêves : « Ah ! Si, purs esprits, nous pouvions consommer une existence à parcourir les intermondes dans l'amour, la pensée et la contemplation ! » (lettre du 6 novembre). Gauny confirme d'ailleurs cet attrait pour les forces de l'esprit dans deux textes non datés mais sans doute contemporains de l'échange épistolaire de 1855. Il déclare dans « Économie cénobitique » que « s'abstenir n'est pas se macérer ; c'est ébrancher les jets parasites de l'alimentation, c'est arracher les ronces de la sensualité qui cachent et nourrissent l'abrutissement, l'esclavage et la mort » ; dans « Diogène et saint Jean le Précurseur » il soutient que par la continence « on tranquillise la bête ». Ainsi Gauny œuvre-t-il à se préserver d'une animalité jouisseuse de nature bourgeoise ; pour lui les deux seules « jouissances inénarrables » qui vaillent sont celle de l'autonomie et celle de la pensée.

Dans une logique un peu différente Étienne Cabet dénonce lui aussi les plaisirs de la bonne chère, de l'alcool et plus encore du tabac. Au sein de la communauté icarienne qu'il dirige d'une main de fer à Nauvoo (Illinois) les jouissances sont proscrites[8]. L'éducation, le travail, l'accroissement de la fortune et l'extension des droits garantiront dans l'avenir le bien-être de tous mais le présent doit être marqué du sceau de la rigueur morale, mise à mal selon Cabet par les coups de boutoir de l'individualisme. Il fait inscrire sur les murs de Nauvoo que « l'époque de la fondation, du travail et de la fatigue, n'est pas l'époque de la jouissance et du repos ». Au mois de novembre 1853, il explique à une quarantaine de postulants à l'admission dans la communauté qu'« un véritable Icarien ne doit être ni égoïste, ni sensualiste, ni vaniteux [...], par conséquent point de superfluité, point de luxe, point de coquetterie dans les vêtements. [...] Par la même raison, tempérance, frugalité, simplicité, point de tabac et point de liqueur, surtout point d'abus et point d'excès en rien ! » En faisant voter la « Grande Réforme icarienne » du 21 novembre 1853, il institue l'interdiction de fumer, de priser et de chiquer, il jette l'opprobre sur la coquetterie et rend obligatoire une leçon de morale dominicale, le « Cours icarien ».

Cette réforme n'est pas du goût de tous. En 1854 Cabet adresse et rend publique sa très longue réponse à l'icarien lyonnais Faucon, qui a formulé de vives critiques contre les nouvelles règles de la vie collective[9]. Considérant que les mœurs de Nauvoo se sont dégradées, et en particulier que l'usage du tabac a pris des « proportions inquiétantes », Cabet explique qu'il était de son devoir d'enrayer la décadence. Faute de sanctions, « le Peuple Icarien serait à perpétuité un Peuple priseur, fumeur et chiqueur ». Il décrit avec insistance les méfaits du tabac : superflu, il ruine la santé et occasionne d'énormes dépenses ; « c'est une habitude malpropre, sale, dégoûtante, c'est dangereux pour le feu ; c'est du sensualisme, du matérialisme, de l'égoïsme contraire à la fraternité ; c'est un abus qui justifierait et entraînerait tous les autres abus et tous les vices ; c'est un esclavage qui rend incapable de conquérir l'indépendance et la liberté : en un mot, par ses conséquences matérielles, intellectuelles et morales, le tabac est à mes yeux un des plus grands fléaux de l'Humanité ». Au-delà du tabac – dont le symbole le plus terrible est à ses yeux le cigare de La Havane – il s'en prend aussi aux alcools, aux rubans et aux robes de soie, aux billards de cabarets, à la chasse. Il martèle que le peuple d'Icarie doit cultiver sa raison et son intelligence, travailler, étudier pour ne pas devenir un « peuple de viveurs et de jouisseurs ». Ainsi, face à la contestation, Cabet se drape-t-il dans des principes d'une extrême raideur et tâche de conserver son autorité. À l'été 1855, il rédige un rapport-fleuve sur la situation à Nauvoo où il stigmatise notamment l'inconduite des icariens. Une surveillance généralisée règne. Impitoyablement traqué, l'adultère, en particulier, est puni par l'exclusion définitive. Parmi les causes de la crise très violente qui secoue Nauvoo et qui débouche sur l'exclusion de Cabet lui-même en 1856, la question des mœurs est déterminante. L'intransigeance morale exacerbée du chef a détaché de lui la majorité des habitants déjà fragilisés par la dureté des conditions d'existence.

« Guerre à l'impudicité, et malédiction sur la femme libre » : l'acharnement de Proudhon

Proudhon, qui partage avec nombre de socialistes antisensuels d'alors une profonde défiance vis-à-vis du plaisir – et des femmes –, continue sous le Second Empire de se distinguer par le caractère radical et obsessionnel de ses haines, qui n'évoluent pas jusqu'à sa mort (1865). Au tournant des années 1856 et 1857 une polémique l'oppose à Jenny d'Héricourt, féministe un temps proche des idées de Cabet puis opposée à lui sur la question des femmes. Intéressée par la plupart des idées proudhoniennes, elle publie en décembre 1856 un article dans lequel elle expose néanmoins pourquoi l'inégalité homme-femme est inacceptable[10]. Une très violente et très méprisante réponse de Proudhon est insérée le mois suivant dans la même revue ; en écrivant que les femmes sont inaptes à l'exercice de la pensée, il coupe court à tout débat[11]. Il lance dans ses écrits ultérieurs de nouvelles attaques contre Jenny d'Héricourt, contre les femmes et contre les partisans de l'émancipation féminine, tandis que Jenny d'Héricourt poursuit son travail de réflexion sur la nécessaire inclusion des femmes dans le corps social avec, par exemple, en 1860, *La Femme affranchie*[12].

Dans *De la justice dans la Révolution et dans l'Église*, Proudhon réaffirme ses convictions avec sa virulence coutumière[13]. Les 10ᵉ et 11ᵉ études de l'ouvrage, qui portent sur « Amour et mariage », lui donnent l'occasion de définir à nouveau l'amour comme un « mouvement des sens et de l'âme, qui a son principe dans le rut, fatalité organique et répugnante mais qui, transfiguré aussitôt par l'idéalisme de l'esprit, s'impose, à l'imagination et au cœur, comme le plus grand, le seul bien de la vie ». Parmi les trois degrés dans l'amour (la « fornication », le « concubinat », le « mariage »), seul le troisième est digne de respect puisqu'il s'accompagne de chasteté, tandis que luxure et volupté caractérisent respectivement le premier et le deuxième. Dompter l'amour par le mariage est selon Proudhon un devoir de justice. L'homosexualité masculine est indéfendable : elle est un pur et simple « frictus » (« frottement ») et elle ne procure qu'une « jouissance âcre, qui réveille les sens blasés ». Surtout, l'inégalité femme-homme ne se discute pas. La femme est « sacrifiée, pour ainsi dire, à la fonction matérielle : délicatesse du corps, tendresse des chairs, ampleur des mamelles, des hanches, du bassin ; en revanche, étroitesse et compression du cerveau ». Elle est obsédée par le désir sensuel : « Qui a vu les ateliers des femmes et entendu la conversation des ouvrières peut en rendre témoignage. » Et, exactement comme dans les années 1840, il fait de George Sand sa cible favorite : sa « faconde à pleine peau [...] rappelle la rotondité de la Vénus hottentote ».

George Sand est également l'objet de ses obsessions au début de l'année 1864. C'est ce dont témoignent les notes qu'il rassemble après avoir lu trois cahiers de ses lettres à Michel de Bourges, datées de 1837[14] : il ironise sur l'« insupportable bavardage de Sand », quoi qu'il admette trouver « çà et là des fragments utiles pour une étude vraiment philosophique sur l'amour », et se focalise sur les aspects les plus triviaux de la relation entre Sand et Michel de Bourges : « G. Sand reproche à Michel de faire l'amour avec une grosse musicienne, coquette, qui chante faux, dont le mari est un sot ; puis avec une autre jeune femme, jolie, mari insignifiant » ; plus loin, « on varie les scènes d'amour sous les buissons, dans les blés, les bois, au clair de la lune, sous la buvette des restaurants de campagne » ; et, plus loin encore, « G. Sand vante en un endroit la force de ses reins, si favorable à l'amour ; elle rappelle à Michel qu'indépendamment de l'amour, il aime le plaisir, et qu'elle sait le lui donner. Bref, à travers ce torrent de verbiage soi-disant poétique sur l'amour, il jaillit un assez grand nombre de ces traits énergiques qui révèlent toute la vérité : c'est qu'au fond de tous ces amours libres sont la vraie luxure, entourée de grandes phrases et de beaux mots ; d'invocations à Dieu, à la Nature, à la Chasteté ; et qu'à bien voir la chose, cet érotisme est un affreux blasphème. »

Proudhon voit en Sand à la fois la démolisseuse du mariage et de la famille et la responsable de l'aggravation de la servitude des femmes, esclaves de l'érotisme et du désir de jouir. Et il conclut : « Guerre à outrance, donc, guerre à mort, à la Bohème, aux mœurs voluptueuses, au culte de l'amour ; – guerre à l'impudicité, et malédiction sur la femme libre. »

Enfin, dans *La Pornocratie* – un texte inachevé, rédigé en partie mais constitué pour le reste de notes éparses –, Proudhon creuse une nouvelle fois son sillon[15]. La pornocratie consiste selon lui à « travailler peu, consommer beaucoup et faire l'amour », comme le préconisaient les « saint-simoniens, enfantiniens phalanstériens et communistes », apôtres d'une « religion de la chair » et d'un « amour papillonnant, polygamique et polyandrique ». Il y voit l'antithèse de l'idée fondamentale de justice. Pour convaincre, il cherche à étayer ses dires en se référant par exemple à un ouvrage des années 1830 sur la prostitution[16], prétexte à décrire les prostituées, dans un long déferlement verbal, comme des femmes « gloutonnes, portées à l'ivrognerie, insatiables sangsues, immondes, paresseuses, querelleuses, d'un bavardage décousu et insuportable. »

« Vierge-Mère » et « union des âmes » :
le socialisme et la femme désincarnée

Auguste Comte, après avoir été secrétaire et disciple de Saint-Simon, élabore à partir de la fin des années 1820 un système philosophique original et complexe arrimé à un ensemble de règles scientifiques dont il opère la classification. Il place l'expérience des sens au cœur du processus de connaissance de tout phénomène, établit les règles de l'organisation sociale loin de toute considération d'ordre métaphysique et détermine une loi de succession de trois états (l'état théologique, l'état métaphysique, l'état positif). À partir de la fin des années 1840 sa pensée connaît une inflexion importante : le culte de l'amour pur, développé par la rencontre avec Clotilde de Vaux et exacerbé après la mort de la jeune femme, se surajoute à la démarche scientifique dans la perspective de l'unité sociale.

Dans le quatrième volume du *Système de politique positive*, paru en 1854, Comte présente un « tableau synthétique de l'avenir humain » où sa pensée sur les femmes tient une place conséquente[17]. Il ne laisse planer aucun doute sur la distance qui le sépare dans ce domaine des théories de Fourier, d'Enfantin, mais aussi de Leroux ou de Cabet, de Pecqueur ou de Proudhon. À ses yeux les femmes sont avant toute chose des êtres de sentiment, tandis que chez les hommes domine la connaissance et chez les enfants la sensation. Médiatrices, elles procurent la félicité. Mais c'est dans leur rôle d'épouses et non de mères qu'elles accomplissent pleinement leur mission individuelle et sociale. Voilà pourquoi Comte propose une refondation du modèle familial, dans lequel les femmes doivent dans la mesure du possible être libérées des obligations de l'enfantement. Si cette émancipation se produit, leur appétit charnel s'étiolera : en effet, leur « excitation repose ordinairement sur leur désir de devenir mères ». La raréfaction des relations sexuelles aura une seconde vertu puisqu'elle permettra aux hommes de conserver leur précieux « fluide vivifiant » : les pertes séminales amoindrissent les capacités de travail au masculin.

« Je ne sors que le mercredi pour ma visite régulière à la tombe inspiratrice », écrit Comte à l'un de ses correspondants au moment même où il rédige le quatrième volume de son *Système de politique positive*[18]. De fait, le regard qu'il porte sur les femmes est à mettre en relation avec le culte qu'il voue à Clotilde de Vaux. Il trace en fonction d'elle les contours d'un idéal de « Vierge-Mère », d'amour non charnel et donc de quasi chasteté. Il fait de la femme un être « de marbre, froid, frigide[19] », symbole d'une société frugale où les instincts individuels sont canalisés, où il convient de ne consommer que le nécessaire, où la sobriété et l'autodiscipline sont des vertus centrales[20].

Cet idéal n'est pas le propre d'Auguste Comte. Hortense Wild, à qui l'on doit la maxime « La propriété, c'est le viol » (1849), et qui conjugue socialisme et foi protestante, mène dans les années 1850 un ardent combat en faveur d'un amour spiritualisé. Elle est en décembre 1852 à l'origine de l'Association d'amour pur ou amour non sexuel, pour l'égalité des êtres dans l'amour. Le seul et vrai amour, écrit-elle, ne passe pas par les sens. Il est « non point l'*union des sexes*, mais l'*union des âmes* ». En 1854 – c'est-à-dire l'année de la proclamation du dogme de l'Immaculée-Conception –, elle réagit anonymement dans *Sur la question d'amour au point de vue socialiste et chrétien*[21] à l'ouvrage publié par Victor Hennequin en 1847, *Les Amours au phalanstère*. Elle se dit déçue par un livre dont l'auteur s'est détourné du vrai socialisme, celui de Saint-Simon, de Fourier, d'Enfantin. Mais, ajoute-t-elle, si la pensée des grands inventeurs est digne d'une immense admiration, il convient d'en retrancher la dimension sensuelle et sexuelle. L'amour pur non sensuel est celui de Jésus et il se caractérise par la « liberté » et par le « mariage des âmes ». Il préserve de deux écueils : l'« amour conjugal sexuel » – celui de Moïse – est la porte ouverte à l'antagonisme des sexes et à l'oppression des femmes ; les « amours sexuels multiples » – ceux de Mahomet – conduisent à l'« anarchie » et à la « promiscuité ». Elle dénonce de la sorte à la fois un « amour-caserne » et un « amour-lupanar ». Elle défend cette cause de l'amour pur jusqu'à la fin de son existence[22].

VI

Sensualités d'un exil à l'autre
1851-1880

La question de la sensualité n'est pas toujours tranchée de façon nette dans les écrits socialistes. Lorsqu'ils se situent dans un entre-deux, ces écrits invitent à ne pas établir des lignes de partage indépassables entre positions favorables et positions hostiles à l'affirmation sensuelle. L'œuvre de Maurice Lachâtre en est un bon exemple sous le Second Empire[1]. Saint-simonien à l'aube des années 1830 puis séduit par les pensées de Fourier, de Proudhon, de Blanqui, de Cabet, Lachâtre est un éditeur et un lexicographe d'une curiosité insatiable. Son *Dictionnaire universel* de 1852-1856[2], écrit avec l'aide de plusieurs contributeurs d'horizons très divers, est un ouvrage à très nette coloration socialiste. Présenté comme l'ensemble des « doctrines des réformateurs qui ont pour but l'amélioration de la condition sociale de l'homme par une équitable répartition entre les hommes, soit des instruments de travail, soit de la richesse sociale », ce socialisme revendiqué fait du *Dictionnaire universel* un outil d'opposition à l'Empire et vaut à Lachâtre une lourde condamnation en 1858 (amende, prison). Sur les questions de sensualité, le discours du *Dictionnaire* n'est pas univoque. Ici, la dénonciation l'emporte : « Un homme sensuel est esclave de ses sens, toujours égoïste » (article « sensuel »). Là, le jugement moral s'estompe : « Foin de ceux qui enseignent une doctrine austère sur la sensibilité d'organes que nous avons reçus de la Nature. Ils remercieraient Dieu d'avoir fait des ronces, des épines, du venin, des tigres et des serpents, et ils seraient tout prêts à lui reprocher l'ombre, les eaux fraîches, les fruits exquis, les vins délicieux, enfin toutes les marques de bonté qu'il a données aux hommes » (article « voluptueux »). Quant à François Rabelais, il est présenté comme un homme double, « tantôt grossier jusqu'à l'ordure, tantôt élevé jusqu'au sublime ».

Très minoritaires, certains socialistes penchent beaucoup plus nettement du côté de l'émancipation sensuelle. Les uns écrivent en terre d'exil, tels Joseph Déjacque et Jules Gay ; d'autres, comme Raoul Rigault ou Eugène Varlin, sont des jeunes gens qui profitent de la relative ouverture politique des années 1860 pour se faire entendre dans la presse ou à la faveur de procès retentissants. Leurs positionnements doctrinaux varient : ceux qui sont de sensibilité blanquiste se prononcent pour la révolution et l'établissement d'une société de type communiste ; ceux qui s'engagent à partir de 1864 dans l'aventure de la Première Internationale y défendent un modèle socialiste antiautoritaire. Tous jouent un rôle important dans le processus de réorganisation des socialismes français après le milieu du XIXe siècle. Certains sont très actifs à Paris entre mars et mai 1871 pendant la première expérience d'exercice du pouvoir spécifiquement socialiste : la Commune. Leurs discours et leurs engagements font resurgir des idées d'émancipation conjointe des esprits et des corps.

« Quand il leur plaît, comme il leur plaît, avec qui il leur plaît » : la sensualité libertaire de Joseph Déjacque

Joseph Déjacque, défenseur de l'émancipation des femmes pendant la Deuxième République (il a par exemple écrit des articles dans *La Voix des femmes*), pourfend la misogynie de Proudhon à la fin des années 1850. De son exil américain, et en écho à la querelle entre Proudhon et Jenny d'Héricourt, il signe en 1857 une très incisive charge antiproudhonienne[3]. Il tient pour négligeables les arguments de Jenny d'Héricourt qu'il considère comme une bourgeoise ; il la rejoint néanmoins dans son combat contre Proudhon. Cet homme qu'il estime par ailleurs est selon lui un « âne » lorsqu'il écrit sur la femme et en fait une sorte de « figure de cire enluminée et empanachée ». C'est un misogyne, une « Jeanne d'Arc du genre masculin », « un vieux sanglier qui [n'est] qu'un porc », un « écrivain fouetteur de femmes ». Ses positions font de lui un « anarchiste juste-milieu, libéral et non libertaire ». Ainsi, d'après Déjacque, deux visions de l'anarchie s'opposent : la pensée libertaire qui libère, le libéralisme proudhonien qui opprime.

Dans sa *Lettre à P.-J. Proudhon*, puis dans son journal *Le Libertaire* et dans son texte *L'Humanisphère*[4], Déjacque développe une théorie du progrès social fondée en particulier sur l'émancipation conjointe des hommes et des femmes. Il accorde une place essentielle à l'amour puisque « l'être humain est comme le ver luisant : il ne brille que par l'amour et pour l'amour[5] ! ». Or, cet amour qu'il appelle de ses vœux est sensuel par essence, situé à égale distance du mysticisme et de la bestialité, dégagé de l'opposition classique entre le corps et l'esprit. « La matière n'est pas une chose et l'esprit une autre chose, mais une seule et même chose que le mouvement différencie sans cesse. » Le dualisme chrétien renvoie aux errements de la foi en Dieu, qui n'est pourtant qu'un « excrément du crétinisme humain »[6]. C'est dans cette perspective qu'il dénonce l'idée de péché originel : « C'est pour avoir goûté au fruit de l'arbre de la science que, selon les mythologies juives et chrétiennes, nous avons perdu le paradis terrestre. Ah ! Si, au lieu de ne faire qu'y goûter, l'Humanité voulait bien essayer d'en manger à son appétit, il ne serait pas difficile d'y retrouver cet Éden si borné et si peu regrettable[7]. »

Dans *L'Humanisphère*, qui décrit le monde en l'an 2858, Déjacque affirme la légitimité de « tous les appétits, ceux du cœur et du ventre, ceux de la chair et de l'esprit », il justifie le goût des humains pour le champagne, les liqueurs, les cigarettes et les cigares, le vin, le miel. Dans les salons de l'humanisphère « brûlent et fument tous les aromates de l'Orient, toutes les essences qui plaisent au goût, tous les parfums qui charment l'odorat, tout ce qui caresse et active les fonctions digestives ».

Le socialisme sensuel de Déjacque s'inscrit dans le sillage de Charles Fourier[8] : l'humanisphère est une « organisation attractive, anarchie passionnelle et harmonique » en rupture avec un monde civilisé. Déjacque suspecte néanmoins Fourier d'avoir cherché des compromis avec les autorités et d'avoir élaboré un système trop hiérarchisé pour garantir une liberté authentique. Il fait également écho aux revendications des partisans d'un amour à la fois tout à fait libre – il est nécessaire qu'hommes et femmes puissent pratiquer l'amour « quand il leur plaît, comme il leur plaît, avec qui il leur plaît » – et discret – il refuse comme Claire Démar, par exemple, la publicité des relations amoureuses. Il dénonce inlassablement toute forme d'oppression gouvernementale, cléricale, familiale. Il pourfend la propriété. Confiant dans les leçons de la science, matérialiste, il en appelle à une instruction sensitive de l'enfant, à qui « le progrès est enseigné par tout ce qui tombe sous les sens, par la voix et le geste, par la vue et par le toucher ». À la fin de *L'Humanisphère* il évoque la victoire à venir : « Le socialisme d'abord individuel, puis communal, puis national, puis européen, de ramification en ramification et d'envahissement en envahissement, deviendra le socialisme universel. » De retour en France au début des années 1860, il meurt à Paris en 1864 dans la misère et la solitude.

« La douce influence d'un mets succulent ou d'un vin généreux » : de timides réveils sensuels à la fin du Second Empire

La voix de Joseph Déjacque en faveur d'une émancipation sensuelle n'est pas audible dans la France de la fin des années 1850. Dix ans plus tard, des voix nouvelles se font entendre au nom de la liberté. Elles émanent d'individus isolés ou de familles de pensée aux effectifs restreints. Jules Gay, par exemple, poursuit son parcours atypique depuis la Suisse, où il est installé lorsqu'il fait paraître en 1868 *Le Socialisme rationnel et le Socialisme autoritaire*[9] : il a quitté la France après avoir été interdit de publication et d'édition, placé en faillite, condamné à une amende et à une peine de prison pour avoir diffusé des ouvrages à caractère érotique. À Genève il appartient au comité de rédaction de *L'Égalité*, le journal de l'Association internationale des travailleurs de la Suisse romande, et à l'Alliance internationale de la démocratie socialiste inspirée des idées antiautoritaires de Bakounine. Toujours fidèle à l'owenisme de ses débuts, il continue aussi de s'inspirer des écrits de Charles Fourier : dans *Le Socialisme rationnel et le Socialisme autoritaire* il parle d'« armées industrielles » et de « papillonnage ». Adversaire de l'amour fixe – un « égoïsme à deux » antisocial – et, par conséquent, de la famille individualiste, il salue, comme Enfantin une quarantaine d'années auparavant, la double tendance de « l'amour capricieux et volage » et de « la constante et solide amitié ». Il continue d'appeler à l'affranchissement des esprits et des corps vis-à-vis de la religion, de la morale, du sentiment de propriété. « Le système propriétaire, autrement dit, autoritaire, sent bien que si les esprits étaient émancipés, le gouvernement des corps lui échapperait en même temps. » En rupture complète avec tout autoritarisme (d'où sa défiance à l'égard d'une partie des socialistes), il prône l'amour sensuel pour lequel « la liberté est toujours la grande loi, le *criterium* auquel il faut se rapporter ». Il harmonise dans ses réflexions liberté et plaisirs, et reprend à son compte en le citant le « Fays ce que vouldras » de Rabelais. Une société affranchie de toute oppression offrira selon lui « bonne table, bon gîte, société agréable, concours empressé, amours sincères ». Dans la société qu'il imagine, salles à manger et cuisines occupent une place centrale; salles de musique, terrasses et jardins d'agrément complètent le dispositif et invitent à la sensualité.

Au même moment, influencés par l'esprit révolutionnaire d'Auguste Blanqui, des jeunes gens défient en France la surveillance et la répression qu'exerce le régime impérial, au nom de l'émancipation du peuple et de la révolution sociale. Volontiers violents dans leurs paroles et dans leurs actions, ils entretiennent l'agitation parmi les étudiants parisiens et, faute de pouvoir s'attaquer frontalement au régime, ils s'en prennent notamment à l'Église et au pouvoir qu'elle exerce. Parmi eux, un certain nombre d'étudiants en médecine (Raoul Rigault) ou en pharmacie (Émile Eudes), nés au cours des années 1840, nourrissent leur socialisme de science et de raison, de sensualisme et de matérialisme. Le journal *La Libre Pensée*, fondé le 21 octobre 1866 avec Eudes pour gérant, relaie ces idées. Dans un article de 1866, le jeune scientifique Anatole Roujou s'y fait l'avocat du sensualisme : il faut apprendre « à estimer davantage notre corps, à lui accorder des jouissances légitimes et nécessaires [...]. Qui n'a éprouvé la douce influence d'un mets succulent ou d'un vin généreux, l'action bienfaisante du thé ou du café ? [...] Tous les sens sont une source d'impressions et de plaisirs, ils engendrent des idées[10] ». Un article du 6 janvier 1867 sur « Miasmes et parfums » est un éloge des « jouissances sensuelles ». Quelques mois plus tard paraît une étude bibliographique sur le matérialiste d'Holbach[11]. Les jeunes blanquistes organisent des réunions publiques au cours desquelles ils revendiquent, entre autres, un communisme des mœurs avec le droit à l'amour libre et l'émancipation par rapport à l'oppression du mariage. C'est ainsi que le jeune avocat Abel Peyrouton s'exclame le 6 octobre 1868 : « Aucune loi n'est nécessaire pour consacrer l'union de l'homme et de la femme. [...] Cette union ne doit avoir pour sanction que l'affection réciproque. Le triomphe de ce système [...] c'est le commencement de la révolution qui doit bouleverser la société[12]. » Quant à Raoul Rigault, il est condamné en février 1869 pour avoir fait « profession publique d'une doctrine qui érige le concubinage en dogme social[13] ».

Les « internationaux », membres de l'Association internationale du travail ou AIT (dite aussi Première Internationale), incarnent à la fin du Second Empire une autre version du socialisme. Autour du relieur Eugène Varlin et du teinturier Benoît Malon, ils militent pour une révolution politique. Leur horizon social est celui d'un collectivisme antiautoritaire à base d'associations de producteurs, de chambres syndicales, de coopératives. Si, contrairement aux proudhoniens, ils revendiquent l'émancipation des femmes, ils ne tiennent pas pour autant un discours spécifique sur la question de la sensualité. Plusieurs d'entre eux cultivent pourtant les plaisirs du corps. Ralph de Nériet, revenant en 1911 sur ses années de jeunesse – il menait alors, écrit-il, une vie de « bohème crasseuse » comme apprenti à Puteaux à la fin du Second Empire –, se souvient de la détention de Benoît Malon à la prison de Sainte-Pélagie (1868), de joyeux banquets avec « viandes, fruits, vin », de moments de plaisir « en galante compagnie » dans les cellules. Nériet évoque aussi Eugène Varlin[14], qui avait à l'époque « autour de lui un véritable escadron de jeunes Amazones [...] pour la plupart des ouvrières brocheuses » et évoluait dans un milieu aux mœurs audacieuses :

> « Dans ce milieu régnait du reste un véritable esprit phalanstérien, on ne le raisonnait pas, mais on le pratiquait d'instinct. Comme exemple, je vous citerai dans les environs du passage du Dragon, rue Taranne, [...] un groupe d'une association assez curieuse. Chaque groupe se composait de six adhérents mâles, et d'une présidente. [...] Le logement comprenait une chambre avec six petits lits en fer pour une personne, cette pièce servait aussi de cuisine et de salle à manger, pendant

le jour, et d'une autre chambre avec un grand lit à deux personnes où chaque soir et à tour de rôle un associé différent venait prendre place aux côtés de la présidente. [...] Bien qu'immoraux relativement à nos mœurs apparentes, les associés en question, des relieurs, des typographes, se trouvaient très bien de ce régime. J'ajouterai aussi qu'en dehors de leur nuit obligatoire, ils n'étaient pas tenus à la fidélité vis[-à-vis] de la présidente, bien que certaines précautions d'hygiène leur fussent imposées[15]. »

« *Abstèmes, créophages, végétariens et gastrosophes* » : *éclats de sensualité sous la Commune et en exil*

Il n'est pas facile de savoir ce qui subsiste de ces diverses manières d'envisager le plaisir ou l'émancipation par les sens sous la Commune de Paris (mars-mai 1871), tandis que les socialistes – blanquistes, internationalistes, proudhoniens, etc. – exercent le pouvoir. La capitale est engagée dans une expérience politique et sociale perturbée par des combats de plus en plus meurtriers contre les armées versaillaises, puis coupée net par la défaite militaire de la fin mai 1871. Les autorités de la Commune s'engagent pourtant dans une œuvre qui, à plusieurs titres, tend à l'émancipation des corps.

L'union libre est déjà une réalité pour près d'un tiers des ménages ouvriers parisiens à la fin de l'Empire. Elle est officiellement reconnue dans un décret paru au *Journal officiel* du 11 avril 1871 : mariée ou non, la compagne d'un garde national tué au combat touchera une pension, de même que ses enfants, reconnus ou non. Des dispositions en vue de l'assouplissement des règles de l'union sont discutées mais n'entrent pas en application faute de temps : il est question par exemple de s'en tenir à une simple déclaration devant le magistrat municipal. Parallèlement à cette remise en cause frontale de l'institution du mariage religieux – il est à noter que, plus globalement, la Commune mène une politique déterminée d'émancipation vis-à-vis de l'Église catholique –, les autorités s'attaquent à la prostitution en ordonnant la fermeture des maisons de tolérance. En fait, l'atmosphère qui règne à Paris pendant la Commune est à la fois grave et joyeuse. La vie quotidienne y retrouve par exemple des airs de fête qu'elle avait perdus depuis des années. Il serait sans doute exagéré d'écrire à la suite d'Henri Lefebvre, que « la Commune de Paris [est] d'abord une immense, une grandiose fête [...] fête du printemps dans la cité, fête des déshérités et des prolétaires, fête révolutionnaire et fête de la Révolution, fête totale », ou encore que le peuple de Paris forme alors une « masse fraternelle et chaude »[16]. Pourtant, un contraste saisissant oppose les dernières années de l'Empire où voisinaient fête impériale dans quelques quartiers aisés et monotonie généralisée dans le reste de la capitale, et le printemps 1871 qui marque le retour en force des guinguettes et des cabarets[17].

Des correspondances et des mémoires d'ex-communards laissent deviner l'éventail des comportements possibles à propos des plaisirs des sens pendant l'insurrection. Dans une lettre qu'il envoie à la fin de l'année 1871 à son ami Eudes depuis son exil new-yorkais, le blanquiste Edmond Levraud revient en souriant sur certains de ses souvenirs. À l'en croire, par exemple, Raoul Rigault aurait très vite négligé ses missions à la préfecture de police pour s'endormir « dans les délices de Capoue » et poursuivre de ses ardeurs une « figurante des folies dramatiques ». Levraud esquisse ensuite une petite autobiographie sensuelle et sentimentale : après avoir fait preuve d'une « très grande modération » à l'encontre de « cette perfide moitié du genre humain » pendant la Commune, il éprouve de très pénibles frustrations aux États-Unis, un pays qu'il n'aime pas : « À propos de sexe, ce n'est pas ici qu'on peut s'en payer !!!! » D'où le sort peu enviable du « père Levraud », condamné à l'abstinence (c'est-à-dire, en argot, à « se brosse[r] le ventre »)[18]. Longtemps après Levraud, Maxime Vuillaume fait retour sur le printemps 1871 dans *Mes cahiers rouges au temps de la Commune*, où il insiste à la fois sur la rectitude morale des communards et sur leur joie de vivre. D'un côté il évoque tel « déjeuner rapide, frugal » des chefs communards à l'état-major du général Dombrowski ; de l'autre, il cite des articles parus dans *Le Père Duchêne*, dont il a été l'un des fondateurs : le lendemain des élections à la Commune, « c'est le père Duchêne qui est content aujourd'hui ! Ah ! Foutre ! Aussi a-t-il bu plus d'une chopine après avoir été voté, et, comme le soir, il est allé tranquillement avec ses amis avaler, rue Montorgueil, un grand plat de tripes qu'il s'est posé sur la conscience avec une vive satisfaction ! » (27 mars) ; et, le 20 avril, à propos de bouteilles de vin fin trouvées dans les caves des Tuileries : « Buvez-moi ça, mes braves sans-culottes, et n'ayez pas peur de vous foutre une petite ribote avec le vin des jean-foutre [...]. C'est un vin d'aristos ! »[19]

Il reste également trace du goût des communards pour la bonne chère lorsqu'ils connaissent l'exil après la Semaine sanglante. Maxime Vuillaume se souvient d'Eugène Vermersch, exilé en Suisse en 1874-1875, cuisinier et gastronome : « À Altdorf, il a longuement étudié l'art d'accommoder la poule faisane, ce gibier exquis des forêts alpestres. [...] Je le vois toujours faire son apparition, le tablier blanc noué autour de la taille, le nez en trompette rieur, le chef surmonté d'un bonnet de papier blanc soutenant des deux mains, avec vénération – tel un saint sacrement –, le plat délicieux[20]. » Quant au Suisse Joseph Favre, fameux cuisinier et théoricien de la gastronomie, il garde en mémoire un réjouissant repas à Lugano où étaient notamment réunis, pendant l'hiver 1875-1876, des communards en exil et des révolutionnaires d'Europe : Arnould, Bakounine, Guesde, Malatesta, Malon, Reclus. Ce jour-là les convives ont dégusté des poissons du lac de Lugano et un inoubliable pouding préparé par Favre. Ils se sont notamment délectés de vin rouge ou de vin blanc d'Asti. Favre ajoute qu'aucun accord n'a été trouvé sur les grandes questions humanitaires ou sur le bonheur du peuple, mais que

« les six ou sept doctrinaires abstèmes [qui s'abstiennent de vin], créophages [qui se nourrissent de chair], végétariens et gastrosophes se trouvèrent d'accord pour reconnaître l'exquisité du pouding[21] ».

Ces évocations contrebalancent les très nombreuses charges qui fleurissent dans les rangs anti-socialistes après mai 1871. Les hommes de la Commune sont accusés d'avoir donné libre cours à des désirs de jouissance exacerbés, de s'être comportés comme des bêtes lubriques, d'avoir par exemple expérimenté le communisme sexuel sous l'influence de communardes débauchées. Dans ces écrits l'ouvrier urbain ivrogne, pervers et paresseux, esclave de ses passions, est opposé au bon travailleur – ouvrier ou paysan – raisonnable et laborieux. En octobre 1871, Théophile Gautier dénonce « ceux que le vol délecte, ceux pour qui l'attentat à la pudeur représente l'amour, tous les monstres du cœur, tous les difformes de l'âme » et il s'en prend aux « hyènes de 93 » et aux « gorilles de la Commune ». Au même moment Catulle Mendès dépeint les communards comme des « Érostrates de banlieue, Sardanapales ivres de vitriol[22] ».

VII

Immoralisme bourgeois, pureté militante
1880-1914

À quoi ressemblent les socialismes de la Troisième République entre 1880 et 1914 ? À une nébuleuse d'hommes et de courants en pleine recomposition, d'abord dans la pénombre puis en pleine lumière. Réduits au silence après la Commune, marginalisés même par les républicains (« Croyez qu'il n'y a pas de remède social parce qu'il n'y a pas de question sociale », soutient Léon Gambetta dans son discours du Havre le 18 avril 1872), ils doivent se reconstruire, reconsidérer leurs bases doctrinales, se fixer sur des programmes d'action. Ils rassemblent à la fin des années 1870 un nombre conséquent d'ex-communards et de plus en plus de jeunes militants. Ces hommes se réorganisent et fondent la Fédération du parti des travailleurs socialistes de France au congrès de Marseille (automne 1879). Dans un premier temps les collectivistes regroupés autour de Jules Guesde dominent mais ils sont contestés par d'autres : coopérateurs et mutuellistes, possibilistes. Congrès et scissions scandent la décennie 1880, si bien que dans l'univers socialiste du milieu des années 1890 cohabitent plus ou moins harmonieusement le Parti ouvrier français (Jules Guesde), la Fédération des travailleurs socialistes de France (Paul Brousse), le Parti ouvrier socialiste révolutionnaire

(Jean Allemane), le Comité révolutionnaire central, d'inspiration blanquiste (Édouard Vaillant), des indépendants tels que Benoît Malon ou Jean Jaurès, un mouvement syndical (la Confédération générale du travail naît en 1895), une Fédération des bourses du travail très dynamique dont Fernand Pelloutier devient secrétaire en 1895, des coopérateurs de sensibilités diverses, un ensemble de groupes anarchistes ou anarchisants dont une partie s'affirment socialistes voire communistes. La naissance de la Section française de l'Internationale ouvrière ou SFIO en 1905, sous la houlette de Guesde, Jaurès et Vaillant, signe la victoire provisoire des thèses collectivistes : la SFIO s'identifie comme un « parti de classe qui a pour but de socialiser les moyens de production et d'échange, c'est-à-dire de transformer la société capitaliste en une société collectiviste ou communiste[1] ». Mais l'unification est partielle et, tandis que Jaurès prend peu à peu l'ascendant, le parti continue de ressembler à un kaléidoscope. En outre, le socialisme n'est pas le monopole de la SFIO. Le syndicalisme d'action directe animé depuis 1895 par la CGT, qui rejette les logiques du combat politique au congrès d'Amiens (1906), compte à cette période beaucoup plus d'adhérents que le parti de Guesde, Jaurès et Vaillant.

La boussole de la sensualité peut aider à s'orienter dans cet univers contrasté. Certes, les socialistes ne considèrent pas l'émancipation des sens comme une priorité. Des débats autrement décisifs et ardents portent sur l'articulation entre lutte sociale et lutte politique ou sur les modalités de l'action militante, sur la participation socialiste au processus électoral ou au gouvernement. Pourtant, comme au cours des décennies précédentes, le problème de la sujétion et de la liberté des corps est régulièrement soulevé, d'autant qu'il entre en résonance avec d'autres – les conditions de travail, la valeur du mariage ou encore le contrôle des naissances. Si les positionnements sur la question de la sensualité ne recoupent pas les lignes de clivage classiques, certaines tendances déjà observées restent nettes : le parti pris anti-sensuel domine souvent dans des organisations structurées en vue de la prise du pouvoir tandis que les francs-tireurs inclassables sont en général plus sensibles aux promesses de la sensualité.

« Ces messieurs du Jockey-Club et leurs Nana » : les drapeaux de l'ascétisme, de Jules Guesde à Charles Rappoport

Partisans de l'appropriation collective des moyens de production, les collectivistes s'inscrivent dans le sillage de la pensée de Karl Marx sans pour autant lire ses œuvres en détail. Leur hostilité à l'égard du capitalisme et de la bourgeoisie est économico-sociale mais aussi morale. Ils opposent la rectitude socialiste à la dépravation de dominants dont ils n'ont de cesse de dénoncer les turpitudes.

Leur leader, Jules Guesde, est souvent décrit comme un apôtre intransigeant du collectivisme, inspirant à ce titre les louanges de ses partisans et les sarcasmes de ses adversaires. Le tout jeune député socialiste Clovis Hugues, rompant avec le collectivisme pour se convertir aux idées de Paul Brousse au début des années 1880, le qualifie au lendemain du congrès de Saint-Étienne (1882) de « Torquemada en lorgnon », en référence à l'implacable chef de l'Inquisition espagnole du XVe siècle[2]. De fait, Guesde lance souvent d'âpres imprécations contre une bourgeoisie qui transforme la France en une « *machine à profit,* avec sa conséquence nécessaire de machine à plaisir[3] ». Il dénonce le mariage bourgeois au gré d'arguments qui ne sont pas sans faire écho à ses engagements antiautoritaires du milieu des années 1870. Selon lui le socialisme révolutionnaire se doit de détruire l'union fondée sur l'argent[4]. Il dénonce en 1884 l'hypocrisie des bourgeois hostiles à la proposition de loi Naquet sur le divorce en évoquant dans *Le Cri du peuple* leur « morale à la Nana », puis « ces messieurs du Jockey Club et leurs Nana », références directes à la courtisane dépeinte en 1880 par Zola dans le roman éponyme[5]. Il faut, poursuit-il quelques semaines plus tard, mettre à bas cette « institution propriétaire », cette « Bastille » à prendre[6]. Il vante à l'inverse le modèle vertueux d'une union libre sans faux-semblants, fondée sur la sympathie et le respect mutuel, dégagée de tout esprit de jouissance.

C'est au peuple travailleur, écrit-il dans *Le Cri du peuple* du 5 mai 1884, que doivent revenir les richesses confisquées et dégradées par les oppresseurs, non pas pour qu'il en jouisse égoïstement mais dans l'intérêt général. « Nous aspirons au moment où la classe ouvrière sera seule à consommer toutes les bonnes choses que produit notre globe, non seulement parce qu'elle est seule à les rendre consommables par son travail, mais encore et surtout *parce que seule elle peut les consommer utilement, avec profit pour notre espèce.* » L'objectif à atteindre est l'accroissement de la « force musculaire ou force cérébrale » conformément aux impératifs de justice sociale. Il ajoute – et ici l'ascétisme de rigueur se lézarde quelque peu – que lorsque la classe productrice aura pris sa revanche, elle pourra enfin goûter « non seulement le vin blanc du mastroquet, mais notre bourgogne le plus généreux ! Non seulement les huîtres à 40 centimes la douzaine, mais les marennes et les ostendes ! À elle le bordeaux et le champagne, et les chapons de la Bresse et les truffes du Périgord ! Pour elle, rien de trop exquis ! Pour elle, rien de trop cher ! » Citées en exemple dans le camp collectiviste, ces prises de position avivent l'hostilité des anti-socialistes. La brochure périodique *Les Hommes du jour* brosse en 1908 le portrait peu flatteur d'un Guesde décrit comme un être habile et roublard, mais aussi et surtout comme « une sorte d'apôtre », un « moine prêcheur », un « prédicateur sombre et farouche » à la « rigidité de carton » et à l'éloquence « âpre et mordante » ; il incarne sur l'illustration de couverture un socialisme de caserne (il porte une veste d'uniforme et à l'arrière-plan se dressent une « caserne de l'alimentation » et une « caserne des beaux-arts »)[7].

Les collectivistes du Parti ouvrier français, puis du Parti socialiste de France (1901), puis de la SFIO, ressemblent à leur chef Guesde. Persuadés de mener le seul combat moral qui vaille y compris vis-à-vis des autres tendances socialistes, ils pratiquent un prosélytisme sans faille. Une étude consacrée par Marc Angenot à des dizaines d'écrits collectivistes des années 1889-1890 et 1907-1908 montre que « les tendances à la jobardise puritaine [y] dominent largement » ; les collectivistes « prônent sans doute l'union libre et, assez abstraitement, l'émancipation des désirs sexuels ; ils entrevoient une société de loisirs, de courtes journées de travail, de vacances payées [...] mais ils imaginent mal comment combler ces loisirs »[8].

La défiance des collectivistes vis-à-vis des plaisirs du corps est particulièrement sensible dans les premières années du XXe siècle. Elle transparaît dans l'*Encyclopédie socialiste, syndicaliste et coopérative de l'Internationale ouvrière*, œuvre d'inspiration guesdiste publiée à partir de 1912[9]. Dans le sixième volume (1913), Sixte-Quenin écrit même qu'il convient de défendre le moralisme ambiant contre les périls d'une émancipation du couple[10]. Il défend l'institution du mariage (certes tempérée par la possibilité du divorce) et celle de la famille, qu'il faut maintenir « en régime collectiviste avec les traits essentiels qu'elle comporte aujourd'hui ». Il exprime son désaccord avec les positions de Charles Fourier. Il s'inscrit également en faux contre le leader socialiste allemand August Bebel, lecteur de Fourier, auteur en 1879 de *La Femme et le Socialisme*, plaidoyer pour l'émancipation des femmes et pour l'émancipation en général dans lequel on peut lire par exemple que « la manière dont je mange, bois, dors, m'habille est mon affaire personnelle, tout comme les relations que j'entretiens avec une personne d'un autre sexe[11] ». Sixte-Quenin y insiste : « Nous pensons, nous, tout d'abord, que le problème social sera suffisamment difficile à résoudre en s'en tenant à sa face économique, pour qu'il ne soit pas nécessaire de le compliquer en y joignant les questions sexuelles. » Contre l'immoralisme de l'amour libre il préconise une monogamie qui repose sur la solidarité des époux et leur procure le réconfort. Quant à Charles Rappoport, il s'enflamme dans un texte publié en 1919, mais écrit en 1914 : « Misère atroce d'un côté, faux et vains plaisirs, luxe tapageur, gaspillage fou, ennuis épais et vices immondes de l'autre, voilà le tableau de la vie quotidienne de notre société déséquilibrée parce que capitaliste. » Il dénonce ainsi après tant d'autres socialistes l'immoralisme des bourgeois, la prostitution fille du capitalisme et les ravages de l'alcoolisme. Il conclut que « la Révolution est en marche et rien ne l'arrêtera »[12]. À le lire, on imagine que cette révolution sera puritaine.

« De joyeux biftecks d'une ou deux livres » :
collectivisme et droit à la paresse selon Paul Lafargue

Paul Lafargue, l'autre leader des collectivistes pendant les premières décennies de la Troisième République, défend sur la question de la sensualité une position paradoxale, à la fois en décalage par rapport à ses camarades et en phase avec les grands principes collectivistes. C'est dans cette double perspective qu'il publie d'abord en feuilleton (1880) puis sous forme de brochure (1883) un écrit qui fait grand bruit : *Le Droit à la paresse*[13].

L'ouvrage a les apparences d'un plaidoyer en faveur d'un socialisme sensuel. Lafargue y invite le prolétariat « à ne travailler que trois heures par jour, à fainéanter et bombancer le reste de la journée et de la nuit ». Il revient fréquemment sur la question de la bonne chère : « La classe ouvrière [...] mangera de joyeux biftecks d'une ou deux livres ; [...] elle boira à grandes et profondes rasades du bordeaux, du bourgogne. » Ou encore : « Les communistes et les collectivistes feront aller les flacons, trotter les jambons et voler les gobelets. » Lafargue, dans la tradition des « sublimes estomacs gargantuesques » décrits par Rabelais, n'oublie pas les plaisirs de la chair. Il rappelle avec nostalgie un passé où il était habituel « de banqueter joyeusement en l'honneur du réjouissant dieu de la Fainéantise », mais aussi de profiter « des loisirs pour goûter les joies de la terre, pour faire l'amour et rigoler ». Ainsi l'émancipation consisterait-elle à jouir de la vie, à troquer la misère contre un « gaudissement universel ».

Lafargue ne perd pour autant jamais de vue les principes du collectivisme. Dans son esprit *Le Droit à la paresse* est un pamphlet plutôt qu'un ouvrage théorique. Il y force à dessein le trait et y ferraille sans nuances contre la classe bourgeoise. Donneuse de leçons, appuyant sa domination sur les traités de moralistes prônant depuis des siècles « jeusnes et mascérations de la sensualité », elle a imposé une éthique du labeur et du sacrifice à une classe ouvrière qui, « avec son impétuosité native, [...] s'est précipitée en aveugle dans le travail et l'abstinence ». Le peuple travailleur en est donc réduit à « avaler la poussière » lors des fêtes bourgeoises du 14 Juillet et du 15 Août tandis que la bourgeoisie utilise les fortunes qu'elle amasse aux dépens des travailleurs pour se livrer aux plaisirs les plus bas, se condamnant par là même « à la paresse et à la jouissance forcée, à l'improductivité et à la surconsommation ».

Polémiste talentueux, Lafargue entend non seulement provoquer ses adversaires mais aussi alerter les socialistes sur un piège qui leur est tendu et dans lequel ils sont trop souvent tombés : le piège du travail. Il critique le consensus qui s'est établi en 1848 : alors que la bourgeoisie a tout naturellement défendu les vertus du labeur ouvrier – Adolphe Thiers, rappelle Lafargue, s'est fait alors l'avocat de « cette bonne philosophie qui apprend à l'homme qu'il est ici-bas pour souffrir » – les socialistes ont été nombreux à lui emboîter le pas et à se faire les alliés objectifs des doctrines adverses. Lafargue pense ici en particulier à Louis Blanc et à tous les partisans du droit au travail, ce qui explique que *Le Droit à la paresse* porte comme sous-titre « Réfutation du droit au travail de 1848 ». Ce que Lafargue dénonce, ce sont donc avant tout les conséquences à la fois sociales et morales de la revendication d'un droit au travail pour les ouvriers. « Notre époque est, dit-on, le siècle du travail ; il est en effet le siècle de la douleur, de la misère et de la corruption. » Contempteur du capitalisme industriel, Lafargue ne dit en revanche rien sur le plaisir que peuvent éprouver les travailleurs au contact de l'établi ou de l'outil. Il rêve d'une émancipation sociale arrimée sur la puissance des machines.

Quels seraient les contours d'une vie sociale et morale dégagée de l'emprise du travail ? Lafargue ne pense certes pas qu'elle consisterait uniquement à « fainéanter et bombancer » et la classe ouvrière ne doit surtout pas sombrer à son tour dans la paresse, la jouissance forcée, l'improductivité et la surconsommation. Mais il n'en dit guère plus. Dans une brochure de 1887 intitulée *La Religion du capital*, il cultive le flou ; il tonne contre « la tribu sainte des rentiers et des capitalistes luisants, dodus, pansus, cossus » sans dépeindre pour autant l'avenir socialiste, notamment sur le plan des mœurs. En ce sens, il rejoint Engels qui écrit en 1884 : « Ce que nous pouvons conjecturer aujourd'hui de la manière dont s'ordonneront les rapports sexuels après l'imminent coup de balai à la production capitaliste est surtout de caractère négatif, et se borne principalement à ce qui disparaîtra[14]. » À lire Lafargue, il n'est loisible d'imaginer qu'en creux un monde où les prolétaires auraient accès aux plaisirs réservés auparavant aux bourgeois qui interdisent aux ouvriers « de toucher au gibier, à la volaille, à la viande de bœuf, de 1e, de 2e et de 3e qualités, de goûter au saumon, au homard, aux poissons de chair délicate ; [...] de boire du vin naturel, de l'eau-de-vie et du lait tel qu'il sort du pis de la vache », qui interdit aux ouvrières « toute coquetterie, toute élégance et tout raffinement »[15]. Le ton général reste celui de la dénonciation lorsque Lafargue donne vingt ans plus tard la parole à l'ouvrier : « À moi pardieu puisque c'est moi qui ai tissé la cotonnade et non pas mon fainéant de patron qui, pendant que je travaillais, déblatérait contre les socialistes ou buvait du champagne pour faire descendre les huîtres et les truffes qu'il avait empiffrées[16]. »

La position de Lafargue sur les effets de l'émancipation des femmes est plus claire. Il l'aborde de front à l'aube du xxe siècle en signant *La Question de la femme*, une brochure publiée sous les auspices guesdistes du Parti socialiste de France (1904). Là encore l'accent porte surtout sur les contradictions du capitalisme : les bourgeois sont responsables des conditions des femmes, opprimées autrefois par le travail familial, opprimées aujourd'hui par le travail salarié, de sorte que l'entrée des femmes dans les usines, par exemple, ne signe en aucune manière leur émancipation. Quant aux femmes de la bourgeoisie qui ont réussi à conquérir davantage de liberté, elles se montrent incapables de s'émanciper pour de bon : « Elles se sont débarrassées des soucis du ménage et de l'allaitement de l'enfant sur des mercenaires, pour se consacrer tout entières à la toilette, afin d'être les poupées les plus luxueusement parées du monde capitaliste et afin de faire aller le commerce. » Leurs combats marqués du sceau de l'individualisme n'ont à ses yeux pas la moindre légitimité : seul le collectif compte. À l'encontre de leur pseudo-affranchissement, Lafargue se prononce pour une évolution qui ressemble fort, contrairement aux apparences, à un retour en arrière. Selon lui l'essor du « mode mécanique de production », déjà salué dans *Le Droit à la paresse*, est la clé de la conversion vers une société socialiste fondée sur « la propriété commune » et de l'affranchissement de la femme qui, « délivrée des chaînes économiques, juridiques et morales qui la ligotent, pourra développer librement ses facultés physiques et intellectuelles, comme au temps du communisme des sauvages ». L'avenir de la femme consiste donc pour elle à « reconquérir la position supérieure qu'elle occupait dans les sociétés primitives ». D'où un retour à deux rôles féminins traditionnels, la maternité et l'amour. Lafargue reprend pour ainsi dire à l'identique sa théorie en 1906, après que la militante féministe et néomalthusienne Gabrielle Petit lui a adressé son journal *La Femme affranchie* : « La maternité et l'amour permettront à la femme de reconquérir, dans la société communiste de l'avenir, la position supérieure qu'elle occupait dans les sociétés primitives. » Selon Lafargue la femme est porteuse du sacré, elle seule sait enchanter la vie familiale par sa prévoyance et son intelligence[17]. Gabrielle Petit, avocate d'une émancipation radicale dans une perspective beaucoup plus libertaire, ne se reconnaît sans doute pas dans ce portrait si éthéré de la femme de l'avenir.

« Parfaitement égaux et habillés en cyclistes » :
le collectivisme entre caserne et lupanar

L'articulation complexe entre socialisme collectiviste et sensualité est décortiquée à l'extrême fin du XIXe siècle par l'écrivain Paul Adam. Un peu comme Gustave Flaubert trente ans plus tôt, Adam exprime ses haines dans *Lettres de Malaisie*, un ensemble de lettres fictives soi-disant rédigées par un diplomate espagnol à la fin de l'année 1896. Envoyé en mission en Asie, ce diplomate découvre un État situé sur l'île de Bornéo, fondé quelques décennies auparavant et inconnu du reste de l'humanité. Paul Adam publie les lettres dans une revue (1896-1897) puis en volume (1898)[18]. Son texte étrange, habituellement considéré comme un écrit utopique, mêle enjeux esthétiques et enjeux politiques ; il fait s'entrecroiser des discours qui brouillent les points de vue. Un avant-propos de 1898 et une préface à la réédition de 1908 jettent néanmoins quelques lueurs sur les positions de l'écrivain. Si ses choix politiques et sociaux, qu'il explicite dans l'édition de 1908, témoignent d'une fluidité doctrinale alors fréquente, le pays qu'il fait découvrir par les yeux du diplomate est sans conteste présenté sous des couleurs sombres. Adam met en garde contre un modèle dont les apparences séduisantes masquent mal l'extrême violence. « On verra très aisément que ceci n'est pas un idéal », souligne-il en 1898. « Nous ne saurions choisir comme idéal l'état social décrit dans ces chapitres, pour vraisemblable qu'il apparaisse dans le futur », confirme-t-il en 1908.

Le pays, qualifié par ses dirigeants de « Dictature », est régi par des principes puisés dans l'histoire des socialismes.

Fondé par un ex-disciple de Cabet, il prolonge « l'époque comprise entre 1830 et le 2 décembre 1851 [...], marquée par l'effervescence du socialisme ». Mais, dans *Lettres de Malaisie*, Adam s'en prend-il spécifiquement au socialisme de la première moitié du XIXe siècle, ou bien à sa dégradation ultérieure, ou encore au socialisme en général, ou plus globalement aux séductions dangereuses de l'utopie ? Chacune de ces hypothèses est défendable : la « déviation des idées socialistes » est évoquée dans la deuxième lettre, et de longs extraits des *Aventures de Télémaque* de Fénelon (1699) sont cités tels quels pour illustrer les travers de l'utopie. Néanmoins, la cible principale de Paul Adam est sans doute un socialisme de type collectiviste. Certains critiques contemporains sont frappés par la négation des libertés individuelles qui prédomine dans le monde décrit par le diplomate. En 1897, François Coppée rédige un compte rendu de *Lettres de Malaisie* où l'on peut lire que « ces hommes et ces femmes, parfaitement égaux et habillés en cyclistes, vivent comme des pourceaux[19] ».

Le livre illustre un système de représentations récurrent, enraciné chez les adversaires du modèle autoritaire des collectivistes : « Rappelez-vous, écrit le diplomate, ce soir de Biarritz où nous imaginâmes la future tyrannie du marxisme imposant à des millions d'agriculteurs, de savants, d'artistes, les lois utiles à la seule aise de la minorité ouvrière. Les plus rigoureuses de nos prédictions se trouvent ici dépassées. » À Bornéo, l'objectif est de « substituer la personne de la race à la personne de l'individu », de transformer les êtres en « numéros sans caractère, sans passions », d'éradiquer tout sentiment de propriété. « Voudrait-on voler, s'il n'y a rien à voler, tout appartenant à tous. » En bref, le diplomate découvre à Bornéo une « communauté ayant prospéré grâce à l'entière abolition de la famille, du capital, de la concurrence, de l'amour... et de la liberté ». Ce collectivisme exacerbé semble caractériser l'ensemble des pensées socialistes. Les membres de la communauté de Bornéo se déclarent continuateurs de Fourier et de Saint-Simon, amis de Proudhon et de Cabet – le nom de Cabet, en particulier, revient sans cesse. Il est question aussi de l'influence exercée par une pensée qui serait à la fois libertaire et favorable à la plus stricte des disciplines.

Ce qui revient sans cesse sous la plume des commentateurs de *Lettres de Malaisie*, c'est que le modèle en vigueur à Bornéo conduit à l'exacerbation des plaisirs des sens. Les critiques, frappés notamment par la crudité des relations sexuelles décrites ou même vécues par le diplomate, soulignent la « richesse d'images sensuelles » du texte[20], l'« opulente imagination sensuelle » de l'auteur[21]. Le diplomate décrit dans sa troisième lettre un « communisme de sensations érotiques » qui le séduit puisqu'il dispense des affres de la sentimentalité au profit du plaisir sans fard. Mais le malaise gagne au fil des pages et le rêve tourne au cauchemar. La vie en Dictature est bornée par le double horizon de la caserne et du lupanar. Certes, comme dans les ouvrages de Fourier ou dans certains articles de Guesde, le temps où le peuple devait se contenter d'une infâme pitance est révolu : chacun trouve « sur les tables des réfectoires publics des victuailles qu'en Europe on sert aux seuls millionnaires, aux filles entretenues, aux escrocs et aux rois »; quant aux femmes enceintes et aux jeunes mères, elles ont accès à des festins préparés par des cuisiniers chinois. Pourtant cet épanouissement sensuel est bridé. « Dans une vaisselle de métal pareil à de l'or, on mange des pâtés exquis, des chairs froides, des gelées, des volailles », mais « pour éviter l'odeur des sauces, les cuisines n'apprêtent rien de chaud. Du reste les narines de ce peuple sont devenues fort susceptibles. Personne ne souffre la moindre émanation. Les effluves de grillades et de rôtis qui nous réjouissent leur donneraient mal au cœur ». Ainsi les plaisirs olfactifs constitutifs de la jouissance gastronomique sont interdits. La nourriture du quotidien est préparée puis emballée, aseptisée, « dans d'immenses édifices de fer bleu et de céramiques blanches ». L'alcool et le tabac sont proscrits, ce qui rappelle les mots d'ordre les plus radicaux des ascètes du socialisme. Un système élaboré de punitions sanctionne vigoureusement tout manquement à la règle.

Il en est de même dans le domaine des relations sexuelles. À première vue la liberté la plus absolue préside aux ébats : « Ici, écrit le diplomate, une femme ne refuse pas plus à un homme sa chair, que chez vous elle ne refuse de rendre un salut. » Il a maintes occasions de s'en convaincre. Lors de son séjour, il fait la connaissance de deux femmes. Voici d'abord Théa, libre de mœurs, et dont très peu de temps après leur rencontre « la main s'insinua, pour une constatation naturelle, vers l'endroit le plus ému de ma chair ». Voici ensuite Pythie, qui s'offre elle aussi sans retenue lors d'un voyage en train : « La vipère de sa langue glissa entre mes dents. Ses mains habiles et pleines d'intentions me dévêtirent à demi. L'effet de sa caresse se manifesta; elle frémit de toute l'échine à s'en apercevoir. » Il constate un peu plus tard que l'orgie est une pratique institutionnalisée, planifiée, régulière et il s'y retrouve mêlé. « Partout grognait la luxure des couples informes; et devant moi, une enfant collée au miroir tout embu par sa tiédeur, sanglotait voluptueusement contre son image. » Lui-même éprouve les vertiges d'une sexualité sans tabou. « Bien que j'eusse consenti à ces voluptés, les caresses tour à tour bestiales, légères, énervantes d'une femme à la gorge roide et aux mains crispées [...] secouèrent mon corps de spasmes imprévus et firent crier ma bouche. » Mais la gêne le gagne car les relations sexuelles ne sont rien d'autre que des « accouplements bestiaux » et ouvrent non pas sur une émancipation sensuelle mais sur une « pornographie » généralisée, tandis que la débauche est érigée en principe de gouvernement. Or, le déchaînement des sens conduit à leur négation. « La pratique libre du plaisir vous lasse et rend vertueux », car faire bonne chère et faire l'amour à Bornéo – et la même remarque s'applique aux pratiques festives, dont les lettres livrent d'instructifs exemples –, c'est aller contre les logiques du désir joyeux. Les corps rassasiés sont fatigués, lassés, quasi morts, parcourus à dates fixes de spasmes de plaisir.

C'est qu'un radical dualisme corps-esprit impose sa tyrannie. « Les désirs charnels sont convertis en énergie, fluides condensés qui stimulent la pensée. » Les progrès techniques et la réduction du temps de travail dégagent du temps libre pour l'activité intellectuelle et la basse satisfaction des instincts matériels. À Bornéo, où le gouvernement des hommes est remplacé par l'administration des choses – en écho peut-être à la pensée technocratique saint-simonienne –, un implacable processus de déshumanisation est à l'œuvre.

Lettres de Malaisie s'achève très brutalement. Le diplomate confesse dans son ultime lettre qu'un amour profond le lie à Pythie, qui lui a déclaré à la fois sa passion et son désir sensuel : « Ô cher amant, cher amant. [...] Tenez, voici mon corps, aussi, par surcroît, mes mains, ma gorge et ma bouche, et le reste de moi. » Cet amour libérateur qui les conduit à s'affranchir des règles en vigueur dans la communauté les expose à un châtiment dont ils ne peuvent deviner ni la forme ni le moment, mais qui sans doute les frappe. « Telle fut la dernière lettre que je reçus de mon ami espagnol », écrit Adam dans un *post-scriptum* laconique, point d'orgue de sa virulente charge contre un système qui sous des apparences libératrices astreint les hommes à la plus terrible des oppressions.

« Purs syndicalistes » et « mère féministe » :
deux inclassables figures fin-de-siècle

« Le grand rêve du socialisme romantique, polyandre, polygyne, écrit Marc Angenot, [...] est très loin du socialisme au tournant du siècle. Ce qui est encore plus refoulé dans l'impossible et le répugnant, c'est que le plaisir sexuel puisse être une facile et voluptueuse promiscuité[22]. » C'est ainsi que pour « ce qui touche à la vie sexuelle, les possibilistes, les collectivistes sont pudiques, austères, peu enclins à aborder ces problèmes hors quelques protestations générales contre les mœurs matrimoniales bourgeoises[23] ».

Ces remarques, qui garderaient tout leur pertinence si elles portaient non seulement sur la sexualité en particulier mais sur la sensualité dans son ensemble, invitent également à ouvrir les perspectives au-delà du collectivisme. Elles concernent la plupart des courants qui composent le mouvement socialiste au tournant des XIXe et XXe siècles. L'anti-sensualité anti-bourgeoise militante est très perceptible chez les syndicalistes révolutionnaires d'action directe qui refusent le centralisme des collectivistes et militent pour une autonomie ouvrière portée par les bourses du travail et les syndicats. Elle guide Georges Sorel, lecteur attentif de Marx et de Proudhon, qui choisit dans les dernières années du XIXe siècle la voie du syndicalisme. Son ouvriérisme fait de lui l'adversaire des autorités politiques, administratives et intellectuelles de son temps, y compris du socialisme parlementaire – cinquante socialistes environ sont élus aux législatives de 1898 –, qu'il attaque notamment sous un angle moral. La décadence ronge d'après lui la société bourgeoise et il en appelle à sa purification. Dès « L'éthique du socialisme » il met en valeur, dans le sillage d'Engels, les vertus d'une sexualité pour ainsi dire désexualisée. « Engels insiste, à plusieurs reprises, sur ce que devrait être l'union sexuelle ; il signale comme caractères essentiels le dévouement, la réciprocité et le respect. [...] ; il repousse avec horreur l'idée que le mariage se transformerait en simple union accidentelle ; il voit très bien que la vie de famille est étroitement liée à l'éthique[24]. » En 1908, dans *Réflexions sur la violence*, il écrit que « nous avons le droit d'espérer qu'une révolution socialiste poursuivie par de purs syndicalistes ne serait point souillée par les abominations qui souillèrent les révolutions bourgeoises[25] ». En 1914, il signe *Matériaux pour une théorie du prolétariat* (paru en 1919) à la mémoire de Fernand Pelloutier, mort en 1901. Ex-guesdiste, socialiste antiautoritaire partisan du combat syndical, secrétaire général de la Fédération nationale des bourses du travail à partir de 1895, Pelloutier s'est donné « corps et âme » à son œuvre et était un « pauvre et dévoué serviteur du prolétariat »[26]. Le socialisme de Sorel, austère et puritain, n'a rien à voir avec le socialisme sensuel. Et c'est selon des perspectives comparables que Charles Péguy développe au même moment que Sorel – les deux hommes échangent une correspondance suivie jusqu'à leur rupture de 1912 – un socialisme à très forte tonalité morale où s'opère une mise en relation intime de l'âme et de la chair, notamment par le biais de l'idée d'incarnation[27].

Les combats féministes menés par Madeleine Pelletier éclairent une autre facette d'un même combat anti-sensuel. Madeleine Pelletier n'est pas liée avec le syndicalisme d'action directe, qui met l'accent sur l'émancipation des ouvriers mais aucunement sur celle des femmes. Elle cherche pour sa part, après quelques années de fréquentation des milieux libertaires, à faire progresser la cause des femmes à la SFIO : elle prend d'importantes responsabilités parmi les guesdistes puis dans le courant hervéiste avant de rompre en 1910 avec un socialisme de parti qu'elle juge inapte à accueillir les revendications féministes. De fait, le Groupe des femmes socialistes dirigé par Louise Saumoneau au sein de la SFIO, et qui dispose d'un journal au titre évocateur[28], a pour vocation de lutter pour l'émancipation des travailleuses et non de défendre la cause des femmes.

L'immoralisme que dénonce Madeleine Pelletier est mâle avant d'être bourgeois. Elle analyse cet état de fait à plusieurs reprises[29]. En 1911, dans *L'Émancipation sexuelle de la femme*, elle explique : « La femme n'est que l'instrument dont l'homme se sert pour jouir ; il la consomme comme un fruit[30]. » La victoire du socialisme passe selon elle par la destruction du carcan familial et par la restriction volontaire des naissances. Elle aborde en 1914 la question plus spécifique de *L'Éducation féministe des filles*, condition nécessaire de l'affranchissement. La « mère féministe » a pour mission d'inculquer à sa fille le sens de l'égalité absolue hommes-femmes. Elle « devra tâcher d'habiller sa petite fille en garçon », elle lui endurcira le caractère en évitant « les caresses, les baisers trop fréquemment répétés », elle proscrira la gourmandise. Si, les années passant, « la jeune fille préfère rayer de sa vie le chapitre de la sexualité, on l'encouragera dans cette voie » car la vie sexuelle place les femmes sous tutelle[31]. Madeleine Pelletier espère le triomphe d'un socialisme caractérisé en particulier par la liberté des femmes, dégagées de la dictature d'une sensualité conçue comme un instrument de la domination masculine. Elle tient une place singulière dans le paysage décidément si divers des socialismes émancipateurs anti-sensuels. Sa pensée et ses engagements, marqués du sceau de la radicalité, trouvent peu de relais. Beaucoup plus isolée que les syndicalistes révolutionnaires d'action directe, elle est pourtant l'une des représentantes les plus remarquables d'un féminisme attentif à la question de l'exercice de l'oppression sur le corps des femmes.

VIII

Sensualités de papier : de l'allusion au manifeste
1880-1914

La prise en considération de la sensualité dans les écrits socialistes des années 1880-1914 est un phénomène assez marginal et à ne pas surestimer, repérable à l'échelle d'individus ou de petits groupes. La plupart de ceux qui abordent frontalement le sujet gravitent dans l'univers du socialisme non collectiviste, où ils sont minoritaires. Moins exposés que leur principal leader, Jean Jaurès, ces socialistes atypiques partagent l'essentiel de ses orientations. Jaurès, dans sa thèse de 1891 intitulée *De la réalité du monde sensible*, s'inscrit en faux contre la dissociation courante des sens et de l'intellect, expliquant ainsi que « le grand artiste, le grand peintre, par exemple, voit à la fois avec l'esprit et avec les yeux », que « l'esprit et les sens concourent et se fondent, pour ainsi dire, dans la conception de la substance »[1]. Il critique également l'« ascétisme abstrait » dans *L'Armée nouvelle*, texte écrit en 1910 et édité en 1911[2]. « Les rêves mystiques les plus purs et les plus nobles empruntent quelque chose de leur flamme à la chaleur subtile du sang, à la force épurée, mais subsistante, de désirs légués par les siècles. » Attentif à la question des sens, il n'est pas pour autant le théoricien du plaisir ou l'homme voluptueux que décrivent ses adversaires : Gyp le caricature par exemple, dans le contexte de l'affaire Dreyfus, en dreyfusard sensuel et corpulent au visage gras, hirsute, ogre glouton environné de mets et de vins avec derrière lui une femme nue et gironde[3]. À la fin du XIXe siècle, les socialistes restent suspects, quoi qu'ils fassent, de tentation sensuelle, alors que seuls quelques-uns d'entre eux prennent position dans leurs écrits.

« Que votre pensée en s'élançant vers l'azur ne cesse de sentir ses racines » : Eugène Fournière et l'association corps-esprit

Eugène Fournière, l'un des plus remarquables théoriciens et propagateurs du socialisme, se reconnaît dans les idées jaurésiennes. Il milite comme auteur, comme conférencier, comme député entre 1898 et 1902, pour une émancipation sociale fondée sur l'association d'individualités unies par les vertus de la sympathie[4]. Dans sa réflexion, il accorde précocement aux questions de mœurs une place déterminante, comme en témoignent deux textes qu'il écrit au début des années 1890 : *Hélène* (une pièce de théâtre)[5] et *L'Âme de demain*[6]. *Hélène* met en scène un socialiste prénommé Michel, auteur d'une *Physiologie sociale*, adversaire du mariage bourgeois ; selon lui, le modèle de la famille autoritaire est appelé à s'effacer devant l'union libre, vecteur de l'affranchissement des femmes, solution aux ravages de la prostitution. Michel, qui érige la vertu en valeur phare (« Oui, certes, je suis pour la liberté des sexes ; mais rien ne m'empêchera de préférer l'homme d'une seule femme et la femme d'un seul homme »), tente d'appliquer le principe de l'union libre avec Hélène, la femme qu'il aime. Mais Hélène ne parvient pas à concilier deux amours, celui que lui voue Michel et celui que lui a avoué Pascal – un ami de Michel. Elle se suicide. Michel confesse son désespoir à la fin de la pièce : « J'ai voulu la garder, malgré elle, malgré mes principes. La mort me l'a prise. » Si Fournière ne cherche pas à faire jouer cette pièce, c'est, écrit-il dans l'avertissement qui précède son texte, parce qu'il ne se sent pas « le courage de heurter de front le préjugé d'une salle entière sur le mariage » : il connaît les capacités d'action des moralistes qui discourent sur la vertu sans la pratiquer pour eux-mêmes. Dans un style très différent mais selon des principes tout à fait comparables, la correspondance entre Camille et Ferrals qui charpente *L'Âme de demain* met en lumière le socialisme de Ferrals, un homme persuadé que le « salut social » (l'expression vient de la dédicace de Fournière) est incompatible avec le matérialisme aussi bien qu'avec le dualisme corps-esprit. « Demeurez idéaliste, certes, écrit Ferrals à Camille ; mais que votre pensée en s'élançant vers l'azur ne cesse de sentir ses racines profondément enfoncées dans la terre[7]. »

Plus tard, dans *Les Théories socialistes au XIXe siècle* (1904) mais aussi dans plusieurs autres ouvrages, Fournière étudie le passé du socialisme à la lumière, entre autres, du processus d'émancipation individuelle, et en particulier de l'émancipation des femmes. Il s'emploie ici encore à concilier l'esprit et le corps. S'il salue l'œuvre des premiers socialistes, il insiste aussi sur leurs errements. Il dénonce le puritanisme outrancier et l'antiféminisme caricatural de Proudhon. Il rejette aussi l'immoralisme de Fourier, le mysticisme d'Enfantin, les menaces que Cabet fait peser sur les libertés individuelles (« J'évite en l'avertissant une déception au lecteur qui croirait trouver ici des détails sur les *anti-lions* de Fourier et sur les descriptions mirifiques de sa *gastrosophie*, sur les séances d'extatisme mystique des saint-simoniens, ou sur l'existence que menaient en Icarie les compagnons de Cabet »). Fournière est d'avis que « l'individu n'est pas émancipé lorsqu'il ne s'est débarrassé des contraintes sociales que pour retomber sous le joug de l'instinct pur ». Ainsi, aux systèmes de Fourier ou d'Enfantin il oppose la « noble intransigeance » de Leroux qui préfère le mariage et la constance, ou bien « le pur saint-simonisme d'Olinde Rodrigues » qui consiste en une « égalité de l'homme et de la femme dans le mariage moralement indissoluble »[8]. Fournière revient sur la question dans *La Sociocratie* (1910) où, en plus d'expliquer que « la lutte des classes est un moteur social insuffisant », il met en garde contre les séductions du « rêve de paradis oriental » – il songe sans doute ici par exemple aux expériences égyptiennes des saint-simoniens – et écrit son admiration pour l'ouvrier « qui s'interdit toute distraction pour consacrer tous ses loisirs à la propagande sociale »[9]. S'il rencontre la question de la sensualité sur son chemin, il la sublime par une morale de l'amour.

« *La musique d'alcôve du Cantique des Cantiques* » : *la retenue de* La Revue socialiste

Eugène Fournière est l'un des quelque six cents auteurs qui écrivent pour *La Revue socialiste.* C'est là qu'il publie *Hélène, L'Âme de demain* et beaucoup d'articles repris ensuite dans ses livres. Fondée par Benoît Malon, lancée sans succès une première fois en 1880, *La Revue socialiste* renaît de ses cendres cinq ans plus tard avec pour vocation d'être « un chantier de travail en commun pour tous les socialistes de bonne volonté sans distinction d'école » (numéro 1, janvier 1885). Après la mort de Malon (1893), la direction de la revue revient à Georges Renard, puis à Gustave Rouanet, puis à Eugène Fournière, puis à Albert Thomas. Tous socialistes malgré leurs nuances, tous critiques vis-à-vis du collectivisme marxiste, Malon et ses successeurs sont éclectiques, curieux des diverses facettes du socialisme. Les articles le plus souvent très riches et très approfondis de *La Revue socialiste* offrent un point de vue irremplaçable sur la géographie des socialismes au tournant du XIXe et du XXe siècle en France et à l'étranger, sur les grands débats qui les agitent, sur les sources auxquelles ils puisent.

Lorsque les auteurs des articles abordent la question de la sensualité, le mot est le plus souvent pourvu d'une connotation péjorative. Cette défiance si fréquente dans l'histoire des socialismes français tient aussi sans doute ici aux orientations données par Malon lui-même à la revue. Militant tout entier dévoué à la cause du socialisme, hostile à l'expression de la sensibilité – sauf sous l'angle d'une sympathie qu'il conçoit comme un sentiment social capable d'harmoniser les rapports entre les hommes –, homme d'idées féru en particulier de philosophie, partisan d'un socialisme moral qu'il analyse notamment dans *La Morale sociale* (1886)[10], il défend un principe d'association qui consiste en un dépassement du matérialisme marxiste ou sensualiste.

La sensualité est le plus souvent, dans *La Revue socialiste*, un marqueur de la bourgeoisie. Elle renvoie également à l'humanité primitive, aux excès incontrôlables des femmes séductrices, aux procédés faciles des romanciers immoraux. Elle est enfin une marque de fabrique de l'hypocrisie et de l'obscurantisme religieux : à propos d'un livre de Paul Lapeyre (*Le Catholicisme social*), Gustave Rouanet remarque que « les écrivains religieux ont une tendance irrésistible à discuter doctoralement sur les choses lubriques » (janvier-juin 1901) ; la même année, dans « L'esprit de famille et la morale familiale », le philosophe Georges Palante ironise sur la « musique d'alcôve du Cantique des Cantiques », forme idéalisée d'une sensualité masquée qui emprisonne les êtres dans le moralisme bourgeois (juillet-décembre 1901).

À moins d'être purifiée par l'amour et l'altruisme, la sensualité détourne des vraies valeurs. C'est pourquoi l'avenir de l'humanité réside dans l'émancipation vis-à-vis des tentations des sens. Malon l'explique en 1886 à propos des morales panthéistes : « La pureté ou chasteté à laquelle on ne manque que par la sensualité sans amour est une vertu individuelle qui a son prix, elle est destinée à croître dans le monde avec la diffusion des lumières, l'affinement des sentiments et le nombre croissant de situations indépendantes [...]. Lorsque l'amour et l'estime présideront seuls à l'union des sexes, ce qu'on est convenu d'appeler la débauche disparaîtra rapidement » (juillet 1886).

Dans un article qu'il consacre au théoricien socialiste allemand Ferdinand Lassalle, Malon stigmatise les « hautes classes », leur mesquinerie et leur soumission aux instincts de rapacité et de sensualité pour les opposer au peuple travailleur. S'il arrive aux travailleurs de dériver à leur tour vers des jouissances faciles, c'est « le défaut accidentel de l'individu et non le défaut nécessaire de la classe » (juillet-décembre 1887). *La Revue socialiste* dessine dans la même perspective les profils glorieux de porte-parole socialistes qui se sont sacrifiés à la cause et se sont affranchis de l'emprise des sens. C'est, selon Benoît Malon, l'admirable Auguste Blanqui, « ascète de la Révolution militante et du socialisme souffrant », ayant mené son existence « sans une éclaircie de bonheur individuel, toute de souffrances et de luttes, pour l'émancipation humaine » (juillet 1885). C'est aussi, toujours selon Malon, « l'infatigable orateur ouvrier Chabert [...] vétéran du prolétariat, reconnaissable à sa maigreur, à sa haute taille un peu voûtée, à sa tête oblongue, tête d'ascète actif qu'illuminent ses yeux d'un éclat concentré et qu'anime sous de fortes moustaches une longue et remuante barbiche grise » (juillet 1886). C'est encore Eugène Fournière, inusable conférencier « sur l'estrade des meetings, où la fumée des pipes ennuage sa face d'ascète brun et chevelu aux traits vigoureux » (janvier-juin 1904, à partir d'un article de *L'Éclair*), et Fournière toujours, évoqué avec émotion par Gustave Rouanet au lendemain de son décès, « chétif, émacié, avec une figure de Christ grisonnant et souffreteux » (15 février 1914).

Sur certaines questions, il arrive pourtant que *La Revue socialiste* accueille des articles dont le ton général diffère. Henri Brissac prend en 1891 des accents de Charles Fourier lorsque, dans un article intitulé « Une société collectiviste », il étudie les restaurants sociaux, expression possible d'un collectivisme qui n'est pas le communisme « de la communauté même des chaussettes ». Il parle de jouissances culinaires, de « travail attrayant », d'alternance des tâches et de courtes séances. Il entrevoit les contours d'une « société opulente, libre et juste, instruite, suprêmement artistique, dans l'épanouissement des jouissances les plus variées du cerveau, du cœur et des sens » (juillet-décembre 1891).

L'ouverture de *La Revue socialiste* à d'autres voies du socialisme est également sensible à propos de l'expérience américaine d'Oneida. La communauté d'Oneida a été fondée en 1848 par John Humphrey Noyes dans l'État de New York. Elle rassemble environ trois cents membres à la fin des années 1870. Correspondant de *La Revue socialiste* aux États-Unis, l'ex-communard Émile Péron, membre de la Jeune Icarie (un groupe à tendance libertaire) souligne l'intérêt des principes qui régissent Oneida dans un article de 1880 sur « Les communautés américaines ». Il salue l'art de vivre des Onéidiens : « on n'y mange de la viande que deux fois par semaine, mais on y déploie autrement un grand luxe de table. Les fruits, les légumes, la pâtisserie y sont servis en abondance. Basé sur un régime semi-végétarien, l'art culinaire y est élevé à la hauteur d'une science. » Il insiste tout comme Henri Brissac sur les vertus du travail attrayant. Et lorsqu'il rend compte de l'absence d'exclusivisme en termes de relations amoureuses et de la pratique du « mariage collectif », il ne porte pas un jugement moral. Il ne met pas en garde, par exemple, contre les dangers de la promiscuité sexuelle. « Pour les êtres raisonnables les fins de l'amour sont le contentement, les saines jouissances, la douce intimité des cœurs, l'unité des intérêts et la sociabilité générale qu'elle procure. » D'où un positionnement original à propos de l'abandon du système du mariage collectif par Noyes (1879), que Péron perçoit comme un « échec du socialisme expérimental » et comme une reculade face à l'obscurantisme : « La facilité avec laquelle les Onéidiens ont fléchi devant l'intolérance religieuse fut considérée par plusieurs socialistes américains comme une honteuse reculade. » Péron ne considère pas pour autant Oneida comme le lieu d'expérimentation d'un socialisme débridé ; il insiste sur la rectitude morale de Noyes et des Onéidiens ; il voit d'un bon œil la proscription de certains plaisirs – café, alcool, thé, tabac (20 mars 1880). Mais l'expérience suscite également des réactions hostiles dans les colonnes de *La Revue socialiste*. Une dizaine d'années après Péron, par les articles qu'il fait paraître sur Cabet et sur le communisme américain, Holynski retrouve les accents des adversaires d'Oneida ; il explique en particulier qu'en ce qui concerne la vie sexuelle, le communisme est fatalement soumis à l'alternative « haras ou couvent » ; et Oneida, à l'inverse de l'Icarie de Cabet, penche du côté du haras : « Le fondateur d'Oneida, s'inspirant et se prévalant de la Bible, tue au nom de la fraternité l'égoïsme dans l'amour par des rapprochements si éphémères qu'il n'en reste aucune trace de paternité consciente. [...] Les *amants libres* d'Oneida ont mis en pratique ce dont rêvait le père Enfantin avec sa femme libre parmi les saint-simoniens » (janvier-juin 1892).

« Le goût de la volupté ne peut qu'aiguiser le goût du travail » : mariage, sensualité et amour chez Léon Blum

Léon Blum, attiré dans sa jeunesse par l'anarchisme individualiste, se rapproche dans les années 1890 d'un socialisme à tonalité allemaniste puis jaurésienne. Il milite pour l'unité des groupes et partis socialistes réalisée en 1905 et, dans les dix années qui suivent, il est membre de la SFIO sans s'impliquer pour autant dans la vie du parti. C'est qu'avant 1914 sa vie professionnelle – il est auditeur au Conseil d'État – et sa vie littéraire l'absorbent davantage. Il collabore à *La Revue blanche*, dont l'éclat intellectuel est considérable. Dans *L'Humanité*, il est chargé de la rubrique « Vie littéraire » entre avril 1904 et juillet 1909. Chez lui les préoccupations sociales, motivées en particulier par une attention soutenue aux questions de mœurs, de morale et de justice, vont souvent de pair avec un appétit de réussite intellectuelle.

En publiant *Du mariage* en 1907, il n'appelle pas à une révolution sociale mais à une émancipation conjointe des hommes et des femmes à l'échelle de leurs relations intimes[11]. Il s'empare là d'une question très sensible : celle du mariage, pierre angulaire pour une réflexion sur la liberté, et qui ouvre à ses yeux sur celles du divorce, de la prostitution, de la procréation. La question de la sensualité, si présente dans *Du mariage*, intéresse Blum dès avant 1907. C'est même l'un de ses sujets de prédilection. Une dizaine d'années auparavant, il soutient ainsi dans *La Revue blanche* que « la sensualité est la condition mystérieuse mais certaine et créatrice du développement intellectuel » et que, dans *Lettres de Malaisie*, Paul Adam est « au bout du compte un imaginatif, un visuel, un sensuel et un lyrique »[12].

Conscient de l'audace de son approche dans *Du mariage*, Blum prend ses précautions et circonscrit consciencieusement son enquête. « J'ai recherché si quelques changements relativement simples, opérés non pas dans nos lois mais dans nos mœurs, et qui laisseraient à peu près intacte l'organisation actuelle de la famille et de la société, ne suffiraient pas pour transformer ce qui est aujourd'hui cause de division ou de conflit en condition de commerce et d'entente. » Tout indolore et invisible qu'elle soit, la transformation modifierait par exemple en profondeur le statut du corps et du désir dans la vie en société. L'institution du mariage actuel, avance Blum, « use et endolorit les corps et les cœurs ». Elle mène à la désharmonie physique, qu'il définit comme « la mauvaise adaptation des corps, le mauvais arrangement du plaisir ». Ainsi s'explique la récurrence dans son livre des mots « plaisir », mais aussi « jouissance » ou « volupté ».

Pour refonder les rapports corporels il convient selon Blum de remettre en cause à la fois l'ordre matrimonial qui emprisonne les couples dans un véritable « cloître laïc » et les habitudes préconjugales ou extraconjugales qui mettent fatalement le mariage en péril. La prostitution, par exemple, éveille très tôt chez le jeune homme des exigences d'ordre sexuel incompréhensibles pour sa jeune femme encore vierge. Après être passé entre les mains des « ouvrières du plaisir », l'homme acquiert des habitudes vicieuses et sa femme hérite d'« un corps las, impur, taré, d'une routine de sans-gêne familier ». Pour limiter les risques de mésentente, il faudrait donc que les jeunes femmes et les jeunes hommes puissent vivre diverses aventures amoureuses avant la stabilisation au sein du couple. « Quelle étrange barbarie d'interdire à l'amour une vierge jetée dans le monde, et à qui tout parle d'amour ! »

Par le « libre échange de la tendresse et de la volupté », par l'expérimentation – le maître mot est ici liberté – les ressources du plaisir sont explorées sans tabou. À une première période d'« harmonie des corps » (ou encore « âge des passions ») succède naturellement une période d'« harmonie des caractères » (ou encore « âge matrimonial »). La première est placée sous le signe de l'instinct et la seconde sous le signe de la raison. La relation durable que sanctionne le mariage repose sur un état de maturité vis-à-vis du plaisir.

Même si Blum est d'avis que l'harmonie dans les mœurs est la meilleure garantie d'une harmonie sociale (« le goût de la volupté ne peut qu'aiguiser le goût du travail »), il tient à préciser que « c'est au point de vue éthique, et non pas au point de vue social » qu'il se place. Il n'empêche qu'une telle réforme des mœurs modifierait en profondeur les règles de la vie collective. Ainsi suggère-t-il que l'éducation des enfants revienne indistinctement aux deux parents. La famille se transformerait puisqu'il deviendrait envisageable, selon le principe de liberté et de plaisir, de dissocier les enfants de leurs parents si la charge éducative était trop lourde.

Dans *Du mariage* Blum s'inspire de nombreux écrivains qui affirment la liberté de l'esprit : il fait en particulier référence à Laclos (*Les Liaisons dangereuses*), à Honoré de Balzac, ainsi qu'à son contemporain Georges de Porto-Riche (*Amoureuse*, 1891). Il se place aussi dans le sillage de Fourier, d'abord via Balzac (« Si Balzac, que les grandes théories sociales n'effrayaient point, avait connu la *Théorie des quatre mouvements* et le *Traité de l'unité universelle*, il eût sans doute rendu ce livre inutile. Quelques formules vraiment prophétiques de Fourier auraient suffi à l'éclaircir »), puis plus directement : « Fourier, qui libère la femme par l'égalité d'éducation, qui la délivre du joug économique de l'homme, l'affranchit aussi dans l'amour. Dès sa majorité sexuelle, la femme sera maîtresse de son corps, et les relations amoureuses qui s'établiront entre l'homme et la femme émancipée suivront toutes les courbes spontanées et capricieuses de l'instinct. » Blum n'est certes pas un disciple de Fourier : il ne veut pas de l'organisation sociale sous-tendue en harmonie par la liberté amoureuse. Pourtant, lorsqu'il emploie les mots « harmonie », « disharmonie » et « désharmonie », lorsqu'il dénonce la compression et la répression des désirs, il reprend le cœur de la pensée de Fourier. Il lui fait écho également dans sa démarche puisqu'il trace les contours d'un nouveau monde : « Et maintenant consentez, par un effort d'imagination que j'espère ne pas avoir rendu trop difficile, à vous transporter dans la société prochaine. » Enfin, certains des profils qu'il dessine ont leur modèle dans la *Théorie des quatre mouvements*. C'est le cas de cette « femme de 28 à 40 ans » dont le rôle amoureux et social évolue lorsqu'en elle « la fermentation de l'instinct est déjà tombée ; son avidité amoureuse est déjà satisfaite, et, à sa curiosité épuisée, il ne manque peut-être que d'avoir formé un jeune garçon ». Quant à la pluralité des relations encouragée par Blum (« On choisira l'homme de qui l'on préfère avoir ses enfants, et qui quelquefois ne sera ni l'amant qu'on aura le plus aimé, ni le mari avec qui l'on veut finir sa vie »), elle reprend directement le tableau tracé par Fourier : « Toute femme peut avoir à la fois 1° un époux dont elle a deux enfants ; 2° un géniteur dont elle n'a qu'un enfant ; 3° un favori qui a vécu avec elle et conservé ce titre ; plus, de simples possesseurs qui ne sont rien devant la loi » (*Théorie des quatre mouvements*).

Du mariage donne lieu à des réactions très virulentes qui visent Blum comme auteur, comme juif et comme socialiste. L'avocat Gustave Téry, personnalité en vue de la droite catholique extrême, proche des idées de Charles Maurras, auteur d'ouvrages sur le mariage et contre le divorce, écrit dans *L'Œuvre*, les 29 septembre 1910 et 16 février 1911, que le jeune normalien Léon Blum avait des mœurs équivoques, qu'il « n'avait guère laissé, rue d'Ulm, que le souvenir d'un éphèbe trop gracieux, à la chevelure ondulée et aux hanches onduleuses », ou encore qu'il « avait l'habitude rue d'Ulm de s'habiller en vierge folle et en robe décolletée, les bras nus, les lèvres peintes, soigneusement épilé, fardé et parfumé ; l'éphèbe israélite prenait plaisir à s'asseoir sur les genoux de ses camarades et à se faire embrasser pour l'amour du grec »[13]. De larges extraits de *Du mariage* sont publiés dans le journal d'extrême droite *La Libre Parole*, accompagnés de commentaires particulièrement hostiles. Les adversaires de Blum mettent en parallèle, dans une perspective ouvertement antisémite, *Du mariage* et la loi Naquet de 1884 sur le divorce. Avec moins de virulence, Gide critique Blum dans son journal, à la date du 29 juin 1907. Il s'inscrit en faux contre « une thèse qui propose le "bonheur" comme but, enferme le bonheur dans l'alcôve et prétend fournir une recette pour l'apprivoiser[14] ». Dès sa parution, *Du mariage* est l'une des cibles de l'offensive que ses adversaires, inlassablement, mènent contre Blum.

« Marcellin s'éveilla sous la caresse tiède d'un baiser » : socialisme et attraction selon François Jollivet-Castelot

François Jollivet-Castelot occupe une place tout à fait périphérique dans l'univers bariolé fin-de-siècle. Il n'a pas marqué de son empreinte l'histoire des socialismes français. Aujourd'hui son nom n'est plus guère connu que des spécialistes de l'occultisme et de l'alchimie. Pourtant, il élabore au tournant des XIXe et XXe siècles une synthèse qui, aussi originale soit-elle, s'inscrit dans l'univers socialiste de son temps. Jollivet-Castelot s'inscrit en effet dans une tradition syncrétique et messianique du socialisme français qui a perdu une partie de sa vitalité sans disparaître pour autant à la fin du XIXe siècle. Dans *Les Nouveaux Évangiles*, ouvrage publié en 1905 mais écrit entre 1896 et 1898, il campe un Messie émancipateur qui vient de Bénarès et qui proclame : « Je m'appelle le Grand Socialiste. » Mais son maître est Fourier. En 1908, avec *Sociologie et fouriérisme*, il se place sous son patronage. Même s'il conteste maints détails du tableau d'harmonie, il s'inspire de l'essentiel de cette pensée dont il tente de montrer qu'elle est parfaitement applicable. Le « socialisme fouriériste » dont il se fait le héraut ne ressemble ni au collectivisme ni au socialisme révolutionnaire. Ces variantes du socialisme, reconnaît-il, incarnent « une Idée très juste » mais, dépourvues d'assises théoriques solides, elles sont marquées du sceau de l'irréalisme car le combat pour la révolution ne peut déboucher que sur « la dégradation de l'Humanité ». Mais Jollivet-Castelot s'avance au-delà des lignes de clivage classiques : il ne se reconnaît pas davantage dans les idées du socialisme indépendant. Il situe dans la même catégorie « les Karl Marx, les Bebel, les Guesde, les Jaurès, les Viviani, les Briand ». Leur lutte contre le capitalisme est admirable, « mais ils n'ont su jusqu'ici, construire une théorie séduisante et synthétique de l'Ordre social de demain, basé sur l'Association véritable, la Fraternité, et la Liberté des goûts et des passions ». Dans ces conditions, à quoi ressemble l'avenir désiré par Jollivet-Castelot ? La « cité harmonienne » sera « synarchique ». Le mot « synarchie », qui circule à l'époque dans les écrits de Saint-Yves d'Alveydre et des occultistes, signifie que les décisions sont prises collégialement, que l'individu et le groupe se combinent harmonieusement. Ainsi la société synarchique, d'essence associative et non communautaire, reprendra le meilleur du socialisme et de l'anarchie et « combine[ra] le Collectivisme et l'Individualisme[15] ».

Ce système se singularise, entre autres, par une articulation forte entre socialisme et sensualité, fondée sur le rejet absolu du dualisme. Dès lors que « l'âme et le corps, l'esprit et la matière ne font qu'un », Jollivet-Castelot soutient que l'exercice des plaisirs sensuels et celui des plaisirs intellectuels et moraux correspondent. Dès 1893, dans *La Vie et l'Âme de la matière*, il défend cette position : « L'Attraction ! C'est l'Énergie universelle ! [...] C'est elle qui unit les lèvres des amants, qui régit le cours de l'onde, qui fait chanter l'oiseau sous la feuillée, qui fait monter la sève dans les arbres ou les veines. [...] C'est elle qui personnifie, qui constitue : l'Amour !... Amour, attraction des âmes... Attraction, amour des corps... Attraction et Amour, c'est tout un[16]. » Son monisme affirmé puise à diverses sources : il est à mettre en relation non seulement avec Fourier, mais aussi avec le Spinoza de la théorie des passions, ainsi qu'avec les sciences occultes, notamment l'alchimie : Jollivet-Castelot se passionne pour la transmutation de la matière, à laquelle il consacre plusieurs livres.

Le renoncement au corps par le biais de l'ascétisme est une arme aux mains des possédants. Reprenant à son compte des critiques socialistes récurrentes au XIXe siècle, il dénonce l'« ascétisme hypocrite et contre-nature » des bourgeois et les « molles jouissances bassement et grossièrement sensuelles dans une civilisation dégénérée ». En outre, l'ascétisme est une fuite que l'optimisme foncier de Jollivet-Castelot se refuse à cautionner. « Le monde mauvais et Dieu bon, telle est la notion que se fait le dévot ou l'ascète ; dès lors il n'a plus qu'un but : quitter le monde et ses plaisirs. » La société qu'il esquisse n'est ni une caserne ni un lupanar mais « un Casino modèle, un Cercle luxueux [où] la table est toujours abondante et bien garnie, les vins sont capiteux, les bibliothèques renferment des œuvres désirées par les membres de l'association, les fêtes, les concerts, les amusements, les parties, les festins, les réunions se succèdent ». En bref, il est partisan de l'émancipation voluptueuse des corps et des esprits.

La dimension sexuelle de la sensualité est selon lui centrale. Il se prononce pour l'union libre, pour la polygamie et la polyandrie, pour une « liberté sexuelle absolue ». Même s'il exclut certaines pratiques qu'il qualifie de vicieuses (« viols, incestes, pédérastie, saphisme, masturbation »), même s'il souligne que la liberté sexuelle n'est pas d'actualité puisqu'elle « n'est praticable [...] qu'au sein d'une société raffinée, délicate, policée, courtoise et *morale* », son discours est d'une radicalité extrême. Il en appelle à la destruction du mariage traditionnel, obstacle majeur à l'établissement d'une société harmonieuse ; dans une perspective qui le rapproche du néomalthusianisme, il se prononce contre la procréation sans frein (« faire beaucoup d'enfants, c'est obéir à l'instinct, non à l'intelligence »). Au-delà, il est l'un des rares fouriéristes à défendre la pensée cosmogonique de Fourier. Il décrit la sensualité qui règne dans un monde aromal, et qui repose sur la théorie de l'analogie entre corps humain et système astral : « Les êtres aromaux jouissent de tous nos plaisirs, même sensuels, et à un beaucoup plus haut degré que nous. Ils tirent une foule de saveurs, tant des autres planètes que de l'intérieur de la Terre dont ils exploitent les sucs. » Il considère que la théorie du « coït astral et planétaire » est très vraisemblable.

Le chapitre 11 de *Sociologie et fouriérisme* donne un aperçu du nouveau monde sensuel auquel songe Jollivet-Castelot. Placé entre « Le phalanstère, son organisation, son fonctionnement » (chapitre 10) et « Le fouriérisme et les problèmes sociaux actuels » (chapitre 12), il s'intitule « Distribution d'une journée "harmonienne" aux environs de l'an 2000 ». Il dépeint la vie phalanstérienne de Marcellin, dont la journée commence avec Muguette (« Marcellin s'éveilla sous la caresse tiède d'un baiser ») et s'achève avec Rosine. « La tendresse des cœurs et le désir des corps » s'épanouissent aussi avec Cécilia, puis avec la « gracieuse courtisane » Simone, qui le reçoit chez elle, « lui offr[e] le thé, les gâteaux et le reste », et qui accueille le même jour deux petites amies auxquelles elle donn[e] des leçons de pose, de danse, et peut-être bien aussi de caresses ». La journée est rythmée par des activités de tous ordres, plaisamment diffractées en de courtes séances, où se mêlent l'industrie et la fête. Le monde inventé par François Jollivet-Castelot est sillonné par les gondoles multicolores ; il résonne d'airs de violon, de violoncelle, de harpe, de flûte. Mais le phalanstère n'est pas seulement un havre de félicité. Il permet aussi la « Socialisation ou Nationalisation du Sol, des Usines et de la Propriété ». En d'autres termes, il est le cadre d'une double émancipation sous le signe du socialisme.

IX

Sensualité revendiquée, sensualité pratiquée 1880-1914

Au premier plan du tableau de Paul Signac intitulé *Au temps d'harmonie* (1895) figurent quatre hommes, une femme et un petit enfant[1]. Les hommes ont pour la plupart le torse nu, la femme tend un fruit à l'enfant nu. Un peu plus loin une femme et un homme enlacés admirent un petit bouquet de fleurs. À l'arrière-plan se déploie sous un grand arbre une farandole d'enfants. L'ensemble baigne dans la douce atmosphère d'un paysage littoral méditerranéen. Peintre de sensibilité libertaire – il avait d'abord choisi pour titre *Au temps d'anarchie* –, Signac réalise là une ode à l'amour libre, au travail attrayant, à la liberté des corps et des esprits. Il vante les douceurs de lendemains anarchistes, comme l'indique le sous-titre de la toile (« L'âge d'or n'est pas dans le passé : il est dans l'avenir »). De fait, c'est le plus souvent sous le signe de l'anarchie que certains mènent au cours des années 1880-1914 des expériences où la sensualité se révèle déterminante. Quelques socialistes atypiques en font autant, tel Marcel Sembat. Les uns et les autres expérimentent les difficultés d'une articulation concrète entre leurs écrits et leurs pratiques.

« Épanoui ! Dilaté ! Heureux de corps ! Souriant d'esprit ! » : les délices et les tourments de Marcel Sembat

Marcel Sembat rêve d'un affranchissement humain intégral et il tâche de réaliser ce rêve. Socialiste indépendant, il dirige *La Petite République* à partir de 1892, écrit dans *La Revue socialiste*, joue un rôle déterminant à *L'Humanité*. Député du 18e arrondissement de Paris à partir de 1893, il est actif à la fédération socialiste de la Seine et dans la franc-maçonnerie ; il œuvre à l'unité socialiste de 1905 ; il est proche de Jaurès. À l'image des autres socialistes indépendants, il ne goûte guère le collectivisme des guesdistes ; il entend plutôt concilier convictions révolutionnaires et volonté réformiste dans le cadre républicain. Il se défie du principe d'autorité : l'émancipation est selon lui chose vaine si les hommes ne peuvent vivre sans chef.

Dans les carnets intimes qu'il noircit au fil des années il rend non seulement compte de cet engagement mais aussi de toutes les facettes de son existence, et en particulier de la richesse et la complexité de sa vie sensuelle[2]. Chez lui, militantisme et sensualité forment un tout, de sorte qu'à la fin de l'année 1912 il confie au philosophe Frédéric Paulhan et au publiciste André Lebey qu'ils pourront le jour venu « extraire [de ses cahiers] ce qui [leur] paraîtra publiable ». Ainsi les *Cahiers noirs* de Sembat sont-ils une source exceptionnelle pour comprendre les liens qui peuvent se tisser entre socialisme et sensualité à l'échelle d'un individu, d'un couple, mais aussi au-delà.

Le goût de Sembat pour les plaisirs sensuels habite l'ensemble des *Cahiers noirs* entre 1905 et 1914. Il consigne souvent, avec pour seul filtre l'usage de la langue anglaise, son plaisir sexuel (le « good love ») avec sa femme Georgette Agutte : « good love this night good and long » (23 janvier 1905) ; « good love this night » (15 novembre 1907) ; « excellent good love » (22 mai 1911) ; « good most excellent love » (22 juin 1914), etc. Il adore aussi la bonne chère : fruits de mer, gibier, choucroute, vins. Il confesse un faible pour les huîtres : « oysters good », souligne-t-il le 13 février 1905 ; le 18 décembre 1907 il consigne qu'il a dîné la veille « d'huîtres et dinde truffée » ; « mangé des huîtres à la coopérative ! » s'exclame-t-il, enthousiaste, le 18 octobre 1909. Les parfums des fleurs lui procurent des sensations intenses. « Je me suis levé à 7 heures, j'ai rôdé dans le jardin, humant les lilas, le nez dedans, serrant les grappes à poignées, à pleines mains » (3 mai 1909). Il jouit du spectacle des couchers de soleil, il patine avec délectation sur les lacs gelés des Alpes. Il rapporte le 23 mars 1908 qu'il a acquis de belles éditions de Montaigne et de Brantôme qui lui « enjoyent les yeux ». Il note des « jouissances exaltées de lecture » ou encore une « exaltation opulente et [un] foisonnement d'idées » le 18 novembre 1912. Il partage avec sa femme, qui est peintre et sculptrice, des moments d'intense jouissance esthétique. Pour lui, noircir les pages de ses cahiers et « laisser aller [sa] plume », c'est chercher à créer un « extrait de [sa] jouissance », mais il n'y parvient jamais tout à fait, à son grand regret (7 octobre 1908).

Tous ces plaisirs sensuels entrent en composition. Les voluptés de l'amour physique succèdent naturellement à une dégustation d'huîtres (13 février 1905) ou précèdent sans heurt une dégustation de foie gras (17 mars 1912). Chez lui, l'engagement socialiste et les plaisirs des sens se conjuguent. C'est sous cet angle plutôt inhabituel qu'il interprète son expérience de la vie parlementaire : « Un discours c'est un baiser. Si la Chambre n'a pas envie de baiser, si l'affaire ne la met pas un peu en chaleur, on s'esquinte à scier en long » (18 mars 1899). Le 3 juin 1907, il note que les sphères de l'amour et du travail (« work ») communiquent : « Il semble y avoir coïncidence entre les périodes où je suis good lover sont celles où je suis good worker. » Le 15 novembre 1907 il place sur un même plan sa journée à la Chambre des députés, les deux discours qu'il prononce en soirée sur l'antimilitarisme et le patriotisme, et le « good love » de la nuit précédente. Il écrit le 11 juin 1909 : « La vie est belle, les élections seront excellentes. Tout va bien. Mon Dieu, quel malheur de ne pas pouvoir, à volonté, multiplier ces "instants brillants où la vie surabonde" ! » L'année suivante, peu après sa réélection à la Chambre des députés, il se remémore avec une pointe de nostalgie l'excitation que procurent les victoires électorales : « C'est comme l'amour. Il faut être jeune pour en jouir pleinement. À 47 ans, on sent la fatigue » (1er mai 1910). Il fait référence le 28 mai 1912 au très agréable « casse-croûte » qui l'avant-veille a suivi les cérémonies à la mémoire des morts de la Commune au Mur des fédérés. Et, le 22 juin 1914, il écrit qu'après un « good most excellent love », il est parti pour « 1° vote sénatorial, 2° congrès fédéral, 3° déjeuner Dayot ». Cette aptitude à jouir de la vie sous toutes ses coutures n'est sans doute à aucun moment plus évidente que le 27 mai 1911 : « Chaud ! Chaud ! On est bien ! Épanoui ! Dilaté ! Heureux de corps ! Souriant d'esprit ! » Le contraste est saisissant avec Jules Guesde, que Sembat décrit le 22 janvier 1906 comme l'incarnation d'un socialisme puritain avec « sa robe brune de moine, non, c'est un macfarlane, mais on le voit en robe de bure, son chapeau noir à grands bords qui fait cascade harmonieuse avec ses cheveux touffants de Christ [...], son grand visage émacié d'apôtre haineux ».

S'il cultive ses appétits, Sembat lutte aussi contre eux. Il est habité par une mauvaise conscience parfois larvée, parfois explicite, qui contribue sans doute à expliquer pourquoi il choisit le détour de la langue anglaise pour exprimer la volupté sexuelle. Il sent que l'orientation de ses pensées vers le plaisir risque de l'éloigner de l'action et de le faire glisser vers la dépendance, vers une forme d'immoralité qui l'inquiète. « Règle morale constamment appliquée : bannir l'image voluptueuse en n'admettant que la sensation voluptueuse. To love his wife, well; to dream of loving, bad » (« faire l'amour avec sa femme, c'est bien ; rêver de faire l'amour, c'est mal », 4 février 1907). La volonté de proscrire les rêves lascifs, de « chasser les idées sexuelles » (1er juillet 1905) revient régulièrement. Elle va de pair avec le désir de lutter contre les excès de table. En Italie, le 22 mai 1911, il décide qu'il évitera à l'avenir diverses catégories de plaisirs, non seulement « cigarri » et « vini », mais aussi langoustines (« scampi ») et rêves voluptueux (« sogni »). Il jouit et souffre à la fois des huîtres : celles du 13 février 1905 sont « good », certes, mais il en a mangé en trop grand nombre ; il a englouti « comme un idiot » celles qu'il évoque le 18 décembre 1907. Les effets de son insatiable appétit l'inquiètent. Il écrit, le 8 juillet 1907 : « J'engraisse : il se fait des paquets gras derrière mes omoplates, je les tâte et les empoigne dans mes mains comme de grosses andouilles molles, mon ventre ballonne et fait sphère. » Sa rondeur l'obsède. Il l'évoque en septembre 1907 (« ma bedaine s'est arrondie hideusement »), puis en avril 1909. Il a « des seins comme une nounou, des bourrelets au-dessus du nombril et un abdomen ballonnant » (5 mars 1911). L'état de son nez, en particulier, le préoccupe. « Mon nez grossit trop et par conséquent ce gros bout plein de sensualité me mène » (1er juillet 1905) ; « en trois jours la mer et le homard m'ont rougi le nez comme un cassis ! » (en Bretagne, le 3 juillet 1912).

La plupart du temps ses bonnes résolutions font long feu. Il est encore loin du compte le 6 juin 1905 : « Je ne fume plus et je mange moins goinfrement. Hier matin par exemple un œuf, un demi-pigeon froid, des petits pois, du fromage à la pie, Dundee et pruneaux. » Il semble en revanche s'être un peu rapproché de son objectif lorsqu'il note le 17 mars 1912 : « Ascèse, ascétisme. J'ai persisté dans mon régime : eau chaude, pas de pain, généralement pas de tabac ; jamais goutte de vin ni d'alcool. » Plus optimiste encore, il remarque le 24 novembre 1913 que sa gourmandise « est vaincue par un autre mode : la tempérance, la surveillance amusée et joyeuse ». Il craint que ses appétits de jouissance ne réduisent ses capacités de travail, car il aime travailler. Il sait pertinemment que l'efficacité de son engagement socialiste, qui passe notamment par l'écrit et la parole, en dépend. Son objectif ultime est que les plaisirs militants et les plaisirs des sens s'harmonisent et nourrissent ensemble sa puissance d'action.

« Les chevelus, les "sans chapeaux" » :
chemins de traverse anarchistes

C'est à une autre échelle que se déploient dans les années 1880-1914 des expérimentations anarchistes posant avec acuité la question de l'affirmation sensuelle. L'anarchisme fin-de-siècle, souvent associé aujourd'hui à l'action directe et à la vague d'attentats des années 1890, est beaucoup plus contrasté. Selon Gaetano Manfredonia, trois orientations susceptibles de nombreuses variations le structurent : « l'insurrectionnalisme », « le syndicalisme », « l'éducationnisme-réalisation »[3]. Si les anarchistes sont radicalement hostiles à l'ordre dominant, ils ne s'accordent pas sur les moyens et les étapes de l'émancipation. Les uns sont persuadés qu'elle sera le fruit de la révolution ou de la subversion, tandis que d'autres croient toute révolution inutile si aucun changement ne s'est enclenché auparavant à l'échelle des individus eux-mêmes. La question sociale les préoccupe mais nombre d'entre eux gravitent à l'écart des socialismes dûment estampillés. Dans son *Petit manuel anarchiste individualiste*, E. Armand – l'un des principaux penseurs anarchistes de l'époque – écrit en 1911 que si « un abîme sépare l'anarchisme du socialisme sous ses différents aspects, y compris le syndicalisme », c'est parce que l'anarchiste « ne pense pas que les maux dont souffrent les hommes proviennent exclusivement du capitalisme ou de la propriété privée. Il pense qu'ils sont dus surtout à la mentalité défectueuse des hommes, pris en bloc[4] ». Même ceux qui croient le plus fermement à l'action commune rejettent le collectivisme autoritaire pour lui préférer un communiste caractérisé non seulement par la propriété partagée mais aussi par la libre association des travailleurs. Quant à la montée d'un socialisme parlementaire qui s'occupe bien davantage des élections que de la lutte sociale à la fin du XIXe siècle, elle est interprétée par les anarchistes comme le signe de l'acceptation des règles du système dominant, scandaleux renoncement. Voici par exemple Henri Zisly, ardent propagandiste libertaire, auteur d'ouvrages et surtout d'articles extrêmement nombreux sur l'anarchie[5], défenseur d'une conception « naturienne » de la vie en société – il signe par exemple en 1900 un *Voyage au beau pays de Naturie*[6]. Il exprime volontiers sa défiance à l'égard du socialisme des partis à l'orée du XXe siècle. « Il est entendu, écrit-il le 1er novembre 1904 dans le journal *Le Paysan de l'Yonne*, que l'Anarchie est l'avant-garde du parti socialiste. » Aux socialistes autoritaires engagés dans l'arène politique, il préfère largement le « socialisme libertaire ».

Les anarchistes qui souhaitent la réalisation immédiate de leurs idéaux sont les principaux acteurs d'expériences de « milieux libres » qui se déroulent dans les premières années du XXe siècle et rassemblent au total, en une dizaine de lieux, une centaine de personnes désireuses de vivre en rupture avec la société capitaliste et chrétienne[7]. À Vaux (Aisne) se retrouvent entre 1902 et 1908 Georges Butaud et Sophia Zaïkowska, Henri Zisly, E. Armand et Marie Kügel, d'autres encore, « des matérialistes, des spiritualistes, des communistes, des individualistes, des scientifiques, des naturiens[8]... » Dans la clairière d'Aiglemont (Ardennes), Fortuné Henry fonde une communauté en activité entre 1903 et 1909, et où la mise en pratique des idéaux anarchistes s'accompagne d'une participation aux luttes ouvrières locales. D'autres expériences sont tentées en relation cette fois avec le journal *l'anarchie* : c'est le cas autour d'Albert Libertad, rue du Chevalier-de-La-Barre, à Montmartre, où le mot d'ordre est la lutte « contre le socialisme et le christianisme, le syndicalisme et le militarisme, le capitalisme et le coopératisme[9] » ; et à Saint-Germain-en-Laye où œuvrent en particulier André Lorulot et Émilie Lamotte. Un pavillon de Romainville abrite entre l'été 1910 et l'automne 1911 une imprimerie et un espace de vie commune. Le milieu de

La Pie s'organise à Saint-Maur en 1913 autour du journal *La Vie anarchiste*. Les modes d'action et d'affirmation de ces anarchistes, explique Céline Beaudet, sont innombrables, « d'interventions publiques provocantes en balades musicales, de critiques dérangeantes en conférences de plein air, de bals en pratiques illégales, de relations amoureuses plurales en pratiques anticonceptionnelles[10] ». Dans certains milieux libres et au-delà, beaucoup expérimentent aussi d'autres manières d'éduquer. L'idée, souvent présente chez les réformateurs et les révolutionnaires, est d'intervenir dès l'enfance : si les adultes sont rétifs à la nécessaire métamorphose sociale, les enfants pourront agir dans le futur pour changer l'ordre social.

Ces expérimentations inspirent une profonde défiance aux socialistes, notamment sous l'angle des mœurs. Ils préfèrent en général ne pas faire écho à ce qui se passe dans les sphères anarchistes. L'expérience éducative que mène Paul Robin à l'orphelinat de Cempuis (Oise) dérange Benoît Malon puis Georges Renard qui, directeurs successifs de *La Revue socialiste*, refusent de publier un texte de Robin portant en particulier sur le contrôle des naissances. En 1907, dans un article intitulé « Les syndicats de fonctionnaires », Eugène Fournière s'emploie à montrer « comment […] les anarchistes ont introduit dans le syndicalisme révolutionnaire leur théorie non de l'union libre mais de l'amour libre et la toute spéciale morale sexuelle de l'instinct et de la volonté qu'ils opposent en révolte contre la morale traditionnelle ». L'immoralité des anarchistes, poursuit Fournière, va de pair avec leur violence[11].

Mais c'est hors de la sphère socialiste que l'hostilité est la plus ouverte. Elle se fixe notamment sur Paul Robin. *La Libre Parole* du 24 août 1894 dénonce la « porcherie de Cempuis » : Robin « contamine les enfants du peuple en les initiant aux théories préconisées par Épicure et le marquis de Sade »[12]. Le mouvement d'expérimentation anarchiste est souvent perçu de l'extérieur comme l'expression renouvelée de l'immoralisme de Fourier. La communauté libertaire d'Aiglemont est assimilée dans *Le Temps* du 11 juin 1905 à un « phalanstère communiste » dirigé par un « Fourier [qui] ressuscitait sous un autre nom et avec de nouvelles méthodes », ou encore, dans *Le Peuple ardennais* du 12 mars 1909, à une « aventure communiste » où « l'amour libre [...] était pratiqué dans toute sa bestialité ». Dans un rapport de police parisien du 14 octobre 1907, à propos cette fois de la rue du Chevalier-de-La-Barre, il est question de « toute la bande d'hommes et de femmes [...], les chevelus, les "sans chapeaux", les porteurs de sandales de moines, malpropres, débraillés, sans faux-cols... affichant leur amour-librisme, [...] joyeux et bruyants »[13].

« Amour libre », « amour plural » :
la sensualité amoureuse en anarchie

Dans les milieux libres et au-delà, nombre de militants posent explicitement la question des relations entre hommes et femmes. Une partie d'entre eux se présentent comme les défenseurs non seulement d'une union libre conçue comme une relation d'amour authentique hors des liens du mariage, mais aussi de l'amour libre. Les idées qu'ils développement s'inscrivent dans des traditions aisément identifiables : sous l'angle des mœurs l'influence de Fourier est effectivement récurrente, même si les anarchistes soupçonnent le système phalanstérien d'être fondé sur des règles trop autoritaires. Les théories d'Enfantin sont elles aussi discutées – et dans ce cas non seulement l'autoritarisme mais aussi la coloration religieuse de cette orientation sensuelle du saint-simonisme soulèvent de nombreuses objections. L'expérience menée à partir de 1890 par l'anarchiste italien Giovanni Rossi à La Cecilia (Brésil) est également discutée et analysée, par exemple dans le journal anarchiste *La Révolte*, qui évoque la lutte contre la dictature du mariage et de la famille et la pratique de l'amour libre.

Tout comme la plupart des socialistes mais avec davantage de virulence, les anarchistes s'en prennent au mariage bourgeois. Dans *L'Immoralité du mariage* (1898) René Chaughi explique que la nuit de noces n'est rien d'autre qu'« un viol précédé d'une orgie » et que l'État est dans cette affaire le « grand voyeur »[14]. Une dizaine d'années plus tard André Lorulot attaque à son tour : « Les gens mariés, dont la vilénie morale engendre certes la laideur physique, s'accouplent sans plaisir entre les draps sales de la légalité et du devoir. Ils n'obéissent aux instincts naturels qu'avec répugnance et maladresse et les ruts alcooliques et brutaux de leurs corps crasseux aboutissent sans hésitation à la procréation aveugle et irréfléchie de nouveaux cuistres à la cervelle vide et aux sens endormis[15]. » Nombre d'anarchistes (Faure, Lamotte, Lorulot, Robin, etc.) luttent en faveur du contrôle des naissances dans une perspective néo-malthusienne, arguments à l'appui : il est absurde de mettre au monde des enfants qui risquent fort d'entrer au service de la bourgeoisie ; la croissance incontrôlée de la population conduira à un appauvrissement des plus pauvres ; chacun a le droit d'éprouver du plaisir sexuel en dehors des lois de la procréation. Certains, enfin, s'aventurent dans des considérations de type eugéniste. Paul Robin écrit en 1905 que contrôler les naissances, c'est limiter le risque de concevoir des « petits tarés », de « simples imparfaits », des êtres « sourds, malvoyants, myopes, ultramuqueux, facilement enrhumés, à poitrines étroites et à poumons exigus, à muscles que l'exercice gonfle peu ou pas, craignant les mouvements, la gymnastique, la marche, à organes sexuels mal développés, plus ou moins incapables de recevoir ou de fournir la volupté normale »[16].

Le projet anarchiste d'une libération conjointe des esprits et des corps donne lieu à de nombreuses publications dans les premières années du XXe siècle. C'est l'un des axes majeurs de la pensée d'Henri Zisly. Dans *La Nouvelle Humanité* (mai 1898), il se dit convaincu que l'idée de Nature embrasse l'ensemble des expériences humaines. Dès mai

1898 il soutient que « tout individu – homme ou femme – devrait connaître toutes les lois de la Nature – entr'autres le coït – dès son jeune âge ». C'est dans cette optique qu'il dénonce les ravages du mariage bourgeois, auquel il préfère décidément l'amour libre, notamment plural ou polygame[17]. Il se fait l'avocat inlassable de l'émancipation des femmes dans l'ordre des mœurs : « Sachez donc posséder, leur écrit-il, plusieurs amis si votre caractère et votre tempérament le réclament, en dépit de nos lois[18]. »

En 1905, Paul Robin affirme pour sa part qu'« il est tout aussi honorable pour un être humain de donner, de recevoir la volupté sexuelle que de créer une chose belle, utile, bonne quelconque, de regarder avec admiration un beau paysage, [...] d'entendre avec plaisir une belle musique, de se réjouir du parfum d'une rose, [...] de manger une pomme[19] ». Deux ans plus tard, E. Armand revendique le droit aux rencontres amoureuses et sensuelles, libres de toute attache institutionnelle[20]. La même année Madeleine Vernet publie aux Éditions de l'Anarchie un long texte sur l'amour libre, qu'elle considère comme un ingrédient majeur du « développement intégral » et de la « liberté absolue ». Le mariage – cette « chaîne qui retient l'homme et la femme prisonniers l'un de l'autre » – contredit à la fois l'amour – « communion intégrale entre les amants » – et le désir – « caprice de deux sensualités ». Selon elle, l'amour et le désir ne s'excluent pas puisque l'amour peut être défini comme « la communion complète de deux cerveaux, de deux cœurs, de deux sensualités ». Madeleine Vernet se place sur le plan de la morale, sans doute à la fois par conviction et par calcul. « L'amour libre, loin d'être une source d'immoralité, deviendra le régulateur naturel de la moralité ; le désir sexuel ne peut être une immoralité puisqu'il est un besoin naturel de notre vie physique. » En la matière, poursuit-elle, c'est la nature qui doit servir de guide. « Lorsqu'au printemps, la sève remonte aux branches, quand les effluves de la vie jaillissent de toutes parts – du sol, du soleil, des bois et des plantes – le désir aussi court sous la peau et rend les poitrines frémissantes[21]. » Plus audacieuse et plus directe, Émilie Lamotte défend dans un court texte très percutant le principe de l'inconstance et souligne l'importance du désir : « La fidélité n'est pas dans la nature. J'entends parfois raconter que les oiseaux nous donnent l'exemple de la fidélité. Je rigole ! [...] Non, non, la constance, c'est pas vrai. Jamais[22]. »

Des compositeurs et chanteurs anarchistes aiment eux aussi à célébrer la dimension sensuelle de la vie amoureuse[23]. Paul Paillette, ouvrier ciseleur devenu chansonnier dans les cabarets de Montmartre, proche de Libertad, chante l'amour libre : « Vicieuse société / Déguise ta perversité / Nos corps, friands de volupté, / Se moquent de ton verbiage. / [...] Quand le désir vient en chemin / Pourquoi remettre au lendemain, / Sans un contrat sur parchemin / On s'adore sous la feuillée[24]. [...] » Gaston Couté publie quelques années plus tard une chanson tout aussi explicite : « Lorsqu'ils s'en revenaient du bal / Par les minuits clairs d'assemblées / Au risque d'un procès-verbal / Ils faisaient de larges roulées / Parmi le blé profond et droit : / L'amour se fiche de la loi[25] ! »

Dans les faits, il n'est pas évident que cette revendication de l'amour libre soit fréquemment mise en pratique, contrairement à ce que consignent les rapports de police ou à ce que véhicule la rumeur. La structure du couple est certes envisagée avec plus de souplesse qu'ailleurs, mais les schémas classiques sont en général respectés ; la jalousie et le sentiment de propriété ne disparaissent pas ; même s'il est dénoncé, le principe de la prééminence masculine est souvent appliqué pour le partage des tâches ; la femme reste dans la plupart des imaginaires cet être gracieux, sensible, fragile, complémentaire de l'homme – pour le plus grand bénéfice de son compagnon. Revendiqué par Sophia Zaïkowska, le féminisme « anarchiste-individualiste[26] » n'est pas un combat partagé. Et nombre d'anarchistes voient en l'ex-communarde Louise Michel, rappelle Gaetano Manfredonia, « une sorte de référence mythique [...] mais au prix de la négation de sa sexualité, voire de sa féminité », de sorte qu'elle reste souvent cantonnée « dans le rôle de "vierge des opprimés" ou d'emblème asexué en tant qu'"invincible Marianne" des prolétaires »[27]. Quelques combinaisons amoureuses qui contredisent directement la morale dominante se forment néanmoins, telle celle que composent Sophia Zaïkowska, Georges Butaud et Victor Lorenc à partir de 1913 – un « amour pluriel » épanouissant aux dires de Sophia Zaïkowska[28]. Dans une perspective voisine, le texte qu'écrit en 1907 Lucienne Gervais en réponse à Madeleine Vernet est un appel au plaisir des sens détaché de tout risque d'aliénation à la domination masculine – texte d'autant plus audacieux qu'il a un caractère autobiographique revendiqué :

« J'étais prête à céder à des désirs de volupté et aussitôt je sentais que je m'engageais, que je pouvais me tromper sur la qualité, la valeur de cet homme. J'aurais été, avec joie, sa compagne d'une heure, l'idée d'une prise plus grande m'effrayait. L'obstacle ne viendrait-il pas de l'homme qui m'ayant approchée une fois, se fera un "droit" pour une deuxième, sans s'occuper de mes sentiments intérieurs ? Je veux me donner librement et me reprendre librement... Mais la manifestation des désirs féminins, même dans nos milieux est encore considérée comme une grossièreté. »

D'après Lucienne Gervais l'union libre ne se distingue guère du mariage bourgeois puisqu'elle fait « une habitude monotone de ce qui doit être toujours une chose voulue, désirée ». Et elle conclut, assumant ses principes individualistes jusqu'à leurs conséquences ultimes : « Comprenons bien que nous sommes des individus qui s'en vont seuls. L'amitié et l'amour ne peuvent nous donner que des compagnons de voyage dont le but ne saurait toujours être le même que le nôtre[29]. »

« Nous chérissons cette guenille »:
l'émancipation des corps anarchistes

Beaucoup d'anarchistes dépeignent à la manière de Paul Signac les charmes d'une vie douce et joyeuse. Cette émancipation peut néanmoins revêtir des formes très diverses. L'inspiration vient assez souvent de Fourier, mais aussi parfois d'Owen, de Cabet, voire de Proudhon, ou encore de l'individualiste Max Stirner dont l'œuvre maîtresse, *L'Unique et sa propriété* (1845) est traduite en français dans les dernières années du XIXe siècle[30]. Certains accordent leur préférence à l'expérience de La Cecilia, d'autres aux communautés à tonalité chrétienne se référant à la pensée de Léon Tolstoï, d'autres encore à la Clousden Hill Free Communist and Cooperative Colony qui, près de Newcastle (Angleterre), applique certaines idées du théoricien libertaire russe Pierre Kropotkine.

Dans la plupart des cas, l'éducation est considérée comme le plus efficace des leviers vers l'émancipation sociale. C'est ce dont est persuadé Paul Robin, qui mène une expérience d'« éducation intégrale » à Cempuis entre 1880 et 1894. Robin est convaincu que la santé physique et l'épanouissement corporel méritent la même attention que le développement intellectuel et moral. « Nous sapons le vieux préjugé du mépris du corps, nous chérissons cette guenille, nous en établissons le culte », explique-t-il devant une assemblée d'instituteurs de l'Oise en 1890[31]. Il encourage les exercices gymniques, la natation, la coéducation des sexes, la transmission aux plus jeunes de savoirs sur le corps – mais il renonce à l'instruction sexuelle face à l'hostilité ambiante. Il prône une saine modération dans les pratiques alimentaires: le végétarianisme l'intéresse et il l'introduit à Cempuis sans pour autant le systématiser. En 1904, dix ans après la fin de l'expérience de Cempuis, Sébastien Faure fonde près de Rambouillet La Ruche, une « coopérative de production, de consommation et d'éducation » qui accueille quelques dizaines de jeunes gens selon les principes d'une éducation à la fois physique, intellectuelle et morale, c'est-à-dire intégrale[32].

Henri Zisly poursuit aussi, mais par d'autres voies, l'objectif de libérer les corps du carcan qui les enserre. Ses théories sur l'amour font partie intégrante d'un système beaucoup plus vaste : il vante les vertus d'une vie simple et sensuelle dans des logements sains, avec une nourriture non frelatée, loin des menaces d'une modernité technique dont il se défie – il rejette par exemple les « éléments chimiques hostiles à l'organisme humain[33] ». Il présente les vertus d'une relation harmonieuse avec la nature dès 1898 dans *Le Naturien*, une revue qui revendique « l'indépendance absolue par le retour à la Nature (et non à l'état primitif) ». André Lorulot, pour sa part, vante les vertus du bain de soleil intégral[34]. À Aiglemont, Fortuné Henry fait en sorte que les colons jouissent de la lumière et de l'air libre en faisant creuser des fenêtres et construire une véranda. Il ne suffit pas, explique Henry, de « libérer l'homme de son ventre » et de lui assurer le minimum vital : « Nous sommes des intégraux, au point de vue des appétits, et nous voulons l'intégrale jouissance[35]. » Libertad, enfin, n'a de cesse de revendiquer un droit au plaisir pour tous : d'après un rapport de police de 1908 il aurait déclaré que « danser et faire les fous, c'est une excellente propagande » ; sous sa houlette, les dimanches rue du Chevalier-de-La-Barre sont particulièrement joyeux – « des banquets sont organisés avec musique et danses, prolongés à l'occasion par des bals ». Ces principes de vie se retrouvent dans la société de vacances populaires Le Rayon de soleil, qu'il fonde en 1905 à Châtelaillon (Charente-Inférieure)[36].

Mais des manières de vivre bien différentes sont explorées par d'autres anarchistes, qui considèrent que la recherche des plaisirs sensuels est très secondaire par rapport aux interrogations sur les modes de production hors du capitalisme ou sur la définition des méthodes de lutte. Ils soulignent que les difficultés du quotidien invitent plutôt à la frugalité qu'aux plaisirs du palais et de la fête. Des voix s'élèvent enfin régulièrement contre la consommation de produits superflus et taxés qui enrichissent l'État-ennemi et détournent des efforts du militantisme. Désirer peu, c'est se placer à l'abri des tentations et des risques de dépendance. D'où la puissance d'un courant anarchiste puritain qui célèbre une morale néostoïcienne contre les mirages de l'épicurisme[37]. Ce courant qui n'est pas nécessairement hostile à toute forme de sensualité dénonce la gourmandise, prône la tempérance – la consommation d'alcool est régulièrement condamnée dans la presse militante, et même interdite par exemple à Aiglemont. Georges Butaud et Sophia Zaïkowska s'inscrivent dans ce mouvement puisqu'ils appliquent des règles de réduction des besoins : ils appuient leur liberté individuelle sur l'abnégation[38]. Les ennemis de l'ascétisme s'en émeuvent, tel Henri Zisly à propos de La Pie (« Pas de viande, pas de vin, boire de l'eau, cela sent la vie de couvent[39] ») ; à Romainville, les bons vivants comme Rirette Maîtrejean s'opposent aux tenants d'un régime strict comme André Lorulot et décident finalement de faire table à part[40]. C'est ainsi que la question des plaisirs des sens se diffracte de cent manières et crée mille occasions de friction au sein des milieux libres.

« Sans carcasse il entrait dans la catégorie des mets prolétariens » : les intermittences de la sensualité

Prompts à stigmatiser les dérèglements sensuels bourgeois, la plupart des socialistes éprouvent, contrairement à Marcel Sembat, à E. Armand, à Henri Zisly ou à quelques autres, de fortes réticences à mettre la sensualité en mots. Il est néanmoins possible de saisir à la faveur de certains écrits des remarques qui tranchent avec leurs discours publics. Détenu à la prison de Sainte-Pélagie en 1883, le « moine prêcheur » Jules Guesde apprécie selon son compagnon de détention Paul Lafargue les plaisirs du palais. Lafargue écrit à Friedrich Engels que le directeur de la prison a accepté qu'ils se fassent livrer des homards : « Dans sa sagesse souveraine, [le directeur] décida que le homard avec sa carcasse était un mets de luxe, mais que sans carcasse il rentrait dans la catégorie des mets prolétariens; pour entrer à Sainte-Pélagie le homard en question a dû laisser à la porte sa grandeur cardinalesque. » Laura Lafargue, fille de Karl Marx et femme de Paul, ne dit pas autre chose dans une lettre à Engels : « Leur appétit est, si je puis dire, désastreusement bon. [...] J'arrive tous les matins vers dix heures avec un plein panier de victuailles cuites et crues. [...] Les hommes du parti (quelle belle chose d'être membres d'un parti!) fournissent aimablement de temps en temps une bouteille de bon vin ainsi que des cigares, des pipes et du tabac[41]. » Cinq ans plus tard, et dans la même veine, Guesde compose à Arcachon une pièce à la gloire de Vénus intitulée *Vénus Victrix* : après avoir célébré la « splendeur nacrée » de ses « seins nus », il s'exclame : « C'est vers elle, c'est vers son impudeur sublime / Que de sève gonflée, monte le flot en rut[42]. »

Quant à Eugène Fournière, il jette régulièrement sur le papier des pensées qui montrent ses incertitudes vis-à-vis des plaisirs des sens. D'un côté, « il est naturel en même temps qu'heureux que l'émancipation n'ait pas commencé par les sensuels Latins mais par les frigides Anglo-Saxons » (2e trimestre 1895); de l'autre, « j'ai pris Fourier à la bibliothèque du Familistère et je me suis gorgé de cette poésie sociologique puissante et en même temps gauloise, dans une recoin du fin fond de mon jardin, au bord de l'Oise » (au familistère de Guise, le 10 août 1897). Au fil de la journée du 24 août 1899, il fixe ce conflit intérieur dans l'écriture. « Voici de longues années, note-t-il pour commencer, que j'avale la fumée de ma cigarette avant de l'expirer. Une vraie passion chinoise. » Puis il s'interroge sur les problèmes que cette passion soulève : « Quelle valeur l'homme public, l'écrivain, peut-il avoir, s'il n'a même pas sa volonté à lui ? » Il s'engage donc dans un travail de sevrage qui le fait passer par un moment très difficile, « celui du café, qui me faisait l'habitude tirer la blague et le papier de la poche avec la béatitude de la digestion commençante ». En fin de journée du 24 août, il pense avoir remporté une grande victoire sur le tabac et, pour la fêter, il décide d'offrir à son estomac « un verre de vin. Cela le calmera, me réjouira et me fera bien dormir[43]. » Renoncer au tabac et jouir du vin : voilà un très bel exemple de cohabitation entre ascétisme et sensualité.

« Et l'on dansa jusqu'au coucher du soleil » :
les terres inconnues des pratiques sensuelles populaires

Discrets sur eux-mêmes, les socialistes ont par ailleurs les plus grandes difficultés à comprendre les rapports que le peuple travailleur entretient avec les plaisirs des sens. Artisans des villes et des campagnes, paysans et mineurs, employés modestes et petits instituteurs composent une mosaïque populaire qui se situe par définition au cœur des préoccupations des socialistes puisque c'est en priorité à leur émancipation sociale qu'ils se consacrent. Le peuple travailleur est présenté dans les écrits socialistes selon plusieurs axes. Il est souvent le peuple de douleurs, enchaîné dans la misère, aliéné par l'employeur et par la machine, privé de toutes les jouissances – même les plus élémentaires. Dans ce schéma global, la femme prolétaire désexualisée, sans corps propre, constamment souffrante, revient de façon récurrente[44]. Le peuple, c'est aussi le travailleur viril exerçant sa force physique dans les ateliers ou aux champs pour produire toujours plus et toujours mieux[45]. Mais, dans les années 1880-1914, le peuple est également décrit sans cesse comme viveur, noceur, jouisseur, naïvement fasciné par l'immoralisme bourgeois ou esclave de ses instincts; la victoire du socialisme garantira sa moralisation. Cette tendance à la dépréciation des mondes populaires, souvent nourrie d'inquiétudes profondes, n'est pas l'apanage des socialistes. Elle continue d'être alimentée par les souvenirs fantasmés de la Commune[46]. Elle imprègne les représentations du peuple que forgent après 1871 des penseurs comme Hippolyte Taine, Gabriel Tarde ou Gustave Le Bon[47]. Elle est perceptible au quotidien au sein de l'Église catholique : les métallurgistes, verriers et cordonniers de l'Avesnois sont ainsi considérés par les rédemptoristes comme un « redoutable conglomérat de viveurs, de danseurs et d'onanistes[48] ». Dans le dernier tiers du XIXe siècle, les romans de Zola nourrissent ces stéréotypes. Certes, chez Zola, les univers populaires sont très contrastés et les appétits incontrôlés touchent tout autant les mondes bourgeois. Pourtant, les lecteurs de Zola sont sensibles à la sensualité populaire toute charnelle, mal contenue, exacerbée souvent par les ravages de l'alcool, dangereuse, qui habite le cycle des Rougon-Macquart. Laurent, l'amant de Thérèse dans *Thérèse Raquin* (1867), est « un paresseux, ayant des esprits sanguins, des désirs très arrêtés de jouissances faciles et durables » et il rêve « d'une vie de volupté à bon marché, une belle vie pleine de femmes, de repos sur des divans, de mangeailles et de soûleries ». Dans *L'Assommoir* (1878), la dégradation de Gervaise se lit sur son corps lorsqu'elle devient « énorme, tassée sur les coudes, mangeant de gros morceaux de blanc, ne parlant pas, de peur de perdre une bouchée ». Des débordements charnels, nerveux, sanguins sont repérables dans *Pot-Bouille* (1880), *Nana* (1882) ou encore *Germinal* (1885). Jacques Lantier, dans *La Bête humaine* (1890), est ravagé par des appétits à la fois sensuels et homicides qui se traduisent dans ses relations avec sa camarade d'enfance Flore, avec sa maîtresse Séverine, mais aussi avec sa locomotive Lison.

S'il est très difficile de mesurer la pertinence de chacun de ces systèmes de représentation et de savoir ce qui renvoie à de simples stéréotypes, un faisceau d'informations jette une certaine lumière à partir des années 1880. Sur la foi de données diverses (par exemple sur les pratiques de la nudité ou du baiser sur la bouche qui cesse en 1881 d'être constitutif de l'attentat à la pudeur, sur la fréquence des relations prénuptiales), Anne-Marie Sohn affirme qu'« à l'encontre des discours officiels unanimement victoriens », il est possible de repérer un mouvement d'« émancipation des corps et des esprits » dans certains milieux populaires des premières décennies de la Troisième République, notamment en ville[49]. Hôtels meublés, cafés et salles de bal accueillent amants et maîtresses. Les relations prénuptiales concernent probablement une jeune fille sur cinq à la Belle Époque[50]. L'étude par Michelle Perrot des sociabilités des ouvriers en grève révèle la fréquence de pratiques festives où le plaisir des sens tient une place centrale : cotisations pour des banquets parfois plantureux, « régalades de soirs de paie dont la truculence écœure la raideur bourgeoise[51] ». Le mouvement de grève de 1887 à la ganterie Neyret de Céron (Orne), qui emploie essentiellement des femmes, en donne un exemple probant : « Le lendemain de la déclaration de grève, toute la population se rendit dans un pré... et l'on dansa jusqu'au coucher du soleil[52]. » Ces quelques informations et bien d'autres encore[53], si elles ne permettent pas de tirer des conclusions générales, montrent que loin des stéréotypes – débauche complète ou misère des sens –, la sensualité populaire peut se conjuguer au quotidien de mille manières.

X
Socialismes sacrificiels
1914-1936

De grandes figures du socialisme français disparaissent aux alentours de 1914 : Paul Lafargue en 1911, Paul Brousse en 1912, Édouard Vaillant en 1915. Quant à l'assassinat de Jean Jaurès (31 juillet 1914), il marque à la fois un changement d'ère dans l'histoire socialiste et l'entrée du pays tout entier dans la Première Guerre mondiale, point de départ d'une redéfinition en profondeur des identités collectives. Dès le déclenchement du conflit contre l'Allemagne, la SFIO rompt avec les principes pacifistes et internationalistes défendus par Jaurès pour participer à un gouvernement d'Union sacrée en vue de la victoire militaire. Jules Guesde, alors âgé de près de 70 ans, est ministre jusqu'à la fin de l'année 1916. Mais l'engagement en faveur de la guerre patriotique, soutenu d'abord par la majorité de la SFIO, fait l'objet d'une contestation croissante dans les rangs d'un parti où le pacifisme progresse au fil des années et où la participation ministérielle est finalement rejetée. Les révolutions russes contribuent également à modifier la donne : les communistes bolcheviks au pouvoir à partir de la fin 1917, signataires avec l'Allemagne d'une paix séparée au début de l'année 1918, incarnent un nouveau modèle socialiste qui exerce immédiatement une très forte attraction.

La victoire militaire de novembre 1918 contre l'Allemagne ne met pas un terme aux querelles qui divisent les socialismes français. Les innombrables tensions de l'immédiat après-guerre creusent les clivages et entraînent des ruptures politiques et syndicales. L'un des maîtres mots des dramatiques années de guerre et d'après-guerre est sans doute celui de sacrifice : les souffrances et les privations des années 1914-1918 rendent suspect tout discours sur l'épanouissement sensuel, tandis que les années suivantes sont marquées dans l'univers socialiste par la montée en puissance d'un communisme uni sous la bannière de l'ascétisme militant. La Grande Guerre et la révolution de 1917 ont en commun d'irriguer en profondeur et de renouveler en partie le discours anti-sensuel.

« La tempête a fait monter la vase à la surface » :
les grandes manœuvres contre la débauche, 1914-1918

La Première Guerre mondiale malmène les corps des combattants que les blessures, les amputations, les maladies atteignent dans leur intégrité et dans leur virilité[1]. Au soldat qui souffre au quotidien et qui sacrifie aux tranchées son corps pour la France sont opposées à l'intérieur comme à l'extérieur de l'univers socialiste deux figures de l'immoralité : le bestial jouisseur allemand qui pille et viole ; le lâche débauché de l'arrière qui danse lascivement le tango ou le ragtime et pour qui aucun mets n'est trop exquis. La victoire se doit donc d'être à la fois militaire et morale. Elle ne sera complète que si les Français renoncent aux voluptés faciles pour obéir aux règles du devoir. D'innombrables textes des années 1914-1918 diffusent un ensemble d'idées-forces : l'individu qui se laisse aller sans retenue à ses penchants sexuels fait preuve d'égoïsme et de faiblesse, heurte les principes de la morale sociale, menace l'équilibre du couple, encourage la prostitution, s'expose aux maladies vénériennes. L'homme se doit de résister au piège de la chair, alors que la guerre exacerbe des désirs qu'exciteraient non seulement les prostituées mais aussi les femmes seules réputées avides de plaisirs charnels. Cette inquiétude masculine vis-à-vis des femmes est à mettre en relation avec le rôle croissant qu'elles jouent dans la vie économique et sociale à l'arrière et avec l'élargissement du spectre de leurs libertés alors que les hommes sont au front.

Les exemples de ce discours moralisateur adressé principalement aux soldats abondent sur l'ensemble de l'échiquier politique[2]. En 1916, une brochure du ministère de la Guerre intitulée *Conseils au soldat pour sa santé* met en évidence que « pour ne pas contracter de maladies vénériennes, il n'est vraiment qu'un moyen efficace : ne pas s'y exposer. La chasteté ne fait rire que les imbéciles ». La même année Albert Nast, secrétaire général de la Ligue française pour le relèvement de la moralité publique, auteur en 1910 d'un *Petit vade-mecum antipornographique*, prononce à Bourges devant un auditoire de soldats un discours sur « la vie morale et la guerre[3] ». Selon lui, les jeunes soldats font fausse route si, face à l'éventualité d'une mort prochaine, ils décident de jouir de la vie. Il forge à l'appui de sa démonstration une image qui ne manque pas d'audace : « Non, non, mes chers camarades, il n'est pas vrai qu'il faille tremper son épée dans la fange avant de la faire étinceler sur les champs de bataille. » Le discours public sur l'indispensable chasteté du combattant reste prégnant jusqu'à la fin du conflit. On le retrouve en 1918 sous la plume des médecins militaires Louis Huot et Paul Voivenel (« Celui qui se bat et se fatigue réellement est plus facilement chaste qu'on le croirait. On ne pense guère à l'amour quand on est vanné[4] ») ou du seul Louis Huot à propos cette fois de la sensualité exacerbée des femmes : « Il semble que l'âcre fumée des obus tombant dans les villes et bourgades de la zone de l'avant répand sur elles je ne sais quel fluide excitant, je ne sais quelles toxines aphrodisiaques qui [les] troublent et les embrasent d'ardeurs exaspérées[5]. »

La tonalité générale est la même dans la presse militante socialiste. Là aussi, on lit en substance qu'il faut savoir s'affranchir des séductions d'une sensualité qui conduit fatalement sur les chemins de la débauche ou de la perdition. Après le déclenchement du conflit *L'Humanité* prend fait et cause pour une morale du sacrifice. Dans un court feuilleton publié à l'automne 1914, un journaliste insiste sur le dénuement, le sens moral, la frugalité des populations civiles et des soldats qui partagent leurs maigres rations[6]; symétriquement, Émile Pouget, figure majeure du syndicalisme révolutionnaire d'avant-guerre, stigmatise dans un feuilleton de la fin de l'été 1915 l'ignominie d'un officier allemand nommé Von Hersfeld, qui s'attaque à une jeune Française, Marguerite, avec « une flamme lubrique dans ses yeux glauques[7] ». Au début du printemps 1916, un rédacteur anonyme signale que « certaines mères de famille, il nous faut malheureusement le constater, depuis le départ de leur mari pour le front, se sont livrées à la débauche et à l'alcoolisme, maltraitant leurs enfants, les abandonnant presque[8] ». Un mois plus tard, le député SFIO Sixte-Quenin s'en prend cette fois aux ennemis de classe, ces « bourgeois qui avant la guerre menaient une vie d'oisifs et délaissaient leurs foyers pour les cabarets de nuit » et qui restent semblables à eux-mêmes pendant le conflit[9]. Le journal *Le Cri du peuple* (Amiens) tire la sonnette d'alarme fin 1916 : des adresses de « femmes pourries » circuleraient de main en main parmi les soldats de l'avant[10]; socialiste et pacifiste, Marcelle Capy écrit à l'automne 1917 que la guerre « a fait monter la vase à la surface, éveillé les vices, allumé les plus bas appétits, corrompu les esprits, détruit le respect naturel de l'homme pour son semblable[11] ». Les divergences d'appréciation sur les priorités socialistes – lutte contre les Allemands ? lutte de classes ? – n'ont pas d'incidence sur le discours moral dominant : chacun dénonce les ravages de la sensualité.

Dans ce concert anti-sensuel, une mélodie un peu différente est parfois perceptible. *L'Humanité* publie par exemple en fin d'année 1916 – l'année de Verdun – le feuilleton « Lise Renault, dame de la Croix-Rouge ». Sous la plume de Laurent Joubert, chaque jour ou presque pendant un mois, guerre et sensualité s'y entrecroisent[12]. Lise incarne au chevet des blessés de guerre un ensemble de représentations fantasmatiques. Elle est l'infirmière au cœur pur qui vient au secours d'hommes aux corps défaits, sales et sanglants, la chair à nu[13]. Autour des lits des malades, elle perçoit une entêtante « odeur d'hommes » ; un jour, pour rassurer un jeune blessé qui cauchemarde, elle commence par lui prendre la main, puis tendresse et sensualité se rejoignent : « Brusquement penchée sur lui [elle] l'étreignit et l'embrassa au front d'un baiser, qu'elle pensait maternel, mais qui versa dans son cœur désolé une grande douceur et la fit frissonner délicieusement. » Mais c'est avec le médecin Darcy qu'à l'issue d'une longue résistance intérieure elle connaît l'amour charnel. Emprisonnée avant-guerre dans un terne mariage (« rien n'était encore venu faire jaillir en elle les sources voluptueuses »), elle se métamorphose avec Darcy : « Quand elle était au paroxysme, il voyait brusquement pâlir son visage, il entendait ses jointures craquer, il sentait ses muscles se contracter et ses membres se raidir en une intense volupté. » Le parcours sensuel de Darcy est différent : d'abord, « par le choc moral et la vie d'anachorète », la guerre « éteint en lui toute aspiration sensuelle » ; ensuite, ses appétits de volupté renaissent, à la fois lors de ses vertigineuses étreintes avec Lise et avec une prostituée de taverne – ce jour-là, « il fut d'une ardeur telle que sa compagne de rencontre éprouva dans ses bras un plaisir inaccoutumé ». Dans le feuilleton, d'autres personnages encore connaissent les tentations de la chair. Lise, persuadée à l'origine « que la guerre avait purifié tout » découvre par exemple qu'une de ses collègues infirmières est « heureuse seulement lorsque les désirs des hommes s'éveillent à son approche » et que « peu farouche en temps de paix », elle est devenue « facile depuis la guerre ». Le feuilleton « Lise Renault, dame de la Croix-Rouge » aurait très bien pu paraître dans un journal non socialiste. Il exprime la présence souterraine d'une sensualité de guerre ambiguë. La passion de Lise est à la fois éblouissante et empoisonnée par la mauvaise conscience. Lorsqu'elle apprend que son fils a reçu une blessure de guerre, elle se sent coupable : « Je suis une mauvaise mère, je n'ai pensé qu'à moi, à mon plaisir. » À la fin du feuilleton, elle est brisée et la morale est sauve puisque, après le départ de Darcy, elle se dégage de l'emprise des sens pour se consacrer aux enfants des réfugiés.

Il ne fait guère de doute que cette sensualité qui affleure et parfois jaillit dans « Lise Renault, dame de la Croix-Rouge » circule dans les diverses strates de la société française en guerre. La censure et l'autocensure expliquent qu'il n'en subsiste que de très rares traces, non pas dans l'espace public mais dans le silence de certaines correspondances. Voici par exemple l'histoire du soldat Constant M. et de sa femme, Gabrielle[14]. Il est catholique, conservateur et nationaliste mais l'expérience du front le conduit à haïr la guerre. Elle perçoit son désarroi et lui conseille d'assouvir des désirs avec « une femme proprette et saine » (7 septembre 1915). Il s'y refuse mais lui promet en revanche de lui envoyer des photos érotiques qui font fureur dans les tranchées. Elle a pour sa part repéré dans un livre, lui écrit-elle, « un moyen efficace pour faire jouir délicieusement l'homme et aussi longtemps qu'il le désire. On intitule ce mode d'agir "feuilles de rose" » (7 septembre 1915). Bientôt, lui promet-elle, elle le fera « cabrer, [...] grincer des dents au moment de ces délices intenses » (11 septembre 1915). Pour l'aider à patienter, elle lui confectionne un colis avec « camembert (petit), une saucisse de Morteau, chocolat, une boîte de terrine de foie gras, grenades, six cigares à 1 sou, un petit flacon d'odeur » (8 novembre 1915). Les plaisirs des sens adoucissent les souffrances de Constant, qui meurt au front en janvier 1916.

L'attrait de la sensualité peut également être sensible dans les univers socialistes. Les lettres qu'adresse le jeune Léon Steindecker à Louis Lévy en donnent une petite idée[15]. Avant-guerre Steindecker est comme Léon Blum partisan d'un socialisme où les plaisirs d'ordre intellectuel et artistique font l'objet d'une attention privilégiée, « un socialisme qui, explique-t-il, a pour but le beau et non un socialisme qui transforme le monde en casernes industrielles et qui envoie l'art se cacher où il lui plaira » (avril 1914). Après le déclenchement de la guerre ses idées politiques restent les mêmes. Il évoque dans une lettre du 18 octobre 1914 un jeune visage d'homme, « doux comme la pulpe d'une pêche » avec des « yeux si grands et si sombres qu'ils paraissaient couler comme deux fleuves le long de ses joues allongées » ; puis il rapporte une conversation avec un jeune artilleur qui était auparavant journaliste. « Il me dit que la guerre, c'est beaucoup plus amusant que la paix, car [...] les sucreries, les femmes et les enfants rencontrés dans les villages sont à vous. Et de fait, plus j'y réfléchis, plus je comprends la beauté de ce temps de guerre [...] où [...] tout est permis. » Le 15 février 1915, il fait allusion à sa vie « décadente », « dépravée » de l'arrière, à l'agréable compagnie des hommes et des femmes, aux plaisirs du tabac et de la musique ; il poursuit, provocateur et cynique : « Les soldats au front, enfermés dans les tranchées et souffrant le froid, l'humidité et les balles, doivent être heureux que les quelques rares hommes restés dans le territoire continuent à entretenir un foyer de joie active et toute une vie de plaisir. »

Quant à Marcel Sembat, il poursuit, mais à un rythme moins soutenu qu'auparavant, son travail d'écriture intime[16]. Parallèlement à une vie publique intense et éprouvante – ministre des Travaux publics entre l'été 1914 et 1916, il est en butte à de très vives oppositions politiques –, il continue d'aimer les bons vins (« du Mercurey ! » le 6 mars 1916) et l'amour charnel (« most excellent love » le 12 mars 1917). Chez lui, vie politique et vie sensuelle restent liées l'une à l'autre. Le 21 octobre 1917, il note à propos du 14e congrès de la SFIO qui s'est déroulé à Bordeaux quelques semaines plus tôt : « J'étais assez vigoureux, assez dispos de cœur et d'esprit. J'ai abusé des bons vins de Bordeaux, des huîtres et de bonne chère ; mais j'étais capable d'effort et je l'ai donné. » Il n'a pas pour autant renoncé à combattre les jouissances faciles. Le 7 novembre 1915, il écrit sur les complémentarités entre « l'Ascèse et l'enthousiasme ». Le 6 mai 1918, il note que « le salut pour l'homme qui vieillit, c'est s'échapper aux maux qui le menacent, c'est-à-dire à la goinfrerie gourmande qui guette les vieillards et à l'érotisme sénile qui a perdu Sainte-Beuve ». D'où une pratique de la prière qu'il conçoit comme un exercice spirituel et intellectuel en dehors de toute référence chrétienne. Ainsi armé, il médite à sa manière sur le socialisme, comme en témoignent ses remarques du lundi 4 mars 1918 : « En tous cas, moi, j'ai ma religion individuelle qui soutient ma vie morale, mon progrès de *mind cure* [guérison spirituelle] vers l'ascension morale, hors de l'égoïsme, hors des rêveries, hors de l'érotisme, hors de la goinfrerie. Et j'ai ma religion collective, ma religion tribale, qui est le Parti socialiste ! »

« La Russie où les hommes et les femmes sacrifient littéralement leur vie pour la propagande » : la joie pure du militant communiste

Les années d'immédiat après-guerre sont des temps difficiles. Dans un contexte économique défavorable et tandis que les privations perdurent au quotidien, les grandes grèves de 1919-1920 révèlent la profondeur de la crise sociale ; un gouvernement de Bloc national animé par le souvenir du patriotisme des tranchées et fédéré par Georges Clemenceau s'impose dans la vie politique, aux dépens notamment d'une SFIO qui a choisi dans la seconde partie de la guerre le camp de la paix. Le gouvernement et les députés de la Chambre dite « bleu horizon » élue en novembre 1919 conduisent une politique conservatrice, hostile au changement social. Sur le plan des mœurs, les modèles traditionnels sont réaffirmés : l'ordre familial fondé sur l'autorité paternelle, sur le couple et sur la sexualité orientée vers la procréation est garanti par la loi répressive de juillet 1920 contre l'avortement et la propagande anticonceptionnelle. C'est dans ce contexte que le système bolchevique gagne du terrain dans les esprits des socialistes. Au sein de la France d'après-guerre, l'idée communiste fonde sa promesse de régénération sur une très ferme assise morale qui se nourrit de l'exemple russe, du moralisme ombrageux du syndicalisme révolutionnaire d'avant-guerre et de l'esprit de sacrifice des années 1914-1918[17].

Les socialismes français de l'immédiat après-guerre peinent à retrouver leur souffle d'avant 1914, à la fois politiquement et syndicalement. Les incertitudes portent par exemple sur l'avenir de l'internationalisme socialiste : à la Deuxième Internationale que la guerre a profondément délégitimée, les bolcheviks proposent d'en substituer une autre, la Troisième Internationale (ou Komintern), fondée à Moscou au début du printemps 1919. Les débats sur le Komintern gonflent pendant l'année 1920. Un Comité de la Troisième Internationale milite pour l'adhésion et loue les vertus de Lénine qui, parfaite incarnation de l'homme nouveau, a « le courage d'un ascète » et œuvre pour « le bonheur de l'humanité »[18]. La question de l'adhésion au Komintern est posée fin décembre 1920 au congrès de Tours. Les partisans de l'adhésion expliquent que l'efficacité de ce nouveau socialisme repose sur la radicalité de l'engagement militant; dans son discours du 27 décembre, Charles Rappoport reprend à son compte un mot d'ordre bolchevique : « On ne peut pas faire du communisme sans mentalité vraiment communiste. » Puis il ajoute : « Je voudrais voir chez nous des exemples héroïques semblables à ceux de la Russie où les hommes et les femmes sacrifient littéralement leur vie pour la propagande. » Les délégués socialistes réunis à Tours choisissent en majorité l'adhésion au Komintern au sein d'un Parti socialiste SFIC (Section française de l'Internationale communiste) qui prend le contrôle de *L'Humanité* et est rebaptisé Parti communiste le 1er janvier 1922. Les minoritaires restent aux côtés de Léon Blum membres du Parti socialiste SFIO. À la scission politique s'ajoute une scission syndicale : une CGTU (Confédération générale du travail unitaire) est fondée en concurrence avec la CGT. Cette crise majeure conduit à de nombreux repositionnements : le syndicalisme d'action directe est déchiré entre les deux options ; un certain nombre de militants anarchistes, séduits en particulier par l'intransigeance morale du discours des communistes russes confrontés à la guerre civile et à la misère du peuple, s'y rallient. Ils entendent participer au projet de régénération qui « vise à réduire l'individu à sa seule utilité révolutionnaire » grâce au sacrifice et au contrôle de soi dans une logique ascétique de type spartiate[19].

Cet ascétisme dominant ne souffre que de très rares exceptions. Ce sont par exemple les écrits de la révolutionnaire russe Alexandra Kollontaï, commissaire du peuple à l'Assistance publique en novembre 1917, secrétaire du Secrétariat international des femmes du Komintern en 1921, qui soulèvent les questions de l'amour et de la sexualité. Si Alexandra Kollontaï considère que la condition des femmes et leur avenir dépendent avant tout de leur statut économique et social, elle réserve une place de choix aux questions de mœurs. En novembre 1923, son article « L'amour dans la société nouvelle » expose ses idées en détail[20]. Sous l'emprise du capitalisme, explique-t-elle, l'instinct sexuel normal est dégradé en une « concupiscence malsaine » où priment la concurrence et l'égoïsme; les féministes bourgeoises elles-mêmes mènent de vains combats car leur engagement frileux pour l'union libre ne remet pas en cause l'ordre dominant. L'« attirance sexuelle saine, libre et naturelle » est le seul levier révolutionnaire qui vaille; ainsi fondé, « l'amour est non seulement un facteur puissant de la nature, non seulement une force biologique, mais aussi un facteur social ». Le vrai amour est appelé à revêtir deux formes successives : « l'amour-camaraderie » d'abord, une arme aux mains du prolétariat contre le capitalisme; puis, une fois établie la société communiste, « l'Éros aux ailes déployées », un « amour-solidarité » qui se manifestera « non seulement en baisers et embrassades, mais aussi dans l'unité d'action et de volonté dans la création commune ». C'est ainsi qu'une redéfinition révolutionnaire des liens amoureux en société ouvre sur un monde nouveau. Si « L'amour dans la société nouvelle » ne met pas en relief la question de la sensualité – le sentiment de solidarité y prime largement sur les plaisirs des sens –, l'audace du texte est manifeste et détonne dans l'univers communiste français. C'est la raison pour laquelle les rédacteurs du *Bulletin communiste* oscillent dans leur présentation entre admiration et perplexité : d'un côté, « Alexandra Kollontaï a le grand mérite de la franchise et de la simplicité, et elle étudie la question en marxiste, avec une belle hauteur de vues »; d'un autre côté, « si quelqu'un de nos lecteurs désire le commenter, le critiquer et le discuter, nous accueillerons avec plaisir leurs réflexions ». Cette invitation au débat ne rencontre semble-t-il guère d'échos; il n'en reste pas moins que des communistes français peuvent accéder grâce au *Bulletin communiste* à une pensée que Lénine a pourtant déjà marginalisée en 1923 : écartée des cercles du pouvoir, Alexandra Kollontaï exerce depuis 1922 la fonction honorifique de ministre déléguée en Norvège, loin donc de Moscou.

« Ce n'est pas avec des fêtes à la guimauve qu'on les intéressera » : le modèle festif communiste

L'histoire des fêtes communistes permet de vérifier que la libération des mœurs n'est en règle générale pas à l'ordre du jour dans le discours et les pratiques collectives des communistes de l'entre-deux-guerres, notamment au temps de la bolchevisation (à partir de 1925). Le modèle du contrôle de soi, militant et viril, où l'efficacité froide et inhumaine de la machine est érigée en modèle, est infiniment plus proche de l'ascétisme que de la sensualité. À l'échelle locale, voici par exemple le cas de la municipalité communiste d'Halluin, cité industrielle proche de Lille et de la frontière belge. Isidore Tesse, responsable à la mairie de l'organisation des fêtes à partir de 1922, considère que « la vie des ouvriers est dure et ce n'est pas avec des fêtes à la guimauve qu'on les intéressera ». Il poursuit : son travail consiste à « leur apporter le rire et les amusements afin qu'ils oublient pendant quelque temps la tyrannie de l'usine »[21]. Un point d'équilibre est cherché entre liesse – mais il convient de proscrire tout débordement – et militantisme – mais il importe de ne pas sombrer dans la tristesse. La fête doit permettre avant tout d'affranchir un moment les corps et les esprits de toutes les formes d'oppression : *L'Enchaîné du Nord et du Pas-de-Calais*, hebdomadaire des fédérations communistes des deux départements, insiste le 14 juin 1924 sur la rupture introduite par les communistes contre les « cléricaux-réactionnaires » qui ne toléraient aucune fête populaire et interdisaient les danses[22]. Cette rupture n'est pourtant pas probante, comme en témoigne l'insuccès populaire des fêtes communistes du 1er août à la mémoire de Lénine : ce sont, conclut Michel Hastings, des « mises en scène dépouillées où le discours militant prime l'aspect festif[23] ».

Née à l'orée des années 1930, la fête de l'Humanité soulève à l'échelle nationale des questions du même ordre[24].

« On a tort de croire que les communistes et les unitaires sont des gens très austères, n'aiment pas rire et se refusent aux saines distractions », expliquent les dirigeants Maurice Thorez et Benoît Frachon à la Conférence nationale du Parti communiste des 28 février et 1er mars 1931. Le succès de la fête de l'Humanité leur donne raison puisqu'elle accueille par exemple 300 000 personnes en 1935. Ses organisateurs ne souhaitent pas pour autant lui donner des airs carnavalesques ou rabelaisiens. Des festivités doivent émaner l'authentique joie communiste, cette « joie paysanne et ouvrière [...], vraie, naturelle, aucunement banale tout en restant naïve et simple, je dirais même pure : exempte de cette sensualité bébête qui trop souvent, chez nous, prétendrait remplacer une véritable et touchante sensibilité[25] ». Les assauts de la presse de droite (« des fûts de bière et de gros vin éventrés avaient semé le sous-bois de mares malodorantes[26] ») ne parviennent pas à écorner l'image d'un militantisme à la fois moral et festif.

Le dispositif festif permet en effet de dénoncer l'exploitation capitaliste et de saluer le travail des producteurs. La place que tiennent les huîtres dans ces moments de réjouissances, notamment à l'approche de Noël, a ici valeur d'indice. Selon *L'Humanité* du 24 décembre 1923, la municipalité communiste de Bagnolet les propose accompagnées d'un hors-d'œuvre, de pain et de beurre lors de la « sauterie » qu'elle organise ; les convives du « Grand Noël rouge » de 1930, dans le 14e arrondissement de Paris, peuvent également en déguster (*L'Humanité*, 24 décembre 1930). Parallèlement, *L'Humanité* accueille chaque année au mois de décembre des annonces de vente directe d'huîtres, du petit producteur au consommateur. Il est rappelé dans le numéro du 19 octobre 1934 que « les huîtres, les bonnes huîtres que l'on paye si cher et que les ouvriers ne peuvent pas s'offrir souvent le luxe de déguster sont l'objet d'une culture très délicate et très pénible ». Ce mets raffiné, servi dans les grandes occasions et qui procure des sensations intenses, est avant toute chose le fruit du labeur quotidien des ouvriers ostréiculteurs.

Mais si les communistes mettent prioritairement en évidence la saine moralité qui règne dans leurs fêtes, il peut arriver que des bouffées de sensualité affleurent : au cours des repas festifs et quand les orchestres invitent à la danse, les corps se rapprochent. La dimension sensuelle est très sensible, par exemple, dans l'article que Léon Moussinac signe en 1935 dans la revue communiste *Regards*[27], et où il est question d'un spectacle donné par des ouvrières soviétiques au sortir de leur travail. « Tout à coup, des femmes aux robes claires, quelques-unes avec une écharpe aux doigts, qui dans un tourbillon plus vif s'envole, s'engagent dans le jeu discret, mais pénétrant, d'un rythme érotique né au fond des temps et qui libère, de façon exquise, les bras, les jambes, et par eux tout le corps des danseurs. » Léon Moussinac concentre ensuite son attention sur le visage d'une ouvrière qui « reflète cette dignité et cette franchise à la fois, que l'encanaillement des danses orientales exportées par tant de professionnelles a muées en vulgarité et en vice ». Le modèle moral prolétarien, si dominateur dans la seconde partie des années 1920 et dans la première partie des années 1930, s'assouplit quelque peu entre la mi-1934 et la mi-1936, en relation avec une ouverture doctrinale rendue indispensable par la substitution de la stratégie de Front populaire à la stratégie classe contre classe[28] ; pourtant, même en 1935, les fulgurances de l'éclair sensuel ne durent qu'un instant.

« *Réaction* petite-bourgeoise *contre la morale* petite-bourgeoise » *: les communistes face au chaos sexuel*

L'objectif moral communiste suppose un travail sur soi et l'intériorisation d'un « ascétisme sacrificiel » où non seulement la critique mais aussi l'autocritique permettent de traquer les mauvaises tendances. En parallèle, le militantisme s'appuie sur la dénonciation d'un adversaire sans cesse soumis à un regard de type inquisitorial[29]. Or, l'adversaire est partout et l'immoralisme règne à droite comme à gauche. Cette vision manichéenne du monde explique la violence du discours communiste à l'encontre de tous les autres, socialistes non communistes compris.

Aux yeux des communistes, la sensualité est une déviance d'essence bourgeoise qui porte atteinte aux saines satisfactions de l'esprit et du corps. Dans les colonnes de *L'Humanité* de l'entre-deux-guerres, cette sensualité est dite « infernale », « brutale », « perverse » ou encore « grossière ». L'organisation d'un bal de la Fourrure à Paris en 1927 est l'occasion d'une diatribe contre l'« imbécile épanouissement de luxe, de sensualité hystérique, de baisemains et de lèche-chose à parfum de bidet » qui caractérise les divertissements des capitalistes[30]. *L'Humanité* dénonce par ailleurs les mauvais romans dont l'influence est pernicieuse, ceux de Maurice Barrès, mais aussi ceux de George Sand. Dans un court article de 1926, on lit que les penchants sensuels de Sand ont été une réponse inappropriée à son sentiment de révolte « contre la morale de la société où elle vivait », qu'elle était affligée d'un « cerveau médiocre » et qu'habitée par un « vague idéalisme romantique », elle vécut et mourut châtelaine, donc incapable de comprendre les aspirations du prolétariat[31]. Le traitement réservé à Victor Margueritte après la parution de son roman *La Garçonne* en 1922 est un peu différent[32]. Ce qui attire l'attention des communistes dans cet immense succès de librairie – 300 000 exemplaires vendus à la fin de l'année 1922 –, c'est la dénonciation implacable des turpitudes de la bourgeoisie pendant la Grande Guerre et ensuite. En revanche, le personnage de femme qui domine le roman est en général absent des commentaires : Monique Lerbier, cette « garçonne » qui rejette l'ordre bourgeois en contestant la domination masculine, en vivant des amours lesbiennes, en dissociant le plaisir sexuel de la procréation, bref en s'émancipant, n'est qu'une bourgeoise aux mœurs par trop sulfureuses. En 1925, Paul Vaillant-Couturier (député et membre du comité directeur du PC) justifie cette analyse par le biais d'une comparaison : après avoir rappelé qu'en URSS « la femme n'est plus la propriété de l'homme mais, socialement, son égale », il conclut que « la tendance à l'émancipation de la femme, déjà ancienne en Russie (la thèse "audacieuse" de *La Garçonne* y apparaît comme une bien rance histoire) est devenue une réalité avec la dictature du prolétariat »[33]. L'année suivante, *L'Humanité* s'insurge contre l'adaptation théâtrale du roman : dans cette perverse « exhortation à la désertion morale », une ignoble Monique se vautre « dans l'ordure de la prostitution et des "plaisirs artificiels" »[34].

La littérature militante qui décrit la lutte de classes ne pose pas tant de problèmes. Dans le panthéon des écrivains réalistes figure en bonne place le romancier Pierre Hamp (pseudonyme pour Henri Bourrillon), auteur de la série « La Peine des hommes », dénonciation appuyée de l'exploitation du travailleur manuel par le patronat et des conséquences tragiques des injustices sociales. Dans *Le Cantique des Cantiques* (1922), Hamp s'en prend par exemple aux industriels de la parfumerie. Louise Bodin, membre du comité directeur du PC, qui fait le compte rendu de ce livre dans *L'Humanité* du 26 juin 1922, souligne que Pierre Hamp excelle à dépeindre l'exploitation des femmes offertes aux appétits sexuels des hommes, l'enrichissement scandaleux des parfumeurs bénéficiaires de « l'extraordinaire développement pris par les parfums pendant la guerre » et ce « culte du sexe pour la jouissance de quelques brutes raffinées au prix de la misère de millions d'êtres humains ». Le titre et le thème du roman permettent à Louise Bodin de s'en prendre plus globalement à l'immoralisme chrétien, matrice de l'immoralisme bourgeois : « Parmi tant de violente sensualité répandue dans l'Ancien Testament, la sensualité du Cantique des Cantiques est la plus violente » ;

dans ses « versets les plus lascifs » miroitent « toutes les métaphores incohérentes de la poésie orientale ».

Entre les lendemains du congrès de Tours et la formation du Front populaire, les communistes considèrent les socialistes SFIO comme des bourgeois, c'est-à-dire des ennemis de classe. À la fin de 1924, tandis que s'ébauche le virage de la bolchevisation, *L'Humanité* fait savoir à ses lecteurs que la nouvelle orientation du PC est une « soustraction au sentimentalisme petit-bourgeois » d'une SFIO qui soutient depuis le printemps un Cartel des gauches dirigé par le radical Édouard Herriot[35]. Au printemps 1928 la teneur du discours n'a pas varié : « Notre parti, robuste, hardi, combatif, criblé des coups de l'ennemi » se bat contre « la vieille social-démocratie, dégénérée, élégante et sceptique »[36]. Quatre ans plus tard Maurice Thorez rappelle, cette fois dans les *Cahiers du bolchévisme*, où passe la ligne de clivage : « Nous sommes décidés à accentuer notre bataille contre tous les partis de la bourgeoisie, y compris le parti socialiste » (11 mars 1932). Même s'il n'a pas la perversité du grand capitalisme, le « socialisme à l'eau de rose pour demoiselles de pensionnat » moqué déjà par Lénine en 1919[37], incarne aux côtés du radicalisme, et face à la virilité des travailleurs communistes maîtres de leur corps, une dangereuse mollesse de bourgeois improductifs et esclaves de leurs sens.

La défiance communiste est également de mise vis-à-vis de surréalistes considérés comme des ennemis de classe[38]. Une commune détestation de l'ordre social bourgeois ne constitue pas un terrain d'entente suffisamment ferme malgré la volonté de rapprochement exprimée par les surréalistes entre le milieu des années 1920 et le milieu des années 1930. La majorité du groupe formé autour d'André Breton est d'avis que la littérature est une arme de choix contre le capitalisme, que seul le Parti communiste est capable de mener à bien le combat révolutionnaire, que l'alliance avec les communistes placera le surréalisme en position dominante dans le champ de la culture. Si Breton, Aragon, Éluard et quelques autres surréalistes entrent au Parti communiste en 1927, ils y sont considérés comme des bourgeois antibourgeois, des anarchistes englués dans un stérile sentiment de révolte, des littérateurs idéalistes que leur admiration pour Rimbaud et Freud égarent. Breton, intégré à la cellule de la porte d'Aubervilliers où dominent les ouvriers gaziers, est accusé publiquement par le militant Fishman d'être oisif et noceur, et de contrevenir par conséquent à la morale communiste[39]. Quant à l'adhésion d'Aragon au Parti communiste, elle ne devient effective que lorsqu'il rompt radicalement avec le surréalisme en 1930.

C'est au moment du Congrès international des écrivains pour la défense de la culture (1935) que les surréalistes, marginalisés et soumis à une suspicion constante, prennent acte de l'irréductible hostilité des communistes[40]. Beaucoup d'entre eux en reviennent alors aux tendances libertaires qui ont coloré les débuts de leur histoire. La pensée de Georges Bataille et les activités du groupe Contre-Attaque exercent également une forte attraction sur des personnalités que l'ostracisme communiste a découragé. L'équipe des *Cahiers de Contre-Attaque* prépare pour le mois de janvier 1936 un dossier intitulé « Questions sociales et questions sexuelles[41] ». Dans leur texte d'orientation, Maurice Heine et Benjamin Péret écrivent contre la vulgate communiste que, « préexistantes à la question sociale [...] les *questions sexuelles* risquent d'échapper à leur solution révolutionnaire, pour peu que les tenants de la Révolution s'obstinent, contre toute logique, à les ignorer ». Il convient donc de revenir à Sade, à Fourier, à Nietzsche, ces « précurseurs de la révolution morale ». C'est Pierre Klossowski qui se charge d'étudier Fourier, le jeu libre des passions, le droit inaliénable de l'homme à éprouver la jouissance. Et pourtant, la licence sensuelle que les communistes leur reprochent n'est pas à l'ordre du jour chez les surréalistes. L'« Enquête sur la sexualité » menée au sein du groupe surréaliste en 1928-1932 met en évidence la coexistence d'une sexualité très convenue et d'un sentiment amoureux idéalisé[42]. Dans *L'Amour fou*, rédigé entre 1934 et

1936, Breton affirme que l'amour ne vaincra pas « tant qu'à l'échelle universelle on n'aura pas fait justice de l'infâme idée chrétienne du péché. Il n'y a jamais eu de fruit défendu. La tentation seule est divine[43] ». Mais cette sacralisation de l'amour bride le projet d'émancipation et brouille l'horizon social.

Le refus communiste de laisser converger marxisme et freudisme explique pourquoi l'œuvre du psychanalyste Wilhelm Reich est maintenue à distance respectable. Certes, les Éditions sociales internationales publient en 1934 *La Crise sexuelle*[44]. Mais l'éditeur s'emploie à désamorcer la charge subversive du texte : plusieurs extraits sont retirés et une critique appuyée du Soviétique Ischaïa Sapir clôt le volume. Le préfacier, enfin, circonscrit soigneusement l'apport de Reich : l'auteur a le mérite d'aborder « un sujet qu'on préfère, en général, passer sous silence même parmi les gens qui se considèrent comme libérés de bien des préjugés », ses critiques contre les réformateurs bourgeois et ses analyses sur les « ravages que le régime capitaliste produit dans la vie sexuelle de l'humanité » sont tout à fait pertinentes ; pourtant, la méfiance s'impose car plusieurs de ses analyses se révèlent « assez contestables » ; en bref, les propositions de Reich sont « une base précieuse pour une discussion ultérieure », mais rien de plus.

À l'automne 1935, le communisme moral s'engage dans un nouveau combat, celui du natalisme. Dans un rapport présenté à l'assemblée des communistes de la région parisienne, Maurice Thorez décrit « ce que veulent les papas et les mamans[45] » : puisque leur désir légitime est de faire des enfants, il faut se libérer « des théories individualistes et anarchisantes » favorables au contrôle des naissances, tel le néomalthusianisme. L'offensive contre le gauchisme – puisque tel est le nom du nouvel ennemi à abattre – est relayée dans *L'Humanité* par Paul Vaillant-Couturier, son rédacteur en chef. Après avoir agité l'épouvantail de la dénatalité le 31 octobre, il publie le 21 novembre un long article intitulé

« Au secours de la famille : les gauchistes de l'amour ». Il est urgent, écrit-il, d'apporter la contradiction aux gauchistes sexuels selon qui « le droit à l'amour dépend de chaque individu et non pas seulement du régime social ». Penser comme eux, c'est faire l'apologie de la « fornication », revendiquer le « droit au *chaos sexuel* », favoriser une « hypertrophie de la sensualité » qui use les nerfs et réduit les capacités de travail. Le gauchisme, tempête Vaillant-Couturier, est une « réaction *petite-bourgeoise* contre la morale *petite-bourgeoise* ». Par bonheur le communisme est un rempart efficace contre le gauchisme ; célébrant l'égalité des sexes et non pas la dictature du désir, il préserve de deux écueils symétriques : « Nous sommes des adversaires de l'ascétisme, mais nous condamnons la théorie qui veut que l'acte sexuel n'ait pas plus d'importance que "l'absorption d'un verre d'eau". »

C'est le 22 novembre 1935 que l'allusion au verre d'eau est explicitée par Vaillant-Couturier dans « Lénine parle de l'amour », un article qui présente la ligne idéologique tracée par Lénine dans une discussion de l'automne 1920 avec Clara Zetkin, figure majeure du marxisme et du féminisme allemands[46]. Lénine y affirme que le militant communiste n'est ni un ascète ni un adepte du dévergondage (« ni moine, ni Don Juan »), et il met fermement en garde les femmes individualistes « dont le roman personnel s'entrelace avec la politique ». Pour rendre palpable son hostilité profonde à l'égard de l'amour libre, il file une comparaison : pratiquer avec plusieurs partenaires une sexualité sans amour, c'est « se coucher dans la boue et boire dans les flaques d'eau de la rue » ou encore boire dans un verre « dont le bord a été sali par d'autres ». Comme Lénine, Vaillant-Couturier considère que la joie saine et pure des communistes travailleurs et sportifs vaut infiniment mieux que l'anarchie sexuelle ; son article est accompagné de la photo d'un jeune homme et d'une jeune femme soviétiques assis sur un tracteur : « Heureux de vivre, voici les jeunes au pays du socialisme. »

L'hostilité communiste vis-à-vis de la libération des mœurs et d'une émancipation des femmes qui ne serait pas économico-sociale est d'essence conservatrice. Entre la ligne officielle et les militants de la base, il n'est pas du tout évident que l'adéquation soit complète : les mots d'ordre d'un léninisme ascétique ne pénètrent sans doute pas partout. Mais le parti, par les discours très cohérents qu'il produit, exerce une forte pression sur ses membres et impose dans les esprits l'image du militant capable de soumettre les caprices de son corps à l'exercice de sa volonté.

XI

Demi-teinte et chemins de traverse
1918-1939

Le Parti communiste n'a pas le monopole du puritanisme dans l'entre-deux-guerres mais l'imaginaire communiste, nourri lui-même de traditions anti-sensuelles plus anciennes, exerce une influence décisive dans des univers socialistes peu diserts sur les questions de sensualité. Les pensées socialistes de l'émancipation des mœurs ne disparaissent pas pour autant. Elles suivent ce cours discret qui les caractérise en général depuis l'aube du XIXe siècle. Il leur arrive en outre de composer avec une tendance nouvelle, perceptible dans la vie en société : une « libération de la parole sur l'intime[1] », pour reprendre les mots d'Anne-Claire Rebreyend. Le défi de l'intime bouscule les frontières entre la sphère publique et la sphère privée. Il est relevé par des individus ou des courants souvent minoritaires et périphériques, fidèles aux combats d'émancipation intégrale d'avant-guerre ; l'espace public enregistre le bruissement de prises de position où se nouent question sociale et question sensuelle, brèches légères dans le silence ou la discrétion qui dominent.

« Les mères de famille modèles [...] reprisent les chaussettes avec conviction » : les pudeurs des socialistes SFIO

À l'aube des années 1920, le Parti socialiste SFIO est profondément fragilisé par ses divisions pendant la Grande Guerre et par la scission de Tours qui lui fait perdre près des trois quarts de ses adhérents au profit de la SFIC. Sous la direction du secrétaire général Paul Faure, il tâche de marquer sa différence vis-à-vis d'un Parti communiste conquérant par un manifeste qui paraît quelques jours après le congrès : « C'est nous qui sommes le Parti socialiste tel qu'il fut unifié en 1905 par Jaurès, Guesde et Vaillant. Nous continuerons à organiser les travailleurs en un parti puissant, visant à la transformation rapide de la société capitaliste en société communiste[2]. » Si la SFIO rejette la version bolchevique du communisme, elle hérite des divergences qui séparaient les pères fondateurs du parti. Divisée en plusieurs tendances, elle ne parle pas d'une seule voix dans les années 1920 : à une minorité de droite participationniste qui souhaite un rapprochement avec les modérés de la gauche radicale s'oppose une minorité de gauche tentée par l'unité d'action stratégique avec les communistes, notamment lorsque Moscou appelle au Front unique contre le capitalisme. Paul Faure, entouré des membres de la Commission administrative permanente, a fort à faire pour maintenir le dialogue entre les uns et les autres et pour garantir l'unité du parti. Le mouvement syndical et coopératif de sensibilité socialiste est lui aussi parcouru de tensions avivées par la séduction ou la répulsion qu'exerce le modèle communiste.

Les questions de mœurs ne sont pas oubliées dans la surenchère anticapitaliste que la SFIO engage avec la SFIC. Lors des élections législatives de mai 1924. La SFIO édite « Le résultat des guerres », une affiche où un capitaliste jouisseur, fort gras, accompagné de ses attributs habituels (coupe de champagne, cigare), est environné de tombes de soldats et ne prête aucune attention à une famille plongée dans la misère, qui occupe le côté droit[3]. Par contraste, les affiches

SFIO de l'entre-deux-guerres, tout comme les affiches du SFIC-PC, mettent en valeur le corps svelte, musclé, viril de l'ouvrier valeureux. *Le Populaire* vante les vertus du sport ouvrier, école de santé et de moralité. « Être *sportif ouvrier* est bien. Mais être *sportif ouvrier socialiste* est mieux[4] ! »

La bonne santé et l'exercice physique conditionnent l'efficacité du militant socialiste. Dans ces conditions, sa compagne a pour mission de contribuer au maintien de ses capacités d'action. Suzanne Lacore, institutrice militante très active à la SFIO, explique en 1932 que les hommes de la SFIO sont en règle générale épaulés par des « mères de famille modèles qui ont honneur à tenir leur foyer et reprisent les chaussettes avec conviction ». Elle rend hommage aux compagnes de militants, aimantes et dévouées : « Il a besoin, le vaillant lutteur, de retrouver au foyer l'atmosphère calme et sereine qui opérera, après les lassitudes et les meurtrissures du labeur, la détente salutaire, et renouvellera ses forces morales[5]. » L'entente qui règne au sein du couple militant repose sur un amour qui n'a rien de sensuel mais qui, « libéré, régénéré et ennobli » ouvrira sur la société affranchie du capitalisme. La question de la libération des mœurs ne se pose pas comme telle à la SFIO. Aucune revendication de cet ordre n'est repérable dans les prises de position, au demeurant peu fréquentes, des femmes du parti, qui se reconnaissent sans doute dans ce portrait collectif de Suzanne Lacore : « Nous n'entendons nullement opérer la mascarade de notre sexe, nous métamorphoser en Walkyries échevelées ou en viragos de foire. »

La rigueur morale qui domine sans partage dans les productions écrites des membres de la SFIO laisse dans l'ombre une partie des traditions du socialisme. C'est ce que regrette le sociologue Célestin Bouglé, ardent républicain, en 1932[6] : à l'heure où un néosocialisme très actif exige la modernisation de la pensée socialiste défendue par la SFIO, Bouglé invite à mettre en relation les sources et l'actualité du socialisme. Il s'inscrit de la sorte dans l'héritage du sociologue Émile Durkheim, qui a publié un tiers de siècle plus tôt

(1897) une réflexion approfondie sur la nature du socialisme : *Le Socialisme. Sa définition – Ses débuts – La doctrine saint-simonienne*. Sans être membre de la SFIO, Bouglé défend le principe d'un socialisme protégé à la fois de l'individualisme forcené et de la dictature collectiviste. La refondation profonde de l'organisation sociale qu'il appelle de ses vœux ne peut faire l'économie d'une réévaluation des socialismes du premier XIXe siècle, notamment sous l'angle des mœurs. Selon lui, la théorie saint-simonienne de la réhabilitation de la chair n'est « pas seulement ni surtout, comme on l'a trop répété, licence aux passions, mais apologie du travail, revendication du bien-être, glorification de l'industrie ». Quant à Fourier, « Roi des utopistes, pour ne pas dire Pape des fous », il mérite d'être lu pour son « anti-ascétisme systématique », pour son engagement contre le catholicisme des « saintes huiles » et l'esprit spartiate du « brouet noir » : son « socialisme anarchique » doit être envisagé comme une source vive du socialisme français. Bouglé décèle d'ailleurs chez Jaurès et chez d'autres leaders du socialisme français d'avant-guerre une « répugnance pour l'ascétisme » attribuable à « un souvenir du fouriérisme, et comme un regret d'en avoir laissé évaporer l'essence ».

La répugnance pour l'ascétisme attribuée à Jean Jaurès par Célestin Bouglé est justement l'une des facettes de la pensée politique et sociale de Léon Blum. Secrétaire du groupe parlementaire SFIO à partir de 1919, adversaire résolu de l'adhésion au Komintern, membre de la Commission administrative permanente de la SFIO à partir de 1927, directeur politique du *Populaire* dans l'entre-deux-guerres, il partage dans les faits avec Paul Faure la direction du parti. Selon lui, le combat socialiste est économico-social, politique, mais aussi culturel et moral. Il défend cette vision du monde dès 1919 au congrès de la SFIO (21 avril), dans un programme d'action dont il est le principal inspirateur : le prolétariat « qui est la force agissante du monde par son travail a droit [...] à toutes les fleurs que ce travail fait naître, à toutes les jouissances de la culture, à toutes les jouissances de l'art[7] ».

Fidèle à cette orientation de fond, il explique quinze ans plus tard devant une assemblée de jeunes socialistes qu'il se bat pour « une société où tout sera libre, le corps comme l'esprit, où le loisir, presque plus important que le travail [...] au lieu d'être un court moment de détente, de repos, de récupération des forces, deviendra tout au contraire la partie la plus importante de la vie et le moyen de travailler à l'épanouissement complet de toute la personne humaine[8] ».

En œuvrant pour l'émancipation conjointe des esprits, des cœurs et des corps, Léon Blum s'expose à nouveau aux attaques que la parution de *Du mariage* avait déjà déclenchées avant-guerre[9]. Ses adversaires d'extrême droite – voire même de droite – le présentent comme un être immoral dans sa vie privée comme dans sa vie publique. Ils en font un jouisseur bourgeois efféminé qu'ils accouplent avec le leader du Parti radical, Édouard Herriot. « Ah ! disait Herriot gaiement !/ Bais'moi Blum ! Bais'moi Blum ! » lit-on dans *L'Action française* du 7 juin 1924, au lendemain de la victoire électorale du Cartel des gauches et de la formation d'un gouvernement Herriot soutenu par la SFIO. Dans la même veine, Pierre Dominique (pseudonyme pour Dominique Lucchini) raconte dans *Le Rappel* du 3 mars 1927 que le 11 mai 1924, jour de la victoire du Cartel, on a vu Blum, tel la Judith de la Bible, « pénétrer dans le camp républicain tout couvert d'aromates, faire l'amour avec l'Holopherne radical puis, ayant enivré son amant, lui couper la tête en fin de nuit ». Pierre Dominique persiste dans *Monsieur le Parlement* (1928) : sous le Cartel, Blum avait en permanence « les lèvres humides des baisers que chaque jour lui donnaient Herriot et Painlevé ». Quelques années plus tard (3 janvier 1936), le journal *Gringoire*, de plus en plus engagé sur la pente de l'anticommunisme et de l'antisémitisme, évoque un Léon Blum qui « ne rencontre pas un ami sans le prendre par la taille, le dorloter, le flatter, le tourner, le retourner dans tous les sens ».

Les caricaturistes ne sont pas en reste. Sennep représente en 1926 Blum en mariée moustachue et efflanquée, et il ajoute que « de son union avec Édouard Herriot est né le Cartel[10] ». Dans le même esprit, *Le Rire* publie en 1931 un dossier spécial intitulé « Un mois chez les députés », que la justice saisit pour injures au Parlement. Sur l'une des planches, les prostitués Blum et Herriot, presque nus – ils ne portent que bas et bottines – s'enlacent langoureusement sur un canapé ; des fleurs ornent la chevelure d'un Herriot au postérieur proéminent ; le maigre Blum s'adresse au client capitaliste qui fume le cigare, boit du champagne et a déposé sur une petite table une liasse de billets de 1000 francs : « Et tu sais, ça, c'est pas du chiqué[11]. » À l'autre extrémité de l'échiquier politique, le Parti communiste utilise aussi à plusieurs reprises des armes de même facture contre Blum, en particulier dans *L'Humanité* : Florimond Bonte le qualifie le 17 mars 1921 de « petit chéri de la bourgeoisie » ; c'est un « voluptueux », apprend-on le 26 juillet 1925 ; le caricaturiste Cabrol fait de lui une « danseuse de corde » affublée d'un tutu le 7 février 1928[12]. Identifié comme un adepte des jouissances bourgeoises décadentes, Blum est dans le même temps dénoncé pour son inaptitude volontaire à profiter des plaisirs authentiques de l'existence : ce « buveur d'eau » insulte les viticulteurs lors de la campagne électorale de 1929 dans le département de l'Aude[13]. La haine qui se déverse à l'encontre de Blum, si elle se révèle exceptionnelle par le niveau de violence qu'elle atteint, est aussi l'expression d'une convergence entre anti-sensualisme et hostilité à la SFIO.

« La sexualité avait cessé d'être le fruit défendu » :
un nouveau cavalier seul des anarchistes

Tandis que le modèle moral communiste de l'entre-deux-guerres rencontre d'innombrables échos, les positions des anarchistes sont peu audibles. Ils prêtent attention à la question de la sensualité, soit pour lui accorder une part décisive, soit pour en signaler les effets négatifs. Nombre d'entre eux la rencontrent lorsqu'ils explorent les chemins de l'émancipation individuelle ou sociale, à distance de partis et de syndicats dont ils sont parfois les éphémères compagnons de route.

E. Armand signe en 1934 *La Révolution sexuelle et la Camaraderie amoureuse*, un livre qui couronne une dizaine d'années de réflexions et de débats sur la question de la liberté en amour[14]. Selon lui, la vie amoureuse doit consister en un ensemble d'associations volontaires fondées sur des contrats librement consentis. Inspiré notamment par Fourier, Stirner et Libertad, il milite pour le remplacement de la famille et de l'exclusivisme amoureux, piliers de la morale bourgeoise, par un « sexualisme révolutionnaire » ouvert à toutes les pratiques sexuelles non violentes. Depuis 1925 il tâche de mettre ses idées en pratique avec le groupe des « compagnons de l'en-dehors », mais les règles tatillonnes qu'il impose et les déséquilibres induits par une surreprésentation masculine parmi les compagnons maintiennent le mouvement à l'état groupusculaire. Aussi est-il attentif à toutes les expériences d'émancipation sexuelle de son époque, qu'il fait connaître dans son périodique l'*En-dehors*[15]. Il insiste souvent sur un point à son avis crucial : les seules expérimentations qui vaillent sont celles où tous les désirs sont assouvis, « y compris ceux d'ordre affectif, sensuel, ou érotique, cela va de soi[16] ». Ce critère d'appréciation oriente ses jugements sur les colonies qui fleurissent en France et à l'étranger dans les années 1920 et au début des années 1930. Il s'intéresse à l'Intégrale, animée dans le Lot-et-Garonne par Victor Coissac, militant qui après un passage par la SFIO et par le milieu de la coopération s'est rallié au combat des anarchistes : « Je constatai, se souvient Coissac, que leurs idées étaient plus près des miennes que les idées socialistes, notamment sur la question sexuelle aussi importante pour le bonheur que la question économique[17]. » Armand évoque avec moins d'enthousiasme l'expérience menée à Bascon (Aisne) par Georges Butaud et Sophia Zaïkowska, promoteurs comme avant-guerre d'une théorie de la réduction des besoins. Il fait aussi connaître des expérimentations au Brésil ou au Costa Rica, et il fait écho au rêve tahitien caressé naguère par Diderot ou Fourier en rappelant que dans les îles Marquises, Paul Gauguin a établi une « Maison du Jouir » au tournant du siècle et en évoquant des expérimentations de l'entre-deux-guerres. Par son inlassable quête, il permet de repérer une inflexion majeure dans l'histoire des colonies anarchistes : le rêve de la révolution sociale a perdu beaucoup de terrain au profit de la recherche d'issues individuelles ou en petits groupes, aussi loin que possible du monde tel qu'il va. Il aide aussi à comprendre que la dépendance des femmes reste d'actualité : dans la plupart des colonies anarchistes, c'est à elles que sont confiées les tâches domestiques tandis que, sur le plan sexuel, elles sont souvent considérées comme l'instrument du plaisir mâle.

L'égalité complète entre les hommes et les femmes est à l'inverse l'objectif majeur que continue de poursuivre Madeleine Pelletier. Dans son parcours toujours si atypique alternent les années de militantisme au Parti communiste (1920-1926) puis au Parti d'unité prolétarienne (début des années 1930), et des phases de dissidence où elle fait cavalier seul. En relation suivie avec les milieux anarchistes – elle écrit régulièrement dans leurs journaux –, elle s'engage à la fois pour l'égalité des sexes, pour le droit à la contraception et à la libre maternité, contre la guerre, contre l'impérialisme, contre le fascisme[18]. *L'Émancipation sexuelle de la femme*, son ouvrage de 1911, est réédité au milieu des années 1920[19]. En 1932, elle publie *Une vie nouvelle*[20], qu'elle considère comme « une sorte de *Voyage en Icarie* » et qui dépeint « une société communiste »[21] dans laquelle règne, en opposition totale avec le modèle bourgeois ou le modèle bolchevique, une absolue liberté de mœurs : pas question par exemple d'y « réglementer les caresses », tandis que l'institution de la famille n'est plus qu'un mauvais souvenir, et qu'aucune différence ne sépare plus les hommes et les femmes en société. L'année suivante elle fait paraître *La Femme vierge*, roman à caractère autobiographique dont l'héroïne, Marie Pierrot, est une femme dégagée de toutes les aliénations, en particulier sur le plan sexuel. « Normale, pleine de santé, Marie n'était pas sans ressentir l'appel de la nature, mais cet appel n'avait rien d'impérieux. Elle avait remarqué que la lecture des romans légers lui donnait des langueurs, elle avait cessé d'en lire. Parfois, en écoutant de la musique, elle ressentait des sensations voluptueuses et la nuit de temps à autre, elle avait un rêve érotique. » Les appels ponctuels de la sensualité ne perturbent pas la vie chaste de Marie Pierrot. Faire l'amour, faire bonne chère ou faire la fête, tout cela n'a désormais ni plus ni moins de saveur que n'importe quelle autre activité humaine.

Aux expériences si distinctes d'E. Armand et de Madeleine Pelletier fait écho un projet dont l'ambition collective est affirmée avec vigueur : l'*Encyclopédie anarchiste*, coordonnée par Sébastien Faure. Infatigable propagandiste de l'anarchie avant 1914, Faure poursuit les mêmes objectifs après-guerre. Il se fait par exemple l'avocat de l'émancipation des femmes. Quelques mois après l'adoption de la loi contre l'avortement et la propagande anticonceptionnelle, il prononce le 20 décembre 1920 une conférence à l'Union des syndicats (Paris) sur la femme, sa condition subalterne et sa place dans le mouvement social ; il y flétrit le mariage bourgeois et la prostitution, « fruit empoisonné de l'arbre capitaliste » ; lorsqu'il fait l'éloge de l'amour authentique, il s'enflamme : « Sentir, au moindre contact, son sang devenir chaud, brûlant comme la lave ! Se griser de folles caresses, connaître la douceur des enlacements et la vigueur des étreintes passionnées. » Il n'existe pas selon lui d'amour sans affinités charnelles – en revanche, même si elle est souhaitable, la complicité des intelligences et des consciences n'est pas indispensable. Un mois plus tard, il donne une nouvelle conférence, complémentaire de la précédente, où il définit l'anarchie comme « la force de révolution par excellence, la force révolutionnaire incomparable » ; il aspire à un communisme intégral, libertaire, à mille lieues du « socialisme autoritaire » de la SFIO et de la SFIC qui trahissent l'une comme l'autre les valeurs profondes du socialisme puisqu'elles portent atteinte aux libertés des individus.

En 1925, Sébastien Faure se lance dans un vaste projet de *Dictionnaire anarchiste*, publié après neuf ans d'efforts en 1934. Ce *Dictionnaire* est le premier volume de la monumentale *Encyclopédie anarchiste* dont la suite ne voit jamais le jour[22]. Pour le faire exister, Faure a réuni autour de lui des dizaines de « théoriciens, militants et écrivains » de sensibilités très diverses – anarchistes, syndicalistes, révolutionnaires, spécialistes non militants[23] –, dont E. Armand et Madeleine Pelletier, ou encore Eugène Humbert, militant néomalthusien fondateur en 1929 de la Ligue mondiale pour la réforme sexuelle, et secrétaire à partir de 1932 de la Ligue de régénération humaine. Le dictionnaire n'est pas normatif : les opinions s'y juxtaposent et il arrive que plusieurs notices complémentaires ou discordantes soient publiées pour une seule et même entrée. L'ouverture thématique y est remarquable ; en relation avec la question de la sensualité figurent par exemple les entrées « bacchanales », « chasteté », « dévergondage », « féminisme », « instinct », « ivresse », « libertins », « luxe », « moine », « nudisme », « phallus », « plaisir », « sens », « sensualisme », « volupté ».

Les auteurs du *Dictionnaire* désignent sans ambiguïté les ennemis de l'émancipation intégrale. C'est d'abord l'Église catholique qui éteint les désirs et opprime les corps. Dans l'article « moine », Aristide Lapeyre dénonce l'hypocrisie du moine « gros, gras, franc licheur et trousseur de servantes » ; dans l'article « phallus », Gérard de Lacaze-Duthiers déclare que « mieux vaut adorer le phallus que le Bon Dieu ou la Sainte Vierge ». Les socialistes et les communistes ne sont guère mieux traités. Selon Jean Marestan (pseudonyme de Gaston Havard), ils bornent leurs revendications à la satisfaction des besoins matériels alors que « le peuple n'aspire aucunement, en plein XXe siècle, à vivre dans des phalanstères prolétariens, à réminiscences de casernes ou de couvents, une existence terne de petit fonctionnaire à retraite assurée » (article « luxe »). Enfin, la critique porte sur les jouisseurs irresponsables, ceux qui selon Jean Marestan se livrent à d'« avilissantes débauches » (article « luxe ») ou pratiquent la « procréation bestiale » (article « éducation sexuelle »); ceux qui selon Paul Maurice Legrain cèdent voluptueusement à « la gourmandise, la gloutonnerie, la boulimie, les perversions de l'appétit, le génitalisme » (article « intempérance »); ceux qui selon Gérard de Lacaze-Duthiers participent à des « banquets soûlographiques » (article « bistrocratie »).

À toutes ces ignominies, la plupart des auteurs du *Dictionnaire* préfèrent de beaucoup les expériences d'une volupté saine et joyeuse qu'il convient selon Eugène Humbert de réhabiliter (article « volupté »). Certains s'inspirent de Charles Fourier – le nom revient souvent –, d'autres d'Enfantin et de la « réhabilitation païenne des sens » (Stephen Mac Say, pseudonyme de Stanislas Aristide Masset, article « idées sociales au début du XIXe siècle »), de Joseph Déjacque (E. Armand et Ugo Treni – pseudonyme de Ugo Fedeli –, article « utopistes et la révolution sexuelle »). Ils se réfèrent à l'Américain John Humphrey Noyes et à sa colonie d'Oneida, aux études sexologiques du Britannique Henry Havelock Ellis. Cette volupté si désirable s'incarne avant tout dans un amour physique que le dictionnaire présente sous toutes les coutures. Mais elle n'est pas pour autant le seul horizon possible de l'amour : Han Ryner (pseudonyme de Henri Ner) plaide pour un pluralisme qui accueillerait à la fois l'amour sensuel si adapté au corps humain « sensible par toute sa surface » et l'amour platonique (article « amour »); Fernand Elosu invite à ne pas mépriser le choix du célibat que peuvent désirer « l'anarchiste, le militant, l'apôtre » même s'il reconnaît que cet idéal n'est en général pas souhaitable (article « célibat »); Madeleine Pelletier écrit que « l'acte sexuel reste un acte animal, dans une civilisation supérieure » (article « famille »); en désaccord avec elle sur cette question, E. Armand et Ugo Treni font néanmoins écho à ses idées et notent que dans *Une vie nouvelle*, elle décrit une société vraiment libre où « la sexualité avait cessé d'être le fruit défendu que l'on dévore en cachette ».

Le *Dictionnaire anarchiste* présente cent autres champs d'expression de la volupté, et notamment le nudisme. Charles Boussinot défend les vertus du sport nudiste qui procure un profond bien-être (article « sport »); E. Armand prône un nudisme révolutionnaire pour lutter contre la hiérarchisation des diverses parties du corps et conclut que « l'exaltation érotique engendrée par les réalisations nudistes est pure, naturelle, instinctive ». Il en va de même pour la danse, excellent « moyen de charmer et d'exciter les sens » selon Édouard Rothen (pseudonyme de Charles Hotz, article « danse »). Lucien Barbedette va plus loin encore : la cénesthesie (« sensibilité de l'ensemble des organes ») permet d'ajouter aux cinq sens existants le sens thermique ou le sens de l'équilibre (article « sensation »). Si cette célébration des sens est souvent d'essence individualiste, certains auteurs dessinent des horizons sociaux. Eugène Humbert est persuadé que l'émancipation sexuelle est une voie pour l'émancipation globale (article « sexologie »); le nudisme est selon Bontemps un « instrument de progrès social » (article « nudisme »).

Les perspectives d'émancipation sensuelle tracées par les anarchistes ne trouvent pas de relais dans le socialisme des partis et des syndicats. Dans l'indifférence ambiante, les rares réactions tranchées sont franchement hostiles. Édouard Berth, théoricien du syndicalisme révolutionnaire, déçu par l'expérience soviétique, collaborateur régulier de *La Révolution prolétarienne, revue mensuelle syndicaliste communiste* au tournant des années 1920 et 1930, profondément influencé par Proudhon et Sorel, dénonce avec vigueur en 1934 la vision anarchiste de la vie en société dans « Variations sur quatre thèmes proudhoniens[24]. » Il y justifie en particulier la conception proudhonienne de la femme « courtisane et ménagère ». D'après lui les anarchistes, mais aussi les féministes et la plupart des socialistes, se fourvoient tragiquement. L'émancipation des mœurs et l'égalité hommes-femmes qu'ils désirent rendra les êtres interchangeables et inaugurera une libre concurrence sexuelle conduisant « à l'omnigamie et à l'omniandrie, à la sodomie et à la *chiennerie* universelle ». Le principe bourgeois de la liberté des échanges en sortira renforcé. L'homme et la femme deviendront « deux libres échangistes échangeant capricieusement, sur un marché libre – le marché libre de l'Amour papillonne – leurs libres fantaisies ».

« *La quête charnelle m'avait délivré de la ségrégation sociale* » : Daniel Guérin, militant sensuel

Rares sont les militants qui conjuguent explicitement et à la première personne du singulier engagement social et vie sensuelle. Au sein de l'univers féministe, c'est contre le « point de vue moralitéiste » développé avant-guerre par Madeleine Vernet dans *L'Amour libre* – le texte est réédité dans les années 1920 – que Marguerite Després prend position à la première personne du singulier vers 1927[25]. « Je ne suis ni une fonctionnaire, ni une employée, explique-t-elle. Je suis une ouvrière manuelle, tout bonnement. [...] J'ai pratiqué la liberté de l'amour, sans ostentation mais non pas en hypocrite. » Elle ajoute qu'elle a connu de nombreux compagnons au fil de son existence, que le désir seul la guidait, qu'avec le recul – elle est devenue une « vieille à cheveux blancs » –, elle ne regrette en aucune manière ses choix amoureux placés sous le signe de la liberté. Elle oppose de la sorte aux considérations générales de Madeleine Vernet le témoignage d'une sensualité militante en acte.

Si l'on se fie au témoignage qu'il livre beaucoup plus tard, René Michaud (pseudonyme d'Adrien Provost) vit lui aussi très concrètement la libération sexuelle dans les années 1920[26]. Ouvrier monteur en chaussures et « ventre-creux » lorsque le travail vient à manquer, il adhère en 1921 à la CGTU d'obédience communiste mais il aime surtout graviter dans les milieux anarchistes, de sorte qu'il fait partie de la petite minorité libertaire du syndicat. À quoi tient sa préférence pour l'anarchisme ? « Le socialisme, par ce que j'en avais glané dans *L'Humanité*, m'avait fait entrevoir que des changements étaient nécessaires dans les conditions économiques et les rapports entre les hommes ; plus hardi, l'anarchisme m'offrait un idéal de libération totale de l'homme et promettait des lendemains de bonheur universel. » Dans le Paris des Années folles, avec d'autres jeunes anarchistes et syndicalistes, il pratique lui aussi ce qu'il appelle la « liberté en amour ». Il se souvient d'une nuit sensuelle avec trois autres « amour-libristes » ou de promenades du dimanche ponctuées de chansons, de rires et de caresses sous l'égide du journal *Le Libertaire* : « Tendrement enlacés, nos révolutionnaires s'abandonnaient aux rythmes enjôleurs des "musettes", aux langueurs pâmées des tangos argentins. » Il n'a pas non plus oublié Noisette, une jeune fille délurée qui « excellait à allumer la tension sensuelle des mâles ». L'anarchie est pour lui un art de vivre plutôt qu'un engagement sacrificiel, comme le montre sa relation avec la prostituée Nadia : « Mon premier besoin charnel assouvi, j'essayai de remplir la mission purificatrice que m'ordonnait la propension mobilisatrice de nos milieux »... mais il renonce très vite à sa mission.

C'est toutefois avec Daniel Guérin que l'articulation entre convictions socialistes et pratiques sensuelles est la plus nette. Cet homme de toutes les émancipations tient à ce titre une place à part dans l'histoire des socialismes du XXe siècle. Il publie au milieu des années 1960 un récit de son parcours et de ses choix dans *Un jeune homme excentrique*[27]. S'il s'y livre à un travail de réécriture d'un passé lointain, il exprime aussi une volonté d'authenticité qui passe par l'évocation directe de l'ensemble de ses expériences – y compris les plus intimes.

Dans ce livre, Daniel Guérin s'interroge sur l'influence intellectuelle de son père, Marcel, collectionneur et critique d'art, lecteur du *Précis de socialisme* de Malon autant que du

Manifeste du Parti communiste, mais aussi de Proudhon, de Kropotkine, de Tolstoï ; il indique qu'un cours dispensé en 1921 à l'École des sciences politiques par Élie Halévy sur le socialisme au XIXe siècle l'aide à préciser ses choix. Pourtant, ce n'est qu'ensuite, vers 1924, au moment où il découvre l'ardeur de ses appétits sensuels homosexuels, qu'il prend véritablement fait et cause pour le socialisme.

> « Si elle s'appuyait sur de vastes lectures, ma mue en direction du socialisme n'était pas objective, d'ordre intellectuel. Elle était bien plutôt subjective, physique, issue des sens et du cœur. Ce n'était pas dans les livres, c'était en moi, d'abord, à travers les années de frustration sexuelle, et c'était au contact des jeunes gens opprimés que j'avais appris à haïr l'ordre établi. La quête charnelle m'avait délivré de la ségrégation sociale. Au-delà des beaux torses durcis par l'effort et des pantalons de velours, j'avais recherché la camaraderie. C'était elle que j'espérais récupérer au centuple dans le socialisme. Une fraternité virile, comme virile est la Révolution. »

L'expérience charnelle rend décisive la découverte, plus tardive, des œuvres de Fourier : « En somme, sans le savoir, je plagiais le bonhomme Fourier qui, ne réprouvant aucune passion, voulait qu'aucune ne fût proscrite, mais qu'on les laissât jouer librement pour les faire servir à l'ordre social et qui entrevoyait pour la plus mal famée d'entre elles, la luxure, "des emplois de la plus haute utilité". »

L'engagement de Daniel Guérin s'enracine en vérité dans une longue histoire familiale. Dès la sortie de l'enfance et « d'une façon assez vague », il ressent le bien-fondé du combat socialiste contre les injustices sociales en observant le comportement « [des] mufles, [des] imbéciles et [des] repus » majoritaires dans son milieu social d'origine, la bourgeoisie aisée. Il se sent héritier d'un saint-simonisme de l'émancipation des corps par le biais des écrits intimes de Gustave d'Eichthal : son beau-père, membre de la famille d'Eichthal, a conservé les « audacieuses notes intimes » où Gustave lève le voile sur sa vie sexuelle ; et Daniel Guérin récupère après la mort de son beau-père, « dans du papier de soie, l'étonnant daguerréotype pour lequel l'aïeul avait posé dans le costume d'Adam, avec, de la main de son fils, la suscription : *À détruire* ». Malgré le travail de censure mené par son milieu d'origine, tout pénétré de « pudibonderie victorienne », Guérin écrit qu'il a pu renouer avec le « socialisme utopique ». Mais cette filiation n'est pas pour autant facile à assumer : dans les notes qu'il rassemble au début des années 1930 en vue d'un livre jamais écrit (« L'Éveil du monstre »), il explicite déjà très nettement la complexité de sa situation : de retour d'Indochine (1930), il réalise que son engagement militant répond au désir de « réparer le mal fait par les précédentes générations bourgeoises ». Ainsi « L'Éveil du monstre » lui apparaît-il comme le moyen de solder ses comptes avec ses ancêtres saint-simoniens à la fois épris de liberté et serviteurs d'un capitalisme hostile à l'émancipation ; dans le chapitre qu'il projette de consacrer au « saint-simonisme poétique et mystique de 1830-1832 », il écrit que « la réhabilitation de la chair, c'est la voie ouverte au matérialisme capitaliste », que « l'égalité de la femme, c'est la voie ouverte à un régime qui ne connaît ni âge ni sexe et exploite pareillement l'homme et la femme »[28]. À la profonde ambiguïté des discours saint-simoniens, Guérin préfère un engagement anticapitaliste déterminé qui passe par les minorités plutôt que par les majorités : proche de la CGT, il milite au sein de la tendance animée par Marceau Pivert à la SFIO pendant les années 1930, il porte un regard critique sur les timidités du Front populaire, et fait partie en 1939 du Parti socialiste ouvrier et paysan (PSOP) après l'exclusion des pivertistes de la SFIO.

« Travailler à l'épanouissement complet de toute la personne humaine » : l'expérience sensible du Front populaire

C'est une coalition composée de la SFIO, du Parti radical-socialiste et du Parti communiste, avec le soutien de nombreux syndicats et associations, qui l'emporte aux élections législatives d'avril-mai 1936. Cette victoire, fruit d'un rapprochement engagé en 1934, conduit le président de la République Albert Lebrun à nommer Léon Blum à la présidence du Conseil. Blum forme un gouvernement où dominent socialistes et radicaux avec le soutien sans participation des communistes. Le gouvernement mène l'essentiel de son action dans le champ économique et social, mais Blum s'assigne un objectif plus ambitieux encore : l'émancipation globale des individus, qu'il défend depuis des décennies et que l'exercice du pouvoir rend selon lui possible. Il insiste sur ce point à la radio six mois après sa prise de fonctions, le 31 décembre 1936 : « Il est revenu un espoir, un goût du travail, un goût de la vie. La France a une autre mine et un autre air. Le sang court plus vite dans un corps rajeuni. Tout fait sentir qu'en France la condition humaine s'est relevée[29]. » Cette vision optimiste est fragilisée par les difficultés que connaît dès l'automne 1936 un Front populaire très contesté par le centre droit, la droite et l'extrême droite tandis qu'en son sein les divergences se creusent entre les membres de la coalition victorieuse au printemps. Pendant les douze mois où il exerce le pouvoir, Léon Blum essaie de rester fidèle aux orientations doctrinales qu'il a développées au fil de sa carrière politique, dans le programme d'action de la SFIO de 1919 et dans le discours à la jeunesse de 1934[30] ; cette constance explique pourquoi il fait rééditer son controversé *Du mariage* en 1937.

Les socialistes du Front populaire définissent une politique des corps qui doit déboucher sur une authentique émancipation sociale. Le ministre de la Santé publique Léon Cellier est membre de la SFIO, tout comme ses sous-secrétaires d'État Léo Lagrange (Organisation des loisirs et des sports) et Suzanne Lacore (Protection de l'enfance). La presse socialiste relaie leur action : « Notre corps nous est utile dans tous les actes. Il est toujours de la plus grande importance qu'il soit bien constitué[31]. » La loi sur les congés payés de juin 1936 et le développement du mouvement des auberges de jeunesse favorisent les activités de plein air ; sur les plages ou sur les chemins, des vacanciers plus nombreux qu'auparavant exposent leur peau au soleil[32].

La politique de la fête, plus discrète, est contenue dans de strictes limites. L'élan des réjouissances grévistes largement spontanées connaît son apogée au printemps 1936 pour s'affaiblir ensuite. Elles sont marquées par un mouvement d'occupation des usines avec des bals au son des orchestres (parfois un simple accordéon), de la radio ou du phonographe, voire avec des défilés burlesques ou de joyeuses ripailles. Une photographie d'époque immortalise par exemple un repas d'huîtres accompagné de vin blanc, de cigares et de biscuits que le maire communiste d'Argenteuil Gabriel Péri et le Secours populaire offrent aux grévistes de l'usine de pneumatiques Kléber-Goodrich, à Colombes[33]. À l'échelle nationale ou dans les municipalités socialistes, les fêtes estivales sont plus sages et plus contrôlées : il convient d'éviter tout débordement, de prouver que le Front populaire ne met pas en péril l'ordre public, que les socialistes savent exercer le pouvoir avec sérieux et sens de la mesure. Quelques mois plus tard, en mars 1937, Lucien Thomas (adjoint au maire socialiste de Dijon Robert Jardillier), félicite les membres du comité d'organisation du carnaval pour la bonne tenue de la fête : « Ce Carnaval qui, de tout temps, n'a cessé de faire périodiquement passer du délire dans les foules, vous l'avez, si j'ose dire, assaini, régénéré, adapté à l'esprit familial. [...] Foin des bacchanales et autres lupercales qui précédèrent dans les siècles révolus nos carnavals d'aujourd'hui [...]. Mais que vivent et se perpétuent les joyeuses turbulences populaires, les tonifiantes joies des amusements sincères et honnêtes. Un peuple qui s'amuse est un peuple heureux. Il faut aux soucis quotidiens le sain dérivatif des distractions et des divertissements[34]. » L'idéal de la fête contenue traduit un désir de respectabilité repérable dans tous les domaines de la vie militante locale : la section de Dijon de la fédération SFIO de la Côte-d'Or appelle en fin d'année 1936 à « ne pas laisser adhérer les poivrots, les braillards, les gens mal considérés[35] ».

La pression exercée par les adversaires du Front populaire impose cette retenue. Des voix se font entendre qui assimilent l'organisation des loisirs à une invitation à la paresse. Dans le magazine de reportage *Voilà*, une double page présente en août 1937 ce qu'est « vivre au grand air » ; Alain Laubreaux, par ailleurs collaborateur depuis 1936 du journal d'extrême droite *Je suis partout*, commente la série de photos du dossier – campeurs sous la tente ou en excursion –, dénonçant notamment le règne du nudisme : « La nudité, qui était voluptueuse, troublante et lascive, a fait place au nudisme, qui est sérieux, moral, thermal et climatique » ; puis il rapporte un dialogue avec « un adepte enragé de la vie au grand air » qu'il présente comme un être vulgaire et grotesque : « – Je ne m'appartiens plus, me dit-il. Mon corps devient immense. […] Ma peau éprouve mille caresses indéfinissables : c'est comme si j'avais une femme dans chaque pore. Mes cheveux sont de l'herbe, mes dents sont en marbre. Je me sens devenir irréel. Je m'identifie dans le dieu Pan. – Et sans doute, lui dis-je, à l'heure du déjeuner, vous mettez-vous à brouter[36]. » Cette critique contre une sensualité déréglée fait écho sur un mode mineur et ironique aux très violentes charges de l'extrême droite contre la menace bestiale qui pèserait sur une France livrée aux étrangers par le Front populaire. Dès l'été 1936 Henri Béraud dénonce les envahisseurs : « Par toutes les routes d'accès transformées en grands collecteurs, coule sur nos terres une tourbe de plus en plus grouillante, de plus en plus fétide. C'est l'immense flot de la crasse napolitaine, de la guenille levantine, des tristes puanteurs slaves, de l'affreuse misère andalouse, de la semence d'Abraham et du bitume de Judée[37]. » Dans un tel contexte il n'est pas surprenant que Léon Blum soit la victime d'un nouveau lot d'insultes. Dans *Réponse au livre de M. Blum intitulé Du mariage*, Max-Bridge présente *Du mariage* comme une apologie du « clapier de la ribauderie », où les jeunes filles sont réduites à l'état de « chiennes en chaleur » ; en abaissant l'humain à la condition de l'animal, Blum est accusé de mettre en péril la « Race française » et la « Famille française » ; contre la « fiente », l'auteur défend des relations humaines fondées sur la « libre retenue », la « gaieté » de bon aloi. Max-Bridge en conclut : « M. Blum me fait l'effet d'un petit garçon horriblement excité d'avoir découvert comment Adam et Ève avaient croqué la pomme[38]. » Deux ans plus tard, Jean-Pierre Maxence reprend contre Blum, dans son *Histoire de dix ans, 1927-1937*, les attaques qui proliféraient déjà avant le Front populaire : « Il n'y a rien de viril dans cette ombre étroite. Féminine la voix ; féminins les gestes ; féminines les crispations, les colères mouillées, les imprécations, les crises. [...] Voyez-le dans le feu d'un meeting, c'est la femelle qui tantôt rôde autour du mâle, le flaire, le flatte, tantôt menace dans les gémissements[39]. »

Quant au Parti communiste, dont le soutien initial à la majorité SFIO du Front populaire laisse place au fil des mois à une opposition de plus en plus ouverte, il continue à prôner une saine morale[40]. Au nom d'un patriotisme nataliste, il s'attaque aux partisans du contrôle des naissances et du néomalthusianisme. Maurice Thorez rappelle lors de la Conférence nationale du parti du 28 janvier 1937 que le spectre de la dénatalité préoccupe les communistes ; il teinte son discours d'une tendresse relevée par l'auteur du compte rendu qui paraît dans *Regards* : « C'est dans l'enfance que réside notre espoir – ici la voix de Maurice Thorez se fait douce, presque caressante – et nous voulons que nos ouvriers, nos paysans puissent avoir de beaux enfants[41]. » L'approche est la même le 20 mai 1939 au stade Buffalo, où Thorez prononce un discours sur « le rassemblement des jeunes filles de France » : « Comment les communistes pourraient-ils rester insensibles devant un tel spectacle de fraîcheur, de grâce et de beauté[42] ? »

Les pratiques communistes de la fête restent elles aussi axées sur les plaisirs simples, sains, honnêtes. Même l'introduction d'un stand de vente d'huîtres à la fête de l'Humanité (1938) est avant tout conçue comme un acte militant ; si elle marque une « irruption précoce et paradoxale de la gastronomie[43] », elle permet de placer en pleine lumière Les Mathes, une commune ostréicole de Charente-Maritime où les militants de la municipalité communiste d'Ivry-sur-Seine ont coutume d'envoyer leurs enfants en colonie de vacances et où chaque année Maurice Thorez prononce un discours. Ainsi les huîtres s'intègrent-elles sans peine dans la culture festive communiste. Dans le même ordre d'idées *L'Humanité* continue de vanter les fruits du labeur ostréicole lorsque les fêtes de fin d'année approchent. « Dégustez les belles huîtres », lit-on dans le numéro du 1er décembre 1936, qui publie la photo d'une jeune femme souriante avec sa bourriche au bras. « Achetez vos huîtres chez M. Bertrand, fournisseur des coopératives et organisations ouvrières », propose *L'Humanité* le 31 octobre 1937. Au temps des grèves, la bonne moralité des militants communistes est sans faille. Voici par exemple l'ambiance qui règne chez les grévistes de Citroën au début du printemps 1938 : « L'usine nettoyée, les hommes et les femmes sont là qui s'occupent à passer le temps. N'en déplaise à une certaine presse, pas un ivrogne, pas même un litre de vin sur la table, et pas le plus petit couple d'amoureux. Cette classe ouvrière est ici pour lutter[44]. » Mais c'est l'édifiant destin de Maurice Thorez qui illustre le mieux la valeur de l'éthique communiste. En 1937 paraît *Fils du peuple*, texte autobiographique signé par Thorez mais rédigé et partiellement sous-traité par Jean Fréville. L'ouvrage, dont le succès est considérable, s'ouvre par ces mots : « Fils et petit-fils de mineurs, aussi loin que remontent mes souvenirs, je retrouve la rude vie du travailleur : beaucoup de peines et peu de joies[45]. »

Au bout du compte, l'expérience du Front populaire ne peut pas être considérée comme un moment clé d'expérimentation d'un socialisme sensuel. La modération en toutes choses semble être la contrepartie de l'exercice du pouvoir. Le projet d'émancipation morale conduit par Léon Blum a pourtant de la consistance. Il suffit pour s'en convaincre d'observer ce qui se passe ensuite : sous la présidence du

Conseil du radical Édouard Daladier, l'esprit du Front populaire est abandonné, le Code de la famille de juillet 1939 érige le couple avec enfants en modèle moral et social, renforce l'arsenal répressif contre l'avortement, dénonce l'alcoolisme ou la pornographie.

XII

Bonjour tristesse
de 1939 au milieu des années 1960

La Seconde Guerre mondiale, à partir de l'été 1939, plonge la France dans une situation très différente de celle des années 1914-1918, puisque l'armée allemande remporte une victoire complète contre les armées françaises au printemps 1940 après quelques mois de « drôle de guerre ». La défaite militaire puis la mort de la République et la naissance de l'État français de Philippe Pétain remettent pourtant au goût du jour les questions de l'engagement et du sacrifice, de la vertu et du redressement moral. Le puritanisme qui domine dans les discours des nouvelles autorités vichyssoises ne laisse pas de place à l'épanouissement des esprits et des corps. L'émancipation, au sens large, est suspecte. Dans ce contexte, les socialistes déjà déstabilisés par le rapprochement germano-soviétique d'août 1939, puis ébranlés par le sort des armes et par la remise en cause radicale des libertés publiques, sont expulsés de la vie collective et vivent des temps très difficiles, souvent dans la clandestinité. Puis, après 1945, comme en écho avec l'après-1918, un Parti communiste très austère et une SFIO qui l'est presque autant affirment la nécessité de l'engagement moral face au capitalisme. En 1954, la jeune romancière Françoise Sagan publie *Bonjour tristesse*[1]. Emprunté à un vers d'Éluard (1932), ce titre peut servir à qualifier l'état du discours socialiste d'alors vis-à-vis de la sensualité.

« Une espèce de coquetterie naturelle et simple » :
les années sombres de Léon Blum et des socialistes (1939-1944)

À partir de l'été 1939, les conditions de la vie politique changent radicalement. Le Parti communiste entre dans la tourmente. Le pacte germano-soviétique le plonge dans une grave crise interne et conduit le président du Conseil Édouard Daladier à prononcer sa dissolution le 26 septembre. Son secrétaire général, Maurice Thorez, déserte en octobre et rejoint Moscou en novembre. La forte répression contre les communistes s'accentue encore à partir de l'été 1940 sous le régime de Vichy. C'est dans l'été 1941, au lendemain de la rupture du pacte germano-soviétique, que le Parti communiste clandestin dans son ensemble rejoint dans la Résistance ceux de ses membres qui ont déjà engagé la lutte contre l'Allemagne et contre Vichy. Pendant les années 1940-1944, les écrits émanant du Parti communiste sont centrés sur la lutte contre l'ennemi intérieur et extérieur; ils n'abordent que très peu les questions de mœurs, sauf à dénoncer l'immoralité qui règne à Vichy ou à Paris.

Quant à la SFIO, dont la majorité a renoncé le 10 juillet 1940 au régime républicain, elle s'étiole : Léon Blum n'a pas les moyens de poursuivre son combat politique et moral; il est arrêté en septembre 1940 et le parti, qui a cessé d'exister officiellement, passe alors sous l'autorité de Daniel Mayer[2]. Pendant toute la guerre, Blum fait l'objet de haines tenaces. Avant même l'offensive militaire allemande du printemps 1940, il est pris pour cible par Maurice Thorez qui le stigmatise notamment pour *Du mariage* : ce livre, scandaleusement immoral selon Thorez, « obtint un certain succès dans la société des salonnards et autres profiteurs du régime aux mœurs dissolues, mais [...] reste ignoré des prolétaires révolutionnaires »; Thorez décrit ensuite les « sifflements de reptile répugnant » de Blum, ses « mains aux doigts longs et crochus ». Deux ans plus tard (février 1942), l'ex-président du Conseil est l'un des principaux accusés au procès de Riom. Il lui est reproché d'avoir, à la tête du Front populaire, contribué à la défaite militaire de 1940 par la législation sur le travail, par les nationalisations, par sa sympathie à l'égard du mouvement révolutionnaire et gréviste du printemps 1936, et plus globalement par la promotion d'un esprit de jouissance. Le procès est relayé par des publications extrêmement virulentes. Dans *À la barre de Riom*, le journaliste d'extrême droite Hector Ghilini affirme que le Léon Blum de 1936 voulait livrer la patrie à Staline et qu'« il rêvait érotiquement de transformer aussi la France entière en une vaste maison close où les virginités eussent été réservées à des vieillards obscènes[3] ». Plus généralement, Léon Blum essuie les insultes d'une France vichyssoise conservatrice, anti-socialiste, catholique, souvent antisémite : attachée à des règles religieuses intransigeantes et aux valeurs du labeur, du devoir et du sacrifice, elle arrime le modèle social sur la famille et sur le couple, seul cadre légitime de la vie sexuelle dans un objectif exclusif de procréation. Selon ce schéma, la femme s'accomplit par la maternité et dans le respect des traditions[4].

À Riom Léon Blum se défend d'avoir contribué à la défaite de la France. Il insiste à l'inverse sur les avancées à mettre au crédit du Front populaire. Les réformes de 1936 ont rendu possible pour l'ouvrier, affirme-t-il à l'audience du 11 mars 1942, « une réconciliation avec une espèce de vie naturelle dont il est trop souvent séparé et frustré » et l'idée de loisir a réveillé chez lui « une espèce de coquetterie naturelle et simple ». La défense de Blum, comme celle d'une partie de ses coaccusés, tourne au réquisitoire contre le régime de Vichy; le procès est en conséquence interrompu en avril pour ne plus reprendre. Blum justifie également la politique menée en 1936 dans un écrit de prison qu'il intitule « À l'échelle humaine ». Il s'y défend « d'avoir cultivé la paresse et l'égoïsme par la recherche impatiente du bien-être, en un mot et pour reprendre la formule la plus accréditée, d'avoir altéré le sens du devoir par la revendication exclusive des droits ». Il ajoute que « ce qui pervertit la moralité ouvrière, ce n'est pas le loisir, ce n'est pas la journée de travail plus courte ou le salaire plus élevé, c'est le chômage et la misère ». C'est l'occasion pour lui de réaffirmer une vision socialiste de la vie en société axée sur les valeurs de justice et de vertu. Il s'inscrit explicitement dans le courant d'une éthique émancipatrice qu'il trouve dans les écrits du philosophe Spinoza. Il reprend aussi à son compte les théories socialistes et le vocabulaire de Fourier : « Le système social a sans doute ses lois d'attraction et de gravitation comme les systèmes stellaires[5]. »

Soutenu par Léon Blum, Daniel Mayer s'emploie à maintenir en vie ce qui reste de la SFIO. Il fonde le Comité d'action socialiste en 1941, et il fait reparaître clandestinement *Le Populaire* en 1942. Il incarne pendant la guerre un militantisme à l'assise morale très ferme. Emmanuel d'Astier de la Vigerie, figure majeure de la Résistance dans la France du Sud, en est frappé lorsqu'il le rencontre à Marseille durant l'été 1941. Bien des années plus tard, d'Astier se souvient : « Sylvain [pseudonyme de Mayer] et sa femme sont purs, abstraits. Il est, lui, orgueilleux, sûr et persécuté. Leur ascétisme est presque intolérant. » Ils ont, elle et lui, un « défaut de sensualité » ; d'Astier évoque aussi l'animosité non dissimulée dont Mayer aurait fait preuve à son égard, symptôme d'une haine de classe à forte connotation moralisatrice. « Sylvain est plus sectaire qu'un communiste : c'est-à-dire que le péché originel de ma formation et de ma classe sociale lui pèse [...]. Il appartient à la secte socialiste en même temps qu'à la secte de Léon Blum[6]. »

« La fable grossière des femmes soviétiques mises en commun » : le PC, les jeunes, les femmes

À l'été 1944, les victoires alliées, la libération de Paris et la chute d'un État français soumis à l'Allemagne nazie conduisent au retour du régime républicain. Les communistes sont auréolés du rôle décisif qu'ils ont joué dans la Résistance. Ils exercent alors un magistère moral où le modèle de l'ascétisme militant, déjà cultivé avant-guerre, est massivement remobilisé : la figure dominante est celle du communiste viril et incorruptible, maître de sa puissance musculaire au combat comme à l'usine, insensible aux séductions émollientes de la volupté[7]. Le contraste est frappant avec le collaborateur jouisseur, le profiteur de guerre adepte du marché noir, la femme coupable de relations charnelles avec l'ennemi. Le système de représentations communiste s'impose après-guerre dans un contexte de crise morale, de privations matérielles, d'ébullition sociale et de très vives tensions internationales orchestrées par les Américains et les Soviétiques[8].

Le modèle moral est paradoxalement incarné par un Maurice Thorez qui a passé les années de guerre en URSS et non dans les rangs de la Résistance intérieure. Dans la ville minière de Waziers, il explique le 21 juillet 1945 que le relèvement économique de la France passe par l'effort productif de tous[9]. Il dénonce ce jour-là le comportement d'une quinzaine de jeunes mineurs de Waziers qui ont demandé quelques jours plus tôt l'autorisation de quitter leur poste avant l'heure « pour aller au bal ». Le travail, souligne-t-il, doit toujours passer avant la fête ; il ajoute qu'à titre personnel il s'est toujours conformé à cette règle. Il appelle dans sa conclusion à la mobilisation contre la « crise de la moralité qui sévit en général dans notre pays et qui atteint particulièrement notre jeunesse ». Le prestige dont il jouit continue de reposer notamment sur son édifiant destin de « fils du peuple ».

L'antiaméricanisme communiste, qui retrouve sa pleine vigueur dès lors que se fissure l'unité des vainqueurs de l'Allemagne et de ses alliés, s'exprime également sous un angle moral. De jeunes militants communistes de la fédération des Alpes-Maritimes font l'objet en septembre 1945 d'un jugement sévère de la part de leur hiérarchie : ils sont accusés de s'être laissé entraîner « dans le courant de la vie et des plaisirs faciles, facilité par le séjour des troupes américaines en voie de rapatriement. Une vague de débauche sévit qui se traduit par une recrudescence des maladies vénériennes[10] ». Dans le même ordre d'idées, le modèle de la jeunesse saine et laborieuse est mis en lumière par les productions cinématographiques du PC et de la CGT. Dans *Ivry ou vingt ans de gestion municipale communiste*, de nombreuses séquences sont consacrées au maire Georges Marrane et aux jeunes gens d'Ivry qui, respirant la joie de vivre, s'engagent vaillamment pour un avenir radieux après les sombres années de la guerre[11].

Le Parti communiste entend montrer qu'il œuvre non seulement dans l'intérêt de la jeunesse mais aussi dans celui des femmes. Proche de Maurice Thorez et membre du comité de rédaction de *La Nouvelle Critique*, Jean Fréville s'attache à accréditer cette thèse en 1950 dans *La Femme et le Communisme*[12]. Pour la partie « Anthologie » qui occupe près des trois quarts de l'ouvrage, il rassemble essentiellement des écrits de Friedrich Engels (vingt-deux extraits, notamment issus de *L'Origine de la famille, de la propriété privée et de l'État*), de Marx et de Lénine (quinze extraits pour chacun), de Staline (neuf extraits) ; il s'appuie aussi sur August Bebel (quatre extraits), sur Jules Guesde (trois extraits), sur Paul Lafargue (deux extraits), puis sur Maurice Thorez, sur Jeannette Vermeersch et sur Clara Zetkin (un extrait dans chaque cas). Dans l'étude qui accompagne l'anthologie, Fréville dénonce « la fable grossière des femmes soviétiques mises en commun » puisque c'est dans le camp adverse que les femmes sont au service du plaisir des hommes et que règne le « libertinage ». Esquissant l'histoire d'un immoralisme bourgeois prétendument émancipateur, il épingle les utopismes et notamment le saint-simonisme – cette « doctrine mystique et sensuelle » qui « ne s'appuyait pas sur une analyse de classes » et qui « considérait la femme non dans sa fonction sociale, mais dans sa fonction sexuelle » –, puis le romantisme inconséquent de Sand – une « féministe bourgeoise », qui a ignoré « l'asservissement social de la femme du peuple » –, puis la vision du monde du Léon Blum de *Du mariage*, « pleinement adaptée au cynisme jouisseur d'une société qui se décompose ». Il s'en prend aussi à la « petite minorité anarchisante » qui a tenté d'imposer « libertinage et dérèglements » dans les premiers temps de la révolution russe ; il met en garde contre les dangers de la pensée de Freud, qui « rattache tout le développement de la vie à la seule sexualité. Alors que la réaction traditionnelle emprisonne la femme dans ses travaux ménagers, le freudisme l'emprisonne dans son sexe, l'expulse de la réalité économique et sociale, l'exclut de l'histoire. La psychanalyse interdit ainsi à la femme tout espoir de libération ».

Le communisme est dans ces conditions le seul authentique allié des femmes dont l'émancipation passe par « une monogamie réelle, épurée, terme et couronnement de l'amour ». Lénine, rappelle Fréville, l'a magistralement prouvé à Clara Zetkin en 1920. Mais à cette première référence désormais classique dans les rangs du PC Fréville en ajoute quelques autres, cette fois inédites en français, extraites de la correspondance entre Lénine et Inès Armand pendant la Première Guerre mondiale, publiée initialement à Moscou dans *Le Bolchevik* en 1939 : à la jeune révolutionnaire d'origine française qui lui a envoyé le plan d'une petite brochure en cours de rédaction sur les relations hommes-femmes, Lénine répond en substance le 24 janvier 1915 qu'elle a tort de revendiquer l'amour libre car seul compte le « mariage prolétarien avec amour ». Conservées dans le secret des archives soviétiques, les traces écrites de la liaison amoureuse qu'entretiennent Lénine et Inès Armand à partir de 1910 ne sont très probablement pas connues de Fréville[13]. L'auteur de *La Femme et le Communisme* est convaincu que le parcours révolutionnaire d'Inès Armand peut être salutairement livré à l'édification collective : il publie sa biographie en 1957[14]. Il y décrit la métamorphose d'une femme subissant initialement « l'influence d'un résidu de romantisme » puis, placée par Lénine sur le droit chemin, s'engageant corps et âme pour la cause communiste. À la fin de sa vie, note Fréville, Inès Armand « n'était plus que flamme et esprit, élan et sacrifice », loin de toute attache charnelle, pure volonté au service de la révolution.

La ligne morale du Parti communiste ne souffre aucune entorse. Le jeune journaliste communiste Jacques Derogy l'apprend à ses dépens[15]. Il publie pendant l'hiver 1955-1956 dans le journal *Libération* une série d'articles réunis ensuite dans le livre *Des enfants malgré nous*[16]. Derogy s'y prononce par exemple pour l'abrogation de la loi de 1920 contre les pratiques abortives. Dans *L'Humanité* du 2 mai 1956 Maurice Thorez en personne lui adresse une critique acerbe : « Le chemin de la libération de la femme passe par les réformes sociales, par la révolution sociale et non par les cliniques d'avortement. » Jeannette Vermeersch, épouse de Thorez depuis 1947, très influente au PC sur les questions de mœurs, lance à son tour une attaque véhémente contre Derogy quelques jours plus tard : « Depuis quand les femmes travailleuses réclameraient le droit d'accéder aux vices de la bourgeoisie ? Jamais[17]. » De fait, les dirigeants du Parti communiste sont hostiles au contrôle des naissances, qu'ils suspectent d'immoralisme libertaire pénétré d'esprit bourgeois. Favorables à l'essor démographique de la France ouvrière, ils défendent les intérêts des mères bien davantage que ceux des femmes. Mais cette rigueur doctrinale permet aussi à la direction du PC de réaffirmer son unité face à toute déviance au moment précis où un rapport rédigé par Nikita Khrouchtchev, le premier secrétaire du Parti communiste d'Union soviétique, remet en cause l'héritage de Staline et fait peser une menace sur la stabilité du communisme international.

L'analyse de la direction communiste sur la condition des femmes reste identique pendant la première moitié des années 1960. Jeannette Vermeersch en réaffirme le bien-fondé aussi souvent que possible, par exemple dans le discours qu'elle prononce en octobre 1964 sur des « droits sociaux de la femme et de l'enfant » lors d'une réunion du Parti communiste. « Nous considérons, rappelle-t-elle, que la femme remplit, en plus de son rôle de travailleuse et de ménagère, une fonction sociale : la maternité[18]. » Lorsque la CGT lance le magazine féminin *Antoinette* (novembre 1955), les lectrices y retrouvent avant tout des images très conventionnelles que nuancent à peine des aperçus sur ce qu'elles peuvent vivre en dehors de leur identité classique de travailleuses, de mères, de ménagères. Il n'y est pas question de contraception, ni plus globalement d'extension des droits des femmes dans le domaine des mœurs[19].

Malgré les transformations démographiques et culturelles qui affectent la société française d'après-guerre, la question de l'émancipation des mœurs reste étrangère à la sphère communiste dans les vingt années qui suivent la Seconde Guerre mondiale. Une série d'écrits de Marx, les *Manuscrits de 1844*, traduits pour la première fois en français en 1962, auraient pourtant pu servir de point d'appui pour la réflexion[20]. Inscrits dans un courant de pensée matérialiste – les philosophes grecs Démocrite et Épicure auxquels Marx a consacré sa thèse ; le philosophe allemand Feuerbach –, ces *Manuscrits* mettent l'accent sur les processus d'aliénation et d'émancipation. Marx y étudie dans une perspective très ouverte la question des sens de l'homme : ces sens sont « chacun de ses rapports humains avec le monde, la vue, l'ouïe, l'odorat, le goût, le toucher, la pensée, la contemplation, le sentiment, la volonté, l'activité, l'amour, bref tous les organes de son individualité ». L'usage proprement humain de tous ces sens rend possible l'épanouissement d'un « être social » dégagé de toute grossièreté et pourvu d'« organes sociaux ». Marx insiste sur les enjeux de cette remarquable métamorphose libératrice : « Il va de soi que l'œil humain jouit autrement que l'œil grossier ; l'oreille humaine autrement que l'oreille grossière, etc. » Il est symptomatique qu'Émile Bottigelli, auteur de la préface des *Manuscrits* aux Éditions sociales, reste muet sur cette analyse et que, plus globalement, il dissocie les écrits de 1844 du reste de l'œuvre de Marx ; s'il voit dans les *Manuscrits* une preuve de génie, il ajoute qu'en 1844 sa théorie se cherche encore, qu'elle demeure trop dépendante de cadres de pensée classiques.

Un seul écrit, circonstanciel et atypique, détonne nettement dans ce tableau d'un communisme puritain. C'est un article de Jean-Pierre Chabrol, chef de la rédaction de *L'Humanité*, sur la fête de l'Humanité, vitrine festive du militantisme communiste. Chabrol donne libre cours à son talent de conteur dans une évocation au rythme endiablé :

« toutes les sensations de la fête populaire, l'odeur de l'accordéon, la valse des frites [...], l'herbe foulée à coups de corps, les arbres enguirlandés [...] les "Ramona", les bras autour de la taille et les verres qui se choquent, le jupons blancs trichant sous les jupes, les cheveux fous, les refrains échangés, les retrouvailles, la joie de l'accolade, la gouaille en haut-parleur, [...] le vent contre la peau, l'air savoureux aux narines, les voix muant dans la gorge, la respiration différente, une façon différente d'éprouver, de déguster toutes choses, comme si gestes, odeurs, contacts, spectacles, sons, tout était parfumé au caramel, à la vanille ou à l'ail[21] ».

La savoureuse truculence méridionale du texte laisse entrevoir une discordance entre discours officiels et expérience vécue, entre modèles militants rigoristes et bouffées de sensualité festive.

« Elle murmurait comme un aveu : "le Parti" » :
le militantisme communiste aux yeux d'Aragon

Louis Aragon pose à sa manière la question des mœurs communistes par le biais de l'écriture romanesque. Le 17 juin 1949, des cadres de la CGT, des responsables locaux du PC et des militants sans grade sont réunis à Paris dans la salle de la rue de la Grange-aux-Belles, pour débattre avec Aragon du premier fascicule de son nouveau roman en cours d'écriture, *Les Communistes*[22]. Ils le félicitent d'avoir su exprimer la réalité de l'engagement communiste français entre l'année 1939 et la campagne militaire de 1940 ; ils ont aimé qu'Aragon rappelle au fil des pages l'héroïsme et l'esprit de sacrifice d'hommes et de femmes dévoués à la cause du parti dans les tourbillons de l'histoire. La presse communiste est tout aussi favorable. Marcel Cachin exprime son admiration dans *L'Humanité* du 9 juin 1949 ; trois jeunes intellectuels communistes – François Furet, Alexandre Matheron et Michel Verret – signent quelques mois plus tard une petite étude louangeuse dans *La Nouvelle Critique*[23]. L'écrivain paraît s'inscrire à merveille dans la perspective tracée en 1947 par Maurice Thorez en faveur d'« une littérature optimiste [...] exaltant l'effort, la solidarité, la marche vers une société meilleure qui est à bâtir de nos mains et que nous bâtirons[24] ».

Les fascicules suivants du roman, dont la publication s'échelonne jusqu'en 1951, s'inscrivent dans le prolongement du premier. À les lire il n'est pas douteux qu'entre l'été 1939 et l'été 1940 seuls les communistes ont massivement défendu l'honneur de la France. D'admirables couples militants se sont engagés corps et âme, ont pris des risques, ont souffert alors que tant d'autres choisissaient l'immobilisme ou la quête de jouissances faciles. Le couple formé par Raoul et Paulette Blanchard est à cet égard un modèle de rectitude et d'intégrité. Ouvrier métallurgiste et ancien combattant des Brigades internationales en Espagne, Raoul n'a de cesse de rappeler la supériorité d'une morale communiste qu'il incarne. Il stigmatise l'immoralisme bourgeois : « Dis donc, tu te souviens, dans *Le Manifeste*... à propos de la bourgeoisie... qu'ils sont à crier que nous voulons établir la communauté des femmes... mais que c'est dans leur monde à eux, qu'elle est établie, puisque leur principale distraction, c'est de se faire cocus les uns les autres. » Il rêve tout haut d'un avenir communiste pour son petit garçon : « On élèvera le petit. On en fera un homme, un militant. Dans le 13e. Je lui raconterai l'histoire des marins de la mer Noire, et il viendra aux meetings. [...] Il sera pionnier,

Mondinet, il lira Vaillant, il portera un petit mouchoir rouge au cou... et plus tard, j'aimerais qu'il apprenne le russe... pour lire les journaux de là-bas. » Ensuite, les opérations militaires conduisent Raoul à Méricourt, dans le Pas-de-Calais ; il découvre là, sur un mur, « une inscription à la craie, toute fraîche : *Vive Thorez !* et le cœur lui bat ». Lucien et Bernadette Cesbron forment eux aussi un couple admirable. Le militant Lucien, député communiste, conserve pieusement à son domicile « son *Fils du peuple* avec une dédicace ». Bernadette se convertit pour sa part progressivement au communisme ; elle le confesse un beau jour à Lucien, qui a deviné en elle les signes avant-coureurs de sa métamorphose : « elle s'appu[ie] contre lui, abandonn[e] sa tête contre son épaule, et ses yeux se perd[ent]. Elle murmur[e] comme un aveu : "le Parti" ». Beaucoup d'autres personnages incarnent eux aussi le modèle communiste : François Lebecq, Marguerite Corvisart, Guy Vallier. Voici enfin le blessé de guerre Joseph Gigoix, aveugle, amputé des bras, défiguré, privé donc de l'usage de la majorité de ses sens, et qui pourtant garde espoir grâce à la compagnie désintéressée de Cécile Wisner, grâce aussi à un souvenir de lecture, un roman écrit par un blessé de guerre soviétique mort à 32 ans[25].

Les communistes du roman sont des femmes et des hommes de devoir hostiles aux plaisirs futiles (Paulette Blanchard ou Bernadette Cesbron, écrit Aragon, ne se fardent pas) et amateurs de plaisirs simples tel le café, ce « jus » qu'Aragon évoque « bien chaud, bien noir, mais amer ». Rien de tel dans le camp bourgeois, jouisseur et décadent. L'académicien Berdoulat, grand amateur de fromages, « a une façon assez hideuse de manger et de boire ». La baronne Heckert aime les jeunes gens : « À quoi voudrais-tu que je passe ma vie, confie-t-elle à sa cousine Cécile, s'il n'y avait pas les hommes ? [...] Tu te souviens, à Eden Roc, l'autre année, ce petit Brésilien qui plongeait, un amour ? [...] Il était bête comme ses pieds, mais quel joli garçon ! Suffit de savoir rester sur le goût du fruit, et ne pas y revenir. »

Pourtant, considérer *Les Communistes* comme un roman à thèse dans une perspective exclusivement militante, c'est gauchir le projet d'Aragon. La lecture qu'en font la majorité des militants communistes en juin 1949 à la Grange-aux-Belles le désespère. Dans *Les Communistes*, le réel est complexe, contrasté, mouvant. L'histoire d'amour qui se développe entre Cécile Wisner et Jean de Moncey, et qui structure le roman, dépasse très largement le cadre militant. Un communisme sacrificiel qui peut tourner à la caricature – l'admirable militant communiste Raoul Blanchard, remarque ironiquement un autre militant communiste nommé Prache, aurait fait « un bon curé » – n'est pas incompatible avec un communisme bon vivant et jouisseur. C'est ainsi qu'Aragon intègre à la trame romanesque, aux côtés de personnages de fiction, le rubicond Benoît Frachon, secrétaire général de la CGT avant-guerre. « Cet enfant de Chambon-Fougerolles connaît la sensibilité ouvrière comme peu, comme il apprécie les choses sensibles de la vie. Les vins par exemple. Cela lui ressemble assez, qu'aujourd'hui, en attendant Fajon, il ait tenu à apporter dans ce domicile provisoire de quoi fêter leur rencontre, une bouteille de bourgogne : rien qu'à la couleur, la langue en clappe. » Et, sur la ligne de front, Aragon présente sous un jour favorable deux êtres attachants dont la vivacité égaie les soldats : le premier est « un personnage du plus haut pittoresque, une espèce de mousquetaire avec une grande cape noire et un costume militaire d'opérette » ; le second, au service du premier, est « un sous-officier tout plein mignon, un blondinet [...]. Paraît que c'est un professeur de cuisine, qui vient apprendre aux cuistots à faire des plats pour diversifier l'ordinaire ». Ainsi Aragon brouille-t-il à dessein les cartes ; au-delà des histoires croisées des personnages, les lecteurs qui le souhaitent peuvent deviner les contours d'un projet littéraire de représentation d'un réel kaléidoscopique, saturé par l'imminence puis par la présence d'une guerre d'autant plus scandaleuse qu'elle détruit le plaisir de vivre.

« Nous, les sentimentaux du Parti » : la SFIO dans la grisaille d'après-guerre

Tout comme pendant l'entre-deux-guerres, la posture moralisante de la SFIO au sortir de la Seconde Guerre mondiale est proche de celle du PC. Le militant socialiste doit lui aussi se montrer irréprochable et insensible aux tentations. Il doit lui aussi venir en aide à une jeunesse déboussolée. Au Conseil national de la SFIO de mars 1947, un délégué le rappelle : « Nous savons combien est grand, chez trop de jeunes, le désir de jouissance immédiate. C'est ce qui fait que des groupements qui cherchent à satisfaire ce goût de jouissance attirent les jeunes. » La solution, poursuit-il, passe par la promotion de structures laïques (colonies de vacances, clubs Léo-Lagrange) selon les strictes règles de la morale socialiste[26].

En 1947 la SFIO est déjà entrée dans une ère nouvelle. Guy Mollet a succédé à Daniel Mayer à la tête du parti l'année précédente. L'axe Mayer-Blum a été mis en minorité ; les mises en garde de Léon Blum contre un risque de raidissement marxiste du parti n'ont pas porté leurs fruits[27]. Désormais en position de retrait à la SFIO, Blum n'en poursuit pas moins son parcours de socialiste humaniste, puisant à des sources doctrinales très diverses. Il salue en 1947 les « chrétiens socialistes de très bonne volonté » et les « révolutionnaires anarchisants de type tolstoïen » dans un discours prononcé dans la salle de la Mutualité à l'occasion de la Journée internationale des femmes[28]. Il signe en 1950 un texte d'hommage à Léo Lagrange, cet homme dont « la fin dernière était le plein épanouissement de la personne humaine libérée de toutes les servitudes et régénérée par sa libération » ; et de poursuivre, en élargissant les perspectives : « Au siècle dernier, cette conception extensive du socialisme avait reçu le nom de "socialisme intégral". Je crois que Léo Lagrange l'eût qualifié plus volontiers de "socialisme humain"[29]. »

Guy Mollet n'a pas la même vision du socialisme. Il ne rompt certes pas avec les traditions du Front populaire – la loi sur la troisième semaine de congés payés est votée le 27 mars 1956 tandis qu'il exerce la présidence du Conseil. Il s'inspire néanmoins d'un autre modèle, syndicaliste-révolutionnaire, ouvriériste, fondé sur une lecture guesdiste et rigoriste de la pensée de Marx. À ses yeux, l'engagement militant au service exclusif du Parti est la seule attitude qui vaille. Il considère que sa position de secrétaire général de la SFIO exige un indéfectible esprit d'abnégation. Des principes identiques guident sa vie personnelle et sa vie politique. L'image édifiante du militant à temps plein est véhiculée dans la presse : en règle générale ses journées de travail commencent peu après son lever (7 heures du matin) pour s'achever à 1 heure du matin le lendemain. Un dîner « léger, bref », pris vers 20 heures 30, est la « seule détente du jour »[30]. Une anecdote significative illustre ce puritanisme sourcilleux. François Lafon rapporte que le 12 février 1959, dans le train Paris-Arras, Mollet aurait giflé « un voyageur qui l'[aurait] traité d'"embourgeoisé" et d'"enrichi"[31] ».

Au cours des années 1950 la SFIO est extrêmement discrète sur les questions de mœurs. La gravité des crises internes qu'elle traverse – en 1956-1957, tandis que Guy Mollet exerce la présidence du Conseil, la France adopte une politique de répression caractérisée en Algérie; en 1958, les socialistes se déchirent sur la question du ralliement au général de Gaulle – n'explique qu'en partie cette position de retrait; ce qui entre également en ligne de compte, c'est l'orientation doctrinale avant tout économico-sociale du parti. Pour le reste, les dirigeants se bornent à rappeler, le moment venu, les règles qui doivent orienter la vie en société; tout comme les communistes, ils mettent alors surtout l'accent sur les femmes et sur les jeunes.

« Faut-il un ministère de la Jeunesse ? » se demande en 1955 Pierre Mauroy, secrétaire général des Jeunesses socialistes. La question qu'il pose lui donne l'occasion d'affirmer que les jeunes « ne réclament pas des jeux, ni des plaisirs qui sont pourtant de leur âge » et que « la jeune génération se distingue par son sérieux et son sens pratique »[32]. Maurice Deixonne, président de la Fédération des clubs de loisirs Léo-Lagrange, se situe sur des positions comparables lorsqu'il s'exprime à la tribune lors du 49e congrès national de la SFIO en juin 1957[33]. Le modèle de loisirs sécrété par le capitalisme, s'indigne-t-il, « ne se propose pas pour fin l'émancipation de l'homme » et menace en particulier l'intégrité morale des jeunes ; il convient notamment de se défier du cinéma américain avec ses « mètres de baisers sur la bouche », ses Cadillac et ses colliers de perles, et de lutter donc contre l'américanisation des loisirs.

La SFIO se montre pourtant moins insensible que le PC à la question de l'émancipation des femmes dans le domaine des mœurs. Certaines et certains de ses membres participent, mais à titre individuel, aux initiatives qui conduisent à la naissance de la Maternité heureuse en 1956, puis du Mouvement français pour le planning familial (MFPF) en 1960. Mais la seule initiative significative de la SFIO est la mise en place d'un « Groupe d'étude des problèmes posés par le Planning familial » au sein duquel Germaine Vauthier, institutrice, adhérente à la SFIO depuis 1933, secrétaire de la Commission d'action familiale, joue un rôle important. Dans un rapport de 1963, elle propose qu'une attention soutenue soit accordée à l'évolution contemporaine du « complexe d'amour » chez les jeunes[34]. À son avis, l'érotisme dominant symbolisé par « la pin-up fonctionnelle, machine à plaisir » fait peser une grave menace sur la vie en société. Elle pense certes que l'immoralisme ambiant n'est pas chose nouvelle puisqu'elle en trouve trace au début du XXe siècle, par exemple, dans le *Du mariage* de Léon Blum : « M. Blum, sur ce sujet, a une attitude strictement individualiste. Il ne considère pas le mariage sur le plan social, il ignore les enfants. Contemporaine de ce livre, j'ai pu constater combien il a créé de confusion intérieure et mené de jeunes à des erreurs douloureuses. » Dès lors, si les combats en faveur de la libération sexuelle témoignent d'un anticonformisme bienvenu face aux puritains de toutes obédiences, il faut se défier du « conformisme des affranchies », d'un immoralisme contraire aux valeurs du socialisme.

Contre l'atomisation et la massification qui menacent la société, Germaine Vauthier en appelle à la morale. Elle suggère d'« aller à contre-courant, et [d']enseigner aux jeunes que la chasteté et la fidélité ne sont pas forcément diminution de la sexualité mais domination et équilibre pour préserver l'avenir ». L'énergie juvénile trouve d'excellents terrains d'expression dans le sport, le travail artistique, le travail technique. Germaine Vauthier, et avec elle tous les socialistes qui partagent cette vision des choses – qui se présentent comme « les sentimentaux du Parti » –, sont en accord profond avec Guy Mollet : « À la Commission nationale d'étude du 10 janvier dernier, […] évoquant une action nouvelle et renouvelée du Parti auprès des jeunes, [il] a souligné la nécessité de faire une grande place aux problèmes moraux, au cœur, au sentiment, à la personne. »

Maurice Deixonne, très attentif aux questions de la jeunesse, des loisirs et du Planning familial – il devient en juin 1964 secrétaire général du MFPF –, considère que le regard porté par Germaine Vauthier est « trop sacralisé », qu'il serait par exemple préférable de « ne pas exagérer [la] continuité [de l']amour pour [une] femme », qu'il ne faut pas sous-estimer les effets de la « papillonne ». Reprenant peut-être en l'occurrence un terme auquel Fourier accorde une grande place dans ses réflexions sur les conditions de la vie amoureuse, Deixonne laisse clairement entendre que le modèle moral dominant à la SFIO est en décalage avec la réalité des pratiques. Si prudents soient-ils, les travaux de Germaine Vauthier n'alimentent pas pour autant le débat public au sein de la SFIO. Maurice Deixonne, dont la position est sans doute minoritaire, ne rend pas publiques ses remarques : elles restent confinées, manuscrites, dans les marges des écrits de Vauthier[35].

Ainsi, lorsque le jeune militant socialiste audois Pierre Guidoni prend la parole le 4 juin 1965 au 55e congrès national de la SFIO, à Clichy, il surprend sans doute une grande partie des congressistes : la jeunesse, affirme-t-il, « en a assez de la société actuelle, des lycées qui ressemblent à des casernes, des HLM qui ressemblent à des ghettos, de ce mélange d'érotisme à l'américaine et d'ordre moral à la Mac-Mahon qui restera comme le climat général du gaullisme... » Le puritanisme généralisé des années de Gaulle est à ses yeux un obstacle à l'émancipation ; la SFIO doit donc se montrer capable de moderniser son discours sur les mœurs et sur la vie en société.

XIII

Bourgeonnements et floraison ?
1944-1968

La question de la sensualité nourrit peu l'histoire des socialismes entre 1944 et le début des années 1960. Les rares voix qui se font entendre en faveur des plaisirs du corps sont celles de Roger Vailland, de Daniel Guérin, de Simone de Beauvoir et de quelques autres, qui proposent diverses versions d'un socialisme à géométrie très variable mais dont la composante sensuelle est explicite. Ces prises de position rencontrent davantage d'audience à partir du milieu des années 1960, tandis que des évolutions marquantes touchent la société française sous l'angle des mœurs. Les changements d'équilibre des années 1960, sensibles en particulier au sein d'une jeunesse étudiante ou lycéenne des deux sexes directement issue du baby-boom du milieu des années 1940, tiennent à des facteurs divers : antigaullisme et antistalinisme ; anticolonialisme et soulagement profond qu'entraîne la fin des combats sur le sol algérien en 1962 ; généralisation de l'accès aux biens matériels et diffusion de pratiques musicales venues d'outre-Atlantique (tels le twist et le yéyé, grâce notamment à l'émission *Salut les copains*) ; développement du freudo-marxisme et floraison de la contre-culture ; usage de la contraception, modifications de la sexualité juvénile (avec, par exemple, le flirt) et revendication de plus en plus nette d'une libération de la sphère intime[1].

Les appels à l'émancipation globale s'adossent à une intense production éditoriale, qui actualise l'histoire de socialismes à composante sensuelle. Dès la fin des années 1950 les *Cahiers de Contre-Courant* republient des œuvres de Sébastien Faure, de Madeleine Pelletier ou d'E. Armand. Pierre Naville, avocat d'un marxisme non stalinien, consacre des développements significatifs au travail attrayant et à la jouissance dans le premier tome du *Nouveau Léviathan* (1957)[2]. En 1963, Boris Fraenkel et Jean-Guy Nény publient une traduction française de *Éros et civilisation,* où Herbert Marcuse stigmatise un néofreudisme de la sublimation (concentrer la libido en zone génitale, c'est laisser « presque tout le reste disponible en vue d'une utilisation en tant qu'instrument de labeur ») et présente Fourier comme un penseur qui a été sur le point d'« élucider le fait que la liberté dépendra de la sublimation non répressive[3] ». L'érotisme et la sexualité tiennent une place importante dans les catalogues des éditeurs Jean-Jacques Pauvert ou Éric Losfeld. En 1967, *Le Nouveau Monde amoureux* de Fourier est publié par Simone Debout-Oleszkiewicz à partir des manuscrits[4]. C'est sur ce très riche terreau que peut se déployer la contestation du printemps 1968.

« Empêcher les révolutionnaires [...] d'être des pisse-froid » : libertinage et communisme chez Roger Vailland

Reporter-journaliste au sortir de la Seconde Guerre mondiale, Roger Vailland est attiré par le PC. C'est dans cette perspective qu'il publie en 1948 *Le Surréalisme contre la Révolution*[5]. Avec ce livre qui lui permet de rompre avec ses choix de l'entre-deux-guerres, il dénonce l'esprit petit-bourgeois des surréalistes, l'idéalisme et le lyrisme d'un André Breton incapable de raison et de détachement critique. Adhérent du PC à partir de 1952[6], Vailland milite activement au cours des années suivantes, écrit dans *L'Humanité* et *L'Humanité-Dimanche*. Même pendant ses quelques années communistes – il se désengage dès 1956, en raison de l'intervention soviétique en Hongrie – il ne met pas sa plume d'écrivain au service du parti. Les romans qu'il publie dans la dizaine d'années qui suivent la Seconde Guerre mondiale croisent certes à plusieurs reprises les questions chères aux communistes, mais l'impression qui domine à leur lecture est que le goût des plaisirs et la volonté d'émancipation des corps et des esprits qui nourrissent son œuvre n'ont rien de communiste. Marat, personnage principal de *Drôle de jeu* (1945), et qu'il est possible de considérer comme un double romanesque de Vailland, confesse : « Je suis fils de bourgeois. Je lutte contre ma classe de toutes mes forces, mais j'ai hérité de ses vices, j'aime son luxe, ses plaisirs. » Dans *Bon pied bon œil* (1950), l'irréprochable militant communiste Rodrigue, dont la chambre est ornée d'un portrait de Staline, se refuse à vendre *L'Humanité-Dimanche* dans les quartiers bourgeois car lorsqu'on milite, « il ne s'agit pas de s'amuser », autrement dit de perdre son temps chez les ennemis de classe, ce à quoi son compère Lamballe répond : « C'est pour cela que je ne suis pas communiste. » Le bourgeois Philippe explique à la militante communiste Pierrette dans *Beau masque* (1954) : « Il n'y a plus que les communistes pour faire passer les intérêts de la politique avant les goûts du cœur et même ceux de la peau. » Dans le même roman, Louise Hugonnet, syndicaliste à Force ouvrière, fait porter à Pierrette « des pommes de terre, des légumes frais, un poulet, du confit d'oie, un jambon, rendant ainsi hommage à l'héroïsme, et essayant en même temps de ramener l'héroïne à sa propre mesure en lui communiquant son vice : la gourmandise[7] ».

Vailland théorise la question des relations entre plaisirs charnels et liberté individuelle en étudiant la figure du libertin, qu'il érige en modèle dans sa vie personnelle[8]. Dans « Quelques réflexions sur la singularité d'être français » (juin 1945) il écrit : « le plaisir se refuse à qui le méprise ; [...] il s'effarouche des *tabous* que les religions jettent sur telle ou telle partie du corps; [...] bref, il requiert un esprit libre. Il y a tout cela et bien d'autres choses encore dans le mot libertinage. C'est l'art du plaisir pratiqué par un esprit libre. Ce fut en son temps une invention française. Il a fallu toute la sottise et l'hypocrisie bourgeoise du XIXe siècle pour que nous rougissions d'être des libertins[9] ». Un an plus tard (juillet 1946), il signe une « Esquisse pour un portrait du vrai libertin[10] ». En 1953, il rédige un *Laclos par lui-même*. Il écrit une préface pour *Les Liaisons dangereuses* de Laclos en 1955 et une autre pour les *Mémoires* de Casanova deux ans plus tard[11].

La question des plaisirs des sens, qui l'habite pendant toute son existence, est l'un des fils rouges de sa correspondance et de son journal intime, et ce depuis son plus jeune âge[12]. Il écrit le 9 septembre 1924 à René Maublanc, son professeur au lycée de Reims : « J'ai commencé un roman [...]. Le fond du roman sera l'exposé d'une forme d'alchimie de la Joie, du mysticisme appliqué aux jouissances des sens. » En 1948 il se confie à son ami Pierre Courtade, journaliste à *L'Humanité* : « La technique moderne, la productivité accrue permettra d'habiller chacun de brocart. [...] Nos amis qui parlent de la nécessité d'un style de vie bolchevik me font quelquefois peur. » Le 5 juin 1956, il évoque de nouveau cette incompatibilité qu'il ressent entre communisme et goût pour la vie, dans son journal intime : « Je reviens de Moscou. [...] En rentrant à la maison, j'ai mis à la place du portrait de Staline la joueuse de flûte qui orne le trône de Vénus du musée des Thermes, à Rome. » Puis, le 23 novembre 1961 : « Ce qui me gêne le plus chez les communistes, c'est qu'ils se prennent absolument au sérieux. » Il est persuadé qu'un bourgeois marginal est en général plus apte à exercer sa liberté qu'un ouvrier bardé d'esprit de sérieux, ce qui le rapproche à vrai dire davantage des pensées libertaires que de la ligne communiste. Jusqu'à la fin de sa vie il cultive le plaisir et méprise le sacrifice de soi. L'hommage qu'il rend à son ami défunt Pierre Courtade dans *Les Lettres françaises* du 14 mai 1963 a ici valeur de manifeste.

« Il aimait tellement la vie, sous toutes ses formes, qu'il était persuadé qu'il réussirait à empêcher les révolutionnaires de notre révolution d'être des pisse-froid, comme il est arrivé dans l'Histoire à presque tous les révolutionnaires. » Il n'est dans ces conditions pas étonnant que le Parti communiste le considère comme un trop encombrant compagnon et lui préfère Louis Aragon[13].

« *Poursuivre conjointement la révolution sociale et la révolution sexuelle* » : *Daniel Guérin, socialiste libertaire excentrique et sensuel*

Après la Seconde Guerre mondiale, Daniel Guérin continue de militer avec ardeur, le plus souvent sur le mode du compagnonnage et hors des partis constitués. Intéressé à la fois par la pensée de Trotsky et par les courants libertaires, il se déclare « socialiste libertaire » à partir de la fin des années 1950 et publie en 1959 *Jeunesse du socialisme libertaire*. Membre de l'UGS (Union de la gauche socialiste) entre 1957 et 1965, il adhère aussi au PSU. Son engagement est marqué par un double refus : celui du réformisme parlementaire et celui de l'autoritarisme collectiviste[14].

Son engagement dépasse les frontières de l'Hexagone. Dans l'entre-deux-guerres, il découvre non seulement l'Europe mais aussi le Liban ou l'Indochine ; après 1945 il effectue un long séjour aux États-Unis et il se rend en Afrique du Nord, aux Antilles, à Cuba. Il milite pour la libération des Noirs aux États-Unis et pour celle des peuples colonisés. Il se montre dans la même perspective très attentif à ce qui s'écrit sur les questions sexuelles : dans *Kinsey et la sexualité* (1954) il tire les enseignements du rapport Kinsey, insiste sur la diversité et la complémentarité des orientations sexuelles possibles et conclut que « le rapport nous incite à poursuivre conjointement la révolution sociale et la révolution sexuelle[15] ».

Ses engagements en faveur d'une révolution sexuelle qui passe en particulier par l'affirmation des droits des homosexuels ne sont pas relayés au PC ou à la SFIO. La parution d'*Un jeune homme excentrique* passe presque aussi inaperçue que celle de ses écrits autobiographiques précédents[16]; dans *Les Lettres françaises*, la revue de sensibilité communiste que dirige Louis Aragon, Pierre Berger ironise sur l'esprit révolutionnaire de Guérin et le décrit comme un « frère cadet de Jean Cocteau avec cette particularité de ressentir beaucoup d'amertume[17] ». Même le Parti socialiste unifié (PSU), fondé en 1960 par des militants anticolonialistes hostiles à la fois au régime gaullien et au Parti communiste, attentif aux mutations de la société française et à la plupart des causes que défend Daniel Guérin, reste prudent. Claude Lavezzi, auteur du compte rendu d'*Un jeune homme excentrique* dans *Tribune socialiste*, le journal du PSU, envoie le 9 février 1965 à Guérin son texte avant publication en l'accompagnant d'un courrier rédigé sur du papier à en-tête du PSU : « Mon cher Camarade, écrit Lavezzi, [...] J'avoue humblement que je ne savais pas par quel bout le prendre, ton jeune homme excentrique. [...] J'ai fait je crois de mon mieux compte tenu du fait que je ne suis pas "excentrique" et que comprendre ceux qui le sont n'est pas pour moi chose facile. Fraternellement à toi[18]. » Le silence de la plupart des socialistes et le malaise de Claude Lavezzi confirment à quel point Guérin est isolé lorsqu'il propose au milieu des années 1960 un rapprochement entre idées socialistes et pratiques sensuelles.

« Vérité, Beauté, Poésie, elle est tout [...] excepté soi-même » : l'émancipation féminine en débat (Breton, Beauvoir)

Après la Seconde Guerre mondiale, André Breton reste d'avis d'affirmer que le surréalisme tend à la fois à la révolution sociale et à l'affirmation de la puissance du désir. Sur le premier versant il rappelle en 1947 que « la libération surréaliste ne deviendra pleinement effective que moyennant la suppression de l'oppression sociale[19] ». Il insiste néanmoins sur l'originalité des surréalistes, qui les lie bien davantage aux anarchistes qu'à la SFIO ou au PC : leur socialisme n'est « pas conçu comme la simple résolution d'un problème économique ou politique, mais comme l'expression des masses exploitées dans leur désir de créer une société sans classe, sans État, où toutes les valeurs et aspirations humaines peuvent se réaliser[20] ». Ce surréalisme d'après-guerre est nourri par les écrits de Fourier, que Breton a découverts pendant la guerre et qu'il intègre ensuite à son panthéon. Il publie une *Ode à Charles Fourier* en 1947[21] et il ménage au penseur de l'attraction passionnée une place de choix dans l'édition de 1950 de l'*Anthologie de l'humour noir*[22], puis dans l'exposition consacrée à l'érotisme qui se tient à Paris entre décembre 1959 et février 1960. *Prière de toucher*, une œuvre de Marcel Duchamp (1947), orne la couverture du catalogue de l'exposition : ce sein en caoutchouc-mousse sur velours noir montre la centralité de l'expérience du désir dans l'aventure surréaliste. Le catalogue reproduit également *Le Festin* de Meret Oppenheim, une installation qui met en scène des hommes attablés autour du corps d'une femme nue, couvert de mets délicats[23]. « La vraie révolution pour les surréalistes, explique Maurice Nadeau, c'est la victoire du désir[24]. »

Les orientations fixées par Breton ne sont pas du goût de tous. Après la parution de l'*Ode à Charles Fourier*, les « surréalistes révolutionnaires » marxistes publient le tract « Ode à Marx » et la revue *Le Surréalisme révolutionnaire* formule en mars-avril 1948 une vigoureuse dénonciation du désir éthéré et désincarné : « Ce n'est pas en célébrant Mélusine que nous avancerons d'un pas vers le règne du désir, mais en attaquant par la méthode matérialiste les mythes dont on berce la femme pour mieux l'exploiter – en détruisant par l'action communiste les formes sociales de cette exploitation[25]. » Cette critique, dirigée avant tout contre Breton, reste lettre morte. La sacralisation du désir est une des caractéristiques majeures du surréalisme, rappelle Breton en 1965 : « L'éducation sexuelle systématique ne saurait valoir qu'autant qu'elle laisse intacts les ressorts de la "sublimation" et trouve moyen de surmonter l'attrait du "fruit défendu". C'est seulement d'initiation qu'il peut s'agir avec tout ce que ce mot suppose de sacré – hors des religions bien sûr – et impliquant ce que la constitution idéale de chaque couple humain exige de quête. *À ce prix est l'amour*[26]. »

Cette représentation surréaliste des femmes est l'une des cibles de Simone de Beauvoir qui s'élève dans *Le Deuxième Sexe* (1949)[27] contre l'idée essentialiste, abstraite et oppressive d'une femme éternelle si chère à Breton : « Vérité, Beauté, Poésie, elle est Tout : une fois de plus tout sous la figure de l'autre, Tout excepté soi-même. » À contre-courant des théories dominantes, Simone de Beauvoir écrit qu'« On ne naît pas femme : on le devient ». L'émancipation des femmes passe selon elle par la remise en cause des cadres sociaux de la domination, en particulier l'ordre familial et l'ordre sexuel qui en dérive. La société, écrit-elle, « demande à la femme de se faire objet érotique », et l'emprise des modes a pour conséquence « de la couper de sa transcendance pour l'offrir comme une proie aux désirs mâles ». Une sexualité libérée est dans ces conditions l'une des voies d'accès à l'égalité entre les sexes.

Simone de Beauvoir fixe un horizon socialiste au combat féministe mais le socialisme ne charpente pas pour autant ses analyses. Lorsqu'elle y fait référence, c'est à propos de la question du travail, pierre de touche de l'émancipation dans une perspective égalitariste : « Quand la société socialiste se sera réalisée dans le monde entier il n'y aura plus des hommes et des femmes mais seulement des travailleurs égaux entre eux » ; « le travail aujourd'hui n'est pas la liberté ; c'est seulement dans un monde socialiste que la femme en accédant à l'un assurerait l'autre. » L'autonomie politique et doctrinale de Simone de Beauvoir explique sans doute en partie les réticences d'un camp socialiste peu engagé dans le combat de l'émancipation des femmes et gêné par les chapitres de l'ouvrage qui portent sur l'expérience vécue des femmes. Il lui est reproché de se tromper de combat, d'être une représentante de la pensée bourgeoise. L'hostilité est tout à fait palpable au Parti communiste l'année où paraît *Le Deuxième Sexe* : Simone de Beauvoir en particulier et l'existentialisme en général n'ont pas pour objectif la transformation révolutionnaire du monde, écrit Marie-Louise Barron (« Pendant qu'on nous parle d'amour, on ne parle ni de paix ni de salaire[28] ») ; Jean Kanapa s'en prend aux « plumitifs de la réaction, existentialistes et autres [qui] exaltent ce qu'il y a de plus bas chez l'homme : les instincts bestiaux, la dépravation sexuelle, la lâcheté [...] le nihilisme national[29] ». Jean Fréville égratigne *Le Deuxième Sexe* dans *La Femme et le Communisme* : il en cite quelques passages pour l'assimiler à toutes « ces impostures, ces leurres, ces impuissances » que le marxisme permet de dépasser. Il faut attendre les années 1960, avec notamment un article signé par Monique Hincker en 1965, pour que la critique s'apaise[30].

L'influence du *Deuxième Sexe* s'exerce dans des sphères éloignées à la fois de la « faucille » et du « goupillon »[31]. Les revendications de libre sexualité, de libre maternité, de libre disposition de son corps nourrissent en profondeur des courants féministes encore épars. Membre du Parti communiste, Françoise d'Eaubonne publie en 1951 *Le Complexe de Diane*, qui fait directement écho au livre de Simone de Beauvoir[32]. Le Mouvement français pour le planning familial, ou encore le Mouvement démocratique féminin – né en 1962, il rassemble des femmes venant du PSU, de la SFIO, de la CFDT et d'autres horizons –, ainsi que plusieurs autres groupes en cours de structuration reprennent à leur compte les questions posées par Beauvoir. Si ses réponses ne font pas, hier comme aujourd'hui, l'objet d'un assentiment généralisé, *Le Deuxième Sexe* est un moment clé dans l'histoire du féminisme[33].

« Doazan n'aime pas Fourier / C'est qu'il est constipé » : le vent printanier de Mai 1968

Les événements du printemps 1968 sont à la fois une explosion inattendue et le révélateur de mouvements de fond dans les sociétés d'Europe et d'Amérique du Nord, notamment chez les jeunes[34]. La contestation est sensible dans les rues, les universités et les lycées, les usines et les bureaux, les théâtres, dans les colonnes des journaux, aux vitrines des librairies. Chez les socialistes et au-delà, les discours contestataires sur les mœurs prolifèrent. La question de l'émancipation sensuelle, posée avec fracas par des individus et des groupes qui parviennent à se faire entendre dans l'espace public, entre en résonance avec beaucoup d'autres (statut de l'individu dans la société, place de la culture dans la vie collective, formes de l'engagement militant, etc.). De profondes lignes de clivage se dessinent entre ceux qui participent au mouvement et les autres, mais aussi au sein même du mouvement. Des acteurs déjà engagés auparavant à un titre ou à un autre – de Daniel Guérin à Simone de Beauvoir, de Guy Mollet à Louis Aragon – réagissent aux événements mais restent en retrait ; d'autres, souvent jeunes ou très jeunes, apparaissent du jour au lendemain en pleine lumière.

Une bonne partie des militants du printemps se considèrent socialistes, sans s'accorder pour autant sur la définition du terme. Le socialisme représente selon le PSU la « seule réponse à l'aliénation capitaliste » tandis que le Parti communiste salue « la marche de notre peuple au socialisme ». « Vive le socialisme ! » s'écrie-t-on dans les rangs de la Jeunesse communiste révolutionnaire. Les anarchistes se prononcent pour un « socialisme libertaire[35] ». Palvadeau, le secrétaire de l'Union départementale CFDT de Loire-Inférieure, exprime le 8 mai 1968 sa préférence pour « un socialisme véritablement démocratique [ce qui] suppose l'entente des partis de gauche sans exclusion[36] ». Dans ce grand mouvement de la contestation où les discordances sont si fréquentes, ceux qui font alors entendre le mieux leur voix sont les militants d'extrême gauche parisiens et issus du monde étudiant, en ébullition depuis le début des années 1960 mais peu audibles avant 1968. Leur radicalité révolutionnaire les distingue véritablement du socialisme parlementaire ; luttant pour un communisme non stalinien, hostiles aussi dans certains cas au léninisme, ils s'opposent au Parti communiste et à la CGT. Certains d'entre eux sont des transfuges du communisme, ex-membres par exemple de l'Union des étudiants communistes (UEC), exclus lors de la reprise en main par le PC en 1965-1966. Ils combinent diversement des influences anarchistes, trotskistes, maoïstes ou encore guévaristes. Ils bousculent les équilibres classiques car ils explorent dans une perspective socialiste des questions nouvelles. Les uns veulent une révolution morale ; les autres se prononcent pour une révolution sensuelle et en appellent à un droit aux plaisirs et aux jouissances, suscitant les fantasmes les plus convenus : pendant les combats de barricades de la mi-juin, « de rue en rue, [...] on faisait refluer la horde jusque dans son antre, où elle se tenait pour se nourrir, panser ses plaies, faire l'amour et dormir. Jusqu'à la prochaine sortie sauvage[37] ».

À la faculté de Nanterre la vague de contestation de l'année 1968 se forme dès le 8 janvier. C'est ce jour-là que Daniel Cohn-Bendit, étudiant en sociologie, interpelle le ministre de la Jeunesse et des Sports François Missoffe à propos des problèmes sexuels des jeunes, dénonçant la répression qui pèse sur la société française et le détournement de l'énergie de la jeunesse au profit de la production capitaliste. Dans les premiers mois de 1968 les étudiants gauchistes de Nanterre emploient des techniques d'agitation originales, remettent en cause les hiérarchies établies, organisant des rencontres sur les questions de mœurs et de sexualité – au soir du 21 mars 1968 par exemple, Myriam Revault d'Allonnes intervient sur *La Révolution sexuelle* de Reich. C'est le lendemain que la tour administrative de la faculté est occupée par les étudiants contestataires qui se rassemblent sous la bannière du « mouvement du

22 mars ». À Nanterre (jusqu'à sa fermeture le 3 mai), puis à la Sorbonne et dans d'autres facultés françaises, le mouvement étudiant s'amplifie.

Ceux qui revendiquent avec le plus d'ardeur la libération des mœurs sont de sensibilité anarchiste. Ils s'inspirent notamment de Fourier, de Reich, de Marcuse. Ils sont très attentifs aux luttes émancipatrices menées par les étudiants américains, allemands ou hollandais. Beaucoup d'entre eux reprennent à leur compte les écrits produits dans les années 1960 par les militants situationnistes. Ils relaient des slogans qui figurent sur un tract d'esprit situationniste composé à Strasbourg à la fin de l'année 1966 et titré *De la misère en milieu étudiant, considérée sous ses aspects économique, politique, psychologique, sexuel et notamment intellectuel, et de quelques moyens pour y remédier* : « Vivre sans temps mort et jouir sans entraves » ; « Les révolutions prolétariennes seront des fêtes ou ne seront pas ». En 1967, ils puisent leur inspiration dans *La Société du spectacle* de Guy Debord[38] et dans le *Traité de savoir-vivre* de Raoul Vaneigem où ils lisent que « ceux qui parlent de révolution et de lutte des classes, sans se référer explicitement à la vie quotidienne, sans comprendre ce qu'il y a de subversif dans l'amour et de positif dans le refus des contraintes ; ceux-là ont dans la bouche un cadavre[39] ». Les « Enragés de Nanterre », très influencés par l'Internationale situationniste, signent le 13 février 1968 une chanson subversive dirigée entre autres contre André Doazan, un maître-assistant de philosophie : « Doazan n'aime pas Fourier / C'est qu'il est constipé[40]. »

Le modèle du militant austère qui accepte le sacrifice individuel est minoritaire dans les milieux anarchistes et situationnistes. Il est beaucoup plus répandu dans les milieux maoïstes, même si ce courant est lui-même fort hétérogène. C'est à l'Union des jeunesses communistes marxistes-léninistes, l'UJC(ML), qu'il domine. Ses dirigeants, Robert Linhart, Benny Lévy, Jacques Broyelle, prônent l'oubli de soi au service du prolétariat selon un schéma léniniste. Ils se défient des courants libertaires, de leur laisser-aller joyeux et transgressif, de leur allergie à toute forme d'autorité. L'UJC(ML), défiante vis-à-vis du mouvement étudiant, cherche à opérer une jonction avec le mouvement ouvrier. Elle organise à la mi-mai, tandis que se multiplient les occupations d'usines, une manifestation en direction de Renault-Billancourt dans une perspective ouvriériste ; puisque seule importe la lutte de classes, la libération des mœurs n'est qu'une dangereuse diversion.

Les convergences entre tous ces acteurs de Mai 68 et le mouvement féministe sont limitées car « en 1968, encore une fois, l'histoire insurrectionnelle se décline au masculin » et les leaders de l'extrême gauche exercent en général une très nette « tutelle sexuée » sur les femmes[41]. Celles qui défendent la cause féministe sont nombreuses à s'engager dans le mouvement ; certaines tâchent de se faire entendre dans la Sorbonne occupée ; d'autres affirment leur volonté d'émancipation dans le cadre des usines[42]. Cantonnées à distance de l'avant-scène, elles vivent en 1968 une expérience souvent décevante mais précieuse pour l'avenir.

« *De faux révolutionnaires à démasquer* » : *allergies printanières au PC et à la SFIO*

Les principaux leaders des partis de gauche sont présents aux côtés des syndicats et des associations dans la manifestation unitaire parisienne qui accompagne le déclenchement de la grève générale du 13 mai 1968. Ce qui mobilise en priorité Waldeck Rochet (Parti communiste), François Mitterrand (Fédération de la Gauche démocrate et socialiste), Pierre Mendès France (PSU), c'est la dimension politique et sociale de la contestation. Ils dénoncent l'action du président de Gaulle et du gouvernement dirigé par Georges Pompidou ; ils réclament des changements profonds à la tête de l'État et dans le fonctionnement des institutions. Ils discutent et négocient entre eux pendant la seconde quinzaine de mai. Le 20, le Bureau politique du PC se prononce pour un « vaste mouvement » avec « toutes les forces de gauche » en vue de l'avènement d'« un vrai régime républicain ouvrant la voie au socialisme »[43]. Le 28, au lendemain du grand meeting de l'Union nationale des étudiants de France (UNEF) au stade Charléty, tandis que Pierre Mendès France a fait le choix de rester en retrait, François Mitterrand déclare qu'il est prêt à assumer ses responsabilités pour régler la question de la vacance du pouvoir. Les uns et les autres se montrent en revanche très défiants vis-à-vis du mouvement étudiant et lycéen. Ils s'engagent peu dans les débats sur les mœurs et sur la vie quotidienne. Les communistes, en particulier, ne cachent pas leur hostilité à l'égard des revendications et des méthodes étudiantes. Le 1er mai des échauffourées ont lieu entre le cortège du « mouvement du 22 mars » et le service d'ordre de la CGT. Georges Marchais, secrétaire du PC à l'organisation, met en garde début mai contre « de faux révolutionnaires à démasquer »; il dénonce, dans une logique à la fois germanophobe et américanophobe classique au sein du PC, une menace étrangère incarnée par « l'anarchiste allemand Cohn-Bendit » et plus globalement par les maîtres à penser de l'extrême gauche, notamment « le philosophe allemand Herbert Marcuse qui vit aux États-Unis »[44]. Dans le magazine *Antoinette*, les événements de mai sont considérés comme l'expression classique de la lutte des classes, sans que soit prise en compte la crise étudiante[45].

La SFIO ne s'engage pas non plus en faveur du mouvement étudiant. Guy Mollet accorde la priorité aux échanges et aux liens tactiques avec le PC. La Fédération de la gauche démocratique et socialiste (FGDS), qui rassemble divers partis et groupes de la gauche non communiste et que François Mitterrand anime depuis 1965, se montre un peu plus attentive à la crise étudiante et lycéenne, sans pour autant se prononcer ouvertement en faveur du mouvement. Seul le PSU de Michel Rocard soutient au grand jour un Mai culturel qui ne s'inscrit pas dans les schémas classiques; une partie de ses membres – en particulier les jeunes du groupe des Étudiants socialistes unifiés (ESU) –, en relation avec le milieu associatif et syndical, sont favorables à un élan révolutionnaire qui toucherait tous les domaines de la vie en société. Certains dénoncent avec une extrême virulence l'attitude du PC et de la SFIO : Manuel Bridier, dans un essai qu'il rédige dans le sillage immédiat du printemps 1968, s'en prend à un « socialisme étatique, bureaucratique, centralisateur, héritier de la tradition jacobine et de la pratique stalinienne », qui a selon lui directement contribué à la défaite du mouvement de Mai en refusant tout rapprochement avec les étudiants[46]. Dans cet esprit, *Tribune socialiste* publie le 13 juin 1968 un numéro spécial consacré à Mai 1968, où figure notamment un article d'André Laude intitulé « Les enfants de Marx et de Rimbaud ». Laude s'enthousiasme : « La jeunesse de la Sorbonne a définitivement réconcilié Marx et Rimbaud : transformer le monde et changer la vie. » Il poursuit en saluant le retour de l'utopie, puisque « l'étudiant, le jeune travailleur de mai 1968 tend la main à Charles Fourier ». Il conclut sur les promesses d'un renouveau du socialisme : « Nous savons maintenant que par-delà la destruction des structures économiques du capitalisme, et leur remplacement par des structures socialistes, il nous faudra réinventer l'amour, la famille, la fraternité, le bonheur, le malheur, la solitude. » Mais André Laude est au PSU un militant atypique, un électron libre. Il a fréquenté les surréalistes dans les années 1950, puis il s'est rapproché de l'extrême gauche marxiste, anarchiste, situationniste.

Dans la sphère syndicale, il n'est pas rare que la Confédération française démocratique du travail (CFDT) partage les analyses du PSU sur les questions de mœurs sans pour autant revendiquer une émancipation totale – la CFDT est un syndicat d'origine chrétienne très attentif aux questions morales. Le 16 mai, la CFDT publie un texte de type libertaire et personnaliste contre les « structures sclérosantes, étouffantes et de classe » de la société, dans des termes qui font directement écho à la contestation étudiante. Albert Détraz, président de la fédération du bâtiment, membre du Conseil confédéral, prône le modèle d'une « autogestion qui veut dire à la fois : rejet d'une démocratie formelle, d'une société de l'ennui, d'une structure étouffante[47] ».

Malgré un certain nombre de convergences ponctuelles, le mouvement étudiant du printemps 1968 déborde ainsi les structures classiques des partis et des syndicats; il met en lumière de très nets décalages entre les évolutions de la société française et les discours que les socialistes portent sur elle. Là encore, la question des mœurs est l'un des principaux points de cristallisation de ce phénomène majeur.

XIV
Jouir sans entraves ?
1969-1981

« Vivre sans temps mort et jouir sans entraves » : le slogan de 1966 résonne en 1969. Au début de l'année, Léo Ferré achève l'enregistrement de son album libertaire *L'Été 68*, où figurent en particulier les titres « Les anarchistes » et « C'est extra » (« Une robe de cuir comme un fuseau / Qu'aurait du chien sans l'faire exprès / Et dedans comme un matelot / Une fille qui tangue un air anglais / C'est extra »), tandis que les radios diffusent *69, année érotique*, chanson composée par Serge Gainsbourg et interprétée en duo avec Jane Birkin.

Les années suivantes sont émaillées de revendications non seulement politiques et sociales, mais aussi relatives aux mœurs et à la vie quotidienne. La contestation occupe les terrains de la famille, de l'asile et de la prison, du corps et de la sexualité. Elle se fixe par exemple sur la question de la consommation du cannabis ou des drogues dures. Elle aiguillonne et accompagne les évolutions majeures de la législation sur l'avortement avec en particulier le vote de la loi Veil sur l'interruption volontaire de grossesse le 17 janvier 1975[1]. Certes, une partie sans doute très notable de la population française ne se reconnaît pas dans ces combats ; mais les militants de l'émancipation globale sont plus présents que jamais dans l'espace public. En 1970 naît le Mouvement de libération des femmes (MLF), point de cristallisation de la très riche fermentation des années précédentes. Le MLF dénonce les atteintes à la libre sexualité et les ravages du patriarcat tout autant que ceux du capitalisme[2]. En 1972, Gilles Deleuze et Félix Guattari en appellent dans *L'Anti-Œdipe* à l'émancipation par le désir et le mouvement, en opposition avec la psychanalyse freudienne et le capitalisme[3]. En 1976, Michel Foucault écrit au début du premier volume de son *Histoire de la sexualité* qu'il se fixe pour objectif de décrypter le « discours sur la moderne répression du sexe » et le « grand prêche sexuel contemporain »[4].

Les pensées contestataires des années 1970 sont stimulées par de multiples influences internationales. La soif des jeunes pour la musique et la fête est symbolisée en août 1969 aux États-Unis par le festival rock de Woodstock. Les mouvements féministes radicaux américains nourrissent les combats français pour la libération des femmes[5]. En 1970, les lecteurs découvrent dans leur traduction française les audacieuses vues sur l'éducation du Britannique Alexander S. Neill dans *Libres enfants de Summerhill*[6]. Ils ont accès l'année suivante à *La Femme eunuque*, où l'Australienne Germaine Greer met en relation questions féministes et socialismes : « Nous ne pouvons pas prétendre, écrit-elle, que tout sera résolu lorsque les socialistes auront réussi à abolir la propriété privée et à instaurer la propriété collective des moyens de production[7]. » En Italie, aux Pays-Bas, en République fédérale d'Allemagne et ailleurs encore se multiplient les expériences révolutionnaires et contre-culturelles, les projets de vie alternatifs auxquels divers courants de l'extrême gauche française font écho[8].

« Prolétaires de tous les pays, caressez-vous ! » :
groupes et journaux militants et sensuels autour de 1970

En juillet 1969, les quelques dizaines de membres de Vive le communisme (mouvement fondé fin 1968 avec notamment d'ex-militants de l'UJC(ML) et du Mouvement du 22 mars) choisissent pour eux et pour leur journal un nom nouveau : Vive la révolution. VLR est maoïste, avec une nette coloration libertaire. Roland Castro et Tiennot Grumbach en sont les principaux animateurs. En 1969 ils publient un long document politique qui s'ouvre sur l'expression « Changer la vie[9] ! ». Au terrain classique de la critique marxiste du capitalisme ils ajoutent celui de la vie quotidienne dont ils dénoncent ce qu'elle a d'aliénant, nourris en cela par la culture underground. Ils tiennent à donner à leurs actions militantes un air de fête. Ils organisent par exemple en 1970 un week-end à Blonville, près de Deauville, pour des enfants des cités de Nanterre. Dans le « projet de bilan » rédigé à l'issue de cette action, il est précisé qu'enfants et adultes ont dégusté des moules à Honfleur, appréciable rupture avec l'« image de la colo et du casse-croûte bourratif[10] ».

En septembre 1970 le journal *Vive la révolution !* devient *Tout !*[11] Quinze numéros paraissent au cours des dix mois d'existence de ce nouveau périodique qui tranche dans le paysage avec une maquette inventive, des couleurs vives, des dessins, une tonalité à la fois humoristique et virulente. Ses cibles sont aussi bien les révolutionnaires puritains que les bourgeois. À *Tout !* les critiques fusent le 23 avril 1971 contre le moralisme stalinien des années 1930 et l'idée réactionnaire selon laquelle « l'énergie retirée à l'effort socialiste par l'activité sexuelle était volée à la révolution et au prolétariat ». À l'inverse, le 30 juin 1971, la rédaction s'enthousiasme pour le projet d'une fête « sauvage » qui doit se dérouler près de Montpellier entre le 3 et le 5 août 1971 à l'initiative du Front de libération des jeunes (FLJ). *Tout !* encourage des projets de « maisons libérées », espaces « de vie libre, d'amour et de joie au cœur de cette société pourrie » et où « chacun est libre [de] faire l'amour comme il le veut, avec qui il le veut ».

Au cours de sa brève existence, *Tout !* donne la parole aux homosexuels radicaux du Front homosexuel d'action révolutionnaire (FHAR) et aux féministes du MLF. C'est le FHAR, fondé en mars 1971, qui établit le sommaire du numéro du 23 avril 1971. Il y est question du droit à l'avortement et à la contraception, du « droit à l'homosexualité et à toutes les homosexualités » ainsi que du « droit des mineurs à la liberté du désir et à son accomplissement » ; en écho au Manifeste dit « des 343 salopes » sur l'avortement – une initiative d'Anne Zelensky et de Christine Delphy[12] –, *Tout!* publie, toujours dans son numéro du 23 avril, un texte sulfureux : « Nous sommes plus de 343 salopes. Nous nous sommes faits enculer par des Arabes. Nous en sommes fiers et nous recommencerons. Signez et faites signer autour de vous. *Le Nouvel Observateur* le publiera-t-il ??? » Le numéro est interdit à la vente et Sartre, directeur de publication de *Tout!*, poursuivi pour outrage aux bonnes mœurs.

Lorsque les féministes de VLR choisissent de rejoindre le MLF, elles publient dans le *Tout!* du 30 juin 1971 une déclaration de guerre aux hommes où elles tournent en dérision leur souveraineté et leur fierté virile. « On vous sucera tout votre sperme, on vous avalera les tripes, et vous n'aurez plus que les os, un ventre sans chair, sans peau, qu'avec des os pour Boudou (c'est notre chien). Notre corps nous appartient! Ras l'bol des justifications! Jouir sans entraves! » Elles s'engagent dans un combat radical contre un système de domination qui repose sur le modèle de la femme soumise, éthérée – la « Mélusine [...] asexuée, avaginale ». Au début des années 1970 les féministes du MLF sont en pointe dans le mouvement de libération des mœurs, combinant de diverses manières leurs engagements contre le capitalisme et contre le patriarcat. Les membres du groupe Psychanalyse et Politique (« Psych et Po »), animé par Antoinette Fouque, mettent l'accent sur une différence indépassable des sexes. Elles se distinguent de féministes qui luttent pour une égalité complète, autour de Monique Wittig et de Christine Delphy. Quant aux féministes inspirées par l'univers du socialisme marxiste, elles voient dans le capitalisme l'ennemi principal et œuvrent à une insertion du mouvement féministe dans le mouvement ouvrier. Entre ces trois courants les frontières ne sont pas étanches : ils se confrontent et s'influencent mutuellement. Ils ont en commun une volonté d'émancipation globale qui passe en particulier par la libération du corps des femmes dans une logique de politisation des combats individuels.

De son côté le FHAR mène un combat où militantisme et plaisir vont de pair. Une brochure de 1971 le réaffirme sans détours. « Jusqu'en mai 68, le camp de la révolution était celui de l'ordre moral, hérité de Staline. Tout y était gris, puritain, lamentable. [...] Mais soudain, ce coup de tonnerre : l'explosion de Mai, la joie de vivre, de se battre ! [...] Danser, rire, faire la fête ! [...] N'en doutez pas : nous souhaitons l'*anéantissement* de ce monde. Rien de moins[13]. » L'orientation est semblable à la fin de l'année suivante dans le numéro 1 de *l'antinorm*, sous-titré « Prolétaires de tous les pays, caressez-vous ! » Plusieurs groupes homosexuels contribuent à ce nouveau projet ; dans une mise au point sur « homosexualité et socialisme », Guy Maës et Anne-Marie Fauret placent leur lutte sous le double patronage de Lénine et de Reich. « C'est dans une société socialiste, écrivent-ils, qu'apparaîtra l'inclusion réciproque de l'homosexualité et de l'hétérosexualité » ; l'idée directrice est ici aussi de politiser la question sexuelle, « contre l'aliénation capitaliste, pour un socialisme libérateur »[14].

La revendication d'un droit au plaisir s'exprime tous azimuts. Elle détermine les orientations du magazine *Actuel*, animé par Jean-François Bizot à partir du printemps 1970, et qui consacre en 1971 un numéro à « La révolution pour le plaisir » (avril), un autre à « La grande misère du sexe » (novembre). Cette revendication est également sensible en 1973 au sein du Mouvement français pour le planning familial, qui dans l'élan de son congrès de juin accentue son action en faveur du droit à l'avortement, établit des passerelles avec les militantes les plus incisives de la CFDT – telle Jeannette Laot –, publie la brochure *Apprenons à faire l'amour* où il est question « de plaisir et de joie de vivre » dans une perspective d'émancipation globale : « Il ne peut y avoir de sexualité que dans un monde en tout libéré[15]. »

Diverses communautés, enfin, qui se réclament pour certaines explicitement de l'idée socialiste, expérimentent la sensualité au quotidien[16]. Elles font davantage écho aux expériences américaines qui leur sont contemporaines qu'aux traditions des milieux libres et des colonies anarchistes. Au fil des jours, elles rencontrent souvent des difficultés qui tiennent entre autres à la question des formes et des limites de la rupture avec les mœurs dominantes. Des clivages socioculturels profonds, par exemple entre membres des communautés et ouvriers, fragilisent gravement certaines d'entre elles, comme à Gargenville, à quelques kilomètres des usines Renault de Flins[17]. Ces expériences communautaires font naître des fantasmes qu'alimentent aussi les grands rassemblements hippies des années 1970 : les hippies « vivent comme des bêtes », lit-on dans le journal à sensation *Ici Paris* du 8 septembre 1970, en référence au festival qui s'est tenu fin août 1970 au sud de l'Angleterre, sur l'île de Wight : « Nus, couverts de parasites, drogués, ils s'aiment en public. [...] J'ai enjambé un couple qui faisait l'amour par terre, dans la boue. [...] Des hippies réduits à l'état de bêtes creusent des sortes de terriers avec leurs mains. » Un texte des Renseignements généraux sur « les communautés anarcho-hippies » (août 1972), recense 238 communautés, en particulier en Midi-Pyrénées et en Languedoc, et stipule que « la plupart de ces "groupes" sont bien localisés par les autorités et les forces de l'ordre locales, ces dernières ne perdant pas de vue l'utilité d'un dépistage systématique de ces éléments, souvent amoraux et toujours asociaux[18] ».

« La révolution et l'amour vont bien ensemble » :
lutte sociale et question sensuelle chez Lip

Il est également possible de détecter l'expression nouvelle d'un droit à l'émancipation sensuelle au sein de conflits sociaux de type apparemment classique. C'est le cas quand, après que la firme horlogère Lip a déposé son bilan à Besançon au début de l'année 1973, une partie du personnel s'engage dans un mouvement social original. Des ouvriers horlogers, des techniciens spécialisés, des employés de bureau reprennent en mains l'usine de Palente et parviennent à financer leur mouvement par la vente de montres – celles qu'ils ont confisquées et mises en lieu sûr, celles qu'ils continuent à fabriquer dans l'usine occupée. Ils mènent leur combat en relation avec les syndicats (avant tout la CFDT) mais aussi par le biais d'une structure *ad hoc* : le comité d'action. Le mouvement, animé par des hommes qui ont souvent l'expérience de la vie syndicale et associative, fédère des centaines de « Lip », femmes et hommes, plus ou moins familiers des luttes sociales.

Certains donnent la priorité à l'action militante ; en se plaçant au service du mouvement, ils font passer à l'arrière-plan les plaisirs du quotidien. C'est le cas de Charles Piaget, délégué CFDT, issu du syndicalisme chrétien, figure de proue de la lutte, connu pour sa frugalité, surnommé par certains « saint Charles ». Pendant le combat que mènent les Lip, la vie privée est souvent mise à mal par un engagement très poussé. Mais leur histoire est aussi ponctuée de moments de réjouissances. C'est ce dont témoigne par exemple Monique Piton, assistante de publicité, dans le carnet de bord qu'elle publie en 1975 sous le titre *C'est possible !*[19]. Elle s'exprime dans ce carnet sur son passé de militante avant 1973, sur les caractéristiques et les étapes du conflit Lip. Elle accorde aussi beaucoup d'attention aux moments de convivialité et de plaisirs partagés[20]. Ainsi place-t-elle l'accent sur le rôle que joue la bonne chère dans le déroulement de la mobilisation. Après la fermeture du restaurant d'usine à l'été 1973, c'est l'ouvrier horloger Mercier, écrit-elle, qui met en place une cantine avec « sandwiches et assiettes de charcuterie » puis « vrais plats chauds et cuisinés ». Au début du mois d'août, le journal *Lip unité* rapporte que « les agriculteurs du Larzac […] ont offert

45 kg de fromage de roquefort qui ont été appréciés par tout le personnel », et que « quelques bonnes bouteilles [...] ont été adressées par l'Union des caves de Corbières maritimes[21] ». Après l'évacuation brutale de l'usine par les forces de l'ordre à la mi-août, la cantine est déplacée ; Monique Piton évoque le talent que Mercier déploie alors : il obtient chez son boucher habituel les meilleurs morceaux pour les grévistes tandis que « la bidoche dans le sabot » est laissée aux CRS ; il fait en sorte que les repas soient placés sous le signe du plaisir. La convergence entre bonne chère et engagement social est particulièrement nette, aux dires de Monique Piton, lors du repas « féérique » de Noël 1973. Le menu d'un festin rabelaisien pour 750 convives en porte témoignage : « Les huîtres sont fraîches, le saumon parfait et copieux, les escargots bien assaisonnés et bouillants, la dinde aux marrons satisfait les plus gourmets, les vins sont de première qualité [...]. La bûche de Noël est un régal. » Quant au plateau de fromages, il symbolise à lui seul les deux axes dominants de la soirée puisqu'il rassemble de succulents produits disposés en cadran d'horloge. Un orchestre est présent, et des « slows langoureux » rythment la fin de la soirée sous des lumières « très tamisées ». Monique Piton oppose ce modèle de la contestation joyeuse à la vulgarité qui caractérise selon elle un film alors à l'affiche, *La Grande Bouffe* de Marco Ferreri : « Quelle horreur, se souvient-elle », ajoutant que « les scènes de baisouille sont les plus saines, mais cette bouffe, sans fin et sans faim, ces pets, ces rots et ces types qui crèvent d'avoir trop bouffé, qui crèvent dans leur merde... »

La sensualité affleure d'autre part lorsque Monique Piton décrit la manière dont vie militante et vie amoureuse se rejoignent dans son expérience personnelle. Elle précise qu'elle a fait le choix de la liberté bien avant 1973 puisqu'elle a quitté son mari, trouvant « dégoûtant de continuer à coucher avec un homme qu'on a cessé d'aimer. C'est une sorte de prostitution ». Quand elle en vient à la relation qu'elle tisse avec un militant maoïste prénommé

Michel, elle remarque que « la révolution et l'amour vont bien ensemble », et elle poursuit : « Je me souviens de cette époque heureuse. Tous les jours nous faisions l'amour aux heures les plus fantaisistes, dans le bois de Chaillut (*sic*) ou à la maison. Nous ne manquions aucune assemblée générale et je travaillais à la commission popularisation. » Mais elle ne passe pas pour autant sous silence les tensions parfois fortes qui ont rythmé le mouvement. Elle se montre particulièrement sensible à la persistance des inégalités entre les sexes. Avec plusieurs autres femmes elle participe à la rédaction de la brochure *Lip au féminin*, élaborée en concertation avec la section des femmes du PSU de Besançon[22]. Dans *Lip au féminin* il est certes question des plaisirs intenses que procure la lutte sociale, mais aussi de la volonté masculine de contrôle sur la parole et sur les décisions, de la trop fréquente relégation des femmes aux tâches d'exécution : une militante du PSU qui signe de son prénom (Madeleine) s'élève contre le cloisonnement entre vie privée et vie publique qui maintient les femmes en position d'infériorité ; elle dénonce un ordre familial « triangulaire » (mari, femme, enfants), point d'appui du capitalisme[23].

Le conflit Lip, qui se poursuit dans la seconde moitié des années 1970 après la fragile victoire remportée par les grévistes en 1974, permet de saisir divers types d'articulation entre la question des plaisirs sensuels et une vision socialiste du monde qui varie en fonction des individus et des groupes en lutte. Il jette également un peu de lumière sur une sensualité populaire peu visible, sauf cas exceptionnels. À ce titre, les huîtres au menu du Noël de Lip sont sans doute à mettre en relation avec beaucoup d'autres : parmi les travailleurs du métal qui fêtent la Saint-Éloi chaque 1er décembre, ceux des forges de Renault préparent, écrit Martine Sonnet, « des apéritifs et beaucoup de vin blanc, pour aller avec les huîtres – c'était de saison, mois en "bre" –, et le menu traditionnel. Ceux de la cantine les aid[ent] à préparer le banquet, dressé dans l'atelier, et chacun pa[ie] sa part[24] ». Ces repas de fête qui permettent de rompre avec un quotidien souvent frugal anticipent sans doute aussi, dans l'esprit des militants ouvriers, un avenir socialiste.

« À poil, les militants ! » : Sexpol et Sorcières, *1975-1980*

Né en 1975, le magazine *Sexpol* est l'œuvre d'une équipe de journalistes dirigée par Gérard Ponthieu. De sensibilité libertaire, influencé par le situationnisme et les écrits de Wilhelm Reich, Ponthieu a été un temps journaliste à *Tribune socialiste*, le journal du PSU. *Sexpol*, abréviation pour « Sexologie politique », puis « Sexualité politique », se positionne – comme *Tout !* quelques années auparavant – à la fois contre le capitalisme et contre les socialismes puritains. Le capitalisme fabrique des prolétaires aliénés, « dépossédés du plein emploi de leur vie[25] » et il bride la sexualité même lorsqu'il prône un réformisme sexuel qui ne trompe personne. Quant à la majorité des socialistes, ils s'inscrivent selon *Sexpol* dans le dangereux schéma « Socialisme = Soviets + chasteté » (numéro 5, 15 octobre 1975). C'est sans doute dans le numéro 3, titré « À poil, les militants ! » (avril 1975), que la critique contre les socialismes puritains est la plus nette. Le dessin de couverture présente au premier plan, de face, quelques rangs de manifestants d'extrême gauche avec à l'arrière-plan des banderoles – sur l'une d'elles figure le slogan « À bas l'armée ». Très déterminés, ces militants et ces militantes sont entièrement nus. Dans le numéro se trouvent une photo du leader soviétique Leonid Brejnev et de ses plus proches collaborateurs avec pour légende « pur-dur », un témoignage de « Marie-France » contre les militants maoïstes puritains (« Du corps, on ne parlait jamais. […] Inconsciemment, ou consciemment chez les plus "politiciens", ils se servent des tensions (sexuelles entre autres) pour la canaliser en énergie militante ») et une charge contre Serge July et son journal *Libération* – « Devenir militant, c'était faire vœu de pauvreté (avec des arrangements!), d'obéissance (bien entendu, sinon c'était l'"anarchie"!) et de chasteté (dans la mesure du possible, ou alors en vitesse pour ne pas se laisser dominer par ses tensions!) » On y lit aussi une reproduction d'un article de *L'Humanité* du 18 mai 1956 dans lequel Maurice Thorez s'en prend au néomalthusianisme et reprend à son compte la théorie léniniste du verre d'eau, un extrait d'un livre sans concession d'André Harris et d'Alain de Sédouy sur le Parti communiste[26], et des remarques ironiques et acerbes sur la Chine puritaine de Mao Zedong.

Hostile aux atteintes à la liberté sexuelle aussi bien qu'au vulgaire « baisage » (numéro 7, février 1976), *Sexpol* fait l'apologie d'une sexualité dispensatrice de plaisir, qu'elle s'épanouisse au sein d'un couple – un dossier est consacré à « Couple et socialisme » dans le numéro 8 de mai-juin 1976 – ou à l'échelle du groupe – il en est question par exemple dans le numéro 14 d'avril-mai 1977. La démarche est comparable pour ce qui concerne les plaisirs de la table. La « bouffe », qui est le thème général du numéro 11 de décembre 1976, se doit d'être réjouissante, non végétarienne, non macrobiote, et de rompre avec les modèles proposés par la gauche, toutes tendances confondues : à table, « voyez les gueules affligées des leaders de la gôche. Observez encore l'aspect gris terne de l'extrême gôche (qui vire franchement au noir avec les anars) ». Faire bonne chère, faire l'amour et faire la fête vont de pair à *Sexpol*. Dans le numéro 10 de novembre 1976 sont annoncés à la fois un numéro consacré à « Sexualité et alimentation » (c'est celui qui est finalement rebaptisé « Bouffe ») et un grand banquet avec « fromage et dessert », puisque « comme tu bouffes tu baises ». Cinquante personnes au moins participent à ce banquet. Bref, *Sexpol* propose à ses lecteurs une version originale du socialisme comme contre-société, avec pour horizon « une collectivité socialiste sans Ordre moral. Pas même marxiste » (numéro 8, mai-juin 1976).

Autour de Xavière Gauthier, des féministes s'engagent à l'orée de l'année 1976 dans une autre aventure éditoriale, *Sorcières*, nouveau témoignage de la vitalité d'une pensée révolutionnaire qui passe par l'affirmation sensuelle. Dans le numéro 1 de janvier 1976 Xavière Gauthier élucide le titre qu'elle a choisi. « Pourquoi Sorcières ? Parce qu'elles dansent [...] Pourquoi Sorcières ? Parce qu'elles chantent [...] Pourquoi Sorcières ? Parce qu'elles vivent. Parce qu'elles sont en contact direct avec la vie de leur corps, avec la vie de la nature, avec la vie du corps des autres [...] Pourquoi Sorcières ? Parce qu'elles jouissent [...] En réalité, elles éclatent, leur corps entier est désir, leurs gestes sont caresses, leur odorat, leur goût, leur écoute sont sensuels. » La revue accueille des textes de Marguerite Duras, d'Hélène Cixous, de Monique Wittig, de Nancy Huston, etc. ; elle se singularise par sa liberté de ton, son inventivité, l'originalité de thématiques qui renvoient souvent aux promesses de la sensualité pour des femmes de chair et de sang : la nourriture (numéro 1), la voix (numéro 2, où figurent aussi des extraits de *L'Affranchissement des femmes*, par Claire Démar), les odeurs (numéro 5), le sang (numéro 9), le désir (numéro 16).

Dans la seconde moitié des années 1970, le combat pour une révolution des mœurs et un affranchissement des corps emprunte bien d'autres chemins encore. Dans la revue *Quel corps ?*, dont le premier numéro paraît en avril-mai 1975, Jean-Marie Brohm revendique la désaliénation des corps soumis à l'oppression capitaliste. Dans *Le Livre des plaisirs*, Raoul Vaneigem prolonge en 1979 sa réflexion des années précédentes, affirmant par exemple que « contre la prolétarisation du corps et de ses désirs, la seule arme à portée de tous, c'est le plaisir sans réserve et sans contrepartie » ; il dénonce le pouvoir patriarcal qui tarit « la sève du langage sensuel » chez la femme, ou encore « l'art désexualisé du boire et du manger » qui a cours à la fin des années 1970[27]. Dans une tout autre perspective, quelques dizaines de militants en rupture violente avec toutes les règles sociales en vigueur se revendiquent de l'« autonomie désirante » à la fin des années 1970. Ils explorent les territoires de la folie, de la prostitution, de la drogue en fonction d'une priorité absolue : la satisfaction révolutionnaire des désirs individuels[28].

« *Fourier encore, toujours !* » : *phalanstère seventies*

Dans les années 1970, un certain nombre d'acteurs importants du mouvement d'émancipation conjointe des esprits et des corps se réclament de la pensée de Charles Fourier et la mettent au goût du jour. Certes, les relations qui se tissent entre certains courants socialistes et la sensualité ne s'éclairent pas en référence à la seule pensée de Fourier, loin s'en faut. Les sources d'inspiration sont extrêmement diverses. Il n'est pas question de Fourier, par exemple, dans *Le Petit Livre rouge de la révolution sexuelle* où Max Chaleil et André Laude proposent en revanche, entre autres, des textes d'Ovide, de Montaigne, de La Mettrie, de Casanova, du baron d'Holbach ou de Sade[29] ; les féministes du MLF ne s'appuient guère sur *Le Nouveau Monde amoureux* ou sur les promesses du phalanstère. Pourtant, l'influence de Fourier est perceptible dans un nombre conséquent d'écrits et d'expériences où est posée la question de l'émancipation des corps et des sens.

Elle colore une partie de l'aventure Lip. Monique Piton note qu'à l'usine, « les cadences et la monotonie font, comme le disait Charles Fourier, qui était de Besançon, "que les fabriques sont des bagnes modérés" » ; son amant Michel lui confie dans une lettre de l'été 1973 « qu'il lit Charles Fourier » ; lorsqu'elle décrit enfin l'opposition à l'agrandissement d'un camp militaire sur le plateau du Larzac, elle trouve des accents familiers aux lecteurs de Fourier : elle découvre là-bas « un nouveau monde alliant la fête à la contestation »[30]. *Il était une fois la révolution*, épaisse brochure publiée en 1974 en nom collectif sur le conflit Lip

(« nous avons été quelques-uns, activistes de Mai 68, militants et journalistes de *La Cause du peuple*, à nous retrouver à Lip et à concevoir le projet de ce livre »), présente les commentaires d'un cuisinier du restaurant Lip nommé Gilbert sur les écrits de Fourier, ainsi que des pensées du « socialiste bisontin » sur le « travail odieux en civilisation » ou sur la passion « papillonne ». *Il était une fois la révolution* tend des passerelles entre l'aube du XIXe siècle et un conflit Lip considéré comme « la vérité de Mai 68, son dépassement par des gens comme tout le monde », dans une perspective socialiste tout à fait revendiquée : les Lip « font du socialisme » loin de la domination des partis et des centrales syndicales[31].

Une influence du même ordre est repérable à plusieurs reprises dans *Sexpol*. L'éditorial du numéro 3 (« À poil, les militants! », avril 1975) est accompagné d'une phrase de Fourier : « Pauvres de jouissances, ils veulent être riches d'illusions. » Plus loin dans le même numéro la rédaction invite les lecteurs à quitter « la rive, laissant derrière le phare dit de *Fourier* dont l'éclair balaie et illumine l'ensemble du thème » ; plus loin encore, la parution du *Fourier* de Jean Goret est annoncée favorablement. Quelques mois plus tard le *Fourier* de Pascal Bruckner est salué d'un joyeux « Fourier encore, toujours! » (numéro 6, décembre 1975). De fait, le petit livre de Bruckner est très axé sur la dimension transgressive, festive et voluptueuse de l'œuvre de Fourier, qu'il transpose avec de nombreuses photos à l'appui dans l'univers contestataire du début des années 1970[32].

Profondément marqué en 1967 par la lecture du *Nouveau Monde amoureux*, le philosophe René Schérer est dans les années 1970 enseignant à l'université de Vincennes aux côtés par exemple de Gilles Deleuze ou de François Châtelet ; il publie à cette période plusieurs ouvrages et articles axés sur la liberté des passions, notamment *Charles Fourier ou la Contestation globale* (1970)[33]. Il en appelle à la libération du désir sous toutes ses formes et dans toutes ses singularités ; ne faisant pas mystère de son homosexualité, il s'engage en faveur de cette cause en soutenant les combats du FHAR ; il écrit parallèlement sur la question d'une « érotique puérile » (tel est le titre d'un de ses ouvrages, paru en 1978, qui poursuit la réflexion engagée dans *Émile perverti* en 1974) en défendant l'idée que la relation entre expérience éducative et expérience sexuelle est enrichissante pour l'adulte comme pour l'enfant[34]. Cette question est dans les années 1970 à l'origine de débats parfois très vifs. Les analyses de Schérer sont partagées par Guy Hocquenghem, qui vit avec lui au grand jour depuis les années 1960 une relation à la fois militante et amoureuse, et publie en 1972 *Le Désir homosexuel* puis en 1974 *L'Après-Mai des faunes*, dans lequel il dénonce le naufrage de l'esprit libre de Mai 68[35]. Au cours de l'été 1980 Hocquenghem insiste dans les colonnes du journal *Libération* sur les ravages de l'ordre moral appliqué au couple : « L'avenir est au couple. L'être-à-deux, forme totalitaire de la modernité » ; il décrit l'engorgement dramatique des passions par « l'entropie généralisée, la tombée en abîme dans les rétractions de l'espace amoureux. Une fourmilière composée de doublets cheminant en parallèle. »[36]

Daniel Guérin, enfin, intègre pleinement Fourier à ses réflexions et à ses engagements. Il publie en 1975 un recueil d'extraits significatifs de son œuvre[37]. Fourier occupe selon lui une place très originale dans l'histoire de la pensée : penseur voué au « culte des passions voluptueuses », il se distingue à la fois des libertins « matérialistes, athées et cyniques » et d'un socialisme où règnent « l'ennui, la morale, la mauvaise chère, les privations ». Guérin veut montrer que Fourier tisse des liens entre les divers domaines d'expression des plaisirs des sens, que ses analyses sur l'amour, la gastronomie et la gastrosophie se font écho, qu'il dénonce l'équivalence entre travail et souffrance souvent mise en avant par les révolutionnaires adeptes du sacrifice de soi. *Vers la liberté en amour* met en lumière une pensée joyeuse, réjouissant recours contre

« la sexualité déchaînée de notre temps, aggravée par la récupération commerciale de l'érotisme ». Cet attrait pour Fourier s'inscrit dans un long cheminement intellectuel et militant : Daniel Guérin se définit en 1969, dans « Wilhelm Reich aujourd'hui », comme « un marxiste libertaire qui n'a cessé depuis des années de soutenir la nécessité d'une synthèse entre marxisme, anarchisme, psychanalyse »[38] ; il adhère au FHAR ; il publie en 1972 une *Autobiographie de jeunesse* où il explique en termes très fouriéristes qu'il a « tiré d'une expérience intime l'exemple d'une passion de type "ambigu", non refoulée, pleinement satisfaite, mais tournée au profit de la libération sociale[39] ». Il est à ce titre l'un des penseurs et militants les plus marquants d'un socialisme entendu au sens large, à dimension libertaire et à composante sensuelle, autonome vis-à-vis d'un socialisme de partis et de syndicats concentrés sur l'action parlementaire ou la lutte de classes.

L'esprit sensuel des années 1970 trouve une expression à peine plus tardive dans un tract signé par une mystérieuse Deuxième Internationale amoureuse et daté du 14 décembre 1980. Le texte du tract met en cause avec une virulence extrême le capitalisme et le marxisme – deux pensées de « l'accumulation ininterrompue de marchandises » –, la société de consommation – « baffrer, se soûler, dégueuler, se défouler » –, un catholicisme qui a pour objectif d'« annuler chez les prolétarisés le désir de vivre directement un paradis sur terre en l'extrapolant dans le ciel ». Il est accompagné d'un dessin qui, dans le style des comics américains, figure des scènes très explicites d'amour charnel entre Joseph et Marie, entre l'âne et le bœuf, tandis que le Petit Jésus se procure un plaisir solitaire. Dans une perspective situationniste évidente (l'influence des écrits de Raoul Vaneigem, notamment, y est nette), le tract est un appel à une authentique révolution sociale et festive, à l'abandon de Noël au profit d'une « fête ininterrompue, qualitativement différente, aventureuse, […] sauvage[40] ». À l'orée des années 1980, le slogan « Jouir sans entraves » continue d'être de mise ici ou là ; néanmoins les groupes qui le reprennent à leur compte sont de plus en plus minoritaires.

XV

Encombrante sensualité
1969-1981

Dans les écrits socialistes, la gêne ou l'hostilité qui l'emportent depuis le début du XIXe siècle à propos des horizons sensuels revendiqués ici et là prennent des formes originales dans les années 1970. Il s'agit certes de contrecarrer des pensées de l'émancipation des corps dont la radicalité inquiète puisqu'il est question dans certains cas de détruire des piliers majeurs de l'ordre en place – de la structure de la propriété aux conditions du travail, de la vie de famille aux pratiques sexuelles. Mais le refus d'intégrer la variable de la sensualité aux discours sur la société ne peut plus guère être de mise alors que, dans la France des années 1970, la question de la libération des mœurs et des pratiques se pose avec une acuité toute nouvelle. En outre, il serait dangereux d'abandonner aux adversaires libéraux le terrain des droits des femmes et des libertés sexuelles : les socialistes risquent dans l'opération de se faire déposséder d'une identité progressiste qui structure les discours militants. D'où des flottements, des atermoiements, des conflits plus ou moins larvés à l'intérieur de la plupart des grandes familles socialistes : le Parti communiste, le Parti socialiste, nombre de groupes d'extrême gauche.

« *Une atmosphère champêtre* [...], *un peu charnelle* » : le très relatif assouplissement communiste

Waldeck Rochet, secrétaire général du Parti communiste depuis 1964, tire à l'extrême fin de l'année 1968, au nom de son parti, les conclusions des événements du printemps[1]. Il considère que la ligne marxiste-léniniste de lutte de classes défendue par le PC et la CGT s'est révélée payante et a contribué à la progression des idées socialistes dans la société française. Il ajoute cependant qu'à la question cruciale – celle de la condition ouvrière – doit s'adjoindre à l'avenir celle d'une jeunesse à prendre en charge en tant que telle. Ce faisant, il reconnaît *a posteriori* la réalité d'une forme de contestation que le PC n'a su comprendre jusque-là[2]. Cet intérêt nouveau pour la jeunesse étudiante n'entraîne en aucune manière un rapprochement avec l'extrême gauche. Les dirigeants et les militants de base de la CGT, par exemple, critiquent vertement l'immoralisme sexuel des gauchistes au début des années 1970. Une séquence du documentaire militant *Le Frein*, commandé en 1970 par le bureau confédéral de la CGT à Marcel Trillat, est consacrée à la visite de la faculté de Vincennes par une délégation cégétiste conduite par Henri Krasucki ; la caméra s'attarde sur les locaux presque neufs mais recouverts de graffitis – entre autres, « Prolétaires de tous les pays, enculez-vous » ; dans *Le Frein*, étudiants militants, gauchisme et homosexualité sont associés en une seule et même dénonciation[3]. En 1972, le secrétaire général du syndicat Georges Séguy écrit que des ouvriers CGT de Renault se sont retrouvés dans une situation déplaisante : « [Des militants gauchistes], à plusieurs reprises et toujours en vain, ont essayé de pénétrer à l'intérieur de l'usine par tous les moyens, y compris en utilisant, comme force de dissuasion de la fermeté de nos jeunes militants, des commandos de charme composés de jeunes filles particulièrement séduisantes. Ici, ce n'est pas le dernier étage de la Sorbonne s'entendaient-elles dire. Le bruit courait, en effet, que cet étage de la Sorbonne était devenu en quelque sorte un champ d'expérience de la "révolution sexuelle"[4]. » Dans le même esprit, on peut lire sur un tract CGT de Renault-Flins en mai 1972 : « N'a-t-on pas vu le 1er mai, au matin, ces mêmes gauchistes tant aimés du pouvoir, défiler au côté des homosexuels, etc. et souiller une fois de plus ce 1er mai, qui est celui des travailleurs[5] ? »

La très légère ouverture doctrinale communiste des lendemains de Mai 68 est imperceptible à l'usine, bastion du militantisme viril. On en trouve trace en revanche dans le magazine *Antoinette*, toujours lié à la CGT et dirigé jusqu'en 1975 par Madeleine Colin[6]. Les articles sur la vie quotidienne y occupent une place croissante et les questions de mœurs y font une entrée discrète en complément de la lutte sociale. Dès 1970, la sexualité y est abordée de front – « La frigidité » en mars ; « La première expérience » en septembre – mais sous un angle surtout scientifique puisque ces deux mises au point sont insérées dans la rubrique « Chroniques médicales ». Quant au dossier « La fête », signé en juillet 1971 par la journaliste Claudine Gozard, il prouve que les évolutions par rapport aux analyses communistes classiques restent très limitées, que la défiance et la gêne continuent d'habiter les discours qui émanent de la sphère communiste sur les questions sensuelles. Selon Claudine Gozard en effet, la fête n'a en règle générale rien de révolutionnaire. « Elle bouscule l'ordre quotidien, le désagrège, mais temporairement, dans des limites permises. Elle prépare au retour de l'ordre établi. » Il importe donc d'en canaliser les excès, de la placer au service de l'engagement militant. « Allier la distraction et l'information, n'est-ce pas une des formes nouvelles de la fête ? Car ces deux choses sont nécessaires à l'homme et à la femme qui travaillent. Un militant triste, disait un dirigeant de la CGT, est un triste militant. » C'est en fonction de ce modèle de la fête que Claudine Gozard commente pour les lecteurs d'*Antoinette* une demi-douzaine de tableaux. La fête est profondément immorale dans *La Danse du pan-pan au « Monico »*, une toile de l'artiste futuriste italien Gino Severini (1909) qui représente « le monde jouisseur et artificiel des riches oisifs d'avant la Première Guerre mondiale ». Renoir (*Le Bal du moulin de la Galette* en 1876) dépeint des fêtes acceptables où s'exprime la saine joie du peuple : une « atmosphère champêtre, douce, sentimentale, un peu charnelle » baigne ce tableau. Mais c'est avec Fernand Léger qu'éclatent le plus nettement les vertus de la fête : dans *Les Loisirs* (1949) s'affirment la simplicité et la force des saines réjouissances familiales régénératrices au terme d'une année de labeur.

Ce moralisme militant reste de mise dans *Antoinette* à la fin de la décennie 1970. De nouveau sous la plume de Claudine Gozard et cette fois dans « Historielles » (1977-1978), une série de portraits de femmes engagées aux XIXe et XXe siècles, les analyses tranchent avec la radicalité des combats féministes des années 1970. Claudine Gozard place dos à dos le misogyne Proudhon et les saint-simoniennes aux théories « si souvent entachées de mysticisme ». Après avoir salué pour le début du XXe siècle le militantisme d'Alexandra Kollontaï, elle ajoute qu'à partir du moment où celle-ci se met à prôner l'union libre et la liberté sexuelle, « les bolcheviks ne la suivent plus. Pour être honnête, on doit avouer que les femmes ne soutiennent guère non plus les mesures proposées ». Dans le dernier numéro de la série, qu'elle intitule « Mai-juin 1968 ! À chacun le sien ! », elle reprend à son compte un jugement prudent de Madeleine Colin : « Je crois qu'il est difficile que l'organisation syndicale soit à l'avant-garde sur les problèmes d'ordre privé. » À *Antoinette* il est délicat de faire entendre des propos discordants. Christiane Gilles, qui succède à Madeleine Colin à la tête du magazine en 1975, ne parvient pas à y rendre audibles les discours des féministes ; un article de Monique Malfatto sur l'union libre (juin 1980) fait ici figure d'exception. Les inflexions que Christiane Gilles appelle de ses vœux restent lettre morte, en particulier faute de soutien dans les instances dirigeantes de la CGT.

Le docteur Bernard Muldworf incarne bien les incertitudes du discours communiste sur les mœurs. Dans la rubrique « Docteur SVP » d'*Antoinette*, il est l'interlocuteur des lectrices sur le terrain sensible de leur sexualité. En janvier 1971, il aborde le problème des relations extraconjugales ; à son avis les femmes doivent se garder de deux écueils : « Il ne faut pas, écrit-il, se laisser enfermer dans une morale rigide, mais il ne faut pas non plus, au nom d'un libéralisme soi-disant "moderne", croire que ces problèmes sont simples. » En juillet 1971, Docteur SVP porte sur les rapports entre travail et sexualité ; c'est l'occasion pour Bernard Muldworf de réaffirmer la primauté du combat social sur le combat sexuel : « Dans une réflexion idéologique générale, la priorité est à donner au travail puisque ce sont les conditions socio-économiques qui déterminent les structures de la famille, donc l'organisation de la vie sexuelle. » Il n'est pas question de redistribuer les rôles mais il importe plutôt que l'homme et la femme obtiennent la reconnaissance qu'ils méritent dans leurs sphères respectives : « Lorsque la femme, par son rôle actif dans le foyer, permet au mari une activité militante source d'épanouissement personnel, il doit en avoir conscience claire et comprendre par là même l'aide importante et la solidarité profonde de sa femme à son endroit. »

Bernard Muldworf est médecin au Planning familial depuis les années 1960 et membre du Centre d'études et de recherches marxistes (CERM). Il tente d'intégrer les apports du freudisme à la pensée marxiste ; dès juin 1964, il signe dans le cadre du CERM une contribution sur « la féminité » puis il y intervient sur « la sexualité » cinq mois plus tard. Le 22 mars 1967, il publie dans l'hebdomadaire du PC *France nouvelle* « Comment lire Freud ? ». En 1970, il reprend dans *Sexualité et féminité* ses deux écrits de 1964 : il entend montrer dans son livre que « la sexualité humaine est sociale dans son essence » et « préciser quelques points relatifs au plaisir sexuel » à partir des « données du matérialisme historique [...] et de l'expérience psychopathologique et psychanalytique »[7]. En 1974, la réédition de *Sexualité et féminité* lui donne l'occasion de revenir sur son parcours. Il y confesse que ses premiers textes étaient d'une « naïveté laborieuse », qu'il faut prendre Freud davantage au sérieux pour élaborer une « morale de l'épanouissement ». Cette continuelle valse-hésitation, cette recherche d'un équilibre instable entre les deux écueils de l'ascétisme et du libertinage, n'échappent pas aux partisans de l'émancipation sexuelle. Dans *Tout!* (8 septembre 1970), Muldworf est tourné en dérision : il est présenté sous les traits d'un moraliste puritain qui prouve, malgré ses efforts, que « le P'C'F » fonctionne exactement comme l'Église catholique, qu'il est « l'organisation des pères castrateurs. »

« La révolution, ce n'est pas la caserne, mais ce n'est pas non plus le bordel » : continuités puritaines du PC

Le 22e congrès du Parti communiste, qui se déroule entre le 4 et le 8 février 1976, révèle à la fois les transformations doctrinales du parti et la permanence de son orientation puritaine contre les partisans d'un assouplissement moral[8]. L'année 1976 s'ouvre au PC dans une certaine confusion. Pour que l'abandon de la doctrine de la dictature du prolétariat – tel est l'un des enjeux essentiels du congrès – ne fasse pas de remous, la direction du parti se livre à une manœuvre de diversion : elle cherche à fédérer les communistes autour du credo de la moralité ouvrière et à marginaliser par la même occasion une minorité parfois issue des rangs d'une extrême gauche en perte de vitesse, sensible aux revendications contestataires des années 1970. Au lendemain de la loi du 30 décembre 1975 contre les films pornographiques, la dénonciation de la pornographie capitaliste et la défense des valeurs du couple et de la famille sont encouragées. Or, les débats qui s'engagent à cette occasion sont plus vigoureux que prévu.

Une première série de contributions de militants est publiée tout début janvier dans *L'Humanité*, au sein d'une rubrique « Tribune de discussion ». Jean-Pierre Januel, par exemple, écrit que sur les questions sexuelles, la croisade communiste contre l'immoralité est l'expression d'une « vieille morale pudibonde, obscurantiste, médiévale, qui condamne toute sexualité qui sort de la norme et interdit que soit montré l'acte sexuel même normalement » ; ce moralisme d'un autre temps, poursuit Januel, risque de détourner la jeunesse communiste vers un libéralisme giscardien soi-disant permissif ou vers le gauchisme culturel. D'autres contributions, formulées en vue du congrès, vont dans le même sens : « L'exercice des libertés passe par la reconnaissance absolue de la liberté individuelle dans tous ses aspects et donc, évidemment, de ce qui est éminemment subjectif : les voies du désir » (contribution 414) ; « Ne mélangeons plus aveuglément, corruption et jouissance. Nous avons besoin de tout pour édifier le socialisme » (contribution 512)[9].

La reprise en mains ne se fait pas attendre. Elle se déploie en trois temps. Georges Marchais, secrétaire général du PC, rencontre les journalistes le 14 janvier. Il leur explique que « la sexualité, c'est un très grand problème. Mais c'est un problème qui ne vient pas avant les questions économiques est sociales » ; et de mettre en garde contre les menaces que la pornographie fait planer sur les grands équilibres de la société[10]. Puis Guy Poussy, secrétaire fédéral du PC dans le Val-de-Marne, publie à la mi-janvier une mise au point très acerbe. Il dénonce l'« entreprise conjointe de la bourgeoisie et des sectes gauchistes » contre la morale. Il s'indigne : « La libération de la classe ouvrière ne passe quand même pas par la libération de l'instinct sexuel ! » Il invite les communistes à rester fidèles à Lénine, qui s'est élevé en son temps contre « une société où les gens feraient l'amour comme on se lave les mains » – variation inédite à partir de la théorie du verre d'eau. Il ajoute que le slogan « "Jouissez sans entraves" [...] n'est pas un mot d'ordre révolutionnaire. Ce n'est pas un sentiment libérateur, mais la nausée que la *masse* des Français éprouve. » Pour finir il reprend à son compte (à moins qu'il ne la forge de toutes pièces) la remarque d'un « travailleur communiste », qui incarne selon lui la majorité silencieuse du parti. Selon ce pur militant que les séductions de l'immoralité n'ont pas contaminé, « la révolution, ce n'est pas la caserne, mais ce n'est pas non plus le bordel[11] ». Il y a incompatibilité, affirme Guy Poussy, entre la santé éclatante du travailleur communiste et l'infection généralisée qui ronge les ennemis de classe. Enfin, après les prises de position de Georges Marchais et de Guy Poussy, plusieurs militants se prononcent à leur tour contre l'immoralité. Le 24 janvier, Rémy Boutavant (Le Creusot) explique dans les colonnes de *L'Humanité* que les « masses populaires honnêtes » veulent la « *propreté* ». Il reconnaît volontiers que le terme d'immoralité n'a pas de contenu scientifique, mais il fait remarquer qu'« il en prend un dialectiquement dans son contexte, lorsqu'il s'agit [...] d'évoquer des superstructures idéologiques néfastes sécrétées par l'infrastructure matérielle de notre société d'exploitation monopoliste ». Après avoir fait mention des lettres de Lénine à Clara Zetkin et à Inès Armand, Rémy Boutavant s'interroge : « Que deviendraient la vie familiale, la vie sociale et aussi la vie du Parti dans la France socialiste de demain si nous nous assignions un tel objectif de libération *totale* et *désordonnée* de nos instincts ? »

Ce recadrage destiné à réduire au silence tous les partisans d'un assouplissement de la politique du PC dans le domaine de la morale semble porter ses fruits. La dénonciation de l'immoralité est entérinée par une très forte majorité au 22ᵉ Congrès – sur 665 délégués, seuls 31 se prononcent contre et 26 s'abstiennent. Le PC se considère donc idéalement placé pour répondre aux aspirations morales de la société française. Dans le rapport qu'il présente au nom du Comité central, Georges Marchais explique pourquoi le PC est « le grand parti du socialisme en France » : ce socialisme dans sa version communiste passe par « la propriété sociale des grands moyens de production et d'échange », par le « pouvoir politique des travailleurs, dont la classe ouvrière est la force décisive » ; fidèle à Marx, à Engels et à Lénine, le PC est le parti qui représente le mieux les idéaux de démocratie avancée[12]. En renonçant à la dictature du prolétariat, en appelant autour d'eux toutes les forces de progrès, les communistes sont aux dires de Georges Marchais l'avant-garde de la lutte politique contre le modèle libéral giscardien.

Pourtant, les divergences d'interprétation sur les questions de mœurs révèlent à la direction une ligne de clivage plus nette que prévu, qui témoigne d'un profond malaise interne. Des remous agitent un certain nombre de fédérations, par exemple en Moselle. Une partie de la base militante est ébranlée par l'intransigeance des dirigeants et par leur raideur doctrinale. Les résultats d'une enquête publiée en 1980 par Yvonne Quilès et Jean Tornikian montrent que l'électorat communiste est beaucoup plus permissif que la direction[13]. La défiance vis-à-vis du moralisme du parti est ouvertement exprimée par des femmes communistes dans *Elles voient rouge*, un périodique fondé à la fin des années 1970 autour de Nicole-Édith Thévenin. Parisienne, adhérente de fraîche date (elle a pris sa carte après Mai 68), elle représente une nouvelle génération de femmes communistes très attentives aux questions de mœurs et de vie quotidienne. Dans « Morale et moralisme au PCF » (numéro 1, octobre 1979), l'équipe d'*Elles voient rouge* commente les conclusions d'un sondage IFOP (« L'électorat communiste comparé à l'ensemble de l'électorat accepte davantage l'union libre ou attache moins d'importance au maintien de la famille »), souligne le décalage entre le discours communiste officiel et les pratiques des militants, signale une convergence entre les travaux de Bernard Muldworf et l'« idéologie dominante patriarcale », et affirme le bien-fondé des combats du MLF pour la cause des femmes.

À l'orée des années 1980, l'historien communiste François Hincker, qui a commencé à prendre ses distances avec le PC, revient sur le choc du 22ᵉ Congrès dans *Le PC au carrefour*[14], un essai sans concession qu'il achève dans le contexte de la campagne présidentielle de 1981. Membre du PC depuis 1955, intellectuel communiste reconnu, François Hincker a été associé au secrétariat de Georges Marchais pour la préparation du congrès de 1976. Il a vécu de l'intérieur des années 1975-1977 qui ont été selon lui « trois années de tangage » : avec le recul, il considère que le débat de 1976 sur la morale a semé « une incroyable confusion » et laissé « des germes vénéneux » au PC. Il a été témoin, ajoute-t-il, de scènes schizophréniques au sein des instances dirigeantes et parmi les délégués : « Chacun de monter au créneau pour défendre avec les apparences de l'acharnement le texte, quitte à se défouler – il le fallait bien sous peine de dépression nerveuse – pendant les repas et dans les couloirs des conférences. » Selon lui, l'affirmation brutale d'un communisme dogmatique en 1976 contribue à expliquer la montée de la défiance à l'intérieur du PC et sa fragilisation à la fin des années 1970.

« Un apolitisme nommé désir » :
raideurs doctrinales à l'extrême gauche

Née en octobre 1968, la Gauche prolétarienne[15] rassemble autour de Benny Lévy et d'Alain Geismar les partisans d'un maoïsme austère, engagés corps et âme dans un processus révolutionnaire qui doit déboucher sur la destruction du capitalisme. Ils condamnent les socialistes, les communistes et les anarchistes, qu'ils considèrent comme des alliés objectifs des exploiteurs. Ils attaquent le 8 mai 1970 l'épicerie de luxe Fauchon, place de la Madeleine, à Paris. S'ils s'emparent à cette occasion de foie gras, de truffes, de marrons glacés et d'alcools de prix, c'est pour révéler au grand jour l'immoralité d'une grande bourgeoisie qui ose par exemple, expliquent-ils, dépenser pour un kilogramme de foie gras l'équivalent de soixante heures de travail d'un ouvrier spécialisé. Dans le même esprit de rigueur morale, *La Cause du peuple*, organe de la Gauche prolétarienne, annonce en mai 1971 que, lorsque la révolution l'emportera, « la culture sexuelle décadente sera abolie, la liberté des relations amoureuses sera promue dans la lutte contre l'individualisme[16] ». Ici, la liberté ne rime pas avec une quelconque ouverture sensuelle : l'intérêt collectif l'emporte toujours sur les caprices des individus.

Tandis que la Gauche prolétarienne s'autodissout en novembre 1973, une même conception du militantisme caractérise les débuts de l'aventure éditoriale de *Libération*. C'est ce dont témoigne par exemple en 1976 Antoine de Gaudemar, l'une des chevilles ouvrières du journal, dans un ouvrage consacré à la question de la fête[17]. Il a participé en 1970 à l'opération chez Fauchon et il se souvient qu'à l'époque, il était un « militant gauchiste pour qui révolution voulait dire avant tout sacrifice » ; en 1973, au Larzac, ce qui l'attirait était le causse décharné qui « alliait superbement cet ascétisme religieux à l'appel d'un nouveau monde que l'on pressentait mystérieusement » ; il décrit le malaise profond qu'il éprouvait lors de soirées festives parisiennes bien arrosées, où la musique et la danse invitaient à l'amour charnel. La seule fête militante qui lui a laissé un souvenir impérissable, écrit-il, a été le Noël 1973 des Lip : envoyé par *Libération* en reportage à Besançon, il a apprécié le « génie culinaire d'un horloger rubicond qui s'appelait René Mercier » et il ajoute : « Quel pouvoir spectaculaire de renouveler l'enthousiasme, de remonter un moral quelquefois défaillant, par la simple magie d'une dinde farcie ou de quelques guirlandes de droguerie. » Gaudemar, partisan de la fête militante authentique, relaie en l'occurrence les stéréotypes parisianistes et ouvriéristes d'une partie de l'extrême gauche.

Le discours ascétique révolutionnaire est porté ces années-là par plusieurs groupuscules qui reflètent la diversité du paysage socialiste d'extrême gauche. Voici par exemple le groupe marseillais « Le 11 mai », hostile aux idées et aux méthodes de Vive la révolution, qui, à l'automne 1970, ironise sur le processus d'atténuation du devoir révolutionnaire par les pratiques festives de VLR : « Ainsi la fête du 14 juillet : tout est gratuit, venez vous amuser ! La fête est révolutionnaire ! Bien sûr ! Puisqu'elle change la vie et brise la monotonie quotidienne... où est la lutte des masses pour cette fête ? Où est leur organisation ? Avant, pendant, après cette fête ? Où est l'élévation du niveau de conscience des masses[18] ? » Voici aussi l'Union communiste de France marxiste-léniniste (UCFML) et son chef, Alain Badiou, qui en 1977, dans « Contre Deleuze et Guattari », s'en prend violemment à un gauchisme « désirant » d'essence petite-bourgeoise, incarné par les deux « petits professeurs de l'embuscade désirante », et qui fait selon lui le jeu de la « clique Mitterrand-Marchais » alors que les seuls modèles qui vaillent sont ceux de Staline et de Mao[19].

Malgré des incompatibilités doctrinales parfois très marquées avec les autres groupes de l'extrême gauche puritaine – la Gauche prolétarienne, l'UCFML, les trotskystes de l'AJS-OCI (Alliance des jeunes pour le socialisme – Organisation communiste internationaliste), d'autres encore –, Lutte ouvrière combat également les ravages d'une sensualité contre-révolutionnaire. En 1971, *Tout !* est décrit dans le journal *Lutte ouvrière* comme l'illustration parfaite d'un processus hautement condamnable : « L'individualisme petit-bourgeois en arrive, après s'être réclamé du stalinisme, et du socialisme dans un seul pays, à se faire le chantre du "socialisme" dans un seul lit[20]. » Cinq ans plus tard, c'est sur les mœurs d'une partie de la gauche française que porte la dénonciation morale : un militant présent à la fête de Lutte ouvrière qui s'est déroulée peu de temps auparavant à Villiers-Adam s'est plaint dans le courrier des lecteurs de *Lutte ouvrière* de l'intervention du service d'ordre contre une jeune femme au torse nu : « Il semble que certains camarades ne soient pas libérés des tabous que des millénaires d'oppression sexuelle ont imposés. » Le militant mécontent obtient dans le journal une réponse qui ne le satisfait sans doute pas : « Dans les conditions de la société actuelle, un trop grand laxisme peut conduire à la gabegie que l'on voit dans certains locaux universitaires, voire, pourquoi pas, à des homosexuels pris à partie dans une foule ou des filles violées dans une fête de gauche sans que personne n'intervienne[21]. »

Sur la question de l'émancipation des mœurs, la Ligue communiste révolutionnaire (LCR) tient un discours plus nuancé. Elle met elle aussi en garde contre le danger que représente pour l'idéal militant la revendication du plaisir et de l'accomplissement des désirs; néanmoins, dans *Oui, le socialisme!*, un texte programmatique écrit juste avant les élections législatives de mars 1978, elle consacre des développements significatifs aux droits des femmes et des homosexuels, à la libre disposition de son corps, à la légitimité d'une sexualité qui ne tend pas à la procréation. L'objectif affiché de la LCR est de briser l'étreinte d'un capitalisme multiforme qui exerce aussi son influence par la prostitution et la pornographie, et par la promotion du sport de compétition. Cette posture doctrinale ouvre un espace pour des débats internes. Dans les *Cahiers du communisme*, revue née en 1978 à l'initiative de militantes de la LCR, est publiée en mars 1978 une lettre titrée « Parole d'homme, Delprat, militant LCR ». Delprat considère que la relation sexuelle n'a de sens que si elle s'accompagne de plaisir, que la femme a le droit de « s'éclater », que l'homme doit laisser sa compagne « baiser avec qui elle veut, quand elle veut ». Il s'attire dans le numéro de juin-août 1978 la rugueuse critique de Verlaine, hostile à l'idée selon lui démobilisatrice du « comment mieux baiser[22] ». Dans les faits, la LCR des années 1970 est avant tout l'un des pôles militants de l'extrême gauche, mais elle est aussi un « lieu d'éducation sentimentale[23] ».

Les débats qui parcourent les rangs de la LCR trouvent une expression élaborée dans *Marx ou crève. Revue de critique communiste*. Pour le premier numéro de la revue (avril-mars 1975), Pierre Péju et Alain Brossat ironisent sur « un apolitisme nommé désir », dérive incarnée selon eux par Gilles Deleuze ou Guy Hocquenghem. Jean-Marie Vincent poursuit l'offensive dans le numéro 2 (juin-juillet 1975) avec un article intitulé « Sur un épouvantail nommé Désir ». Il désigne les deux écueils classiques, d'un côté « l'éthique puritaine, l'ascétisme, l'esprit de sacrifice » et de l'autre « l'abandon aux impulsions ». Dans le numéro 4 (décembre 1975-janvier 1976), Michel Lequenne s'en prend à Xavière Gauthier et à sa « théorie implicite de l'ultra-gauchisme rénové par 1968 ». Reprenant l'argumentaire de Lénine, il s'élève contre un « ultra-gauchisme sexuel » selon lequel faire l'amour serait « la stricte satisfaction d'un besoin ». Le rapport amoureux, selon lui, n'a de valeur que s'il implique tout l'être et c'est dans cette perspective qu'il défend les surréalistes contre Xavière Gauthier. Michel Lequenne ferraille de nouveau pendant l'été 1976 contre le « gauchisme sexualiste » et cette pseudo-révolution sexuelle qui consisterait en la « multiplication infinie de corps à corps éphémères »[24]; six mois plus tard il s'interroge sur « vie militante et vie quotidienne » et conclut que « de la tendance à l'ascétisme, il faut garder l'effort de détachement des objets, de l'"avoir", la culture de l'indifférence aux petits désirs banaux qui peuvent consumer la vie [...] mais il faut en rejeter [...] la tendance à se transformer en robot, en ordinateur [...] et à traiter l'autre de manière instrumentale. [...] L'ascète est près du bureaucrate[25] ». Pendant les années 1970, la LCR se situe ainsi dans un entre-deux relativement inconfortable sur les questions de mœurs.

« Le haut-relief d'une morale stoïcienne » :
PS et PSU couleur pastel

Le 27 janvier 1969, dans l'émission télévisée *Face à l'événement*, deux questions sont posées à trois dirigeants socialistes (François Mitterrand, Michel Rocard, Guy Mollet) : « Êtes-vous socialiste et pour vous qu'est-ce que cela signifie, le socialisme ? » Tous les trois répondent « oui » à la première question. En revanche leurs réponses à la seconde question, situées pourtant dans le même univers de référence, diffèrent nettement. François Mitterrand, leader de la FGDS, insiste sur l'idée de liberté qui entretient selon lui avec l'idée socialiste une « relation intime » et qui doit valoir pour toutes les sphères de la vie individuelle et collective. Secrétaire général du PSU, Michel Rocard considère que socialisme rime avec démocratisation du pouvoir politique et du pouvoir économique, décentralisation, contrôle collectif de la gestion de la production. Guy Mollet, premier secrétaire de la SFIO, explique que le socialisme, c'est la démocratie politique mais aussi et surtout la démocratie sociale fondée sur la garantie des droits économiques fondamentaux.

La version du socialisme défendue par Guy Mollet perd du terrain au tournant des années 1960 et des années 1970 : Mollet a peiné à décrypter l'importance des événements de Mai 68, qu'il a interprétés comme le résultat de la manipulation d'une jeunesse trop naïve par « un certain nombre de vieux routiers de l'anarchisme qui ont su exploiter cette merveilleuse spontanéité[26] ». Il quitte la direction de la SFIO en 1969, laissant derrière lui l'image d'un homme de devoir, chef de parti à la moralité personnelle inattaquable. Il sert le socialisme, selon le journaliste de *Combat* Jean-Marie Borzeix, « avec le dévouement du prêtre »; dans une lettre qu'il adresse au journaliste en mars 1973, Guy Mollet signale de nombreux points de désaccord mais ajoute qu'il se reconnaît dans ce jugement moral[27]. Les hommages rendus à Mollet après sa mort, survenue en octobre 1975, s'inscrivent dans la même logique. Maire de Lille et député du Nord, Pierre Mauroy écrit que « sur l'Olympe des plus grands idéaux, au milieu des grands serviteurs des peuples, Guy Mollet a sculpté jour après jour, dans la tourmente, le haut-relief d'une morale stoïcienne appliquée à la politique qui est maintenant dans l'histoire[28] ». D'après la presse de droite, cet ascétisme militant légendaire allait de pair avec une forme de fanatisme quelque peu inquiétante : « À sa manière, provincial aigu, réfléchi et glacé comme "son ami Robespierre", le président Guy

Mollet fut un héros[29]. » Deux ans plus tard, le journaliste Philippe Alexandre reprend cette idée à son compte : « Il est militant comme d'autres sont moines, exclusivement : en dehors du Parti, le monde pour lui sent le soufre. Son seul domicile est le siège de la SFIO. [...] Parce qu'il est l'élu d'Arras, on le surnomme le petit Robespierre : il en est si peu fâché qu'il gardera toujours dans son bureau un portrait du grand ouvrier de la Terreur[30]. »

C'est François Mitterrand qui marque de sa profonde empreinte la suite de l'histoire de la SFIO, rebaptisée PS en 1969. Sa victoire au congrès d'Épinay (1971) le propulse à la tête du parti. L'année suivante, l'expression « Changer la vie » colore le programme de gouvernement socialiste en vue des élections présidentielles de 1974. Il y est question d'« améliorer la vie quotidienne des Français en ouvrant la voie à un nouveau type de société » où la libération des mœurs – chère également aux libéraux – tient une place importante, de soutenir les combats féministes puisque « la condition de la femme est un signe manifeste de l'avancement d'une société », de légaliser la contraception et l'avortement, de garantir le droit aux loisirs et aux vacances par un programme d'urgence[31]. Le 13 mai 1974, François Mitterrand et Robert Badinter présentent à la presse une Charte des libertés et droits fondamentaux reprise par le second en 1976 dans *Liberté, libertés. Réflexions du comité pour la Charte des libertés*. Le PS s'y fait l'avocat du « droit au plaisir » qui suppose celui de « mener les activités sexuelles de son choix » ainsi que la « liberté fondamentale de son corps ». L'esprit de 1968 est ici facile à détecter ; il en va de même pour le nouvel emblème-logo du PS, conçu en 1979 par Marc Bonnet[32] : le poing et la rose sont désormais tout en rondeurs, dans un esprit qui rappelle le langage de la bande dessinée. Ce poing levé et cette rose éclatante incarnent « à la fois la force et la douceur, le monde du travail et la qualité de la vie, le dynamisme et l'innovation, la résolution à lutter et la volonté de changer la vie[33] ».

Le slogan « Changer la vie » n'est déjà plus d'actualité à la fin des années 1970 lorsque l'objectif immédiat du PS est de nouveau la conquête du pouvoir présidentiel, après l'échec de 1974 : François Mitterrand fait alors en sorte que son parti passe aux yeux de l'opinion publique pour une force politique réaliste, modérée, apte à gouverner la France. Pourtant, à titre personnel, le premier secrétaire affirme son originalité par rapport à la raideur des années Mollet : il pose sur la France un regard délibérément sensuel. Le 15 septembre 1978, dans l'émission télévisée *Apostrophes*, il s'en explique : « J'ai une connaissance physique de la France [...], j'ai un amour physique de la France [...], je n'ai pas beaucoup d'idées de la France, mais je vis ce qu'est la France. Je n'ai pas besoin qu'on me fasse la leçon [...]. C'est l'histoire d'un pays qui est le mien, que j'aime, que je sens, qui est toute ma vie [...]. L'amour physique, vous voyez ce que c'est que l'amour physique, à partir duquel on peut avoir toutes les autres formes d'amour. » Il évoque de façon très concrète tel saule le long d'une rivière, des routes poudreuses et une terre calcaire, « un certain dessin, qui a des creux, des bosses, un relief, une géographie »[34].

Malgré un discours parfois très émancipateur, le PS reste prudent sur le terrain des mœurs dans les années 1970[35]. La volonté d'améliorer la condition des femmes est affichée comme une priorité et elle se traduit dans les faits par des engagements partisans déterminés (par exemple sur le terrain de l'IVG) ; elle est néanmoins bridée par un certain nombre de réticences. Ex-adhérente du PSU, membre du comité directeur du PS, Colette Audry revendique son attachement à la cause du féminisme, dont elle souhaite accroître la visibilité dans son parti[36]. Elle milite en faveur du droit à l'avortement et à la contraception ; elle œuvre au sein du PS pour convaincre les hommes que la lutte des femmes pour la libre possession de leur corps est fondamentale et légitime. Pourtant, lorsqu'elle s'attache à définir une morale socialiste, elle s'en tient à des considérations somme toute très générales sur la vérité, la justesse, la justice, sans insister par exemple sur les effets de l'évolution des mœurs dans la France de l'après-guerre. La morale socialiste, écrit-elle, n'est ni celle des bourgeois jouisseurs ni celle qui combine chez les communistes bolcheviques « les ingrédients de la morale jésuite – l'obéissance cadavérique et l'absence de scrupules dans l'exécution – avec une foi janséniste dans cette quasi-prédestination qu'est le "sens de classe" décerné par le Parti[37] ». Ce faisant, Colette Audry désigne très clairement deux contre-modèles sans assigner pour autant un contenu précis à l'idée d'une pensée socialiste sur les mœurs.

Pour accélérer le mouvement d'affirmation des libertés des femmes au PS, un courant – dit le courant G – émerge à l'extrême fin des années 1970 et se dote d'un journal, *Mignonnes allons voir sous la rose*. Les femmes du courant G entendent bien rendre effective une voie féministe du socialisme et lutter contre la vision patriarcale qui domine au PS. Dans la rubrique « SOS » (« Sexisme ordinaire socialiste ») de leur journal elles dénoncent par exemple les concours de beauté ou les strip-teases qui égaient certaines fêtes du parti. Elles nouent un dialogue avec les rédactrices communistes d'*Elles voient rouge*. Cet activisme n'a pas les résultats escomptés. Le PS, beaucoup moins timoré que le PC sur la question de la liberté des femmes, reste néanmoins dominé par les hommes et par leur vision sexuée du monde. Au fil des numéros de *Mignonnes allons voir sous la rose*, l'enthousiasme initial, lié aux avancées du congrès d'avril 1979 à Metz – « pour la première fois dans un congrès du Parti socialiste, une motion d'orientation politique féministe a été défendue et votée comme telle[38] » –, se mue en malaise.

Placé sur le flanc gauche du socialisme parlementaire et actif dans le mouvement social des années 1970, le PSU est plus ouvert aux débats sur l'émancipation globale en société. C'est un laboratoire d'idées qui joue un rôle important dans le parcours de nombreux militants. Colette Audry, André

Laude, Gérard Ponthieu, Jean-Marie Vincent et beaucoup d'autres font étape au PSU. Échanges et confrontations y sont fréquents, par exemple sur la question sexuelle. *Tribune socialiste* relaie le 3 décembre 1971 l'appel à discussion de Jean Goudonneau, membre du parti, sociologue, élu au secrétariat général du Mouvement français pour le planning familial : il se demande « quelle est la spécificité du PSU pour favoriser une évolution et un changement des mentalités concernant les problèmes sexuels. Car un parti révolutionnaire doit se distinguer d'un mouvement d'éducation populaire et entamer une lutte politique ». Les contributions sur l'avortement ou la liberté sexuelle sont fréquentes dans les colonnes de *Tribune socialiste* au cours des années suivantes. Des discordances s'affichent au grand jour. Après que l'hebdomadaire a publié un encart publicitaire de *Sexpol*, accordant par là même un soutien bienveillant au magazine de Gérard Ponthieu, un lecteur fait connaître son désaccord : « Vous me permettez de trouver assez regrettable la publicité faite dans le *Tribune socialiste* numéro 648 en faveur de *Sexpol* numéro 2. Je pense que cela ne peut que nuire à l'image de notre parti en laissant croire que – pour nous – la révolution va de pair avec le déferlement sexuel tous azimuts[39]. » Au-delà des questions sexuelles, le PSU se positionne souvent en faveur d'initiatives associatives et syndicales de type autogestionnaire, où l'idée de révolution sociale dépasse le strict cadre de la lutte économique. *Tribune socialiste* relaie le combat des Lip en 1973. Envoyé en reportage à Besançon, Bernard Langlois confie aux lecteurs du journal après son retour : « J'ai quitté Besançon dans la nuit, après le récital de Mouloudji. Avec le sentiment très conscient d'avoir vécu une journée qui comptera dans l'histoire du mouvement ouvrier[40]. » Dans le numéro du 23 juillet, un article enthousiaste célèbre « le chant des Lip », l'ambiance qui règne à Besançon, la prise en charge de la restauration par les ouvriers eux-mêmes : « Qui dira le prix psychologique de l'annonce au micro de la réouverture du restaurant d'entreprise ? Ce bon vivant de cuisinier bondissant sur l'estrade sous les ovations : "Ce n'est pas le moment d'avoir l'estomac vide avec ces salauds-là !" » Quant à Michel Rocard, secrétaire général du PSU, il écrit en 1973 dans la postface d'un ouvrage consacré à Lip que « la lutte chez Lip a sonné le glas de la militance tragique[41] ».

XVI

Socialismes et sensualité dans le brouillard de 1981 à nos jours

Au tournant des années 1970 et des années 1980, le paysage socialiste n'est pas homogène. Les innombrables problèmes agités depuis la seconde partie des années 1960 ont conduit à une reformulation globale des questions de mœurs. Les débats sur les rôles respectifs de l'émancipation individuelle et de l'émancipation collective dans le champ de la lutte sociale, sur la place que doivent tenir les revendications sexuelles et sensuelles, sur la question morale, laissent en présence, à l'aube des années 1980 (avec d'infinies différences internes), des socialistes austères majoritaires et discrets, et des socialistes sensuels minoritaires et revendicatifs. Le climat général change en France à partir des années 1980. La crise économique sensible dès le milieu des années 1970 s'installe ensuite dans la durée, et elle s'approfondit ; la montée du chômage de masse fragilise les bases de la vie en société. L'effritement des mondes ouvriers a des répercussions directes sur la vie des partis et des syndicats de gauche. L'offre en biens d'équipement s'accroît, leur consommation se généralise et, dans le même temps, l'extrême pauvreté progresse.

C'est en outre au milieu des années 1980 qu'éclate et se diffuse l'épidémie de sida, avec des conséquences décisives dans l'ordre des mœurs. Les plaisirs de l'amour charnel deviennent un motif d'inquiétude profonde. Dans ce contexte si particulier, les conditions de possibilité de la vie sensuelle sont radicalement modifiées. Tandis que les discours libérateurs sur les mœurs continuent de s'épanouir, l'expérience de cette libération est considérée comme suspecte : « Nous sommes ivres de mots et de licences théoriques, mais sans indulgence dans la réalité », écrit par exemple en 1998 l'essayiste Jean-Claude Guillebaud, attentif aux formes du désarroi contemporain[1].

Les années 1980 marquent également le commencement d'une ère nouvelle dans l'histoire du socialisme. Victorieux aux élections présidentielles et législatives du printemps 1981, le Parti socialiste s'engage dans une expérience d'exercice du pouvoir plus durable que jamais jusqu'alors. Les présidents de la République socialistes, les gouvernements et les assemblées à majorité socialiste structurent le paysage politique français depuis un tiers de siècle. L'identité du Parti socialiste se transforme en profondeur car ses dirigeants ont désormais pour objectif majeur de prouver leur aptitude à diriger le pays dans une logique non pas révolutionnaire mais réformiste, puis de plus en plus gestionnaire, et avec une inspiration libérale de plus en plus nette. La géographie des socialismes hors du PS se reconfigure, notamment en fonction de ce pôle politique dominant. Ces modifications profondes invitent à se demander ce que sont devenus les socialismes deux siècles environ après leur naissance.

Une partie des métamorphoses observables à partir des années 1980 dans les domaines de la vie politique, de la vie sociale et des mœurs sont toujours en cours. Faute du recul nécessaire, il est difficile d'en percevoir le sens, d'en mesurer la portée et de les mettre en perspective. C'est sans doute pour cela que la dernière étape de ce parcours donnera une impression de fragmentation, d'autant que l'idée socialiste et la question sensuelle se sont l'une comme l'autre transformées en profondeur.

« *Je vis la France dans mes veines, je la sens avec mon odorat* » : *François Mitterrand, un homme sensuel*

François Mitterrand est la figure dominante du socialisme français des années 1970, 1980 et 1990. Premier secrétaire du PS à partir de 1971, il échoue au second tour des élections présidentielles de 1974 avant de l'emporter face à Valéry Giscard d'Estaing en 1981 et face à Jacques Chirac en 1988. Sa victoire du 10 mai 1981 déclenche un élan d'enthousiasme dans la gauche française. Le socialisme présente alors un visage radieux : photos et films d'époque rappellent l'atmosphère de liesse populaire qui règne ce soir-là place de la Bastille et dans nombre de villes de France. Aujourd'hui encore, la mémoire du socialisme mitterrandien se nourrit de l'évocation de ce moment d'enthousiasme fondateur, dont la victoire de François Hollande aux élections présidentielles du printemps 2012 n'est que le pâle écho.

Les débuts du premier septennat présidentiel de François Mitterrand sont marqués par une série de réformes politiques et sociales fondamentales : abolition de la peine de mort, impôt sur les grandes fortunes, cinquième semaine de congés payés, retraite à 60 ans, autorisation d'émettre pour les radios locales privées, abaissement de la majorité sexuelle à 15 ans en cas de relations homosexuelles, dépénalisation de l'homosexualité, etc. Puis, après le « tournant de la rigueur » de 1982-1983, le réformisme initial s'essouffle. Au final, à l'issue du double mandat des années 1981-1995, le mitterrandisme peut être interprété, souligne Rémy Darfeuil, comme une longue période d'expérimentation de la « vocation gouvernementale du Parti socialiste[2] ».

Comment fixer avec précision les caractéristiques de la version mitterrandienne du socialisme ? Dans les rangs de la gauche extrême mais aussi sur le flanc gauche du PS, il n'est pas rare qu'on s'interroge depuis les années 1960 sur l'identité politique véritable de l'homme qui a ouvert aux socialistes les portes du pouvoir. François Mitterrand considère que la liberté prime sur l'égalité ; il fixe la justice sociale comme horizon politique mais il estime que les professions de foi doctrinales et les logiques partisanes doivent faire l'objet d'adaptations constantes en fonction des enjeux politiques et des rapports de force ; sa volonté d'exercer durablement le pouvoir s'appuie sur un fort pragmatisme et un sens aigu des opportunités. C'est en particulier sous son impulsion que le slogan « Changer la vie », marqueur de l'identité du PS au début des années 1970 puis mis entre parenthèses pendant les années de préparation aux élections présidentielles de 1981, est provisoirement remis au goût du jour au lendemain de la victoire, avant d'être de nouveau relégué au second plan. Si, à l'automne 1994, François Mitterrand réaffirme son appartenance à la famille socialiste au cours du congrès du PS à Liévin (« J'ai été candidat socialiste, désigné par le Parti socialiste, élu sur un programme socialiste et je ne m'en repens pas ») et s'il insiste à cette occasion sur l'existence d'un indépassable clivage gauche-droite, c'est avant tout pour mobiliser son camp en vue des élections présidentielles de 1995[3].

François Mitterrand s'emploie à ouvrir l'éventail des libertés individuelles et des libertés publiques, sans s'inscrire pour autant dans la tradition très minoritaire des dirigeants socialistes explicitement favorables à une politique d'émancipation des corps en société, tel Léon Blum. C'est à titre personnel qu'il continue de s'exprimer publiquement, dans l'esprit de ses déclarations des années 1970, sur la relation sensuelle qu'il entretient avec la France. Au terme de son second septennat, il se confie de nouveau au journaliste Bernard Pivot sur la nature de cet attachement : « J'aime la France [...] d'une façon charnelle [...]. Je vis la France dans mes veines, je la sens avec mon odorat[4]. » Il affirme de cette manière sa volonté de s'incorporer au terroir, revendiquant une « certaine sensation » de la France qui s'oppose à la « certaine idée » de la France défendue par Charles de Gaulle tout autant qu'aux discours modernistes de la France giscardienne[5].

L'approche sensuelle de la vie politique et de la vie en général que cultive François Mitterrand donne lieu à de très fréquents commentaires dans lesquels vie privée et vie publique sont entrelacées, par exemple sur les terrains des amours et du goût pour la bonne chère. Une rumeur persistante circule fin 1996, moins d'un an après son décès, sur le dîner de réveillon de la fin de l'année 1995 dans la propriété landaise de l'ex-président, à Latche : selon l'un de ses proches (Georges-Marc Benamou), malgré la maladie qui le ronge, François Mitterrand aurait festoyé ce soir-là dans la plus pure tradition rabelaisienne : « Une trentaine d'huîtres, du foie gras, un morceau de chapon, deux ortolans[6]. » L'histoire des ortolans est relayée dans les médias, et chacun de s'imaginer un homme à l'article de la mort mais penché sur la chair délicate des oiseaux, le visage enveloppé dans une serviette pour en capter tous les fumets et toutes les saveurs. Or, il ne fait aucun doute qu'allongé dans un fauteuil à l'écart des autres, François Mitterrand est ce soir-là dans l'incapacité d'avaler des huîtres ou de jouir de la succulence des ortolans[7].

Dans le proche entourage du président Mitterrand gravitent en outre, aux dires des journalistes ou des principaux intéressés, ou encore selon les conclusions de retentissants procès, de nombreux adeptes de plaisirs en tous genres. Des ministres et des conseillers du président ont de solides réputations de viveurs, d'amants insatiables, d'amateurs des mets les plus délicats, de fins connaisseurs en vins ou en cigares. Ces révélations ont tendance à déplacer les points de repère classiques : dans les esprits, socialisme et esprit de jouissance se font de plus en plus fréquemment écho ; les choix individuels et les identités politiques se télescopent ; les frontières du socialisme se brouillent. Les attaques contre les mœurs bourgeoises étaient habituelles dans toutes les familles du socialisme depuis le XIXe siècle, au point d'apparaître comme un marqueur classique du socialisme ; elles perdent au cours des années Mitterrand une bonne partie de leur pertinence. Le profit, mais aussi l'enrichissement personnel, l'usage des richesses en vue du plaisir individuel ne sont plus des tabous indépassables au PS à partir des années 1980.

« *Cette année, j'ai fait des fritons de canard* » : *l'édulcoration du Parti socialiste*

Depuis son éclatante victoire aux élections législatives de juin 1981 – majorité absolue des sièges – le PS occupe une position soit hégémonique soit dominante sur la partie gauche de l'échiquier politique français. La situation des autres partis de gauche est moins favorable. Le PCF connaît un déclin électoral très marqué, symptôme d'une profonde crise d'identité et d'une réorientation doctrinale qui trouve à l'orée de l'année 2013 une traduction symbolique très nette : la disparition de la faucille et du marteau sur les cartes d'adhérent ou sur le site officiel du parti. Quant aux autres – les divers partis écologistes de gauche, le Mouvement des radicaux de gauche devenu Parti radical de gauche, l'extrême gauche –, ils ne parviennent pas à rallier suffisamment d'électeurs autour d'eux. Le PS s'affirme comme l'instance d'expression par excellence des idées socialistes et relègue à l'arrière-plan les autres défenseurs de ces idées. Puissant, ce parti n'est pas pour autant homogène : comme à chacune des étapes de son histoire, il est parcouru de tensions récurrentes qui renvoient à la diversité des sensibilités qui le composent. Les premiers secrétaires successifs du parti depuis 1981 reflètent en partie cette bigarrure, qui s'exprime plus nettement encore lors des débats de congrès ou à l'échelle locale.

L'une des principales caractéristiques de l'histoire du PS de ces dernières décennies est que ses dirigeants ne parviennent guère, ou ne cherchent guère, à mettre en évidence une vision socialiste du monde. La vitalité du parti n'est réellement perceptible qu'à l'occasion des grands rendez-vous électoraux. Parmi les « 110 propositions pour la France » qui structurent la campagne de l'Union de la gauche aux élections présidentielles de 1981, celles qui ne sont ni appliquées ni abandonnées dans les années suivantes se retrouvent ensuite au fil des projets et des programmes, modernisées pour certaines, retouchées pour d'autres, mais sans renouveau notable – y compris dans les propositions qui assortissent le projet-programme de 2012. Le Parti socialiste d'aujourd'hui, largement converti aux lois de l'économie de marché, est de moins en moins engagé dans la lutte contre le capitalisme. Au terme de la déclaration de principes adoptée par les adhérents en 2008, le PS s'assigne pour mission, dans des termes prudents, la « contestation de l'organisation sociale façonnée par le capitalisme ». Ici aussi l'effet de brouillage est net. Pour enrayer la progression du candidat du Front de gauche lors de la campagne présidentielle de 2012, le candidat socialiste François Hollande déclare : « Mon projet est socialiste et je suis socialiste. » Au début du printemps 2013, le même homme, devenu président de la République, explique : « Je ne suis maintenant plus président socialiste. » Ce faisant, il se place dans le sillage de Lionel Jospin, candidat du PS aux élections présidentielles de 2002 (« Le projet que je propose au pays, ce n'est pas un projet socialiste[8] »).

À l'issue de la déclaration de principes de 2008, « le but de l'action socialiste est l'émancipation complète de la personne humaine » (article 1er)[9]. Pourtant, la question des mœurs n'y est en général pas abordée de front. Acclimaté aux règles de prudence que lui impose sa volonté de gouverner, attentif à ne pas donner prise aux critiques de la droite sur ses capacités, le PS affirme certes dans les domaines des droits des femmes et des homosexuels une volonté déterminée d'accroître les libertés civiles et civiques, tout en se gardant d'insister sur les conséquences qui en découlent pour l'épanouissement sensuel en société. La loi sur le pacte civil de solidarité (PACS) est promulguée en novembre 1999 sous le gouvernement Jospin, et la loi ouvrant le mariage aux couples de même sexe en mai 2013 sous le gouvernement Ayrault. Dans les deux cas, il n'est pas question de faire disparaître l'institution du mariage classique, cible privilégiée d'une partie des socialistes des siècles derniers : l'idée est plutôt d'assouplir le modèle de la vie à deux.

Ses priorités électoralistes assumées font du PS un parti de plus en plus fragile à l'échelle de la vie militante au quotidien, à en croire par exemple les analyses sans concession que livrent en 2006 les politologues Rémi Lefebvre et Frédéric Sawicki en conclusion de *La Société des socialistes. Le PS aujourd'hui*. « Au final, la société des socialistes apparaît fermée, bloquée, dominée par une oligarchie très attachée à son pouvoir et aux profits qu'elle en tire, peu ouverte sur son environnement social, de plus en plus imperméable aux groupes qu'elle est censée représenter et repliée sur des luttes dont la dimension idéologique apparaît secondaire. » Les liens avec les divers réseaux associatifs qui en façonnaient l'histoire se sont selon eux desserrés et le PS est devenu, plus que jamais, un univers « où tend à dominer, derrière les codes de la "camaraderie" militante, une économie morale du cynisme[10] ». D'où un mouvement de dessèchement peu propice non seulement à l'inventivité doctrinale et à l'ouverture sur de nouveaux domaines d'action, mais aussi aux réjouissances militantes collectives. La pratique de la fête socialiste de section a tendance à s'étioler depuis les années 1970, explique au début du XXIe siècle Louinou, adhérent socialiste depuis les années 1930 dans le Tarn, à la section de Carmaux – fief de Jaurès[11]. C'est lui qui cuisine pour la fête militante de la Sainte-Barbe. « Je prépare les tripous. J'en fais six cents. Et en même temps, des dindes rôties. Je fais des dindes rôties. Les hors-d'œuvre, les tripous, le légume, les dindes, la salade, le fromage, la pâtisserie, et l'orchestre pour danser. Et après, on leur offre la "gratounade"! On fait payer 10 euros […]. Cette année, j'ai fait des fritons de canard. Et y z'en mangent comme des petits cochons! » Mais il se sent de plus en plus seul.

Philippe Marlière rapporte qu'il « peste contre ses camarades socialistes avec qui il est si difficile d'organiser des repas ». Et Marlière de conclure que la fête de section bascule peu à peu du côté du passé, que sa portée à la fois militante et réjouissante s'affaiblit, que désormais c'est surtout « au cœur de la mémoire festive des organisations de gauche carmausiennes » que survit le « socialisme gastronomique ». L'histoire récente des fêtes de la Rose, qui n'ont malheureusement donné lieu jusqu'ici à aucune étude d'ensemble, fournirait sans doute des éléments d'appréciation supplémentaires sur cette question.

Dans le PS de 2013, l'indétermination doctrinale et le désir de plus en plus affirmé de rectitude morale vont souvent de pair. Voilà qui est sensible à la fois chez les dirigeants et dans les milieux intellectuels qui gravitent à proximité du parti. « La question morale est devenue l'un des aspects, et non des moindres, de la question sociale », souligne Christophe Prochasson en ouverture de son récent essai *La gauche est-elle morale ?* Il en appelle dans cette perspective à une refondation du socialisme fondée sur une exigence morale à plusieurs facettes – morale ordinaire des dirigeants, morale de l'économie sociale face au capitalisme, morale de la doctrine dans son ensemble. À l'image du président de la République François Hollande ou du premier secrétaire du parti Harlem Désir, le PS d'aujourd'hui se fait discret, se veut aimable, prend le risque de la fadeur. Le poing et la rose qui identifiaient avec éclat le parti des années 1970 et suivantes sont depuis 2010 relégués à l'angle supérieur droit du sigle officiel, aussi bien sur le nouveau site Internet du PS que sur ses affiches électorales. À l'occasion de l'élection primaire organisée par le PS en vue des présidentielles de 2012, l'éditorialiste de sensibilité socialiste Jacques Julliard écrit dans *Marianne* un « Étonnez-nous, François » où il explique pourquoi le candidat Hollande progresse dans les sondages : la première raison, « c'est qu'il a maigri. […] Un homme qui aime la bonne chère et qui s'impose de tels sacrifices entend envoyer un message ». Julliard salue son « ascèse matérielle » point de passage selon lui obligé pour accéder à la « maîtrise spirituelle »[12].

« *J'ai trouvé terribles les années 1980* » : *les reflux féministes sur les questions de sensualité*

Le brouillage des repères est également sensible dans un univers féministe influencé par l'élan activiste des années 1970, par les évolutions rapides des mœurs sexuelles des Français, par l'adoption de lois décisives sur la contraception et sur l'avortement. À compter de l'accession de la gauche au pouvoir, l'histoire du mouvement d'émancipation des femmes repose sur de nouvelles bases et s'engage principalement dans deux voies : le combat au sein de forces politiques classiques, et l'engagement associatif en vue d'objectifs précis (dénonciation du viol, développement des études féministes, etc.), mais sans véritable coordination de l'ensemble. L'un des slogans qui sous-tendaient les combats féministes – la sphère personnelle et la sphère politique sont liées – perd de sa vigueur ; l'expérience sensuelle est de plus en plus considérée comme une affaire privée. L'approche individualiste a tendance à l'emporter sur le projet du combat collectif.

Au début des années 1980 s'éteignent un certain nombre de groupes engagés pour l'émancipation conjointe des esprits et des corps. Les militantes socialistes de *Mignonnes allons voir sous la rose* sont victimes du processus de digestion de la composante féministe du parti. Elles expriment dès la fin de l'année 1981 leur déception après un congrès de Valence où elles n'ont pas pu exprimer leurs revendications[13] ; une militante, qui signe Marie-Élisabeth et qui se décrit comme une ex-adhérente du MLF, prend la plume pour dire son inquiétude vis-à-vis des conduites masculines au PS : « l'homme a […] séparé son esprit de son corps. Lutte des classes ou pas, il demeure persuadé que cette séparation le rend supérieur à nous, inconscient de la mutilation qu'il s'impose. Il continue de mettre les femmes du côté de la nature, soumises à des forces obscures qu'elles ne contrôlent pas elles-mêmes ». En 1984, la parution de l'ultime numéro de la revue est l'occasion d'une mise au point désabusée : « notre existence artificielle ne ferait qu'entretenir une mystification », expliquent les rédactrices qui se considèrent victimes des assauts du « séculaire patriarcat militant » ; elles dénoncent également l'atmosphère du congrès qui s'est déroulé à Bourg-en-Bresse du 28 au 30 octobre 1983 : une « grand-messe, neutre, asexuée[14] ». L'association Choisir la cause des femmes, animée par l'avocate Gisèle Halimi, emprunte une autre voie. Après avoir milité pour le droit à l'avortement dans les années 1970, Choisir gravite à proximité du PS dans les années 1980 et défend les femmes sur les terrains judiciaire, politique et social. *Choisir*, le périodique de l'association, ne reprend pas à son compte les revendications de *Mignonnes allons voir sous la rose*, sur l'émancipation des corps. En règle générale l'autonomie du féminisme au sein du Parti socialiste recule. La socialiste Yvette Roudy, ministre des Droits de la femme entre 1981 et 1986, ne travaille qu'avec des associations dégagées de l'influence des franges féministes les plus contestataires. Ces années-là sont adoptées plusieurs lois favorables aux droits des femmes : remboursement de l'IVG (1982), égalité professionnelle entre les femmes et les hommes (1983). Au cours de débats internes explosifs chez les féministes du PS, le choix du dialogue avec le gouvernement est dénoncé par celles qui continuent de se déclarer hostiles à toute affiliation directe, porte ouverte selon elles à une récupération politique[15].

Les difficultés de positionnement ne se manifestent pas uniquement à propos du Parti socialiste. Les féministes communistes qui publient *Elles voient rouge* ne parviennent pas non plus à faire entendre leur voix ; elles cessent elles aussi de publier leur revue au début des années 1980 – le dernier numéro paraît en 1982. Certaines d'entre elles militent quelques années encore au sein du collectif Elles voient rouge. Quant à la revue *Sorcières*, autonome vis-à-vis des partis depuis sa fondation, elle disparaît avec le numéro 24 de septembre 1981.

L'histoire du féminisme ne s'achève certes pas dans les années 1980[16]. Mais le nouveau cours de cette histoire ne convient guère aux activistes qui ont animé les combats des années 1970. La vidéaste et documentariste Carole Roussopoulos se souvient après coup de la rupture qui s'est produite au cours des années de progression du sida et du chômage, marquées selon elle par la normalisation des comportements et l'extinction des rêves : « J'ai trouvé terribles les années 1980 : le manque d'humour, l'institutionnalisation, les bureaux de l'égalité. [...] Ce n'était plus la fête, la rigolade, la sororité. » Elle revient également sur l'évolution des logiques de production, la conversion au travail salarié qui l'oblige alors à « faire des sujets "plan-plan" parce qu'il fallait bien pouvoir manger », avec des conséquences préoccupantes : « Comme je n'avais plus ces associations avec des féministes rigolotes et subversives, je suis rentrée dans des sujets plus conventionnels. »[17] Des remarques du même ordre peuvent être formulées à propos d'une autre histoire, celle du militantisme homosexuel, dont les logiques évoluent elles aussi au début des années 1980 : le périodique *Gai Pied*, très inventif et très radical à la fin des années 1970, engagé en faveur de la candidature de François Mitterrand en 1981, s'aseptise, perd des lecteurs, pâtit en 1983 de la démission collective d'une équipe fondatrice qui ne se reconnaît pas dans les évolutions du titre, avant de disparaître en 1992[18]. Une radicalité homosexuelle continue de s'exprimer dans d'autres sphères, en particulier face au sida. En règle générale et pour des raisons évidentes, la subversion joyeuse n'y est pas à l'ordre du jour.

La nostalgie d'un féminisme sensuel ou la critique à l'encontre d'un féminisme puritain sont aujourd'hui perceptibles à la faveur de débats parfois très âpres qui dépassent la scène française. En 2003, dans *Fausse route*, Élisabeth Badinter s'insurge contre une perspective naturaliste de la féminité et s'en prend à un féminisme très actif outre-Atlantique et selon elle dominant en France, qui « resacralise la sexualité » après la vague de féminisme libertaire des années 1970 et retrouve « les accents moralisateurs du vieux judéo-christianisme ». Dans une tout autre perspective, mais très critique elle aussi à l'égard des évolutions contemporaines, la philosophe féministe britannique Nina Power diagnostique la perte de substance d'un féminisme contemporain digéré par le capitalisme ; elle dénonce avec des accents qui rappellent les années 1970 l'artifice de l'injonction à jouir qui caractérise les temps actuels ; elle s'attaque à une société de consommation qui privatise (et, par conséquent, dépolitise) la sexualité, qui n'est permissive qu'en apparence ; elle ironise par exemple sur le « calvinisme pneumatique du pompage caoutchouté », marque de fabrique de la pornographie au XXIe siècle, en net contraste avec une pornographie d'autrefois qu'elle imagine plus légère et joyeuse. Elle se dit persuadée que « le socialisme ne doit pas exclure le plaisir sensuel de son programme »[19].

« L'huître ouvrière » : modèles militants à la gauche du PS

Les prises de position publiques sur les questions de sensualité sont très rares dans les milieux d'extrême gauche à partir des années 1980. La plupart du temps les lignes de partage entre ascétisme et sensualité restent stables. L'accession durable des socialistes et de leurs alliés au pouvoir a néanmoins pour effet d'accentuer la défiance de l'extrême gauche à leur égard. Ceux qui sont associés au socialisme de gouvernement sont considérés comme des membres à part entière de la bourgeoisie immorale et jouisseuse. Ils essuient de la part de l'extrême gauche des attaques habituellement réservées en priorité à la droite. Les condamnations à consonance morale contre les gouvernants socialistes structurent une partie des discours hostiles de Lutte ouvrière, de la Ligue communiste révolutionnaire (devenue NPA en 2009), et d'une myriade de petits groupes révolutionnaires. Le rapprochement du Parti socialiste avec les principes d'un réformisme social-démocrate aux dépens de la référence au marxisme – cette prise de distance trouvant son point d'aboutissement avec la déclaration de principes de 2008, où le mot n'est même plus employé – alimente cette hostilité. Le mouvement s'accentue chaque fois qu'éclatent les scandales qui révèlent les goûts de luxe de ténors d'une « gauche caviar » (expression récurrente dans les milieux d'extrême gauche) avides d'argent et de plaisirs, indifférents aux conditions de vie des plus humbles.

Certaines de ces attaques sont particulièrement virulentes. Guy Hocquenghem signe au milieu des années 1980 une *Lettre ouverte à ceux qui sont passés du col Mao au Rotary*. Il vise dans ce pamphlet ceux qui, après avoir milité au cours des années 1970 dans les rangs de l'extrême gauche et de la gauche, gravitent pendant le premier septennat mitterrandien dans les sphères du pouvoir politique et culturel – Serge July, Roland Castro, Régis Debray ou encore Jack Lang. Il dénonce leur motivation profonde : l'attrait du pouvoir et l'appât du gain. Il décrit par exemple Jack Lang, ministre de la Culture entre 1981 et 1986, comme le grand ordonnateur des « festoiements et festivités », de la « fête du pouvoir et de l'élite, promouvant le luxe et la réussite, l'argent, le foie gras, la mode et les parfums ». Il l'accuse d'un « impudent détournement, et de fonds, et de mots, grâce auxquels les plaisirs des parvenus privilégiés se sont camouflés en continuation de la fête révolutionnaire ! »[20] Hocquenghem s'élève contre le brouillage des lignes de clivage doctrinales, contre l'abandon des logiques révolutionnaires, contre la dégradation de l'appétit de liberté en soif de jouissances malsaines.

À la pointe de la lutte anticapitaliste, Lutte ouvrière continue de promouvoir le modèle d'un militantisme pur et sans faille. Sa ligne de conduite reste extrêmement stricte. En 1997, rapporte Jean-Paul Salles, « c'est l'interdiction faite aux garçons de dormir avec les filles (y compris quand ils sont en couple dans "le civil") lors des caravanes d'été de l'organisation, qui a été en partie à l'origine d'une des dernières scissions, celle de Voix des travailleurs (VDT)[21] ». Exclus de Lutte ouvrière, celles et ceux qui forment VDT avant de rejoindre la Ligue communiste révolutionnaire remettent donc en cause à la fois le sectarisme de leur ancien parti et les pressions qu'il exerce contre les plaisirs de la vie intime à deux. Bien entendu, les combats de LO ne sont pas toujours menés dans un climat de grisaille sacrificielle. Il n'y est pas interdit de se réjouir, mais à la condition expresse que la lutte sociale reste prioritaire. La fête de Lutte ouvrière, qui se déroule chaque année depuis 1971 à Presles (Val-d'Oise) pendant le week-end de la Pentecôte, est un grand rassemblement populaire où se mêlent bonne humeur et militantisme. Cette subtile alliance est sensible, par exemple, au stand « La coupe est pleine », où militants et visiteurs sont invités à déguster du champagne. Un tel plaisir, à connotation bourgeoise, est rendu accessible à tous pendant la fête, sans qu'il soit question pour autant de succomber aux attraits de la jouissance facile : le champagne de Lutte ouvrière ne se boit pas dans une coupe ou dans une flûte mais dans le biskra, ce petit verre à thé qu'utilisait la main-d'œuvre d'Afrique du Nord employée dans les grands domaines viticoles champenois. Dans le même état d'esprit, c'est au joliment nommé stand « L'huître ouvrière » que chacun peut déguster les productions des ouvriers ostréiculteurs. L'atmosphère qui règne à Presles n'est donc pas semblable à celle de la fête de l'Humanité où, le deuxième week-end de septembre, une bonne partie du public est davantage attirée par la programmation musicale et les prix modiques des spécialités culinaires et des boissons que par les rendez-vous militants. Depuis les années 1980, le Parti communiste s'accommode de plus en plus de cette orientation festive qui lui permet d'adoucir son image et répond au désir du public : « N'en déplaise aux donneurs de leçons qui se trompent sur nous en nous jugeant trop vieux, trop permanents, trop grisâtres ou trop coincés. La fête de l'Huma est la fête de tous les amours[22]. »

En toute logique, la plupart des courants du trotskisme se reconnaissent davantage dans les continuités de Lutte ouvrière que dans les évolutions du Parti communiste, considérées comme la conséquence logique des dérives idéologiques et morales initiales. Quant au socialisme réformiste, il reste dans ces milieux une cible constante. Fondé en 1977, le Centre d'études et de recherches sur les mouvements trotskystes et révolutionnaires internationaux (CERMTRI) publie des *Cahiers du mouvement ouvrier*, dont le numéro du 1er trimestre 2008 contient une critique acerbe de l'édition tout juste parue des *Cahiers noirs* de Marcel Sembat[23]. Le dirigeant socialiste y est présenté comme l'archétype de l'ennemi de classe, « dignitaire » jouisseur, obnubilé par le « culte de son petit moi ».

À l'extrême gauche, les partisans d'une émancipation des esprits et des corps appartiennent pour la plupart à la mouvance libertaire. Ils continuent d'intervenir dans les débats mais leur audience est extrêmement limitée. Nourrie des méthodes autonomes et spontanéistes de l'ultra-gauche, l'Organisation communiste libertaire (OCL) renvoie dos à dos le communisme étatique et le socialisme réformiste ; elle se défie au plus haut point des partis et des syndicats, quels qu'ils soient. Elle se positionne très clairement sur la question de l'émancipation : « Nous voulons, déclarent ses membres, vivre librement notre corps et nos désirs[24]. » En 2000, dans son mensuel *Courant alternatif*, un numéro hors-série porte sur « libération sexuelle et émancipation sociale[25] ». L'éditorial est une charge contre l'état général des esprits au tournant du XXe et du XXIe siècle : « Dans l'ambiance soft du "politiquement correct" qui a succédé aux grosses vibrations de Mai 68 et des années 1970, un retour en force de l'ordre moral s'est observé en France et dans les autres pays occidentaux. » Selon l'OCL, la seule contre-offensive qui vaille consiste à lutter à la fois contre le patriarcat et contre le capitalisme, à revendiquer dans un même élan libération sexuelle et émancipation sociale. Un militant qui signe sa contribution de son seul prénom – Dominique – porte un jugement sans complaisance sur les effets du capitalisme : « Le cul, c'est bien quand ça fait vendre, mais [...] ça dérange si l'on y prend goût en dehors du cadre imposé. » Et il ajoute que « dans un monde où seuls comptent la recherche du profit et la satisfaction matérielle, les notions de plaisir, de désir, de jouissance et d'épanouissement sexuel sont contraires aux intérêts des dominants ». Ainsi l'idée d'émancipation globale continue-t-elle de faire son chemin, mais plus souterrainement que jamais.

L'influence libertaire se fait sentir également chez ceux qui parmi les écologistes se hasardent aujourd'hui à une définition socialiste de l'émancipation globale. À l'économie productiviste et aux plaisirs artificiels ménagés par les techniques, ils opposent les joies authentiques et simples d'une existence où le corps est dégagé de toute entrave. Paul Ariès, qui se définit comme un objecteur de croissance, un socialiste nourri d'écologie et en opposition avec un PS qui n'a plus selon lui de socialiste que le nom – il le rebaptise « Parti solférinien » –, milite pour le « socialisme gourmand ». Il regrette que « la question de la sensualité [soit] un impensé des socialistes » puisque c'est elle, justement, qui pourrait leur donner les moyens de leur refondation contre un capitalisme qui produit des plaisirs frelatés mêlant jouissance apparente et insatisfaction profonde. Ariès appelle à s'ouvrir et à s'épanouir ensemble, à libérer les corps, à diffuser par la vertu de l'exemple les pratiques du bien vivre, du bien manger, de la fête sous toutes ses formes. Il mêle au fil des pages des sources d'inspiration très diverses : « les pique-niques anarchistes, les orchestres socialistes, les manifestations de rue », des expériences menées en Amérique du Sud ou sur les pentes de la Croix-Rousse à Lyon, mais aussi les pensées de Spinoza, d'E. Armand, de Gilles Deleuze ou encore l'« associationnisme apolitique » de Charles Fourier qui, « faisant de la sexualité et de la gastronomie les deux piliers de son système, préconisait de parer les tables des pauvres de tant d'attraits et d'agréments que les notables déserteraient leurs propres communautés pour les rejoindre ». S'il défend en règle générale des positions comparables à celles de Paul Ariès, François Brune préfère la frugalité à la gourmandise. Il ménage une place importante aux pratiques de l'ascèse, « condition de l'épanouissement, non pas son contraire » ; dans la même perspective il salue l'abnégation militante qui rend possible l'avènement d'une « société de frugalité »[26]. Dans l'univers si contrasté de l'écologie, le parti pris de l'ascèse frugale et celui de la gourmandise sensuelle ouvrent ainsi aujourd'hui comme hier sur deux ordres de représentations possibles de l'émancipation commune.

Péril sur le socialisme et péril sur la sensualité au début du XXIe siècle ?

Il est possible de repérer d'autres prises de position vis-à-vis de la sensualité chez les socialistes français d'aujourd'hui. Ajouter ces références à celles qui précèdent serait courir le risque de donner une impression de déjà-vu : en général les groupes et les individus arpentent des routes préalablement tracées. Par ailleurs, les discours actuels sur la question donnent une très nette impression d'éclatement et d'hétérogénéité car aux lignes de clivage classiques ont succédé des positionnements plus individualisés, liés à un profond mouvement de privatisation des analyses et des expériences. Au Parti socialiste et ailleurs, il n'est pas rare que de petites histoires personnelles prennent le pas sur les logiques collectives de la vie politique. En rendre compte, ce serait se cantonner à un chapelet d'évocations discontinues sans fil directeur clair, à des remarques le plus souvent anecdotiques sur les socialistes et le sexe, la gauche et le sexe, les Français et le sexe[27]. Le temps des grands systèmes d'explication du monde est révolu : la matrice chrétienne comme la matrice marxiste influencent de moins en moins les discours et les comportements. Les injonctions morales qui saturent actuellement l'espace public n'ont plus guère d'arrière-plan doctrinal[28].

L'effet de flou actuel tient sans doute à l'homogénéisation des représentations du plaisir, qui imprègnent la vie en société par le biais d'invitations appuyées à consommer. « Le libéralisme-libertarien d'aujourd'hui, explique Jean-Claude Guillebaud, ne voit plus dans la liberté, y compris sexuelle, qu'une forme d'adaptation au grand marché. » Car, ajoute-t-il, « le désordre permissif est aujourd'hui plus rentable que l'ordre moral[29] ». Là encore, les socialismes d'aujourd'hui ne proposent en général rien d'original, même s'ils continuent de proclamer leur fidélité à d'autres modèles (un modèle militant sacrificiel ; un modèle de l'émancipation complète). D'où une étonnante redistribution implicite des rôles, que souligne par exemple Jean-Claude Michéa dans les réflexions qu'il mène depuis des années sur la perte d'identité du socialisme : « Le libéralisme économique intégral (officiellement défendu par la droite) porte donc en lui la révolution permanente des mœurs (officiellement défendue par la gauche)[30]. »

La répétitivité et l'affadissement des discours sur la sensualité ont également à voir avec une prise de distance généralisée vis-à-vis du monde sensuel. La pacification politique, le primat de la sécurité, la défiance à l'égard des passions ont des effets anesthésiants. Sans cesse stimulées par des signaux audio et vidéo, la vue et l'ouïe – les deux sens les moins charnels – ont pris l'ascendant sur le goût, et surtout sur l'odorat et le toucher. Les corps, soumis à une infinité de stimulations externes (consommer, embellir, faire du sport, etc.) sont dépossédés d'eux-mêmes. Car l'injonction contemporaine à jouir de la vie selon des principes bien davantage hédonistes et consuméristes que sensuels est le plus souvent un moyen de canaliser les désirs et les énergies, avec une visée normalisatrice. Chacun doit être capable de rendre compte de ses manières d'accéder à des plaisirs qui ne dépassent pas les limites de ce qui est décrété acceptable ; l'éthique de la transparence, aujourd'hui triomphante, repose sur une limitation des libertés communes et sur un autocontrôle des individus.

Conclusion

> « Et toutes les utopies socialistes d'échouer à cause du roastbeef et de la tarte aux pommes. »
> (Werner Sombart, *Pourquoi le socialisme n'existe-t-il pas aux États-Unis ?*, 1906[1])

> « L'affaire de l'Occidental, c'est, en dépit de toutes les propositions du monde, la Raison, l'analyse, l'action et le Progrès, non pas le lit, où se vautre le moine. »
> (Thomas Mann, *La Montagne magique*, 1924[2])

Histoires d'huîtres

Les amateurs de fruits de mer le savent : la dégustation d'une douzaine d'huîtres est l'une des expériences les plus sensuelles qui soient. D'où vient la volupté qu'elles procurent ? De leur forme, de leur texture, de leur saveur ? Du délice humide et souple de leur ingestion ? De leurs supposées vertus aphrodisiaques, signalées depuis l'Antiquité ? De l'harmonie qui naît de l'alliance avec le vin blanc et le pain de seigle beurré, avivée par la présence de convives ?

Le motif de l'huître illustre à sa façon les relations entre socialistes et sensualité depuis deux siècles. Au début de la monarchie de Juillet, Prosper Enfantin aime à s'en faire livrer dans sa prison de Sainte-Pélagie ; au tournant du XIXe et du XXe siècle, Marcel Sembat ne manque aucune occasion de s'en délecter ; à la fin du siècle dernier, François Mitterrand a la réputation méritée d'en être un adepte ardent. Mais l'huître n'est pas simplement l'objet de désirs individuels. Elle peut être mobilisée dans le discours et dans l'action : Jules Guesde revendique pour le peuple le droit aux « marennes » et « ostendes » ; *L'Humanité* vante régulièrement, en particulier à l'approche des fêtes de fin d'année, la succulence du fruit du labeur des ostréiculteurs ; lors de conflits sociaux – pendant le Front populaire, chez Lip – des huîtres sont au menu et ensoleillent la lutte ; aujourd'hui, à la fête de Lutte ouvrière comme à la fête de l'Humanité, le stand des huîtres est un espace de dégustation militante très apprécié.

Bien entendu, la plupart des socialistes restent silencieux sur les huîtres et d'autres rappellent qu'il importe de résister à toute tentation sensuelle pour garder intacte l'énergie militante. L'ambiguïté et la complexité de la relation entre les socialismes et l'huître, ce « sachet visqueux et verdâtre, qui flue et reflue à l'odeur et à la vue, frangé d'une dentelle noirâtre sur les bords[3] », se cristallisent sur d'autres objets, tels le champagne ou le tabac, qui mériteraient eux aussi qu'on les étudie. Au fil du temps les plaisirs du tabac sont tantôt célébrés (y compris par des socialistes par ailleurs austères), tantôt stigmatisés (y compris par des socialistes par ailleurs amis de la sensualité). Au milieu du XIXe siècle, Étienne Cabet se déchaîne contre les dérives d'un « peuple fumeur, priseur et chiqueur » ; un demi-siècle plus tard, Eugène Fournière s'attaque sans grand succès à sa « passion chinoise » pour la cigarette parce qu'elle réduit ses capacités de réflexion et d'engagement ; en 2013, les membres fumeurs du gouvernement de Jean-Marc Ayrault sont priés de se livrer à leur coupable passion mortifère loin des regards et des caméras et incités même à s'en libérer pour donner l'exemple. Dans une logique tout à fait comparable, il y aurait aussi matière à conter l'histoire des jugements socialistes souvent hostiles sur la danse (par exemple le chahut-cancan il y a près de deux siècles, le tango à l'orée du XXe siècle, le twist il y a une cinquantaine d'années). Dans tous les cas, aux socialismes minoritaires de la bonne chère, de la fête ou de l'amour charnel s'opposent les socialismes majoritaires du contrôle sur soi, de la mesure, du maintien des plaisirs à une saine distance.

Hors des sentiers battus

Les socialistes qui s'expriment sur la sensualité ne sont pas toujours ceux qui ont laissé dans l'histoire les traces les plus profondes[4]. Les prises de position de Claire Démar, de Louis-Gabriel Gauny, de Madeleine Pelletier ou de Daniel Guérin s'avèrent aussi dignes d'intérêt que celles de Jules Guesde, de Léon Blum ou de François Mitterrand. Nombre de socialistes inconnus alimentent également la réflexion par leurs articles dans la presse ou par leurs contributions à de grandes entreprises de savoir, *Dictionnaire universel* de Maurice Lachâtre, *Encyclopédie socialiste* de Compère-Morel ou *Dictionnaire anarchiste* de Sébastien Faure. Tous ces auteurs balisent un paysage doctrinal joliment contrasté. Ils révèlent l'hétérogène richesse des socialismes d'avant-hier et d'hier – et, dans une moindre mesure, d'aujourd'hui. Ils puisent leurs réflexions sur la sensualité à tant de sources qu'il est difficile de les rassembler sous une bannière commune. L'horizon de l'émancipation partagée fédère sans les unir des hommes et des femmes qui se déclarent saint-simoniens, ou blanquistes, ou anarchistes, ou communistes (dans les diverses acceptions du mot), ou socialistes SFIO, ou syndicalistes CFDT, ou trotskistes. De nombreux excentriques enfin, loin des courants dominants, accentuent l'impression d'éparpillement.

Ceux qui interviennent par l'écrit dans les débats qui touchent à la sensualité partagent souvent une autre caractéristique remarquable, qui anime leur pensée. Nombre d'entre eux, socialistes sensuels ou socialistes ascétiques, sont d'infatigables lecteurs de leurs contemporains et de leurs devanciers. L'histoire de leurs écrits est donc aussi celle des usages qu'ils font de riches traditions intellectuelles. Ils entraînent leurs lecteurs dans les dédales de l'épicurisme ou du stoïcisme, du sensualisme ou du matérialisme, de l'utilitarisme, du marxisme, des propositions de Gilles Deleuze ou de Michel Foucault. Au XIXe siècle mais également par la suite, ils ne dédaignent pas les divers courants du christianisme. Ils n'hésitent pas à observer ce qui se discute à l'extérieur des frontières françaises. Ainsi leurs discours sur la sensualité, souvent denses, bourgeonnent-ils et abordent-ils à de nombreux rivages : il est possible d'écrire à partir d'eux quelques pages d'une histoire des idées sur les plaisirs et les souffrances du corps, sur le travail et les loisirs, sur la propriété, sur la liberté, sur les relations entre les femmes et les hommes, sur la technique, entre autres. Les analyses qu'ils développent renvoient peu directement à leurs propres pratiques de l'ascétisme ou de la sensualité, en général inaccessibles par le biais des sources. Mais ce qu'ils écrivent sur les groupes qui les occupent, peuple des champs et des ateliers, peuple des ouvriers d'usine, bourgeois réputés immoraux et jouisseurs, femmes et enfants, renvoie le plus souvent à leurs propres visions du monde.

Les redéfinitions de la question sensuelle

Les discours socialistes sur la sensualité portent la marque des mouvements de fond qui modifient depuis le XIXe siècle les systèmes de représentation des sociétés. Pendant les deux guerres mondiales qui ensanglantent le XXe siècle ainsi que dans leur sillage, c'est par exemple le modèle de l'ascèse sacrificielle qui l'emporte. À d'autres échelles et selon des logiques très diverses, les questions de jouissance, de plaisir ou de volupté sont sans cesse reformulées en fonction des événements et des évolutions de la vie en société : le discours freudien sur l'inconscient ou l'épidémie de sida, la réduction de la durée du travail ou le développement des loisirs de masse, la promotion du sport ou la généralisation de l'équipement des ménages, les progrès de la cause des femmes ou les métamorphoses du monde ouvrier, les transformations du modèle viril ou l'ouverture à des pratiques sexuelles plus diverses. Une double révolution aux conséquences incalculables – l'affirmation de la catégorie de l'individu, le contrôle croissant sur l'individu – explique également la reconfiguration en profondeur de la question sensuelle.

D'innombrables inflexions doctrinales sur les modes de domination, sur l'alternative réforme/révolution, sur les articulations entre liberté et égalité, etc. redoublent dans l'univers des socialismes les évolutions globales des sociétés. Les tentatives de synthèse proposées par Jean Jaurès, par les communistes de l'entre-deux-guerres, et plus récemment par François Mitterrand, ne masquent pas l'hétérogénéité des positions, y compris sur la question des mœurs. La question du pouvoir politique, enfin, travaille de l'intérieur l'histoire des socialismes, avec des effets en tous points décisifs. Pour certains, la réflexion critique et le débat sont une fin en soi. Pour d'autres, l'horizon prioritaire est la conquête et l'exercice du pouvoir, même au prix de l'abandon de certains principes. Or, la relation entre les socialismes – ou du moins une partie d'entre eux – et le pouvoir se précise entre le début du XIXe siècle et le début du XXIe, d'où un affadissement doctrinal de plus en plus sensible sur les sujets épineux, et la sensualité est de ceux-là.

Affaires de familles

Les socialistes qui se positionnent sur les questions de sensualité composent des familles aux effectifs très variables. Les plus nombreux se tiennent à distance respectable des plaisirs sensuels. Ces socialistes à tendance austère et anguleuse sont adeptes du plat unique et frugal ; ils invitent au régime sec, ils ne répugnent pas à la diète, ils veillent à ne pas insulter la misère du peuple qui a faim. D'autres – les socialistes musclés et virils – affirment que la volonté doit exercer un contrôle constant sur les errements possibles du corps ; ils ne cachent pas leur préférence pour des menus énergétiques et survitaminés. L'ascétisme et le combat contre les mirages de la sensualité caractérisent plus globalement un socialisme non-fumeur, animé du désir de se distinguer d'une bourgeoisie jouisseuse, désireux de prouver ses capacités politiques, sa supériorité morale ou sa capacité politique. Ce socialisme est en règle générale à tendance holiste et intégratrice ; l'idée de solidarité, voire d'égalité, y domine, et chacun doit contribuer au sacrifice ou à l'effort collectifs. Le temps du plaisir n'adviendra, à supposer qu'il advienne un jour, que lorsque la société socialiste sera fermement établie ; dans cette attente il convient de ne jouir que de plaisirs honnêtes, modérés, purs, exempts de sensualité, procurés par l'intellect ou par l'exercice raisonné des facultés corporelles. Le magistère de la raison rend possible l'acceptation de la souffrance physique au service de la cause à défendre ; la macération de la chair peut même être acceptée dans une perspective mortificatrice assez proche de celle du christianisme. Et si jouissance il y a (car la mortification elle-même peut la faire jaillir), elle n'a certainement pas pour effet de favoriser l'épanouissement et l'émancipation partagés. Une grande distance sépare cet ascétisme socialiste d'un socialisme tout en rondeurs qu'attirent les menus complets avec fromage et dessert, vins et café. Là, l'émancipation sociale et l'émancipation sensuelle vont de pair. Situés souvent par choix ou par nécessité en position périphérique par rapport aux groupes, aux partis, aux appareils, les socialistes sensuels cultivent leurs différences et placent très haut dans leur discours la question de la liberté individuelle. Pour la plupart, ils n'occupent pas les positions les plus visibles dans les combats politiques et sociaux.

CONCLUSION

Leur fluidité et leur légèreté les opposent à la sévérité des précédents.

Même si elles ne sont pas gravées dans le marbre, ces diverses orientations sont repérables à chacune des étapes de l'histoire des socialismes. Le modèle de l'austérité militante rapproche une partie des communistes des années 1840, la plupart des collectivistes et des syndicalistes révolutionnaires des années 1880 et suivantes, les communistes d'inspiration bolchevique, un grand nombre de socialistes fidèles à Guy Mollet, de très nombreux membres de l'extrême gauche des années 1970. La pensée de Proudhon trouve elle aussi des prolongements directs dans les tendances les plus puritaines de l'anarchisme ou du syndicalisme, sous la Troisième République et ensuite. À l'inverse, le monde sensuel dessiné par Fourier est reformulé par des anarchistes amis des plaisirs au XIXe siècle ou au XXe siècle, par le jeune Blum ou par Daniel Guérin, par diverses minorités gauchistes dans les années 1970. Moins appuyée, une commune discrétion sur le plan des mœurs rapproche la pensée démocrate-socialiste du milieu du XIXe siècle, le socialisme de Jaurès, de nombreuses figures du Front populaire ou du socialisme de gouvernement de l'après-1981.

Cette esquisse de typologie ne doit cependant pas faire illusion : les catégories ne sont pas très nettement tranchées. Des socialistes hybrides, tels Maurice Lachâtre ou Maurice Deixonne, choisissent entre le fromage et le dessert, le vin et le tabac ; ils se montrent sensibles à certaines facettes de l'émancipation sensuelle mais pas à toutes. D'autres évoluent au cours de leur existence. Des tensions internes parcourent en outre chacune des familles socialistes : l'extrême bigarrure des extrêmes gauches et des féminismes à tonalité socialiste des années 1960 et 1970 en fournit quantité d'exemples. Une enquête qu'il serait intéressant de mener sur « féminismes et sensualité » permettrait sans doute de retrouver chacune des options repérées dans les univers socialistes.

L'hétérogénéité doctrinale sur les questions de sensualité n'est pas surprenante. Elle n'est d'ailleurs pas l'apanage de ces deux derniers siècles. Dans une étude très fouillée qu'elle a consacrée à la construction des discours chrétiens sur la danse aux temps modernes, Marianne Ruel invite à se défier des idées toutes faites pour saisir des positionnements beaucoup plus contrastés qu'on ne pourrait l'imaginer de prime abord[5]. De la même manière, les stéréotypes classiques sur l'épicurisme jouisseur du monde romain antique ou sur la pruderie d'un Moyen Âge chrétien confit en dévotion ne résistent pas à l'examen. Aujourd'hui, de la même manière mais sur un mode mineur, les positions des droites françaises vis-à-vis de la sensualité s'inscrivent dans un éventail très large, d'une option libérale et « décomplexée » que Jacques Chirac et Nicolas Sarkozy ont incarnée chacun à sa manière ces derniers temps jusqu'à une option très moralisatrice, avec un bon nombre de cas de figure intermédiaires qui méritent examen. Dans l'histoire contemporaine des idées politiques et sociales, la question sensuelle témoigne de réagencements profonds[6].

Inquiétante sensualité

La faible audience des socialismes sensuels d'hier et d'aujourd'hui est l'indice d'une inquiétude généralisée qui dépasse de beaucoup la sphère socialiste. En règle générale, le peuple puritain fait moins trembler la plume des socialistes que le peuple jouisseur ; la sensualité populaire peut certes fasciner, mais elle est ressentie avant tout comme une menace. C'est sans doute parce qu'elle renvoie à une économie de la perte, de la dépense, de l'excès. Chez les socialistes la fête militante a meilleure presse que le carnaval. L'amour charnel axé sur la procréation s'inscrit dans le schéma somme toute rassurant d'un ordre social tandis que l'amour-plaisir fait rôder le spectre du gaspillage, de la dépendance, de l'épuisement spermatique et militant.

CONCLUSION

En fait, l'attention aux plaisirs procurés par les sens est supposée placer ses adeptes en position de faiblesse : elle fragilise une partie des protections corporelles indispensables dans le combat social ; elle expose à la dépendance vis-à-vis du corps mystérieux et insondable, capable d'échapper à l'emprise de la volonté. C'est aussi pour cette raison que les socialismes du contrôle combattent les socialismes de l'affranchissement généralisé. Goûter aux jouissances de la bonne chère, de la fête ou de l'amour, c'est s'immerger dans un monde qui inspire de la méfiance au socialiste adulte mâle dominant parce qu'il se le représente comme celui des femmes et des enfants, celui des animaux aussi. L'ordre des sens est le plus souvent perçu comme un désordre, d'où ces innombrables dénonciations, dans l'univers socialiste, contre des figures accueillantes à la sensualité : c'est George Sand montrée du doigt aussi bien par Proudhon que dans *L'Humanité*, c'est Léon Blum régulièrement féminisé ou animalisé y compris dans son propre camp.

Dans ce schéma, certains modes d'expression de la sensualité font l'objet de critiques particulièrement acerbes. Si les plaisirs de la vue et de l'ouïe, et dans une moindre mesure ceux de l'odorat, sont relativement peu dénoncés – ces sens maintiennent en général le monde extérieur à distance –, la critique se fait plus directe à propos du toucher ou du goût, sens beaucoup plus actifs. C'est l'une des raisons pour lesquelles la bonne chère est une cible classique pour les discours socialistes hostiles à la sensualité. Cette forme d'appétit a quelque chose de particulièrement vertigineux puisqu'elle mobilise les cinq sens ; jouir de ce que l'on mange ou boit, c'est faire pénétrer en soi le monde extérieur jusqu'à, parfois, se laisser envahir par lui. En ce sens, la radicalité d'un Charles Fourier qui revendique en particulier l'émancipation du goût et du tact n'en est que plus nette.

La question que Fourier formule sans détour et jusqu'à ses ultimes conséquences à l'aube du XIXe siècle est déstabilisante, mais sans doute décisive : l'émancipation peut-elle faire l'économie de la sensualité ? Les socialistes d'hier et d'aujourd'hui répondent en règle générale que oui. Aujourd'hui, au même titre que leurs concurrents de droite, ils se sentent pour la plupart très mal à l'aise avec la charge désorganisatrice ou révolutionnaire de la libération des sens. Ils sont à la fois de plus en plus incertains d'eux-mêmes et de moins en moins craints – le socialisme radical fait beaucoup plus peur que le socialisme pâle. En ne s'aventurant pas sur le terrain de la question sensuelle, peut-être accentuent-ils ce piteux retrait de la scène de la pensée politique et sociale qui caractérise leur histoire récente.

Notes

Introduction

1. François Bégaudeau, « Apéros géants, fête de la Musique : la gauche rabat-joie », *Libération*, 16 juin 2010.
2. Paul Ariès, *Le Socialisme gourmand. Le bien-vivre : un nouveau projet politique*, Paris, La Découverte, 2012, p. 6.
3. « Cabarets cubains : socialisme et sensualité », visitcuba.com. Consulté le 22 octobre 2013.
4. Denys Arcand, *Les Invasions barbares*, France-Québec, 2003.
5. Quelques pistes pour s'orienter : Jacques Droz, dir., *Histoire générale des socialismes*, Paris, PUF, 4 tomes, 1972-1978 ; Juliette Grange et Pierre Musso, dir., *Les Socialismes*, Lormont, Le Bord de l'eau, 2012 ; Jonathan Beecher, « Early European Socialism », dans George Klosko, ed., *The Oxford Handbook of the History of Political Philosophy*, Oxford, OUP, 2011, p. 369-392.
6. Jacques Guilhaumou et Sonia Branca-Rosoff, « De "société" à "socialisme" : l'invention néologique et son contexte discursif. Essai de colinguisme appliqué », *Langage et société*, 83-84, 1998.
7. Sur les gauches en France : Jean-Jacques Becker et Gilles Candar, dir., *Histoire des gauches en France*, 2 tomes, Paris, La Découverte, 2004 ; Jacques Julliard, *Les Gauches françaises 1762-2012 : Histoire, politique et imaginaire*, Paris, Flammarion, 2012.
8. David Le Breton, *La Saveur du monde. Une anthropologie des sens*, Paris, Métailié, 2006 ; voir aussi les recherches d'Alain Corbin, depuis 1982 (*Le Miasme et la Jonquille. L'odorat et l'imaginaire social, XVIIIe-XIXe siècles*, Paris, Aubier-Montaigne) et jusqu'à 2007 (*L'Usage des plaisirs. Les manières de jouir du siècle des Lumières à l'avènement de la sexologie*, Paris, Perrin).

9. Sous l'angle spécifique de la sexualité, voir les travaux menés dans le cadre du programme « Socialisme et sexualité » (AMSAB-Gand ; IIHS-Amsterdam ; IHC-Dijon ; CMS-Boston ; université d'Amsterdam ; université de Sofia ; EHESS-Paris). Les chercheurs rassemblés dans ce programme ont organisé entre 2000 et 2010 plusieurs colloques et ateliers sur la question : « Amour libre et mouvement ouvrier » ; « Organisations ouvrières et sexualité » ; « Sexualité et millénarisme » ; « Passé et présent des politiques sexuelles radicales » ; « Nouveaux mouvements sociaux et sexualité » ; « Les socialistes et le mariage » ; « Révolutions et sexualités » ; « Anarchie et sexualité dans les espaces de langue espagnole et portugaise ». Pour en savoir plus : socialhistory.org.

10. Gustave Flaubert, *L'Éducation sentimentale. Histoire d'un jeune homme*, Paris, Michel Lévy frères, 1869.

11. France 5, *C à vous*, mercredi 2 mai 2012.

12. Daniel Guérin, *Un jeune homme excentrique. Essai d'autobiographie*, Paris, Julliard, 1965.

13. Note du 3 mai 1909 dans Marcel Sembat, *Les Cahiers noirs. Journal 1905-1922*, Paris, Viviane Hamy, 2007.

14. Platon, *Phédon* (vers −383 av. J.-C.), 65c, traduction Monique Dixsaut, Paris, Garnier-Flammarion, 2009.

15. Baruch Spinoza, *Éthique* (1677), II, 11, scolie, traduction Charles Appuhn, Paris, Garnier-Flammarion, 1993.

I. Le nouveau monde sensuel de Fourier
à l'orée du XIXe siècle

1. *Théorie des quatre mouvements et des destinées générales. Prospectus et annonce de la découverte*, Leipzig [sans nom d'éditeur], 1808.

2. Sur Charles Fourier : Jonathan Beecher, *Fourier, le visionnaire et son monde*, Paris, Fayard, 1993.

3. Charles Fourier, *Le Nouveau Monde amoureux* (manuscrit inédit, texte intégral), édition de Simone Debout-Oleszkiewicz, Paris, Anthropos, 1967 [manuscrit non publié du vivant de Fourier].

4. Notamment : *Traité de l'association domestique-agricole*, Paris, Bossange, 1822 ; *Le Nouveau Monde industriel et sociétaire ou Invention du procédé d'industrie attrayante et naturelle, distribuée en séries passionnées*, Paris, Bossange et Mongie, 1829 ; *La Fausse Industrie morcelée, répugnante et mensongère et l'antidote, l'industrie naturelle, combinée, attrayante, véridique donnant quadruple produit*, Paris, Bossange, 1835-1836.

5. Thomas Bouchet, « Tables d'harmonie. Gourmandise, gastronomie et gastrosophie chez Charles Fourier », dans John West-Sooby, dir., *Consuming Culture. The Arts of French Table*, Newark, University of Delaware Press, 2004 ;

Thomas Bouchet, « L'Écart absolu des festins. Fourier, *Le Nouveau Monde amoureux* », dans Thomas Bouchet, Jean Fornasiero et John West-Sooby, dir., « L'Utopie en mouvement », *Australian Journal of French Studies*, novembre-décembre 2006.

    6. « Analogie et cosmologie » [manuscrit non publié du vivant de Fourier]. Dans *Œuvres complètes*, tome 12, Paris, Anthropos, 1975.

    7. Roland Barthes, *Sade, Fourier, Loyola*, Paris, Seuil, 1971, p. 85.

    8. *Le Phalanstère*, 28 juin 1832.

    9. « L'opéra et la cuisine » [manuscrit non publié du vivant de Fourier]. Dans *Œuvres complètes*, tome 10, Paris, Anthropos, 1975.

    10. René Schérer, *Charles Fourier ou la contestation globale*, Paris, Séguier, 1996, p. 136.

    11. Pour élargir les perspectives, à la fois sur Fourier et sur l'écriture de la sexualité dans la seconde moitié du XVIIIe siècle : Patrick Samzun, « Sexe, cosmos et société. Enquête littéraire et philosophique sur la formation d'une utopie sexuelle libérale chez Diderot, Rétif de la Bretonne et Fourier, 1759-1822 », thèse de doctorat, université Stendhal-Grenoble III, 2013.

    12. Jonathan Beecher, « Early European Socialism », *loc. cit.*

    13. Jonathan Beecher, *Victor Considerant, grandeur et décadence du socialisme romantique*, Dijon, Les Presses du réel, 2012.

    14. Cité par Jean-Claude Dubos, « Charles Fourier jugé par ses contemporains et par la postérité », *Luvah*, 2007, p. 124.

    15. Jean Czynski, *Avenir des femmes*, Paris, Librairie sociale, 1841.

    16. Hippolyte Renaud, *Solidarité. Vue synthétique sur la doctrine de Charles Fourier*, Paris, Librairie sociale, 1842.

    17. Henri Dameth, *Notions élémentaires de la science sociale de Fourier*, Paris, Librairie de l'École sociétaire, 1844.

    18. Charles Fourier, *Le Nouveau Monde industriel et sociétaire, op. cit.*

    19. Respectivement : *Le Nouveau Monde*, 1er février 1840, 1er octobre 1840 et 1er mai 1843.

    20. Thomas Voët, *La Colonie phalanstérienne de Cîteaux, 1841-1846. Les fouriéristes aux champs*, Dijon, EUD, 2001.

    21. Alphonse Gilliot, *De l'unité religieuse*, Paris, Librairie phalanstérienne, 1847.

    22. Charles Fourier, *Le Nouveau Monde amoureux, op. cit.*

    23. Jean Journet, *Résurrection sociale universelle. Cris et soupirs, précédés d'un résumé de la théorie de Fourier*, Paris, Librairie sociale, 1841.

II. Les saint-simoniens et la tentation de la chair vers 1830

    1. Charles Fourier, *Pièges et charlatanisme des deux sectes Saint-Simon et Owen qui promettent l'association et le progrès*, Paris, Bossange, 1831.

2. Pierre Musso, « Saint-Simon, socialisme et industrialisme », dans Juliette Grange et Pierre Musso, dir., *Les Socialismes, op. cit.*
3. Henri de Saint-Simon, *Nouveau Christianisme. Dialogues entre un conservateur et un novateur*, Paris, Bossange et Sautelet, 1825.
4. Sur leur histoire : Henry-René d'Allemagne, *Les Saint-Simoniens 1827-1837*, Paris, Grűnd, 1930.
5. Jacques Rancière, *La Nuit des prolétaires. Archives du rêve ouvrier*, Paris, Fayard, 1981, p. 259.
6. Édouard Charton, *Mémoires d'un prédicateur saint-simonien*, Paris, aux bureaux de la *Revue encyclopédique*, 1832.
7. *Le Globe*, 9 mai 1831.
8. *L'Organisateur*, 5 mars 1831.
9. Bibliothèque municipale de Saint-Denis, fonds Gauny, Ms 172, cité par Jacques Rancière, *La Nuit des prolétaires, op. cit.*, p. 122.
10. Ralph P. Locke, *Les Saint-Simoniens et la musique*, Liège, Mardaga, 1992.
11. Philippe Buchez, *Lettre d'un disciple de la science nouvelle aux religionnaires prétendus saint-simoniens de* L'Organisateur *et du* Globe, 1831 ; Philippe Buchez, « De la nationalité », *L'Européen*, 1832.
12. Voir *Œuvres de Saint-Simon et d'Enfantin*, volume 4, Paris, Dentu, 1865, p. 36-38.
13. *Religion saint-simonienne. Discussions morales, politiques et religieuses qui ont amené la séparation qui s'est effectuée au mois de novembre 1831 dans le sein de la société saint-simonienne, première partie, relations des hommes et des femmes. Mariage – Divorce*, Paris, Pihan-Delaforest, 1832.
14. *Le Globe*, 3 janvier 1832.
15. *Le Globe*, 12 janvier 1832.
16. Antoine Picon, « L'utopie-spectacle d'Enfantin. De la retraite de Ménilmontant au procès et à l'"année de la Mère" », dans Nathalie Coilly et Philippe Régnier, dir., *Le Siècle des saint-simoniens. Du* Nouveau Christianisme *au canal de Suez*, Paris, BNF, 2006.
17. Claire Démar, *Textes sur l'affranchissement des femmes (1832-1833)* [suivi de : « Symbolique groupage et idéologie féministe saint-simoniennes » par Valentin Pelosse], Paris, Payot, 1976 ; Claire Démar, *Appel au peuple sur l'affranchissement de la femme. Aux origines de la pensée féministe*, édité et présenté par Valentin Pelosse, Paris, Albin Michel, 2001.
18. Christine Planté, « La parole souverainement révoltée de Claire Démar », dans Alain Corbin, Jacqueline Lalouette et Michèle Riot-Sarcey, dir., *Femmes dans la cité, 1815-1871*, Grâne, Créaphis, 1997.
19. Sauf mention contraire, toutes les citations qui suivent sont extraites de *Ma loi d'avenir*.
20. Claire Démar, *Appel au peuple sur l'affranchissement de la femme, op. cit.*

NOTES

21. *Ibid.*
22. Édith Thomas, *Pauline Roland, socialisme et féminisme au XIXᵉ siècle*, Paris, Rivière, 1956.
23. Philippe Régnier, « Une liaison dangereuse au XIXᵉ siècle. Les lettres de Clorinde Rogé à Enfantin, ou comment peut-on être saint-simonienne ? », dans Christine Planté, dir., *L'Épistolaire, un genre féminin ?*, Paris, Champion, 1998.

III. Une géographie socialiste anti-sensuelle
1830-1848

1. Lettre du 18 mai 1833 citée dans Claire Démar, *Appel au peuple sur l'affranchissement de la femme, op. cit.*
2. Cité dans Henry-René d'Allemagne, *Les Saint-Simoniens 1827-1837, op. cit.*, p. 132.
3. [« Diableries »], *La Charge*, 5, 2ᵉ année [1833]. En ligne sur gallica.bnf.fr.
4. Pierre-Joseph Proudhon, *De l'utilité de la célébration du dimanche, considérée sous les rapports de l'hygiène publique, de la morale, des relations de famille et de cité*, Besançon, Bintot, 1839; *Système des contradictions économiques ou Philosophie de la misère*, Paris, Guillaumin, 1846; archives de P.-J. Proudhon, *Carnets, tome 1 (1843-1846)*, Antony, Tops-Trinquier, 2000; Pierre-Joseph Proudhon, *Carnets (1847-1851)*, Dijon, Les Presses du réel, 2005.
5. Sauf mention contraire, les citations qui suivent, datées, sont extraites des *Carnets*.
6. Angus MacLaren, « Sex and Socialism : the Opposition of the French Left to Birth Control in the Nineteenth Century », *Journal of the History of Ideas*, juillet-septembre 1976.
7. Pierre-Joseph Proudhon, *Qu'est-ce que la propriété ? ou Recherches sur le principe du droit et du gouvernement. Premier mémoire*, Paris, Brocard, 1840.
8. Pierre Leroux, « Économie politique », *Revue encyclopédique*, été 1834.
9. Pierre Leroux, « Lettres sur le fouriérisme », *La Revue sociale*, avril 1847.
10. Louis Blanc, *Organisation du travail*, Paris, Bureau de la Société de l'industrie fraternelle, 1839.
11. Gustave Biard, « Vues sur l'école des intérêts matériels », *La Ruche populaire*, mars 1840. Cité par Jacques Rancière, *La Nuit des prolétaires, op. cit.*
12. Louis Reybaud, *Études sur les réformateurs contemporains, ou socialistes modernes, Saint-Simon, Charles Fourier, Robert Owen*, Paris, Guillaumin, 1842.
13. Constantin Pecqueur, *Des améliorations matérielles dans leurs rapports avec la liberté. Introduction à l'étude de l'économie sociale et politique*, Paris, Gosselin, 1841.

14. Cité par Jacques Rancière, *La Nuit des prolétaires, op. cit.*, p. 280.
15. *L'Atelier*, « Le travail attrayant », juin 1842. En ligne sur gallica.bnf.fr.
16. Charles François Chevé, *Catholicisme et démocratie ou le Règne du Christ*, Paris, Capelle, 1842.
17. *Le Populaire de 1841*, 3 juillet 1842.
18. Cité par Jacques Rancière, *La Nuit des prolétaires, op. cit.*, p. 265 *sq.* Sur cette question voir aussi les papiers Cabet à l'Institut international d'histoire sociale, Amsterdam.
19. Alain Faure, *Paris Carême-prenant. Du carnaval à Paris au XIXe siècle (1800-1914)*, Paris, Hachette, 1978.
20. « Le carnaval », *L'Atelier*, février 1841.
21. Étienne Cabet, *Réfutation de trois ouvrages de l'abbé Constant (*La Bible de la liberté, L'Assomption de la femme ou le livre de l'amour *et* Doctrines religieuses et sociales)*, Paris, Prévost et Rouannet, 1841.
22. Constant (abbé) [Constant, Alphonse, Louis], *L'Assomption de la femme, ou le Livre de l'amour*, Paris, Auguste Le Gallois, 1841.
23. Constant (abbé), *La Mère de Dieu. Épopée religieuse et humanitaire*, Paris, Gosselin, 1844.
24. Alphonse Esquiros, « La philosophie du christianisme », *La France littéraire*, mai 1835. Cité dans Frank Paul Bowman, *Le Christ des barricades 1789-1848*, Paris, Cerf, 1987, p. 212.
25. *Les Vierges folles* [par Alphonse Esquiros], Paris, Auguste Le Gallois, 1840.
26. Châtel (abbé) [Ferdinand Toussaint François Châtel], *Code de l'humanité, ou l'Humanité ramenée à la connaissance du vrai Dieu et au véritable socialisme*, Paris, chez l'auteur, 1838.
27. Frank Paul Bowman, *Le Christ des barricades, op. cit.*
28. Théodore Dézamy, *Code de la communauté*, Paris, Prévost et Rouannet, 1842.
29. Reproduit dans *Attentat du 13 septembre 1841, rapport fait à la cour par M. le comte de Bastard, volume 1*, Paris, Imprimerie royale, 1841.
30. Jean-Pierre Lacassagne, « Lectures socialistes de la Bible », dans Claude Savart et Jean-Noël Aletti, dir., *Le Monde contemporain et la Bible*, Paris, Beauchesne, 1985.

IV. Malaises en République
1848-1851

1. *La Démocratie pacifique*, 25 février 1848.
2. Sur Cabet en 1848 : François Fourn, *Étienne Cabet (1788-1856). Une propagande républicaine*, Villeneuve d'Ascq, Presses universitaires du Septentrion, 1999.

NOTES

3. Alphonse de Lamartine, *Le Conseiller du peuple*, 15 octobre 1849. Cité dans Pierre Michel, *Lamartine, reconnaissance et mémoire*, Lyon, PUL, 2006, p. 44.

4. Adolphe Thiers, *De la propriété*, Paris, Paulin et Lheureux, 1848.

5. Saint-René Taillandier, « L'athéisme allemand et le socialisme français. M. Charles Grün et M. Proudhon », *Revue des deux mondes*, 1848 ; Émile Montégut, « Le socialisme et les socialistes en province », *Revue des deux mondes*, 1849 ; Émile Saisset, « Les écoles philosophiques en France depuis la révolution de Février », *Revue des deux mondes*, 1850. En ligne sur gallica.bnf.fr.

6. Louis Blanc, *Pages d'histoire de la révolution de février 1848*, Bruxelles, Méline, 1850.

7. Jules Gouache, *Les Violons de M. Marrast*, Paris, imprimerie de Dondey-Dupré, 1848.

8. Aspect évoqué par exemple dans Maurice Agulhon, *1848 ou l'Apprentissage de la République (1848-1851)*, Paris, Seuil, 1973, p. 131.

9. Jules Breynat, *Les Socialistes modernes*, Paris, Garnier, 1849 (réédité en 1850 sous le titre *Les Socialistes depuis Février*).

10. Pierre-Joseph Proudhon, *Les Confessions d'un révolutionnaire pour servir à l'histoire de la révolution de Février*, Paris, aux bureaux du journal *La Voix du peuple*, 1849.

11. Pierre-Joseph Proudhon, *Carnets (1847-1851)*, op. cit.

12. Gabriel Gauny, « Condition des classes laborieuses », *Le Tocsin des travailleurs*, 6 juin 1848.

13. Gabriel Gauny, « Banquet de la Fraternité », *Le Tocsin des travailleurs*, 8 juin 1848.

14. Robert [du Var], *Éducation nationale de l'homme et du citoyen*, Paris, Lenz, 1850.

15. Alphonse Esquiros, *De la vie future au point de vue socialiste*, Paris, Librairie phalanstérienne, 1850.

16. Louis Devance, « Femme, famille, travail et morale sexuelle dans l'idéologie de 1848 », *Romantisme*, 6-13/14, 1976.

17. Francis Ronsin, « Les femmes "saucialistes" », dans Alain Corbin, Jacqueline Lalouette et Michèle Riot-Sarcey, dir., *Femmes dans la cité, 1815-1871*, op. cit.

18. Louis Devance, « Femme, famille, travail et morale sexuelle dans l'idéologie de 1848 », loc. cit.

19. Sur Pauline Roland dans les années 1848 et suivantes : Édith Thomas, *Pauline Roland, socialiste et féministe au XIXe siècle*, op. cit.

20. *La Voix des femmes*, 20 mars 1848.

21. *La Réforme*, 22 décembre 1848.

22. *La Démocratie pacifique*, 5 janvier 1849.

23. Cité par Michelle Perrot : « La morale politique de George Sand », dans Stéphane Michaud *et al.*, dir., *Flora Tristan, George Sand, Pauline Roland. Les femmes et l'invention d'une nouvelle morale, 1830-1848*, Grâne, Créaphis, 1994, p. 105.

24. Louis Devance, « Femme, famille, travail et morale sexuelle dans l'idéologie de 1848 », *loc. cit.*, p. 82.

V. Socialismes couleur muraille
1851-1870

1. Jonathan Beecher, « Early European Socialism », *loc. cit.*

2. Edward Berenson, *Populist Religion and Left-Wing Politics in France, 1830-1852*, Princeton, PUP, 1984.

3. Gustave Flaubert, *L'Éducation sentimentale, op. cit.* Sur l'anti-socialisme de Flaubert : Georges Bailly, « Flaubert et les socialistes. Pourquoi tant de haine ? », mémoire de maîtrise, université Paris IV, 2003.

4. Lettre à Louise Colet du 3-4 mars 1854 et lettre à George Sand du 19 septembre 1868, dans Gustave Flaubert, *Correspondance*, tome 2 (juillet 1851-décembre 1858) et tome 3 (janvier 1859-décembre 1868), Paris, Gallimard, 1980 et 1991.

5. Charles de Bussy [Charles Marchal], *Histoire et réfutation du socialisme depuis l'Antiquité jusqu'à nos jours*, Paris, Delahays, 1859.

6. N. Ébrard, *Du suicide, considéré aux points de vue médical, philosophique, religieux et social*, Avignon, Seguin aîné, 1870.

7. Gabriel Gauny, *Le Philosophe plébéien*, textes réunis par Jacques Rancière, Paris, La Découverte-Maspero-PUV, 1983.

8. François Fourn, *Étienne Cabet (1788-1856), op. cit.*

9. *Lettre sur la réforme icarienne du 21 novembre 1853 – Réponse du citoyen Cabet à quelques objections sur cette réforme*, Paris, chez l'auteur, juin 1854.

10. Jenny d'Héricourt, « M. Proudhon et la question des femmes », *Revue philosophique et religieuse*, décembre 1856.

11. Pierre-Joseph Proudhon, « Lettre à Madame Jenny d'Héricourt », *Revue philosophique et religieuse*, janvier 1857.

12. Jenny d'Héricourt, *La Femme affranchie*, Bruxelles, Lacroix, 1860.

13. Pierre-Joseph Proudhon, *De la justice dans la Révolution et dans l'Église. Études de philosophie pratique*, Paris, Garnier frères, 1858, puis 1860.

14. « Femmes – 5 janvier 1864 », Bibliothèque d'étude et de conservation de Besançon, fonds Proudhon, manuscrit 2856, ff. 148-150. Ce manuscrit m'a été aimablement signalé par Edward Castleton.

15. Pierre-Joseph Proudhon, *La Pornocratie ou les Femmes dans les temps modernes*, Paris, Lacroix, 1875.

NOTES

16. Alexandre Parent-Duchâtelet, *De la prostitution dans la ville de Paris, considérée sous le rapport de l'hygiène publique, de la morale et de l'administration*, Paris, Baillière, 1836.

17. Auguste Comte, *Système de politique positive, ou Traité de sociologie instituant la religion de l'humanité*, volume 4, Paris, chez l'auteur, Carilian-Goeury, Dalmont, 1854.

18. Auguste Comte à monsieur de Tholouze, 13 juillet 1854, dans *Correspondance inédite d'Auguste Comte*, 3e série, Paris, siège de la Société positiviste, 1904.

19. Armelle Le Bras-Chopard, « Une statue de marbre. L'idéal féminin d'Auguste Comte : convergences et dissonances avec ses contemporains socialistes », dans Michel Bourdeau, Jean-François Braunstein et Annie Petit, dir., *Auguste Comte aujourd'hui*, Paris, Kimé, 2003, p. 179. Bernadette Bensaude et Annie Petit, « Le féminisme militant d'un auguste phallocrate (Auguste Comte, *Système de politique positive*) », *Revue philosophique*, 3-1976.

20. Mary Pickering, *Auguste Comte, an Intellectual Biography*, volume 3, Cambridge, CUP, 2009, p. 354.

21. *Société d'Amour pur. Sur la question d'amour au point de vue socialiste et chrétien*, Londres, Imprimerie universelle, 1854.

22. Par exemple : *Du mariage et du célibat au double point de vue laïque et sacerdotal par une chrétienne*, Paris, Dentu, 1863 ; *L'Amour pur confirmé par les Évangiles. Réflexions sur quelques textes* par l'auteur de la Société d'Amour pur, Paris, Dentu, 1877 ; *Aux femmes. Réponse à quelques objections sur l'Amour pur. Premières lettres* par l'auteur de la Société d'Amour pur, Paris, Dentu, 1878 ; *Renaissance de l'Amour. La Flore nouvelle de l'Amour* recueillie par l'auteur de la Société d'Amour pur, Paris, Dentu, 1878 ; *À nos romanciers. À M. Alexandre Dumas. La Femme Ange. l'homme-femme – la femme-homme*, par l'auteur de la Société d'Amour pur, Paris, Dentu, 1880.

VI. Sensualités d'un exil à l'autre
1851-1880

1. François Gaudin, dir., *Le Monde perdu de Maurice Lachâtre (1814-1900)*, Paris, Honoré Champion, 2006.

2. *Dictionnaire universel. Panthéon historique, littéraire et encyclopédie illustrée*, Paris, Administration de Librairie, 1852-1856.

3. Joseph Déjacque, *De l'être humain, mâle et femelle – Lettre à P.-J. Proudhon*, La Nouvelle-Orléans, mai 1857. Sur Déjacque, voir joseph.dejacque.free.fr.

4. Joseph Dejacques [Déjacque], *L'Humanisphère*, Bruxelles, Imprimerie de la bibliothèque des Temps nouveaux, 1899. Ce texte paraît initialement dans *Le Libertaire* entre le 9 juin 1858 et le 18 août 1859.

5. Joseph Déjacque, *De l'être humain, mâle et femelle, op. cit.*

6. *Le Libertaire*, 10 janvier 1859.
7. *Ibid.*
8. Nicole Riffaut-Perrot, « Du phalanstère fouriériste à l'humanisphère de Déjacque. Ascensions parallèles vers le règne de l'Harmonie », *Cahiers Charles Fourier*, 2, 1991.
9. Jules Gay, *Le Socialisme rationnel et le Socialisme autoritaire*, Genève, chez Jules Gay et fils, 1868.
10. Anatole Roujou, « L'anthropologie », *La Libre Pensée*, 25 novembre 1866.
11. *La Libre Pensée*, 20 janvier 1867.
12. Cité dans Alain Dalotel, Alain Faure, Jean-Claude Freiermuth, *Aux origines de la Commune. Le mouvement des réunions publiques à Paris, 1868-1870*, Paris, Maspero, 1980, p. 250.
13. Auguste Vitu, *Les Réunions publiques à Paris, 1868-1869*, Paris, Dentu, 1869.
14. Sur les multiples facettes de l'activisme de Varlin à la fin du Second Empire : Michel Cordillot, *Eugène Varlin, chronique d'un espoir assassiné*, Paris, Éditions ouvrières, 1991.
15. Institut international d'histoire sociale, Amsterdam, Ralph de Nériet, « Souvenirs », fonds Descaves, n° 705.
16. Henri Lefebvre, *La Proclamation de la Commune (26 mars 1871)*, Paris, Gallimard, 1965, p. 21.
17. Jacques Rougerie, « Recherches sur le Paris du XIXe siècle. Espace populaire et espace révolutionnaire : Paris 1870-1871 », *Bulletin de l'Institut d'histoire économique et sociale de l'université de Paris I – Recherches et Travaux*, n° 5, janvier 1977.
18. Lettre du 12 novembre 1871, Archives nationales, Institut français d'histoire sociale, fonds Eudes, 14AS99 bis.
19. Maxime Vuillaume, « Mes cahiers rouges au temps de la Commune », *Cahiers de la quinzaine*, 1908-1914.
20. *Ibid.*
21. Joseph Favre, *Dictionnaire universel de cuisine et d'hygiène alimentaire*, Paris, Les Libraires, 1889-1891.
22. Théophile Gautier, « Paris-Capitale », *La Gazette de Paris*, 5 octobre 1871 ; Catulle Mendès, *Les Soixante-treize Journées de la Commune*, Paris, Lachaud, 1871. Cités par Paul Litsky, *Les Écrivains contre la Commune*, Paris, Maspero, 1970, p. 46 et p. 73.

VII. Immoralisme bourgeois, pureté militante
1880-1914

1. SFIO, déclaration de principes adoptée au congrès du Globe, 23-26 avril 1905, article 1.

NOTES

2. Expression utilisée, entre autres, par Fernand Pelloutier dans « L'anarchisme et les syndicats ouvriers », *Les Temps nouveaux*, 2-8 novembre 1895.

3. *L'Égalité*, 29 janvier 1882. Cette citation et celles qui suivent sont extraites de Jules Guesde, *État, politique et morale de classe*, Paris, Giard et Brière, 1901.

4. *Le Citoyen*, 25 mai 1882.

5. *Le Cri du peuple*, 6 mars et 5 mai 1884.

6. *Ibid.*, 9 et 12 juin 1884.

7. *Les Hommes du jour. Numéro 8 : Jules Guesde*, texte de Flax, dessin d'Aristide Delannoy, 14 mars 1908.

8. Marc Angenot, *L'Utopie collectiviste. Le grand récit socialiste sous la Deuxième Internationale*, Paris, PUF, 1993, p. 281 et 314.

9. Adéodat Compère-Morel, dir., *Encyclopédie socialiste, syndicaliste et coopérative de l'Internationale ouvrière*, Paris, Quillet, 1912-1921. Vincent Chambarlhac, « L'*Encyclopédie socialiste*, une forme singulière pour une cause politique? » *Genèses*, 57, 2004-4.

10. Anatole Sixte-Quenin, *Comment nous sommes socialistes*, volume 6 de Adéodat Compère-Morel, dir., *Encyclopédie socialiste, syndicaliste et coopérative de l'Internationale ouvrière, op. cit.*, 1913.

11. Traduction française : August Bebel, *La Femme dans le passé, le présent et l'avenir*, Paris, Georges Carré, 1891.

12. Charles Rappoport, *Pourquoi nous sommes socialistes ?*, volume 10 de Adéodat Compère-Morel, dir., *Encyclopédie socialiste, syndicaliste et coopérative de l'Internationale ouvrière, op. cit.*, 1919.

13. Paul Lafargue, « Le Droit à la paresse, réfutation du droit au travail de 1848 », *L'Égalité*, juin-août 1880; Paul Lafargue, *Le Droit à la paresse*, Paris, Oriol, 1883. Voir aussi Paul Lafargue, *Paresse et révolution. Écrits 1880-1911*, préface et annotations de Gilles Candar et Jean-Numa Ducange, Paris, Tallandier, 2009.

14. Friedrich Engels, *Der Ursprung der Familie, des Privateigenthums und des Staats*, Hottingen-Zurich, Druck der Schweizerischen Genossenschaftsbuchdruckerei, 1884. Traduction française par Henri Ravé, *L'Origine de la famille, de la propriété privée et de l'État*, Paris, Georges Carré, 1893.

15. Paul Lafargue, *La Religion du capital*, Paris, Bibliothèque socialiste, 1887 (parution initiale dans *Le Socialiste* à partir du 27 février 1886).

16. *L'Humanité*, 26 août 1907. En ligne sur gallica.bnf.fr pour l'ensemble de la période 1904-1944.

17. *L'Humanité*, 14 août 1906.

18. Paul Adam, « Lettres de Malaisie », *La Revue blanche* (1896-1897); Paul Adam, *Lettres de Malaisie*, Paris, Éditions de la Revue blanche, 1898. Voir également Paul Adam, *Lettres de Malaisie*, présentation et annexes par Jean de Palacio, Paris, Séguier, 1996.

19. François Coppée, « Chimères communistes », *Le Journal*, 14 octobre 1897.

20. Henri Ghéon, *L'Ermitage*, janvier 1898.
21. *Le Courrier français*, 24 octobre 1897.
22. Marc Angenot, *L'Utopie collectiviste, op. cit.*, p. 258.
23. Marc Angenot, *Le Cru et le Faisandé. Sexe, discours social et littérature à la Belle Époque*, Bruxelles, Labor, 1986, p. 167.
24. Georges Sorel, « L'éthique du socialisme », *Revue de métaphysique et de morale*, mai 1899.
25. Georges Sorel, *Réflexions sur la violence*, Paris, Rivière, 1908 (parution initiale en 1906 dans *Le Mouvement socialiste*).
26. Georges Sorel, *Matériaux pour une théorie du prolétariat*, Paris, Rivière, 1919.
27. « Péguy et l'âme charnelle », *L'Amitié Charles Péguy*, 102, avril-juin 2003.
28. *La Femme socialiste. Organe d'éducation, de propagande et d'action féminine. Socialiste, international, syndicaliste, coopératif.*
29. De nombreux textes de Madeleine Pelletier sont en ligne sur marievictoirelouis.net.
30. Madeleine Pelletier, *L'Émancipation sexuelle de la femme*, Paris, Giard et Brière, 1911.
31. Madeleine Pelletier, *L'Éducation féministe des filles*, Paris, Giard et Brière, 1914. Voir Bérengère Kolly, « Du féminisme dans et par l'éducation. Regards sur *L'Éducation féministe des filles* de Madeleine Pelletier (1914) », *Le Télémaque*, 43, 2013-1.

VIII. Sensualités de papier : de l'allusion au manifeste 1880-1914

1. Jean Jaurès, *De la réalité du monde sensible*, Paris, Alcan, 1891.
2. Jean Jaurès, *L'Armée nouvelle*, Paris, Rouff, 1911.
3. *Le Rire*, 21 mai 1898. Reproduit dans Michel Dixmier *et al.*, *Quand le crayon attaque. Images satiriques et opinion publique en France, 1814-1918*, Paris, Autrement, 2007, p. 146.
4. Philippe Chanial, *La Délicate Essence du socialisme. L'association, l'individu et la République*, Lormont, Le Bord de l'eau, 2009.
5. Eugène Fournière, « Hélène, drame social », *La Revue socialiste*, octobre 1890 – janvier 1891. *La Revue socialiste* est en ligne sur gallica.fr.
6. Eugène Fournière, « L'Âme de demain », *La Revue socialiste*, octobre 1891-décembre 1893.
7. Voir aussi, du même Eugène Fournière, *Chez nos petits-fils*, Paris, Fasquelle, 1900.
8. Eugène Fournière, *Les Théories socialistes au XIXe siècle. De Babeuf à Proudhon*, Paris, Alcan, 1904.

NOTES

9. Eugène Fournière, *La Sociocratie. Essai de politique positive*, Giard et Brière, 1910.
10. Benoît Malon, *La Morale sociale. Genèse et évolution de la morale, morales religieuses, morales philosophiques, conclusions*, Paris, aux bureaux de la *Revue socialiste*, 1886. En ligne sur gallica.bnf.fr.
11. Léon Blum, *Du mariage*, Paris, Albin Michel, 1907. Sur cette question : Christophe Prochasson, « Quand le privé devient public. *Du mariage* et sa première réception », *Recherches socialistes*, 10, mars 2000.
12. *La Revue blanche*, respectivement 16 mai 1896 et 15 octobre 1897.
13. Cité dans Pierre Birnbaum, *Un mythe politique : la « République juive »*, Paris, Fayard, 1988, p. 211.
14. André Gide et Léon Blum, *Correspondance 1890-1951*, édition par Pierre Lachasse, Lyon, PUL, 2008.
15. François Jollivet-Castelot, *Sociologie et fouriérisme*, Paris, Daragon, 1908.
16. François Jollivet-Castelot, *La Vie et l'Âme de la matière. Essai de physiologie chimique*, Paris, Éditions du Cosmogone, 1893.

IX. Sensualité revendiquée, sensualité pratiquée
1880-1914

1. Reproduit par exemple dans Madeleine Rebérioux, Chantal Georgel et Frédéric Moret, *Socialisme et utopies de Babeuf à Jaurès*, Paris, La Documentation française, 2000, p. 56-57.
2. Marcel Sembat, *Les Cahiers noirs. Journal 1905-1922*, édition de Christian Phéline, Paris, Viviane Hamy, 2007.
3. Gaetano Manfredonia, *Anarchisme et changement social*, Lyon, Atelier de création libertaire, 2007.
4. E. Armand [Ernest Lucien Juin], *Petit manuel anarchiste individualiste*, 5e tirage, Orléans, chez l'auteur, 1935.
5. Voir notamment les papiers Zisly, Institut international d'histoire sociale, Amsterdam.
6. Henri Zisly, *Voyage au beau pays de Naturie*, Paris, chez l'auteur, 1900. Voir aussi Henri Beylie et Henri Zisly, *La Conception libertaire naturienne. Exposé du naturisme*, Paris, chez Henri Zisly, 1901.
7. Céline Beaudet, « "Vivre en anarchiste." Milieux libres et colonies dans le mouvement anarchiste français des années 1890 aux années 1930 », thèse de doctorat en histoire contemporaine, université Paris Ouest-La Défense, novembre 2012 ; Céline Beaudet, *Les Milieux libres. Vivre en anarchiste à la Belle Époque en France*, Paris, Éditions libertaires, 2006. Voir aussi Tony Legendre, *Expériences de vie communautaire anarchiste en France*, Paris, Éditions libertaires, 2006.

8. Manifeste de la Société instituée pour la création et le développement d'un Milieu libre, 1902.
9. Albert Libertad, *L'anarchie*, 6 décembre 1906.
10. Céline Beaudet, « "Vivre en anarchiste" », *op. cit.*, p. 164.
11. *La Revue socialiste*, janvier-juin 1907.
12. Jugements sur Cempuis cités dans Nathalie Brémand, *Cempuis, une expérience d'éducation libertaire à l'époque de Jules Ferry (1880-1894)*, Paris, Éditions du Monde libertaire, 1992, p. 104. Voir aussi Christiane Demeulenaere-Douyère, *Paul Robin (1837-1912). Un militant de la liberté et du bonheur*, Paris, Publisud, 1994.
13. Jugements sur Aiglemont et la rue du Chevalier-de-La-Barre cités dans Céline Beaudet, « "Vivre en anarchiste" », *op. cit.*, p. 144 *sq*.
14. René Chaughi, *Immoralité du mariage*, Paris, Publications du libertaire, 1898.
15. André Lorulot, *Procréation consciente*, Romainville, Éditions de l'Anarchie, 1910.
16. Paul Robin, *Le Néomalthusianisme – La vraie morale sexuelle – Le choix des procréateurs – La graine – Prochaine humanité*, Paris, Librairie de régénération, 1905.
17. Henri Zisly et Henri Beylie, *La Conception libertaire naturienne*, *op. cit.* Voir aussi la série d'articles qu'il publie en Belgique sur « l'amour libre », d'abord dans *La Terre* (Mons) les 6 et 30 juin 1907, puis dans *Le Gueux* (Hodincourt-Verviers) en novembre et décembre 1907, puis dans *Le Pamphlétaire* (Hodincourt-Verviers) en janvier-février 1908, enfin dans *L'Insurgé* (Liège) en 1908.
18. *Le Libertaire*, 5 mars 1904.
19. Paul Robin, *Le Néomalthusianisme*, *op. cit.*
20. E. Armand, *De la liberté sexuelle*, Billancourt, Ère nouvelle, 1907.
21. Madeleine Vernet, *L'Amour libre*, Paris, Éditions de l'Anarchie, 1907.
22. Émilie Lamotte, « Lettre sur l'amour, la beauté, la vie, l'inconstance et quelques autres sujets », *Hors du troupeau*, 1911 (à titre posthume puisque Émilie Lamotte meurt en 1909).
23. Sur cette question : Gaetano Manfredonia, *Libres ! Toujours... Anthologie de la chanson et de la poésie anarchistes du XIXe siècle*, Lyon, Atelier de création libertaire, 2011.
24. Paul Paillette, « Les enfants de la nature », *Les Tablettes d'un lézard*, 1892 (réédition : Saint-Denis, Le Vent du ch'min, 1979-1980).
25. Gaston Couté, « L'Amour anarchiste », *Le Libertaire*, 15-21 octobre 1899.
26. *La Vie anarchiste*, 1er mai 1913.
27. Gaetano Manfredonia dans l'avant-propos à E. Armand, *La Révolution sexuelle et la camaraderie amoureuse*, Paris, La Découverte, 2009, p. 36.
28. Cité dans Céline Beaudet, *Les Milieux libres*, *op. cit.*, p. 127.

NOTES

29. Lucienne Gervais, « L'Amour libre », *L'anarchie*, 23 mai 1907.

30. Par exemple : Max Stirner, *L'Unique et sa propriété*, traduction de Robert Reclaire, Paris, Stock, 1899 et traduction de Henri Lasvignes, Paris, Éditions de la Revue blanche, 1900.

31. Cité dans Christiane Demeulenaere-Douyère, *Paul Robin (1837-1912)*, *op. cit.*, p. 199.

32. Roland Lewin, *Sébastien Faure et « La Ruche », ou l'Éducation libertaire*, Paris, Ivan Davy, 1989.

33. *Le Réveil des travailleurs*, 1er mai 1901.

34. Anne Steiner, *Les En-dehors. Anarchistes individualistes et illégalistes de la Belle Époque*, Montreuil, L'Échappée, 2008.

35. Fortuné Henry, « L'Essai. Communisme expérimental », *Le Libertaire*, 13 septembre 1903.

36. Anne Steiner, *Les En-dehors*, *op. cit.*, p. 37-38.

37. Arnaud Baubérot, *Histoire du naturisme. Le mythe du retour à la nature*, Rennes, PUR, 2004.

38. Céline Beaudet, « "Vivre en anarchiste" », *op. cit.*, p. 181.

39. *La Vie anarchiste*, 20 juin 1913. Cité dans Arnaud Baubérot, *Histoire du naturisme*, *op. cit.*

40. Anne Steiner, *Les En-dehors*, *op. cit.*, p. 90.

41. Respectivement : Paul Lafargue à Engels, 21 septembre 1883 ; Laura Lafargue à Engels, 2 juin 1883. Dans Friedrich Engels, Paul et Laura Lafargue, *Correspondance*, Paris, Éditions sociales, 1959.

42. Poème daté du 20 décembre 1888. Cité dans Adolphe Brisson, *Les Prophètes*, Paris, Tallandier, 1903.

43. « Notes personnelles », fonds Eugène Fournière, Archives nationales, Institut français d'histoire sociale, 14AS181.

44. Eric Hobsbawm, « Sexe, symboles, vêtements et socialisme », *Actes de la recherche en sciences sociales*, 23, novembre 1978.

45. Sur la prégnance de ce système de représentation au XIXe siècle : Alain Corbin, Jean-Jacques Courtine et Georges Vigarello, dir., *Histoire de la virilité, 2, Le Triomphe de la virilité. Le XIXe siècle*, Paris, Seuil, 2011.

46. Voir par exemple les écrits de Maxime du Camp (1889), de Maurice Montégut (1892) ou d'Élémir Bourges (1893), cités dans Paul Litsky, *Les Écrivains contre la Commune*, *op. cit.*

47. Susanna Barrows, *Miroirs déformants. Réflexions sur la foule en France à la fin du XIXe siècle*, Paris, Aubier, 1990.

48. Cité dans Yves-Marie Hilaire, « Les ouvriers de la région du Nord devant l'Église catholique (XIXe et XXe siècles) », *Le Mouvement social*, octobre-décembre 1966. Repris dans Lion Murard et Patrick Zylberman, *Le Petit Travailleur infatigable. Villes-usines, habitat et intimités au XIXe siècle*, Paris, Recherches, 1976, p. 21.

49. Anne-Marie Sohn, *Du premier baiser à l'alcôve. La sexualité des Français au quotidien (1850-1950)*, Paris, Aubier, 1996, p. 308.

50. Anne-Marie Sohn, « La sexualité des milieux populaires en France », dans Paul Pasteur, Sonia Niedeacher et Maria Mesner, *Sexualität, Unterschichtenmilieus und ArbeiterInnenbewegung*, Vienne, Akademische Verlagsanstalt, 2003.

51. Cité dans Michelle Perrot, *Les Ouvriers en grève. France, 1871-1890*, Paris et La Haye, Mouton, 1974, p. 230.

52. *Le Cri du peuple*, mars 1887. Cité dans Michelle Perrot, *Les Ouvriers en grève, op. cit.*, p. 549.

53. Voir par exemple Martine Segalen, « Le XIXe siècle. Le manteau des jeunes filles (la virginité dans la société paysanne) », dans Jean-Pierre Bardet et al., *La Première Fois ou le Roman de la virginité perdue à travers les siècles et les continents*, Paris, Ramsay, 1981.

X. Socialismes sacrificiels
1914-1936

1. Sur cette question, Jean-Yves Le Naour, *Misères et tourments de la chair durant la Grande Guerre. Les mœurs sexuelles des Français, 1914-1918*, Paris, Aubier, 2002 ; voir aussi Stéphane Audoin-Rouzeau, « Massacres. Le corps et la guerre », dans Jean-Jacques Courtine, dir., *Histoire du corps, 3, Les mutations du regard. Le XXe siècle*, Paris, Seuil, 2006.

2. Tous les exemples qui suivent, sauf ceux qui sont extraits de *L'Humanité*, figurent dans Jean-Yves Le Naour, *Misères et tourments de la chair durant la Grande Guerre, op. cit.*

3. Albert Nast, *La Vie morale et la Guerre. Discours prononcé au Palmarium de Bourges le 27 avril 1916*, Paris, Fédération abolitionniste, 1916.

4. Louis Huot et Paul Voivenel, *La Psychologie du soldat*, Paris, La Renaissance du livre, 1918.

5. Louis Huot, « De quelques manifestations de l'émotion psycho-passionnelle féminine pendant la guerre », *Mercure de France*, 16 mars 1918.

6. « Souvenirs d'un réfugié belge », *L'Humanité*, 9 et 14 novembre 1914.

7. Émile Pouget, « Vieille Alsace », *L'Humanité*, 15 septembre 1915.

8. « L'enfance criminelle et la loi de 1912 », *L'Humanité*, 24 mars 1916.

9. Anatole Sixte-Quenin, « Guerre, morale, religion », *L'Humanité*, 26 avril 1916.

10. « Criminels », *Le Cri du peuple*, 24 décembre 1916.

11. *Le Journal du peuple*, 18 octobre 1917.

12. Laurent Joubert, « Lise Renault, dame de la Croix-Rouge », *L'Humanité*, du 8 septembre au 6 octobre 1916.

NOTES

13. Voir Françoise Thébaud, *La Femme au temps de la guerre de 14. Au seuil d'un monde nouveau*, préfacé par Jean-Yves Le Naour, Paris, Stock, 1986.

14. Constant et Gabrielle M., *Des tranchées à l'alcôve. Correspondance amoureuse et érotique pendant la Grande Guerre*, préfacé par Jean-Yves Le Naour, Paris, Imago, 2006.

15. Office universitaire de recherche socialiste (OURS), fonds Louis Lévy, 95APO1, « Louis Lévy, jeunesse, 1912-1920 ».

16. Marcel Sembat, *Les Cahiers noirs, op. cit.*

17. Romain Ducoulombier, « Le premier communisme français (1917-1925). Un homme nouveau pour régénérer le socialisme », *Notes de la fondation Jean-Jaurès*, 42, août 2004 ; Romain Ducoulombier, *Camarades ! La naissance du Parti communiste en France*, Paris, Perrin, 2010.

18. *Bulletin communiste*, 16 septembre 1920.

19. Romain Ducoulombier, « Le premier communisme français (1917-1925) », *op. cit.*, p. 12.

20. Numéros 45, 46 et 47 du *Bulletin communiste*, novembre 1923 (le *Bulletin communiste* est devenu organe de la SFIC en novembre 1921). Texte publié initialement en russe dans *La Jeune Garde*, revue destinée à la jeunesse communiste.

21. Michel Hastings, « Le migrant, la fête et le bastion. Halluin la Rouge, 1919-1939 », dans Alain Corbin, Noëlle Gérôme et Danielle Tartakowsky, dir., *Les Usages politiques des fêtes aux XIXe-XXe siècles*, Paris, Publications de la Sorbonne, 1994, p. 214.

22. *L'Enchaîné*, 14 juin 1924.

23. Michel Hastings, « Identité culturelle locale et politique festive communiste : Halluin la Rouge (1920-1934) », *Le Mouvement social*, 139, avril-juin 1987, p. 16.

24. Noëlle Gérôme et Danielle Tartakowsky, *La Fête de l'Humanité. Culture communiste, culture populaire*, Paris, Messidor-Éditions sociales, 1988.

25. Charles Koechlin, « À propos d'"Harmonica" », *L'Humanité*, 9 février 1936.

26. *Le Figaro*, 2 septembre 1935. Cité dans Noëlle Gérôme et Danielle Tartakowsky, *La Fête de l'Humanité, op. cit.*, p. 56.

27. *Regards*, 28 février 1935. Sur *Regards*, et plus globalement : François Delpla, « Les communistes français et la sexualité (1932-1938) », *Le Mouvement social*, 91, avril-juin 1975.

28. François Delpla, « Les communistes français et la sexualité (1932-1938) », *loc. cit.*

29. Sur cette double dimension sacrificielle et inquisitoriale : Romain Ducoulombier, *Camarades !, op. cit.*

30. *L'Humanité*, 19 février 1927.

31. « Une fausse révolutionnaire : George Sand », *L'Humanité*, 16 mai 1926.

32. Victor Margueritte, *La Garçonne*, Paris, Flammarion, 1922 (réédition : Paris, Payot, 2013, avec des commentaires de Yannick Ripa).
33. Paul Vaillant-Couturier, « Un aspect de la lutte de classes. Les mœurs de la Nep », *L'Humanité*, 15 mai 1925.
34. « Ce qui se joue », *L'Humanité*, 7 décembre 1926.
35. *L'Humanité*, 30 novembre 1924.
36. *L'Humanité*, 14 avril 1928.
37. Cité par Romain Ducoulombier, « Le premier communisme français (1917-1925) », *op. cit.*, p. 110.
38. Carole Reynaud-Paligot, *Parcours politique des surréalistes, 1919-1969*, Paris, CNRS Éditions, 2010. Voir aussi le témoignage d'André Thirion, *Révolutionnaire sans révolution*, Paris, Laffont, 1972.
39. Carole Reynaud-Paligot, *Parcours politique des surréalistes, 1919-1969*, *op. cit.*, p. 65.
40. Sur l'année 1935 et au-delà : Richard D. Sonn, *Sex, Violence and the Avant-Garde. Anarchism in Interwar France*, University Park, Pennsylvania State University Press, 2010.
41. Reproduit dans *Tracts surréalistes et déclarations collectives, 1, 1922-1939*, Paris, Éric Losfeld, 1980, p. 284 sq.
42. *Recherches sur la sexualité, janvier 1928-août 1932*, présenté et annoté par José Pierre, Paris, Gallimard, 1990. Notes manuscrites en ligne sur andrebreton.fr.
43. André Breton, *L'Amour fou*, Paris, Gallimard, 1937.
44. Wilhelm Reich, *La Crise sexuelle. Critique de la réforme sexuelle bourgeoise*. Suivi de *Matérialisme, dialectique, freudisme, psychologie*, Paris, Éditions sociales internationales, 1934.
45. *Unité*, 11-14 octobre 1935. Dans *Œuvres de Maurice Thorez*, II, 9, Paris, Éditions sociales, 1952.
46. La discussion est rapportée par Clara Zetkin, « Souvenirs sur Lénine », 1924, dans *Cahiers du bolchevisme*, octobre 1925.

XI. Demi-teinte et chemins de traverse
1918-1939

1. Anne-Claire Rebreyend, *Intimités amoureuses. France, 1920-1975*, Toulouse, Presses universitaires du Mirail, 2009, p. 22.
2. *Le Populaire de Paris*, 1er janvier 1921.
3. Reproduit dans Alain Bergougnioux, dir., *Des poings et des roses. Le siècle des socialistes*, Paris, La Martinière, 2005, p. 86.
4. Gaston Bridoux, *Le Populaire*, 22 novembre 1935.
5. Suzanne Lacore, *Femmes socialistes*, Paris, Librairie populaire du Parti socialiste, 1932. Cité par Roger-Henri Guerrand : « La gauche française et

la question sexuelle », dans Francis Ronsin, Hervé le Bras, Élisabeth Zucker-Rouvillois, dir., *Démographie et politique*, Dijon, EUD, 1997, p. 59.

6. Célestin Bouglé, *Socialismes français. Du « socialisme utopique » à la « démocratie industrielle »*, Paris, Armand Colin, 1932.

7. Reproduit dans *L'Œuvre de Léon Blum, III-1 (1914-1928)*, Paris, Albin Michel, 1972.

8. Léon Blum, *La Jeunesse et le Socialisme. Conférence prononcée le 30 juin 1934, maison de la Mutualité*, Paris, Imprimerie la Cootypographie, 1934.

9. Sauf mention contraire les citations qui suivent sont extraites de Pierre Birnbaum, *Un mythe politique : la « République juive »*, *op. cit.*

10. Jean Sennep, *Cartel et Cie. Caricatures inédites*, Paris, Bossard, 1926.

11. Reproduit dans Christian Delporte et Laurent Gervereau, *Trois Républiques vues par Cabrol et par Sennep*, Nanterre, BDIC, 1996, p. 37.

12. Des éléments complémentaires dans Michel Dreyfus, *L'Antisémitisme à gauche. Histoire d'un paradoxe de 1830 à nos jours*, Paris, La Découverte, 2009.

13. Voir « Le Buveur d'eau qui devient vigneron », *L'Humanité*, 23 mai 1929.

14. E. Armand, *La Révolution sexuelle et la Camaraderie amoureuse*, Paris, Critique et Raison, 1934. Réédition en 2009 (Paris, La Découverte, avec un avant-propos de Gaetano Manfredonia : « E. Armand, un anarchiste pas comme les autres ») ; Gaetano Manfredonia et Francis Ronsin, « E. Armand et la "camaraderie amoureuse". Le sexualisme révolutionnaire et la lutte contre la jalousie », atelier « Free Love and the Labour Movement », Institut international d'histoire sociale, Amsterdam, 6 octobre 2000.

15. Céline Beaudet, « Vivre en anarchiste », *op. cit.*

16. *L'en-dehors*, mi-janvier 1932.

17. Diana Cooper-Richet et Jacqueline Pluet-Despatin, *L'Exercice du bonheur, ou Comment Victor Coissac cultivait l'utopie entre les deux guerres dans sa communauté de l'Intégrale*, Seyssel, Champ Vallon, 1985, p. 32.

18. Charles Sowerwine, « Madeleine Pelletier fut-elle socialiste ? », dans Christine Bard, dir., *Madeleine Pelletier (1874-1939). Logique et infortunes d'un combat pour l'égalité*, Paris, Côté Femmes, 1992.

19. Madeleine Pelletier, *L'Émancipation sexuelle de la femme*, Paris, La Brochure mensuelle, 1926.

20. Madeleine Pelletier, *Une vie nouvelle : roman*, Paris, Eugène Figuière, 1932.

21. Lettre à Arria Ly, 21 mars 1932. Citée dans Claude Maignien, Charles Sowerwine, *Madeleine Pelletier, une féministe dans l'arène politique*, Paris, Éditions ouvrières, 1992, p. 203.

22. *Dictionnaire anarchiste*, Limoges, Rivet, 1934. En ligne sur encyclopédie-anarchiste.org.

23. Sébastien Faure, préambule au *Dictionnaire anarchiste*.

24. Édouard Berth, « Variations sur quatre thèmes proudhoniens », *L'Homme réel*, 9, septembre 1934.

25. Marguerite Després, « L'Amour libre », *L'en-dehors*, circa 1927. Reproduit dans *L'Amour libre*, Bogny-sur-Meuse, La Question sociale, 2001, p. 33 *sq*. Voir : Lucien Bianco, « Répertoire des périodiques anarchistes de langue française. Un siècle de presse anarchiste d'expression française, 1880-1983 », thèse, université d'Aix-Marseille, 1987.

26. *J'avais vingt ans. Un jeune ouvrier au début du siècle*, Paris, Éditions syndicalistes, 1967 (réédition : Paris, Syros, 1983).

27. Daniel Guérin, *Un jeune homme excentrique, op. cit.* Il poursuit par la suite son travail autobiographique : *Autobiographie de jeunesse. D'une dissidence sexuelle au socialisme*, Paris, Belfond, 1969 ; *Le Feu du sang. Autobiographie politique et charnelle*, Paris, Grasset, 1977.

28. Institut international d'histoire sociale, Amsterdam, papiers Daniel Guérin, n° 27, « Daniel Guérin – Mémoires » et n° 35.

29. Cité dans Serge Berstein, *Léon Blum*, Paris, Fayard, 2006, p. 488.

30. Discours repris dans « Un an de Front populaire », *Le Populaire*, 5 juin 1937.

31. *Le Populaire*, 10 mai 1937.

32. Mise en perspective dans Christophe Granger, « Batailles de plage. Nudité et pudeur dans l'entre-deux-guerres », *Rives méditerranéennes*, 30, juin 2008.

33. Photographie reproduite dans Jean Vigreux, *1936 et les années du Front populaire*, Montreuil, IHS-CGT, 2006, p. 40. Voir également *L'Humanité*, 26 décembre 1937.

34. *La Bourgogne républicaine*, 3 mars 1937. Cité par Philippe Poirrier, « Le retour de la "Mère folle" et des fêtes carnavalesques à Dijon (1935-1939). Politique sociale, économique, culturelle ? », dans Alain Corbin, Noëlle Gérôme et Danielle Tartakowsky, dir., *Les Usages politiques des fêtes aux XIXe-XXe siècles, op. cit.*, p. 386.

35. Cité dans Frédéric Cépède et Fabrice d'Almeida, « Être socialiste d'un siècle à l'autre. La tradition militante à l'épreuve des logiques médiatiques », *Vingtième siècle*, 96, 2007/4, p. 98.

36. Alain Laubreaux, « Vivre au grand air », *Voilà, l'hebdomadaire du reportage*, 6 août 1937. Reproduit dans *L'Événement. Les images comme acteurs de l'histoire*, Paris, Hazan et Jeu de Paume, 2007, p. 96-97.

37. *Gringoire*, 7 août 1936. Cité dans Serge Berstein, *Léon Blum, op. cit.*, p. 496.

38. Max-Bridge [Madame Émile Méhu], *Réponse au livre de M. Blum intitulé Du mariage*, Lyon, Éditions Max-Bridge, mai 1937.

39. Cité dans Pierre Birnbaum, *Un mythe politique : la « République juive »*, *op. cit.*, p. 213.

NOTES

40. Christine Bard et Jean-Louis Robert, « The French Communist Party and Women, 1920-1939: From "Feminism" to Familialism », dans Helmut Gruber et Pamela Graves, dir., *Women and Socialism: Socialism and Women. In Europe Between the World Wars*, New York, Berghahn Books, 1998. Une version française dactylographiée de cet article (« Le PCF et les femmes ») est déposée à la bibliothèque Marguerite-Durand.

41. Cité dans François Delpla, « Les communistes français et la sexualité (1932-1938) », *loc. cit.*, p. 141.

42. *Œuvres de Maurice Thorez, IV-18 (avril-août 1939)*, Paris, Éditions sociales, 1958.

43. Noëlle Gérôme, « Les enracinements de la fête », dans Noëlle Gérôme et Danielle Tartakowsky, *La Fête de l'Humanité, op. cit.*, p. 265.

44. *Regards*, 31 mars 1938. Cité dans François Delpla, « Les communistes français et la sexualité (1932-1938) », *loc. cit.*, p. 150.

45. Maurice Thorez, *Fils du peuple*, Paris, Éditions sociales internationales, 1937.

XII. Bonjour tristesse
de 1939 au milieu des années 1960

1. Françoise Sagan, *Bonjour tristesse*, Paris, Julliard, 1954.

2. Marc Sadoun, *Les Socialistes sous l'Occupation. Résistance et collaboration*, Paris, Presses de Sciences Po, 1982; Pierre Guidoni et Robert Verdier, dir., *Les Socialistes en Résistance 1940-1944*, Paris, Seli Arslan, 1999.

3. Hector Ghilini, *À la Barre de Riom*, Paris, Jean Renard, 1942, cité par Pierre Birnbaum, *Un mythe politique : la « République juive »*, *op. cit.*, p. 223.

4. Francine Muel-Dreyfus, *Vichy et l'éternel féminin. Contribution à une sociologie politique de l'ordre des corps*, Paris, Seuil, 1996; Cyril Olivier, *Le Vice ou la Vertu. Vichy et les politiques de la sexualité*, Toulouse, Presses universitaires du Mirail, 2005.

5. *L'Œuvre de Léon Blum – Mémoires. La prison et le procès. À l'échelle humaine (1940-1945)*, Paris, Albin Michel, 1955.

6. Cité par Martine Pradoux dans *Daniel Mayer, un socialiste dans la Résistance*, Paris, Éditions de l'Atelier, 2002, p. 131.

7. Thierry Pillon, « Virilité ouvrière », dans Alain Corbin *et al.*, *Histoire de la virilité, 3, La Virilité en crise ? XXe-XXIe siècles*, Paris, Seuil, 2011.

8. Sur le militantisme communiste au quotidien en milieu étudiant, à Paris, au sortir de la Seconde Guerre mondiale : Annie Kriegel, *Ce que j'ai cru comprendre*, Paris, Robert Laffont, 1991.

9. Maurice Thorez, « Produire, faire du charbon », *L'Humanité*, 22 juillet 1945.

10. Cité dans Philippe Buton, *Les Lendemains qui déchantent. Le Parti communiste français à la Libération*, Paris, Presses de la FNSP, 1993, p. 190.

11. Tangui Perron, « "Voilà les cités laborieuses à la porte du bonheur." Le Parti communiste français et les films municipaux d'octobre 1947 », dans Jacques Girault, dir., *Des communistes en France (années 1920-années 1960)*, Paris, Publications de la Sorbonne, 2002, p. 38 *sq*.

12. *La Femme et le Communisme. Anthologie des grands textes du marxisme*, Paris, Éditions sociales, 1950 (1951 pour la 2e édition).

13. Voir par exemple Ralph Carter Elwood, *The Non-Geometric Lenin : Essays on the Development of the Bolshevik Party 1910-1914*, Londres, Anthem Press, 2011. (Notamment le chapitre 8 : « Lenin and Armand : New Evidence on an Old Affair », p. 111-124).

14. Jean Fréville, *Une grande figure de la révolution russe. Inessa Armand*, Paris, Éditions sociales, 1957.

15. Roger-Henri Guerrand, « La gauche française et la question sexuelle, 1920-1967 », *loc. cit.*, p. 63.

16. Jacques Derogy, *Des enfants malgré nous*, Paris, Minuit, 1956.

17. Jeannette Vermeersch, conférence devant le groupe parlementaire communiste, le 4 mai 1956. Reproduit dans *La France nouvelle*, supplément du 12 mai 1956. Sur le couple Thorez-Vermeersch : Annette Wieviorka, *Maurice et Jeannette, biographie du couple Thorez*, Paris, Fayard, 2010.

18. Jeannette Thorez-Vermeersch, *Pour la défense des droits sociaux de la femme et de l'enfant. À la réunion des responsables du travail parmi les femmes, 24-25 octobre 1964*, brochure éditée par le PCF, sans date [1964].

19. Anne-Clémence Wisner, « *Antoinette,* magazine féminin de la CGT de 1955 à 1969 », mémoire de maîtrise, université Paris I, 1999.

20. Karl Marx, *Manuscrits de 1844 (économie politique et philosophie)*, présentation, traduction et notes d'Émile Bottigelli, Paris, Éditions sociales, 1962.

21. Jean-Pierre Chabrol, *L'Humanité-Dimanche*, 7 août 1955. Cité dans Noëlle Gérôme et Danielle Tartakowsky, *La Fête de l'Humanité, op. cit.* p. 196.

22. Louis Aragon, *Les Communistes*, Paris, La Bibliothèque française, 1949-1951. Réédition dans Louis Aragon, *Œuvres romanesques complètes*, III et IV, Paris, Gallimard, 2003 et 2008. Sur la réception du roman : Corinne Grenouillet, *Lecteurs et lectures des* Communistes *d'Aragon*, Besançon, Presses universitaires de Franche-Comté, 2000.

23. François Furet, Alexandre Matheron et Michel Verret, « Psychologie et lutte des classes : sur *Les Communistes* d'Aragon », *La Nouvelle Critique*, 13 février 1950.

24. Maurice Thorez, discours au 11e Congrès du Parti communiste, Strasbourg, 25-29 juin 1947.

25. Nicolas Ostrovski, *Et l'acier fut trempé*, Paris, Éditions sociales internationales, 1937.

NOTES

26. Roger (Seine-et-Oise), séance du 20 mars 1947.
27. Léon Blum, discours au 38e congrès national du parti socialiste SFIO, Paris, 29 août 1946.
28. Léon Blum, « Si les femmes le veulent... », 5 mars 1947.
29. Léon Blum, préface à Eugène Raude et Gilbert Prouteau, *Le Message de Léo Lagrange*, Paris, La Compagnie du Livre, 1950.
30. Roger Priouret, *Le Journal du dimanche*, entre février et avril 1956, dans Denis Lefebvre, *Guy Mollet, le mal-aimé*, Paris, Plon, 1992.
31. Cité par François Lafon dans *Guy Mollet, itinéraire d'un socialiste controversé*, Paris, Fayard, 2006, p. 51 [d'après Archives nationales, F7, 16238].
32. Pierre Mauroy, « Faut-il un ministère de la Jeunesse ? », *Le Populaire de Paris*, 17 mai 1955. Cité dans Vincent Chambarlhac, Maxime Dury, Thierry Hohl et Jérôme Malois, *Les Centres socialistes (1940-1969). Histoire documentaire du Parti socialiste, tome 3 (1940-1969)*, Dijon, EUD, 2006, p. 255.
33. Maurice Deixonne, séance du 27 juin 1957.
34. Germaine Vauthier, « Introduction à une éducation », 1963, Office universitaire de recherche socialiste (OURS), fonds Maurice Deixonne, 1APO74.
35. *Ibid.*, notes manuscrites de Deixonne à propos de Germaine Vauthier, « Aspect éducatif. Préparer les adolescents à la découverte de l'amour humain », sans date.

XIII. Bourgeonnements et floraison ?
1944-1968

1. Ludivine Bantigny et Ivan Jablonka, dir., *Jeunesse oblige. Histoire des jeunes en France, XIXe-XXe siècles* (3e partie : « Vers une identité juvénile ? Des années 1960 à nos jours »), Paris, PUF, 2009. Sur les années 1950 et le début des années 1960 : Ludivine Bantigny, *Le Plus Bel Âge ? Jeunes et jeunesse en France de l'aube des « Trente Glorieuses » à la guerre d'Algérie*, Paris, Fayard, 2007.
2. Pierre Naville, *Le Nouveau Léviathan, I. De l'aliénation à la jouissance. La genèse de la sociologie du travail chez Marx et Engels*, Paris, Marcel Rivière, 1957.
3. Herbert Marcuse, *Éros et civilisation. Contribution à Freud*, Paris, Minuit, 1963. Dans une perspective très voisine, Marcuse publie en 1964 aux États-Unis *The Unidimensional Man*, traduit en 1968 aux éditions de Minuit (*L'Homme unidimensionnel*).
4. Charles Fourier, *Le Nouveau Monde amoureux, op. cit.*
5. Roger Vailland, *Le Surréalisme contre la Révolution*, Paris, Éditions sociales, 1948.
6. *L'Humanité*, 10 juin 1952.
7. Roger Vailland, *Drôle de jeu*, Paris, Corrêa, 1945 ; *Bon pied bon œil*, Paris, Corrêa, 1950 ; *Beau masque*, Paris, Gallimard, 1954.

8. « Le Libertinage, une passion de liberté », *Cahiers Roger Vailland*, 9 juin 1998.
9. Reproduit dans Roger Vailland, *Le Regard froid*, Paris, Grasset, 1963.
10. *Ibid.*
11. Roger Vailland, *Laclos par lui-même*, Paris, Seuil, 1953; Choderlos de Laclos, *Les Liaisons dangereuses*, préface de Roger Vailland, Paris, Club du Livre du mois, 1955; Casanova, *Mémoires*, préface de Roger Vailland, Paris, Club du Livre du mois, 1957.
12. Roger Vailland, *Écrits intimes*, Paris, Gallimard, 1968.
13. Tania Régin, « Roger Vailland, communiste et libertin », dans Jesse Battan, Thomas Bouchet et Tania Régin, dir., *Meetings et alcôves. Gauches et sexualités en Europe et aux États-Unis depuis 1850*, Dijon, EUD, 2004.
14. Nicolas Norrito, « Daniel Guérin, une figure de la radicalité politique au XXe siècle », mémoire de DEA, université Paris X, 1999. Voir aussi David Berry, « "Un contradicteur permanent" : the Ideological and Political Itinerary of Daniel Guérin », dans Julian Bourg, dir., *After the Deluge. New Perspectives on the Intellectual and Cultural History of Postwar France*, Lanham, Lexington Books, 2004.
15. Daniel Guérin, *Kinsey et la sexualité*, Paris, Julliard, 1955. Le rapport Kinsey est traduit en français en 1948 (*Le Comportement sexuel de l'homme*) et en 1954 (*Le Comportement sexuel de la femme*).
16. Daniel Guérin, *Eux et lui*, Monaco, Éditions du Rocher, 1962; Daniel Guérin, « L'Explosion », *Arcadie*, 125, mai 1964.
17. *Les Lettres françaises*, 20-26 mai 1965.
18. Bibliothèque de documentation internationale contemporaine (BDIC), fonds Daniel Guérin, delta 721.
19. « Lettre ouverte aux participants des réunions du 31 mai et du 14 juin », cité dans Carole Reynaud-Paligot, *Parcours politique des surréalistes,1919-1969*, *op. cit.*
20. « La Claire Tour », *Le Libertaire*, 11 janvier 1952. Cité dans Carole Reynaud-Paligot, *Parcours politique des surréalistes 1919-1969*, *op. cit.*
21. André Breton, *Ode à Charles Fourier*, Paris, Éditions de la revue *Fontaine*, 1947.
22. André Breton, *Anthologie de l'humour noir*, Paris, Éditions du Sagittaire, 1950.
23. *Exposition inteRnatiOnale du Surréalisme [EROS], 1959-1960*, catalogue, Paris, galerie Daniel Cordier, 1959.
24. Maurice Nadeau, *Histoire du surréalisme*, Paris, Seuil, 1945.
25. « Ode à Marx », tract sans date [1947]; « Introduction à une érotique révolutionnaire », *Le Surréalisme révolutionnaire*, mars-avril 1948. Cités dans Carole Reynaud-Paligot, *Parcours politique des surréalistes, 1919-1969*, *op. cit.*, p. 147.
26. André Breton, *Le Surréalisme et la Peinture*, Paris, Gallimard, 1965.

27. Simone de Beauvoir, *Le Deuxième Sexe*, Paris, Gallimard, 1949.
28. *Les Lettres françaises*, 23 juin 1949.
29. *La Nouvelle Critique*, juillet-août 1949.
30. Monique Hincker, « Pour Simone de Beauvoir », *La Nouvelle Critique*, février 1965.
31. Sylvie Chaperon, *Les Années Beauvoir (1945-1970)*, Paris, Fayard, 2000, p. 33.
32. Françoise d'Eaubonne, *Le Complexe de Diane. Érotisme ou féminisme*, Paris, Julliard, 1951.
33. Ingrid Galster, dir., *Simone de Beauvoir : Le Deuxième Sexe. Le livre fondateur du féminisme en situation*, Paris, Champion, 2004.
34. Philippe Artières et Michelle Zancarini-Fournel, dir., *68. Une histoire collective, 1962-1981*, Paris, La Découverte, 2008.
35. Maurice Tournier, *Les Mots de Mai 68*, Toulouse, Presses universitaires du Mirail, 2007.
36. Cité dans Franck Georgi, *L'Invention de la CFDT, 1957-1970*, Paris, Éditions de l'Atelier, 1995, p. 494.
37. *France-Soir*, 14 juin 1968. Cité par Paul Litsky, *Les Écrivains contre la Commune*, *op. cit.*, p. 169.
38. Guy Debord, *La Société du spectacle*, Paris, Buchet-Chastel, 1967.
39. Raoul Vaneigem, *Traité de savoir-vivre à l'usage des jeunes générations*, Paris, Gallimard, 1967.
40. Reproduit dans Alain Schnapp et Pierre Vidal-Naquet, prés., *Journal de la Commune étudiante. Textes et documents. Novembre 1967-juin 1968*, Paris, Seuil, 1969, p. 123-124.
41. Michèle Riot-Sarcey, *Histoire du féminisme*, Paris, La Découverte, 2008, p. 97. Sylvie Chaperon, « La radicalisation des mouvements féminins français de 1960 à 1970 », *Vingtième siècle*, 48, 1995-4.
42. Sur leurs actions et les réactions qu'elles entraînent : Xavier Vigna, *L'Insubordination ouvrière dans les années 1968. Essai d'histoire politique des usines*, Rennes, PUR, 2007.
43. Cité par Danielle Tartakowsky, « Le PCF en mai-juin 1968 », dans René Mouriaux *et al.*, dir., *1968. Exploration du Mai français*, 2, Paris, L'Harmattan, 1992, p. 151.
44. *L'Humanité*, 3 mai 1968.
45. Anne-Clémence Wisner, « *Antoinette*, magazine féminin de la CGT de 1955 à 1969 », *op. cit.*, p. 90 sq.
46. Manuel Bridier, *Mai 1968 : révolution manquée ? Pourquoi ?... Et maintenant, que faire ?*, Paris, PSU, 1968.
47. Cité dans Franck Georgi, *L'Invention de la CFDT, 1957-1970*, *op.cit.*, p. 511.

XIV. Jouir sans entraves ?
1969-1981

1. Bibia Pavard, *Si je veux, quand je veux. Contraception et avortement dans la société française (1956-1979)*, Rennes, PUR, 2012.
2. Françoise Picq, *Libération des femmes, les années-mouvement*, Paris, Seuil, 1993.
3. Gilles Deleuze et Félix Guattari, *Capitalisme et schizophrénie*, 1, *L'Anti-Œdipe*, Paris, Minuit, 1971.
4. Michel Foucault, *Histoire de la sexualité*, 1, *La Volonté de savoir*, Paris, Gallimard, 1976 (citations extraites du premier chapitre intitulé « Nous autres victoriens »).
5. Sur cette question, et au-delà : Colette Pipon, « Le féminisme au risque de la misandrie. Étude sur les rapports aux hommes dans le Mouvement de libération des femmes en France : 1970-1980 », mémoire de master 2, université de Bourgogne, 2012.
6. Alexander S. Neill, *Libres enfants de Summerhill*, Paris, Maspero, 1970.
7. Germaine Greer, *La Femme eunuque*, Paris, Laffont, 1971 et Paris, J'ai Lu, 1973.
8. Serge Chaumier et Georges Ubbiali, « La révolution sexuelle des années 1970. Entre discours et pratiques », *Dissidences*, 10, 2002.
9. « Changer la vie ! Briser tous les obstacles. Faire fusionner les révoltes. Préparer de façon prolongée l'insurrection armée. Édifier l'organisation politique prolétarienne : la libre centralisation du peuple », Paris, Vive la révolution, sans date [1969].
10. Bibliothèque de documentation internationale contemporaine (BDIC), fonds VLR, F delta 612/12, papiers Tiennot Grumbach.
11. Manus McGrogan, « *Tout !* in Context 1968-1973. French Radical Press at the Crossroads of Far Left, New Movements and Counterculture », Ph. D, université de Portsmouth, 2010.
12. *Le Nouvel Observateur*, 5 avril 1971.
13. Cité dans Michael Sibalis, « L'arrivée de la libération gay en France. Le Front homosexuel d'action révolutionnaire (FHAR) », *Genre, sexualité et société*, 3, printemps 2010. Dans ce même numéro, voir aussi Massimo Prearo, « Le moment 70 de la sexualité : de la dissidence identitaire en milieu militant ». En ligne sur gss.revues.org.
14. *L'Antinorm*, 1, décembre 1972-janvier 1973. En ligne sur semgai.free.fr.
15. [Anonyme], *Apprenons à faire l'amour*, Paris, Maspero, 1973.
16. Laurent Quéro, « L'utopie communautaire », dans Philippe Artières et Michelle Zancarini-Fournel, dir., *68 : une histoire collective, 1962-1981*, op. cit.
17. Sur cette expérience, voir Hélène Bleskine, *L'Espoir gravé*, Paris, Maspero, 1975. Voir aussi Xavier Vigna et Michelle Zancarini-Fournel, « Les rencontres improbables dans les années 68 », *Vingtième siècle*, 101, 2009-1.

NOTES

18. Archives nationales, 1982-0599/93. Bulletin mensuel de la DCRG, août 1972.

19. Monique Piton, *C'est possible! Le récit de ce que j'ai éprouvé durant cette lutte de Lip*, Paris, éditions Des femmes, 1975.

20. Sur ce « goût de la fête » : *L'Outil des travailleurs*, 16-17, décembre 1973 et janvier 1974.

21. « Commission restaurant », *Lip unité*, 9 août 1973.

22. *Lip au féminin*, supplément à *Combat socialiste en Franche-Comté*, Dijon, Librairie-imprimerie de Saint-Apollinaire [1974].

23. Voir aussi le témoignage de Monique Piton sur le sexisme à Lip dans le documentaire de Carole Roussopoulos, *Christiane et Monique – Lip V*, 1976.

24. Martine Sonnet, *Atelier 62*, Cognac, Le Temps qu'il fait, 2008, p. 181-182.

25. « Itinéraire balisé pour (s)explorateurs prudents », manifeste de *Sexpol* publié dans les numéros 1 (janvier 1975), 2 (mars 1975), 3 (avril 1975).

26. André Harris et Alain de Sédouy, *Voyage à l'intérieur du Parti communiste*, Paris, Seuil, 1974.

27. Raoul Vaneigem, *Le Livre des plaisirs*, Paris, Encre, 1979.

28. Sébastien Schifres, « La mouvance autonome en France de 1976 à 1984 », mémoire de maîtrise, université Paris X, 2004. En ligne sur sebastien.schifres.free.fr.

29. *Le Petit Livre rouge de la révolution sexuelle*, choix de textes par André Laude et Max Chaleil, Paris, Nouvelles éditions Debresse, 1969.

30. Monique Piton, *C'est possible!*, *op. cit.*

31. *Il était une fois la révolution* (collectif), Paris, Gilles Tautin, 1974.

32. Pascal Bruckner, *Fourier*, Paris, Seuil, 1975.

33. René Schérer, *Charles Fourier ou la Contestation globale*, Paris, Seghers, 1970.

34. René Schérer, *Une érotique puérile*, Paris, Galilée, 1978.

35. Guy Hocquenghem, *Le Désir homosexuel*, Paris, Delarge, 1972 ; *L'Après-Mai des faunes*, Paris, Grasset, 1974. Sur Guy Hocquenghem : « Désir Hocquenghem », *Chimères*, 69, 2009.

36. *Libération*, 22 août 1980.

37. Charles Fourier, *Vers la liberté en amour*, préface de Daniel Guérin, Paris, Gallimard, 1975. Bibliothèque de documentation internationale contemporaine (BDIC), fonds Daniel Guérin, F° delta 721-13-4, carton 14 (« Sexualité »), dossier « Charles Fourier, Vers la liberté en amour ».

38. Daniel Guérin, « Wilhelm Reich aujourd'hui », introduction à un débat organisé à Bruxelles le 29 novembre 1968 par Liaison 20, sans lieu d'édition, sans nom d'éditeur, 1969.

39. Daniel Guérin, *Autobiographie de jeunesse. D'une dissidence sexuelle au socialisme*, *op. cit.*

40. Institut international d'histoire sociale, Amsterdam, « France – documentation – 1932-1998 », 43. Sur le contexte intellectuel et militant : Anna Trespeuch-Berthelot, « Des situationnistes aux situationnismes. Genèse, circulation et réception d'une théorie critique en Occident (1948-2009) », thèse, université Paris I, 2011.

XV. Encombrante sensualité
1969-1981

1. « Les événements de mai-juin 1968 et leurs enseignements », *Cahiers du communisme*, novembre-décembre 1968.
2. Danielle Tartakowsky, « Le PCF en mai-juin 1968 », dans René Mouriaux et al., *1968, Exploration du Mai français*, op. cit.
3. Cité dans Xavier Vigna, *L'Insubordination ouvrière dans les années 1968*, op. cit., p. 198.
4. Georges Séguy, *Le Mai de la CGT*, Paris, Julliard, 1972. Cité dans Xavier Vigna, « La CGT et les grèves ouvrières de mai-juin 1968. Une opératrice paradoxale de stabilisation », dans Xavier Vigna et Jean Vigreux, dir., *Mai-juin 1968. Huit semaines qui ébranlèrent la France*, Dijon, EUD, 2010, p. 201.
5. « Mai, mois de la jeunesse avec la CGT », 4 mai 1972, Bibliothèque de documentation internationale contemporaine (BDIC), F delta rés., 612/7.
6. Sur les années 1970 d'*Antoinette* : Élyane Bressol, dir., *Autour de l'histoire du magazine* Antoinette, Montreuil, Éditions IHS-CGT, 2010.
7. Bernard Muldworf, *Sexualité et féminité*, Paris, Éditions ouvrières, 1970.
8. Danielle Tartakowsky, « La gauche marxiste, le libéralisme politique et la libéralisation des mœurs », dans Michel Margairaz et Danielle Tartakowsky, dir., *1968, entre libération et libéralisation. La grande bifurcation*, Paris, PUF, 2010. Philippe Robrieux, *Histoire intérieure du Parti communiste, 3, 1972-1982, Du Programme commun à l'échec historique de Georges Marchais*, Paris, Fayard, 1982.
9. Citées dans Danielle Tartakowsky, « La gauche marxiste, le libéralisme politique et la libéralisation des mœurs », *loc. cit.*, p. 326 sq.
10. Compte rendu dans *L'Humanité*, 15 janvier 1976.
11. Guy Poussy, « Oui, nous sommes contre l'immoralité ! », *L'Humanité*, 16 janvier 1976.
12. Parti communiste français, *Le Socialisme pour la France. Rapport du Comité central présenté par Georges Marchais*, Paris, Éditions sociales, 1976.
13. Yvonne Quilès et Jean Tornikian, *Sous le PC, les communistes*, Paris, Seuil, 1980.
14. François Hincker, *Le PC au carrefour. Essai sur quinze ans de son histoire, 1966-1981*, Paris, Albin Michel, 1981.

NOTES

15. Des éléments dans Christophe Bourseiller, *Les Maoïstes. La folle histoire des gardes rouges français*, Paris, Plon, 1996 et Paris, Seuil, 2008.

16. « Programme anti-gouvernemental de printemps », *La Cause du peuple*, 39, 1er mai 1971.

17. Antoine de Gaudemar, « L'itinéraire militant d'un enfant de 1968 », dans « La fête, cette hantise... Derrière l'effervescence contemporaine : une re-naissance ? », *Autrement*, 7, novembre 1976.

18. Bibliothèque de documentation internationale contemporaine (BDIC), fonds VLR, F delta 612/12, papiers Tiennot Grumbach.

19. UCFML, *La Situation actuelle sur le front de la philosophie. Contre Deleuze et Guattari*, sans lieu d'édition, 1977.

20. *Lutte ouvrière*, 4-10 mai 1971. Cité dans Manus McGrogan, « *Tout!* in Context 1968-1973 », *op. cit.*

21. *Lutte ouvrière*, 19 juin 1976. Cité dans Noëlle Gérôme, « Le printemps des fêtes de Lutte ouvrière », dans Alain Corbin *et al.*, dir., *Les Usages politiques des fêtes*, *op. cit.*, p. 371-372.

22. Cité dans Jean-Paul Salles, *La Ligue communiste révolutionnaire (1968-1981). Instrument du Grand Soir ou lieu d'apprentissage ?*, Rennes, PUR, 2005, p. 214.

23. Jean-Paul Salles, *La Ligue communiste révolutionnaire (1968-1981)*, *op. cit.*, p. 345.

24. *Rouge quotidien*, 29 juillet 1976.

25. *Critique communiste*, 11-12, décembre 1976-janvier 1977.

26. Guy Mollet, *Les Chances du socialisme*, Paris, Fayard, 1968.

27. Cité dans Denis Lefebvre, *Guy Mollet, le mal-aimé*, *op. cit.*, p. 524.

28. *La Lettre de la région Nord-Pas-de-Calais*, octobre-novembre 1975.

29. *L'Aurore*, 4-5 octobre 1975.

30. Philippe Alexandre, *Le Roman de la gauche*, Paris, Plon, 1977. Cité dans François Lafon, *Guy Mollet. Itinéraire d'un socialiste controversé*, *op. cit.*, p. 691.

31. Parti socialiste, *Changer la vie. Programme de gouvernement du Parti socialiste*, présentation par François Mitterrand, Paris, Flammarion, 1972.

32. Frédéric Cépède, « Le poing et la rose. La saga d'un logo », *Vingtième siècle*, 49, janvier-mars 1996.

33. « La communication politique et ses techniques », 1979, dans le supplément à la *Nouvelle revue socialiste*, 44, janvier 1980. Cité par Frédéric Cépède, « Le poing et la rose », *loc. cit.*

34. Cité dans Christian-Marc Bosséno, « Du temps au temps, l'inventaire historique du premier septennat de François Mitterrand (1981-1988) », dans Claire Andrieu *et al.*, dir., *Politiques du passé. Usages politiques du passé dans la France contemporaine*, Aix-en-Provence, Presses universitaires de Provence, 2006, p. 105.

35. Hélène Hatzfeld, « Une révolution culturelle du Parti socialiste dans les années 1970 ? », dans Pascale Goetschel et Gilles Morin, dir., « Le PS, nouvelles approches », *Vingtième siècle*, 96, 2007-4.
36. Séverine Liatard, *Colette Audry, 1906-1990. Engagements et identités d'une intellectuelle*, Rennes, PUR, 2011.
37. Colette Audry, *Les Militants et leurs morales*, Paris, Flammarion, 1976.
38. *Mignonnes allons voir sous la rose*, 1, juin 1979.
39. Cité dans *Sexpol*, 3, avril 1975.
40. *Tribune socialiste*, 27 juin 1973.
41. Michel Rocard, postface à Charles Piaget, *Lip*, Paris, Stock, 1973.

XVI. Socialismes et sensualité dans le brouillard de 1981 à nos jours

1. Jean-Claude Guillebaud, *La Tyrannie du plaisir*, Paris, Seuil, 1998, p. 37.
2. Rémi Darfeuil, « La mémoire du mitterrandisme au sein du Parti socialiste », *Notes de la fondation Jean-Jaurès, Histoire et mémoire*, 34, avril-mai 2003.
3. *Le Monde*, 22 novembre 1994.
4. *Bouillon de culture*, 14 avril 1995, à l'occasion de la parution de son livre d'entretiens avec Elie Wiesel (*Mémoire à deux voix*, Paris, Odile Jacob, 1995).
5. Christian-Marc Bosséno, « Du temps au temps, l'inventaire historique du premier septennat de François Mitterrand (1981-1988) », *loc. cit.*, p. 105-106.
6. Georges-Marc Benamou, *Le Dernier Mitterrand*, Paris, Plon, 1996.
7. Voir Christophe Barbier, *Les Derniers Jours de Mitterrand*, Paris, Grasset, 2011, p. 341 *sq.* (avec une réfutation de la version de Georges-Marc Benamou, et les témoignages – eux-mêmes quelque peu discordants – de Jack Lang et du couple Munier).
8. Respectivement : François Hollande dans *Libération* le 26 mars 2012 ; François Hollande sur France 2 le 28 mars 2013 ; Lionel Jospin sur France 2 le 21 février 2002.
9. Texte en ligne sur le site Internet officiel du PS.
10. Rémi Lefebvre et Frédéric Sawicki, *La Société des socialistes. Le PS aujourd'hui*, Paris, Éditions du Croquant, 2006, p. 245-246. Voir aussi Vincent Duclert, *Actualités de Mai 68. La gauche, la politique et l'histoire*, Paris, Mediapart, 2008.
11. Philippe Marlière, *La Mémoire socialiste, 1905-2007. Sociologie du souvenir politique en milieu partisan*, Paris, L'Harmattan, 2007, p. 208-209.
12. *Marianne*, 3-9 septembre 2011.
13. *Mignonnes allons voir sous la rose*, 7, décembre 1981.
14. « C'est fini… On recommence ! », *Mignonnes allons voir sous la rose*, 13, 1er février 1984.

15. Laure Bereni, « Lutter dans ou en dehors du parti ? L'évolution des stratégies des féministes du Parti socialiste (1971-1997) », *Politix*, 19-73, 2006.
16. Françoise Picq, *Libération des femmes. Les années-mouvement*, *op. cit.* ; Christine Bard, dir., *Les Féministes de la deuxième vague*, Rennes, PUR, 2012.
17. « Marcher le nez au vent », entretiens avec Hélène Fleckinger, août 2007, dans *Caméra militante. Luttes de libération des années 1970*, Genève, Métis Presse, 2010, p. 97-131 (une première version dans « Une révolution du regard. Entretien avec Carole Roussopoulos, réalisatrice féministe », *Nouvelles questions féministes*, 28-1, 2009).
18. Philippe Chassaigne, « The French Gay Militant Movement Between 1971 and 1981 », intervention au colloque « Revolutions and Sexualities : Cultural and Social Aspects of Political Transformations », Cracovie, 26-28 septembre 2007 (les textes du colloque sont en ligne sur le site de l'Institut international d'histoire sociale, Amsterdam). Voir aussi Frédéric Martel, *Le Rose et le Noir. Les homosexuels en France depuis 1968*, Paris, Seuil, 1996.
19. Nina Power, *La Femme unidimensionnelle*, Paris, Les Prairies ordinaires, 2010, p. 91 *sq.*
20. Guy Hocquenghem, *Lettre ouverte à ceux qui sont passés du col Mao au Rotary*, Marseille, Agone, 2003, p. 143 (1e réédition : Paris, Albin Michel, 1986).
21. Jean-Paul Salles, *La Ligue communiste révolutionnaire*, *op. cit.*, p. 215.
22. Magali Jauffret, *L'Humanité*, 16 octobre 1985, cité dans Noëlle Gérôme et Danielle Tartakowsky, *La Fête de l'Humanité*, *op. cit.*
23. Marc Teulin, « Marcel Sembat : un socialiste d'Union sacrée », *Cahiers du mouvement ouvrier*, 37, janvier-mars 2008.
24. « Qui sommes-nous ? », dimanche 4 mai 2008. En ligne sur oclibertaire.free.fr.
25. *Courant alternatif*, hors-série numéro 5, 4e trimestre 2000.
26. François Brune [Bruno Hongre], « La frugalité heureuse : une utopie ? », *Entropia, revue d'étude théorique et politique de la décroissance*, 1, automne 2006.
27. Voir Anna Alter et Perrine Cherchève, *La Gauche et le Sexe*, Paris, Éditions Danger public, 2007. Partiellement repris et actualisé par Perrine Cherchève dans « Sexe de droite et sexe de gauche », *Marianne*, 13-19 juillet 2013.
28. Sur les représentations de la sexualité et les pratiques sexuelles, voir Michel Bozon, « Révolution sexuelle ou individualisation de la sexualité ? », *Mouvements*, 20, mars-avril 2002.
29. Jean-Claude Guillebaud, *La Tyrannie du plaisir*, *op. cit.*, p. 133.
30. Jean-Claude Michéa, *Le Complexe d'Orphée. La gauche, les gens ordinaires et la religion du progrès*, Paris, Flammarion, 2011, p. 216. Dans le prolongement du précédent : *Les Mystères de la gauche : de l'idéal des Lumières au triomphe du capitalisme absolu*, Paris, Flammarion, 2013.

Conclusion

1. Werner Sombart, *Pourquoi le socialisme n'existe-t-il pas aux États-Unis ?*, Paris, PUF, 1992, conclusion générale.
2. Thomas Mann, *La Montagne magique*, Paris, Fayard, 1985. Ces paroles sont placées par Thomas Mann dans la bouche de Ludovico Settembrini, un humaniste italien admirateur de la philosophie des Lumières et par ailleurs fort prude.
3. Francis Ponge, « L'huître », *Le Parti pris des choses*, Paris, Gallimard, 1942.
4. Pour en savoir plus sur une bonne partie des auteurs étudiés ici, cf. une fois encore le monumental *Dictionnaire biographique du mouvement ouvrier et du mouvement social* (maitron-en-ligne.univ-paris1.fr.).
5. Marianne Ruel, *Les Chrétiens et la danse dans la France moderne*, XVIe-XVIIe siècle, Paris, Honoré Champion, 2006.
6. À ce propos, par exemple : Jacques Julliard, *Les Gauches françaises*, op. cit., p. 868-870 (« Le libéralisme moral »).

Index des personnes et des personnages de fiction

Abraham, 196
Adam, 197
Adam, Paul, 114-115, 118, 130
Agutte, Georgette, 138
Aicard, Jean, 47
Albert, Alexandre-Albert Martin, 68
Alexandre, Philippe, 266
Allemane, Jean, 106
Alveydre, Alexandre Saint-Yves d', 134
Amable, Pierrette, 220
Androgyne, 70
Angenot, Marc, 109, 118
Aragon, Louis, 19, 173-174, 209-212, 222-223, 227
Arcand, Denys, 9
Ariès, Paul, 7, 287-288
Armand, E., Ernest Lucien Juin, dit, 15, 142-143, 147, 152, 184, 186-189, 219, 287
Armand, Inès, 206-207, 258

Arnould, Arthur, 103
Astier de la Vigerie, Emmanuel d', 203
Audry, Colette, 267-268
Ayrault, Jean-Marc, 278, 292

Babeuf, Gracchus, 49, 56
Bacchus, 60, 70
Badinter, Élisabeth, 282
Badinter, Robert, 266
Badiou, Alain, 262
Bakounine, Michel, 98, 103
Balzac, Honoré de, 131
Barbedette, Lucien, 189
Barrault, Émile, 42, 65
Barrès, Maurice, 171
Barron, Marie-Louise, 226
Barthes, Roland, 26
Bataille, Georges, 174
Bazard, Claire, 38
Bazard, Saint-Amand, 35-36, 38-39

333

Beaudet, Céline, 144
Beauvoir, Roger de, Eugène Roger, dit, 76
Beauvoir, Simone de, 218, 223, 225-227
Bebel, August, 109, 134, 205
Bégaudeau, François, 7
Benamou, Georges-Marc, 275
Bentham, Jeremy, 29
Béraud, Henri, 196
Berdoulat, Ambroise, 211
Berger, Pierre, 223
Berth, Édouard, 189
Biard, Gustave, 55-56
Birkin, Jane, 234
Bizot, Jean-François, 238
Blanchard, Paulette, 210-211
Blanchard, Raoul, 210, 212
Blanc, Louis Jean Joseph, 7, 55, 57, 66, 68, 78, 81, 84, 111
Blanqui, Auguste, 94, 99, 127
Blum, Léon, 15, 129-133, 163, 166, 181-183, 194, 196-198, 201-203, 206, 213, 215, 274, 293, 297, 299
Bodin, Louise, 172
Bonaparte, Joseph, 21
Bonaparte, Louis-Napoléon (puis Napoléon III), 80
Bonnet, Marc, 266
Bonte, Florimond, 183
Borzeix, Jean-Marie, 265
Bottigelli, Émile, 208
Bouglé, Célestin, 180-181
Bourges, Louis-Chrysostome Michel, dit Michel de, 90
Boussinot, Charles, 189

Boutavant, Rémy, 258
Brantôme, Pierre de Bourdelle, dit, 139
Brejnev, Leonid, 243
Breton, André, 173-175, 219, 223-225
Breynat, Jules, 69
Briand, Aristide, 134
Bridier, Manuel, 232
Brissac, Henri, 127-128
Brohm, Jean-Marie, 245
Brossat, Alain, 263
Brousse, Paul, 105, 107, 157
Broyelle, Jacques, 229
Bruckner, Pascal, 247
Brune, François, 288
Buchez, Philippe, 37
Buonarroti, Philippe, 56
Butaud, Georges, 143, 149, 152, 184

Cabet, Étienne, 7, 32, 57-58, 61, 63, 65, 69, 81, 84, 87-88, 91, 94, 115-116, 124, 129, 150, 292
Cabrol, Raoul, 183
Cachin, Marcel, 210
Camille, 124
Campanella, Tommaso, 53
Capy, Marcelle, 160
Casanova, Giacomo, 221, 246
Castro, Roland, 236, 284
Caussidière, Agarithe, 47
Cécilia, 136
Cellier, Léon, 194
Cesbron, Bernadette, 211
Cesbron, Lucien, 211
Chabert, Charles, 127

INDEX DES PERSONNES ET DES PERSONNAGES DE FICTION

Chabrol, Jean-Pierre, 209
Chaleil, Max, 246
Charles X, 44
Charton, Édouard, 36, 39
Châtelet, François, 247
Châtel, François-Ferdinand, dit l'abbé, 63, 73
Chaughi, René, 146
Chevalier, Michel, 41
Chevalier, Pauline, 41
Chevé, Charles François, 58
Chirac, Jacques, 273, 298
Cixous, Hélène, 245
Clemenceau, Georges, 165
Cocteau, Jean, 223
Cognat, 47
Cohn-Bendit, Daniel, 228, 231
Coissac, Victor, 184
Colet, Louise, 84
Colin, Madeleine, 253-254
Compère-Morel, Adéodat, 293
Comte, Auguste, 7, 81, 91-92
Condillac, Étienne Bonnot de, 18, 29, 54, 56, 68, 73
Considerant, Victor, 30, 32, 65, 83
Constant, Alphonse, dit l'abbé, 61-62
Consuelo, madame, 76-77
Coppée, François, 115
Corvisart, Marguerite, 211
Courtade, Pierre, 221
Couté, Gaston, 148
Czynski, Jean, 31-32

Daladier, Édouard, 199, 201
Dambreuse, 83

Dameth, Henri, 31
Dante Alighieri, 55
Danton, Georges, 18
Darcy, André, 161-162
Darfeuil, Rémy, 273
Dartois, Armand, 76
David, Félicien, 40
Debord, Guy, 229
Debout-Oleszkiewicz, Simone, 219
Debray, Régis, 284
Déchevaux-Dumesnil, 42
Deixonne, Maurice, 215-216, 297
Déjacque, Joseph, 15, 95-98, 188
Deleuze, Gilles, 235, 247, 262-263, 287, 294
Delphy, Christine, 237
Delprat, 263
Démar, Claire, 15, 43-46, 50, 97, 245, 293
Démocrite, 208
Derogy, Jacques, 207
Deroin, Jeanne, 77
Desessarts, Louis, 43
Désir, Harlem, 279
Deslauriers, 82
Després, Marguerite, 190
Détraz, Albert, 232
Devance, Louis, 79
Dézamy, Théodore, 63
Diderot, Denis, 29, 54, 185
Dieu, 22, 27, 39, 41, 50, 61-63, 70-71, 78, 90, 95-96, 135, 140, 187
Diogène, 86
Doazan, André, 227, 229
Dombrowski, Jaroslaw, 103
Dominique, 287

Dominique, Dominique Lucchini, dit Pierre, 47, 182
Don Juan, 38, 53, 176
Drindrin, 76
Duchamp, Marcel, 224
Duchêne, le Père, 103
Dufaure, Jules, 71
Dumas, Alexandre, 53
Dupont, Pierre, 69
Duras, Maguerite, 245
Durkheim, Émile, 180
Dussardier, 82
Duveyrier, Charles, 39, 41

Eaubonne, Françoise d', 226
Ebrard, N., 85
Eichthal, Gustave d', 192
Élisa, 73-74
Ellis, Henry Havelock, 18, 188
Elosu, Fernand, 188
Éluard, Paul, 173, 200
Enfantin, Prosper, 15, 35, 37-43, 45-47, 50-51, 56, 64, 91, 93, 98, 124, 129, 145, 188, 291
Engels, Friedrich, 112, 119, 152-153, 205, 259
Épicure, 144, 208
Érostrate, 104
Esquiros, Adèle, 77
Esquiros, Alphonse, 62-63, 73-75
Eudes, Émile, 99, 102
Ève, 197

Faucon, 87
Faure, Paul, 179, 181
Faure, Sébastien, 146, 150, 186-187, 219, 293

Fauret, Anne-Marie, 238
Favre, Joseph, 103
Femme, 39-42, 48
Femme-Messie, 39, 41-42
Fénelon, François de Salignac de La Mothe-Fénelon, dit, 115
Ferrals, 124
Ferré, Léo, 234
Ferreri, Marco, 241
Feuerbach, Ludwig, 208
Fillon, François, 8
Flaubert, Gustave, 7, 14, 81-84, 114
Flore, 155
Foucault, Michel, 235, 294
Fouque, Antoinette, 237
Fourier, Charles, 7, 10, 15, 21-35, 39, 45, 49, 53-57, 63-64, 68, 73, 75, 77-78, 81, 85, 91, 93-94, 97-98, 109, 115-116, 124, 127, 131-133, 135-136, 144-145, 150, 153, 174, 181, 184-185, 188, 192, 203, 216, 219, 224, 227, 229, 232, 246-249, 287, 297, 299
Fournel, Cécile, 41, 46
Fournière, Eugène, 16, 123-125, 127, 144, 153, 292
Frachon, Benoît, 169, 212
Fraenkel, Boris, 219
Freud, Sigmund, 174, 206, 255-256
Fréville, Eugène Schkaff, dit Jean, 198, 205-207, 226
Furet, François, 210

Gainsbourg, Lucien Ginsburg, dit Serge, 234

INDEX DES PERSONNES ET DES PERSONNAGES DE FICTION

Gambetta, Léon, 105
Gatti de Gamond, Zoé, 32
Gaudemar, Antoine de, 261
Gauguin, Paul, 185
Gaulle, Charles de, 214, 217, 230, 274
Gauny, Louis-Gabriel, 13, 36, 42, 65, 72, 85-86, 293
Gauthier, Xavière, 245, 264
Gautier, Théophile, 104
Gay, Désirée, 65, 77
Gay, Jules, 15, 63, 66, 75, 95, 98
Gay, Owen, 64
Geismar, Alain, 260
Gervais, Lucienne, 149
Ghilini, Hector, 202
Giboyet, Madame, 76-77
Gigoix, Joseph, 211
Gilbert, 247
Gilles, Christiane, 254
Gilliot, Alphonse, 32
Girardin, Émile de, 69
Giscard d'Estaing, Valéry, 273
Goret, Jean, 247
Gouache, Jules, 69
Goudonneau, Jean, 269
Gozard, Claudine, 253-254
Greer, Germaine, 235
Grumbach, Tiennot, 236
Grün, Charles, 68
Guattari, Félix, 235, 262
Guérin, Daniel, 15, 190-193, 218, 222-223, 227, 248-249, 293, 297
Guérin, Marcel, 191
Guéroult, Adolphe, 46-47
Guesde, Jules, 13, 103, 105-109, 116, 134, 140, 152-153, 157, 179, 205, 292-293

Guidoni, Pierre, 216
Guillebaud, Jean-Claude, 272, 289
Guindorf, Marie-Reine, 48
Guizot, François, 65
Gyp, Sibylle Gabrielle Riqueti de Mirabeau, dite, 122

Halévy, Élie, 192
Halimi, Gisèle, 281
Hamp, Henri Bourrillon, dit Pierre, 172
Harris, André, 244
Hastings, Michel, 168
Heckert, baronne, 211
Heine, Maurice, 174
Hélène, 123, 125
Helvétius, Claude-Adrien, 54
Hennequin, Victor, 30-31, 92
Henry, Fortuné, 143, 151
Hercule, 52, 58
Héricourt, Jenny d', 88-89, 96
Herriot, Édouard, 173, 182-183
Hincker, François, 259-260
Hincker, Monique, 226
Hocquenghem, Guy, 248, 263, 284
Holbach, Paul Henri Thiry, baron d', 54, 99, 246
Hollande, François, 15, 273, 277, 279
Holopherne, 182
Holynski, Alexandre, 129
Hugonnet, Louise, 220
Hugues, Clovis, 107
Humbert, Eugène, 187-189
Huot, Louis, 159
Huston, Nancy, 245

337

Januel, Jean-Pierre, 257
Jardillier, Robert, 195
Jaurès, Jean, 106, 122, 134, 138, 157, 179, 181, 278, 295, 297
Jean le Précurseur, saint, 86
Jeanne d'Arc, 96
Jérémie, 60
Jésus-Christ, 62-63, 83, 93, 127, 133, 140, 249
Jollivet-Castelot, François, 133-136
Joseph, 249
Jospin, Lionel, 277
Joubert, Laurent, 161
Journet, Jean, 33
Judith, 53, 182
Julliard, Jacques, 279-280
July, Serge, 243, 284
Jupiter, 53

Kanapa, Jean, 226
Khrouchtchev, Nikita, 207
Kinsey, Alfred, 18, 222
Klossowski, Pierre, 174
Kollontaï, Alexandra, 18, 166-167, 254
Kosciusko-Morizet, Nathalie, 15
Krasucki, Henri, 252
Kropotkine, Pierre, 150, 192
Kügel, Marie, 143

Lacaze-Duthiers, Gérard de, 187-188
Lachâtre, Maurice de La Châtre, dit Maurice, 94, 293, 297
Laclos, Pierre Choderlos de, 131, 221
Lacore, Suzanne, 180, 194

Lafargue, Laura, 153
Lafargue, Paul, 110-113, 152, 157, 205
Lafon, François, 214
Lagrange, Léo, 194, 213, 215
Lamartine, Alphonse de, 67, 69
Lambert, Charles, 47-48
Lamennais, Félicité Robert de, 62, 73, 83
La Mettrie, Julien Offray de, 18, 246
Lamotte, Émilie, 143, 146, 148
Lang, Jack, 284
Langlois, Bernard, 269
Lantier, Jacques, 155
Laot, Jeannette, 238
Lapeyre, Aristide, 187
Lapeyre, Paul, 126
Lassalle, Ferdinand, 126
Laubreaux, Alain, 196
Laude, André, 232, 246, 269
Laurent, 155
Lavezzi, Claude, 223
Lebecq, François, 211
Lebey, André, 138
Le Bon, Gustave, 155
Lebrun, Albert, 194
Ledru-Rollin, Alexandre, 69, 78
Lefebvre, Henri, 102
Lefebvre, Rémi, 278
Léger, Fernand, 254
Legrain, Paul Maurice, 188
Lénine, Vladimir Ilitch Oulianov, dit, 18, 165, 167-168, 173, 176, 205-206, 238, 257-259, 264
Lequenne, Michel, 264

INDEX DES PERSONNES ET DES PERSONNAGES DE FICTION

Lerbier, Monique, 171
Leroux, Pierre, 39, 54-55, 69, 73-74, 77-78, 83-84, 91, 124
Letourneau, Philippe, 220
Levraud, Edmond, 102
Lévy, Benny, 229, 260
Lévy, Louis, 163
Libertad, Albert, 143, 148, 151, 184
Linhart, Robert, 229
Locke, John, 54, 56
Lorenc, Victor, 149
Lorulot, André, 143, 146, 151-152
Losfeld, Éric, 219
Louinou, 278
Louis-Philippe Ier, 44, 49, 65

Mably, Gabriel Bonnot de, 7, 81
Machereau, Joseph, 36
Mac-Mahon, Patrice de, 217
Macquart, Gervaise, 155
Mac Say, Stanislas Aristide Masset, dit Stephen, 188
Madeleine, 242
Maës, Guy, 238
Mahomet, 93
Maîtrejean, Anna Henriette Estorges, dite Rirette, 152
Malatesta, Errico, 103
Malfatto, Monique, 254
Malon, Benoît, 100, 103, 106, 125-127, 144, 191
Manassé, 53
Manfredonia, Gaetano, 142, 148
Mann, Thomas, 291
Mao Zedong, 244, 262
Marat, François Lamballe, dit, 220

Marcellin, 136
Marchais, Georges, 231, 257-260, 262
Marchal, Charles, 84-85
Marcuse, Herbert, 219, 229, 231
Marestan, Gaston Havard, dit Jean, 187-188
Marguerite, 160
Margueritte, Victor, 171
Marianne, 149
Marie, Alexandre, dit la, 69
Marie, Sainte, 249
Marie-Élisabeth, 280
Marie-France, 243
Marlière, Philippe, 279
Marrane, Georges, 205
Marrast, Armand, 69
Marx, Karl, 107, 119, 134, 153, 205, 208-209, 214, 224, 232, 259, 263
Matheron, Alexandre, 210
Maublanc, René, 221
Mauroy, Pierre, 214, 265
Maurras, Charles, 132
Max-Bridge, Mme Émile Méhu, dite, 196-197
Maxence, Jean-Pierre, 197
Mayer, Cletta, 203
Mayer, Daniel, 201, 203, 213
Mélusine, 224, 237
Mendès, Catulle, 104
Mendès France, Pierre, 230-231
Mercier, René, 240-241, 261
Michaud, Adrien Provost, dit René, 190
Michéa, Jean-Claude, 289
Michel, 123, 242

Michel, Louise, 148
Missoffe, François, 228
Mitterrand, François, 230-231, 262, 264-267, 273-275, 282, 292-293, 295
Moïse, 93
Mollet, Guy, 13, 213-214, 216, 227, 231, 264-267, 297
Moncey, Jean de, 212
Mondinet, 211
Montaigne, Michel de, 139, 246
Montégut, Émile, 68
Montès, Lola, 82
Moreau, Frédéric, 82
Morelly, Étienne-Gabriel, 7, 81
Mouloudji, Marcel, 269
Moussinac, Léon, 170
Muguette, 136
Muldworf, Bernard, 254-256, 259

Nadeau, Maurice, 224
Nadia, 191
Nana, 107, 155
Naquet, Alfred, 107, 133
Nast, Albert, 159
Naville, Pierre, 219
Neill, Alexander, 235
Nény, Jean-Guy, 219
Nériet, Ralph de, 100
Niboyet, Eugénie, 76, 78
Nietzsche, Friedrich, 174
Noisette, 191
Noyes, John Humphrey, 128, 188

Oppenheim, Meret, 224
Othello, 38

Ovide, 246
Owen, Robert, 18, 64, 75, 150

Paillette, Paul, 148
Painlevé, Paul, 182
Palante, Georges, 126
Palvadeau, Daniel, 227
Pan, 33, 37, 196
Pantagruel, 26
Panurge, 53
Papety, Dominique, 33
Pascal, 123
Paulhan, Frédéric, 138
Pauvert, Jean-Jacques, 219
Pecqueur, Constantin, 58, 91
Péguy, Charles, 120
Péju, Pierre, 263
Pelletier, Madeleine, 15, 120-121, 185-188, 219, 293
Pelloutier, Fernand, 106, 119
Péret, Benjamin, 174
Perier, Casimir, 40
Péri, Gabriel, 195
Péron, Émile, 128
Perrot, Michelle, 156
Pétain, Philippe, 200
Petit, Gabrielle, 113-114
Peyrouton, Abel, 99
Piaget, Charles, 240
Piégard, Euphrasie, 70
Pierrot, Marie, 186
Piton, Monique, 15, 240-241, 246
Pivert, Marceau, 193
Pivot, Bernard, 274
Platon, 18
Pompidou, Georges, 230
Ponette, 76

INDEX DES PERSONNES ET DES PERSONNAGES DE FICTION

Ponthieu, Gérard, 243, 269
Ponty, Louis-Marie, 85-86
Porto-Riche, Georges de, 131
Pouget, Émile, 160
Poussy, Guy, 257-258
Power, Nina, 283
Prache, Bastien, 212
Prax, 47
Prochasson, Christophe, 279
Proudhon, Pierre-Joseph, 13, 51-55, 64, 66, 68-72, 77, 79, 83, 88-91, 94, 96, 116, 119, 124, 150, 189, 192, 254, 297, 299
Proudhonne, Sainte, 79
Pythie, 117-118

Quilès, Yvonne, 259

Rabelais, François, 18, 26, 68, 85, 95, 99, 110
Rappoport, Charles, 109, 165
Raquin, Thérèse, 155
Raspail, François-Vincent, 69
Rebreyend, Anne-Claire, 178
Reclus, Élisée, 103
Reich, Wilhelm, 175, 228-229, 238, 243, 249
Renard, Georges, 125, 144
Renaud, Hippolyte, 31
Renault, Lise, 161-162
Renoir, Auguste, 254
Retouret, Moïse, 42
Revault d'Allonnes, Myriam, 228
Reybaud, Louis, 56-57
Reynaud, Jean, 39
Rigault, Raoul, 95, 99-100, 102
Rimbaud, Arthur, 174, 232

Rion, Adolphe, 45
Robert du Var, Joseph Pierre Bazile Robert, dit, 73, 75
Robespierre, Maximilien de, 18, 49, 55, 77, 265-266
Robin, Paul, 15, 144, 146-147, 150
Rocard, Michel, 231, 264-265, 270
Rochefort, Edmond, Claude Louis Marie de Rochefort-Luçay, dit, 76
Rochet, Waldeck, 230, 252
Rodrigue, 220
Rodrigues, Olinde, 39, 56, 124
Rogé, Clorinde, 47
Roland, Pauline, 16, 46-47, 77
Roque, Louise, 83
Rosine, 136
Rossi, Giovanni, 145
Rothen, Charles Hotz, dit Édouard, 189
Rouanet, Gustave, 125-127
Roudy, Yvette, 281
Roujou, Anatole, 99
Rousseau, Jean-Jacques, 29
Roussopoulos, Carole, 282
Royal, Ségolène, 8
Ruel, Marianne, 298
Ryner, Henri Ner, dit Han, 188

Sade, Donatien Alphonse François, marquis de, 54, 144, 174, 246
Sagan, Françoise, 200
Sainte-Beuve, Charles-Augustin, 164
Saint-Hilaire, Aglaé, 47

Saint-Simon, Claude Henri de Rouvroy, comte de, 7, 34-37, 43, 46, 56, 68, 81, 91, 93, 115
Saisset, Émile, 68
Salles, Jean-Paul, 284
Sand, George, 53, 66, 69, 76-79, 84, 89-90, 171, 205, 299
Sapho, 31
Sapir, Ischaïa, 175
Sardanapale, 72, 104
Sarkozy, Nicolas, 8, 15, 298
Sartre, Jean-Paul, 237
Saumoneau, Louise, 120
Sawicki, Frédéric, 278
Schérer, René, 29, 247-248
Sédouy, Alain de, 244
Séguy, Georges, 252
Sembat, Marcel, 16, 137-138, 140, 152, 163, 286, 292
Sénécal, 81-82, 84
Sennep, Jean, 182
Séverine, 155
Severini, Gino, 253
Sèves, 47
Signac, Paul, 137, 150
Simone, 136
Sixte-Quenin, Anatole, 109, 160
Sohn, Anne-Marie, 155
Sombart, Werner, 291
Sonnet, Martine, 242
Sorel, Georges, 119-120, 189
Spinoza, Baruch, 18, 135, 203, 287
Staline, Joseph Vissarionovitch Djougachvili, dit, 202, 205, 207, 220-221, 238, 262

Steindecker, Léon, 163
Stirner, Max, 150, 184
Strauss-Kahn, Dominique, 8

Taillandier, Saint-René, 68
Taine, Hippolyte, 155
Tajan-Rogé, Dominique, 47
Talon, Marie, 41
Tarde, Gabriel, 155
Téry, Gustave, 132
Tesse, Isidore, 168
Théa, 117
Thévenin, Nicole-Édith, 259
Thierry, 36
Thiers, Adolphe, 66-67, 83, 111
Thomas, Albert, 125
Thomas, Lucien, 195
Thorez, Maurice, 169, 173, 175, 197-198, 201, 204-205, 207, 210-211, 244
Tolstoï, Léon, 150, 192
Tornikian, Jean, 259
Torquemada, Tomás de, 107
Transon, Abel, 39
Treni, Ugo Fedeli, dit Ugo, 188
Triboulet, 53
Trillat, Marcel, 252
Trotsky, Lev Davidovitch Bronstein, dit Léon, 222

Urgèle, 23

Vailland, Roger, 15, 218-220
Vaillant-Couturier, Paul, 172, 175
Vaillant, Édouard, 106, 157, 179, 211
Vallier, Guy, 211

INDEX DES PERSONNES ET DES PERSONNAGES DE FICTION

Vaneigem, Raoul, 229, 245, 249
Varin, Charles de, 76
Varlin, Eugène, 95, 100
Vatnaz, Clémence, dite la Vatnaz, 82, 84
Vauthier, Germaine, 215-216
Vaux, Clotilde de, 91-92
Veil, Simone, 234
Vénus, 53, 58, 71, 89, 153, 221
Véret, Désirée, 48
Verlaine, 263
Vermeersch, Jeannette, 205, 207
Vermersch, Eugène, 103
Vernet, Madeleine, 147, 149, 190
Verret, Michel, 210
Vierge-Mère, 92
Villermé, Louis René, 57
Vinçard, Pierre, 72
Vincent, Jean-Marie, 263, 269
Viviani, René, 134

Voilquin, Suzanne, 46, 48, 77
Voivenel, Paul, 159
Von Hersfeld, 160
Vuillaume, Maxime, 102-103

Walkyries, 180
Weiss, Charles, 30
Wild, Hortense, 77-78, 92
Wisner, Cécile, 211-212
Wittig, Monique, 237, 245

Young, Arthur, 32

Zaïkowska, Sophia, 143, 148-149, 152, 184
Zelensky, Anne, 237
Zetkin, Clara, 176, 205-206, 258
Zisly, Henri, 15, 19, 143, 146, 151-152
Zola, Émile, 107, 155

Remerciements

Michel Cordillot, François Jarrige, Sandra Nossik et Anne Staquet m'ont accompagné dans ce projet. J'ai mis à contribution leur infinie patience et leur profonde générosité intellectuelle ; leurs réactions et leurs conseils n'ont cessé de nourrir ma réflexion ; ce livre leur doit énormément. Merci aussi à Denis Andro, Philippe Artières, Céline Beaudet, Fabrice Bensimon, Hervé Bismuth, Edward Castleton, Éric Coulaud, Hélène Dommée-Bouchet, Michel Dreyfus, David El Kenz, Stéphane Haber, Sophie Legrand, Daniel Mitrani, Anne-Marie Sohn, Anna Trespeuch-Berthelot, Xavier Vigna, pour leurs relectures si attentives ou pour les réponses stimulantes qu'ils ont apportées à mes questions. À la Bibliothèque de documentation internationale contemporaine (BDIC) de Nanterre, Franck Veyron m'a indiqué quantité de pistes fécondes sur le XXe siècle ; Frédéric Cépède et Denis Lefebvre m'ont réservé un accueil chaleureux et m'ont aidé à m'orienter à l'Office universitaire de recherche socialiste ; ma dette est grande à l'égard du personnel de l'Institut international d'histoire sociale d'Amsterdam, des bibliothèques et des fonds d'archives que j'ai fréquentés en France (notamment la bibliothèque Marguerite-Durand, la bibliothèque de l'ENS-Paris, les bibliothèques des universités de Bourgogne et de Franche-Comté, l'Institut français d'histoire sociale-Archives nationales). Grâce à mes collègues lyonnais, bisontins et dijonnais du groupe de recherche ANR « Intellectuels et expérimentateurs socialistes, 1830-1870 », je baigne depuis quelques années dans un climat très propice à la réflexion. Merci enfin à Véronique de Bure, qui m'a fait confiance.

Table

Introduction 7
I. Le nouveau monde sensuel de Fourier à l'orée du
   xixe siècle 21
II. Les saint-simoniens et la tentation de la chair vers 1830 ... 34
III. Une géographie socialiste anti-sensuelle 1830-1848 49
IV. Malaises en République 1848-1851 65
V. Socialismes couleur muraille 1851-1870 80
VI. Sensualités d'un exil à l'autre 1851-1880 94
VII. Immoralisme bourgeois, pureté militante 1880-1914 ... 105
VIII. Sensualités de papier : de l'allusion au manifeste
    1880-1914 122
IX. Sensualité revendiquée, sensualité pratiquée 1880-1914 ... 137
X. Socialismes sacrificiels 1914-1936 157
XI. Demi-teinte et chemins de traverse 1918-1939 178
XII. Bonjour tristesse de 1939 au milieu des années 1960 200
XIII. Bourgeonnements et floraison ? 1944-1968 218
XIV. Jouir sans entraves ? 1969-1981 234
XV. Encombrante sensualité 1969-1981 251
XVI. Socialismes et sensualité dans le brouillard de 1981
    à nos jours 271

Conclusion 291

Notes 301
Index des personnes et des personnages de fiction 333
Remerciements 345

DANS LA MÊME COLLECTION

Marcel Gauchet, La Condition historique, *2003.*
Yves Michaud, L'Art à l'état gazeux, *2003.*
Paul Ricœur, Parcours de la reconnaissance, *2004.*
Jean Lacouture, La Rumeur d'Aquitaine, *2004.*
Nicolas Offenstadt, Le Chemin des Dames, *2004.*
Olivier Roy, La Laïcité face à l'islam, *2005.*
Alain Renault et Alain Touraine, Un débat sur la laïcité, *2005.*
Marcela Iacub, Bêtes et victimes et autres chroniques de *Libération*, *2005.*
Didier Epelbaum, Pas un mot, pas une ligne? 1944-1994 : des camps de la mort au génocide rwandais, *2005.*
Henri Atlan et Roger-Pol Droit, Chemins qui mènent ailleurs, dialogues philosophiques, *2005.*
René Rémond, Quand l'État se mêle de l'Histoire, *2006.*
David E. Murphy, Ce que savait Staline, *traduit de l'anglais (États-Unis) par Jean-François Sené*, *2006.*
Ludvine Thiaw-Po-Une (sous la direction de), Questions d'éthique contemporaine, *2006.*
François Heisbourg, L'Épaisseur du monde, *2007.*
Luc Boltanski, Élisabeth Claverie, Nicolas Offenstadt, Stéphane Van Damme (sous la direction de), Affaires, scandales et grandes causes. De Socrate à Pinochet, *2007.*
Axel Kahn et Christian Godin, L'Homme, le Bien, le Mal, *2008.*
Philippe Oriol, L'Histoire de l'affaire Dreyfus, I, L'affaire du capitaine Dreyfus (1894-1897), *2008.*
Marie-Claude Blais, Marcel Gauchet, Dominique Ottavi, Conditions de l'éducation, *2008.*
François Taillandier et Jean-Marc Bastière, Ce n'est pas la pire des religions, *2009.*
Hannah Arendt et Mary McCarthy, Correspondance, 1949-1975, *2009.*
Didier Epelbaum, Obéir. Les déshonneurs du capitaine Vieux : Drancy, 1941-1944, *2009.*
Béatrice Durand, La Nouvelle Idéologie française, *2010.*
Zaki Laïdi, Le Monde selon Obama, *2010.*

Bérénice Level, Le Musée imaginaire d'Hannah Arendt, *2011*.
Simon Epstein, 1930, Une année dans l'histoire du peuple juif, *2011*.
Alain Renault, Un monde juste est-il possible?, *2013*.
Yves Michaud, Le Nouveau Luxe. Expériences, arrogance, authenticité, *2013*.
Nicolas Offenstadt, En place publique. Jean de Gascogne, crieur au xve siècle, *2013*.
François Heisbourg, La Fin du rêve européen, *2013*.
Axel Kahn, L'Homme, le Libéralisme et le Bien commun, *2013*.
Marie-Claude Blais, Marcel Gauchet, Dominique Ottavi, Transmettre, apprendre, *2014*.

« *RÉPLIQUES* »
sous la direction d'Alain Finkielkraut

Ce que peut la littérature, *2006*.
Qu'est-ce que la France ?, *2007*.
La Querelle de l'école, *2007*.
L'Interminable Écriture de l'Extermination, *2010*.

Pour l'éditeur, le principe est d'utiliser des papiers composés de fibres naturelles, renouvelables, recyclables et fabriquées à partir de bois issus de forêts qui adoptent un système d'aménagement durable.

En outre, l'éditeur attend de ses fournisseurs de papier qu'ils s'inscrivent dans une démarche de certification environnementale reconnue.

*Cet ouvrage a été composé
par Belle page
et achevé d'imprimer en France
par CPI Bussière
à Saint-Amand-Montrond (Cher)
pour le compte des Éditions Stock
31, rue de Fleurus, 75006 Paris
en février 2014*

Imprimé en France

Dépôt légal : février 2014.
N° d'édition : 01. – N° d'impression : 2008012.
54-07-9078/4